파혼은
어떻게
하나요?

단길

파혼은 어떻게 하나요? 2

초판 1쇄 인쇄 2017년 4월 17일
초판 1쇄 발행 2017년 4월 24일

지은이 강하다
발행인 오영배
기획 박성인
책임편집 김보나
표지 일러스트 웃는해
표지 · 본문 디자인 권지연
제작 조하늬

펴낸곳 (주)삼양출판사 · 단글
주소 서울시 강북구 도봉로 173
대표 전화 02-980-2112 **팩스** / 02-983-0660
편집부 전화 02-980-2116 **팩스** / 02-983-8201
블로그 blog.naver.com/dan_gul
출판등록 1999년 3월 11일 제9-00046호

ISBN 979-11-283-9104-0 (04810) / 979-11-283-9102-6 (세트)

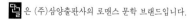 은 (주)삼양출판사의 로맨스 문학 브랜드입니다.

파혼은 어떻게 하나요?

강하다 장편소설

vol.2

달

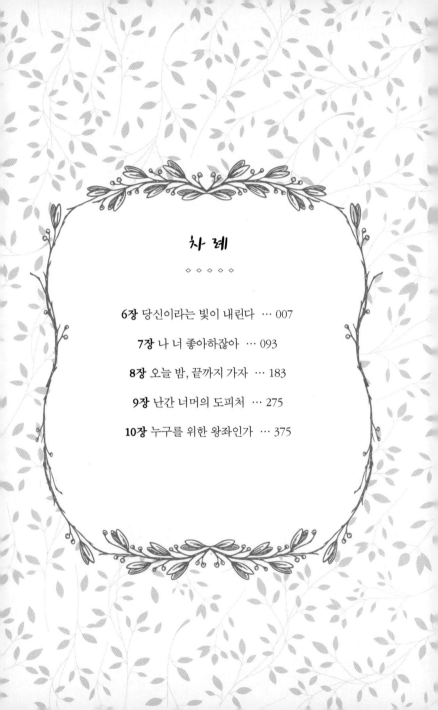

차 례

◇ ◇ ◇ ◇ ◇

6장

당신이라는 빛이 내린다

다른 날과 다름없는 외출일 뿐인데, 어쩐지 오랜만에 돌아온 것 같은 평창동 저택.

"아, 피곤해."

하언은 넥타이를 풀며 지친 목소리를 흘려보냈다. 그리고 조용히 뒤따라 여울에게로 시선을 돌렸다.

차에서부터 계속 어딘가 모르게 울적해 보였던 그녀.

그땐 시울의 말대로 멀미를 하나 싶었는데, 차에서 내리니 상태는 더 심각해졌다. 누가 보면 초상이라도 치르고 온 줄 알겠다.

"얘기도 잘 됐는데 표정이 왜 그래."

하언은 점점 가라앉기만 하는 그녀에게 조용히 물었다. 그러자 잠시 망설이던 여울은 조심스럽게 중얼거렸다.

"오빠 혼자 두고 온 게 마음에 걸려서……."

"……."

"에이, 괜한 모습을 봐서 자꾸 심란해지네."

그건 마치 눈물의 결혼식을 마친 신부가 친정집을 그리워하는 모습과 같았다.

하지만 그런 감정을 느껴본 적 없는 하언은 그녀를 위해 무엇을 해줘야 할지 알 수가 없었다. 저렇게 놔두기에는 뭔가 짠하고, 그렇다고 해서 다시 돌려보낼 수도 없고.

"하언 씨 때문은 아니니까 신경 쓰지 마요."

여울은 같이 심각해지려 하는 하언을 보며 서둘러 해명했다. 그러나 청개구리 같은 그의 마음은 신경 쓰지 말라고 한순간부터 더욱 더 그녀를 신경 쓰기 시작했다.

"옷 갈아입을게요. 하언 씨 먼저 씻어도 돼요."

지금 제 방과 다름없는 드레스 룸으로 들어가는 그녀는 오늘 밤 떠나온 집을 그리워하겠지. 오늘의 상태라면 모두가 잠든 새에 아까처럼 눈물을 쏟아내고도 남아.

"차여울."

하언은 쓸쓸하게 멀어지는 여울을 불러 세웠다. 드레스 룸 문을 열어젖히던 여울이 천천히 고개를 돌렸다.

아까 하염없이 울었던 탓에 눈은 이미 불긋불긋하다. 그건 얼마 없는 하언의 동정심을 무한대로 자극한다.

"……오늘 같이 잘래?"

그래서 내뱉은 말이었다. 여울에게 합방을 청한 그는 오직 그녀가 외로워하지 않도록 곁에 있어 주고 싶다는 마음밖에 없었다.

그러나 진심이야 어찌 됐든 여울의 귀에는 이상하게 들렸다. 차마 의미를 떠올려보기에도 민망할 만큼.

"뭐라고요?"

여울의 미간이 당혹감으로 구겨졌다. 그걸 본 하언은 방금 자신이 했던 말이 다른 쪽으로 해석될 수도 있다는 사실을 깨달았다.

"아니, 그 자는 거 말고."

"그 자는 게 뭔데요?"

하언의 느릿한 목소리에 여울의 눈동자는 뒤흔들리기 시작했다.

"그러니까……."

"……."

"드레스 룸에 혼자 두면 밤새 훌쩍거리기나 할 게 뻔하니까 오늘은 내 침대 말고 니 옆에서 새 이불 깔고 누워 자겠다고."

결국 하언은 건조한 어투로 길고 자세한 설명을 덧붙였다. 썩 멋은 없었지만 흑심도 없어 보이는 말이었다.

여울은 그제야 구겼던 눈썹을 풀었고 차분하게 되물었다.

"지금 그거 내가 걱정된다는 뜻?"

"니가 초상 치른 얼굴로 있으니까……."

"걱정스러워?"

"말하자면 그래."

혼자 생각할 땐 이렇게까지 민망한 감정은 아니었다. 그런데 왜 그녀가 대놓고 물어보면 눈도 제대로 못 마주치게 낯부끄러워지는지 모르겠다.

"필요 없으면 관둬."

애써 아쉬움을 누르며 등을 돌린 하언은 드레스 룸으로 저벅저벅 걸음을 옮겼다. 샤워하고 갈아입을 옷을 챙겨 드는 그는 필사적으로 여울의 시선을 외면하고 있었다.

"씻고 온다."

"응. 이불은 뭐 깔아 두면 돼요?"

그때, 여울의 가벼운 질문이 던져졌다. 무방비 상태였던 하언은 우뚝 걸음을 멈추고 그녀를 향해 고개를 돌렸다.

"뭐……?"

"내 옆에서 자겠다면서. 하언 씨 이부자리 미리 펴두게."

"……."

멍— 하던 정신이 아주 천천히 되돌아왔다. 하언은 지금 귓가에 파고든 그녀의 말이 이성적으로 소화되지 않는다.

그대로 심장에 얹혔는지, 아니면 얼굴에 눌어붙었는지. 가슴이 점점 빨리 뛰고 얼굴이 손닿으면 데일 듯 뜨거워진다.

분명 '같이 자자'는 얘기엔 아무 의미가 없을 텐데 니가 말하니까 왠지 기분이 이상해.

"내가…… 내가 펼게."

하언은 일렁이는 눈으로 침대 위 이불을 안아 들었다. 그리고 그녀의 잠자리에서 최대한 멀찍이 떨어진 곳에 제 이부자리를 펼쳤다.

"좀 더 가까이 와도 되는데."

"……."

"싫으면 말고."

너스레를 떠는 여울의 얼굴엔 어느새 우울함이 흔적도 없이 사라져있다. 그녀는 적나라하게 드러나는 하언의 속마음을 바라보는 게 즐겁다.

"붙어 자는 건 싫은데…… 니가 원하니까."

하언은 여울에게로 탓을 돌리며 그녀의 바로 옆자리까지 이불을 옮겼다. 그 손끝엔 긴장한 기색이 역력했지만 하언은 끝까지 무심해 보이려 애쓰는 중이었다.

"불 끈다."

그렇게 다가온 합방의 순간.

같은 바디워시 향기를 풍기며 각자의 이부자리에 나란히 누운 두 사람은 별말이 없었다.

벌써 잠들어버린 건 아니었다. 그저 까만 어둠이 시야를 가린 탓에 더욱 선명해져 버린 서로의 숨소리를 신경 쓰고 있을 뿐.

꿀꺽, 하언이 마른침을 삼키는 소리가 방안을 메웠다. 그제야 그도 잠에 들지 못했다는 사실을 깨달은 여울은 또렷한 목소리로 물었다.

"피곤하다면서 안 자요?"

"자는데."

"자는 사람이 어떻게 대답을 해."

"잠꼬대하는 거야."

피식, 조용한 방에 그녀의 실웃음이 새어 나왔다. 밤에 유독 깜깜해서 그런지, 하언의 귀에 그 소리는 무척이나 자극적으로 들려왔다.

머지않아 이어지는 건 하언이 있는 방향으로 몸을 돌리는 듯한 뒤척임 소리였다. 보이지 않아도 느껴지는 그녀의 시선에, 하언의 정신이 더욱 또렷해졌다.

"있잖아요. 도하언 씨."

"……."

"난 처음에 도하언 씨가 막무가내라서 너무 싫었어요."

싫어했던 건 알았는데 너무 싫었을 줄은 몰랐다. 살짝 찡그려진 하언의 눈이 그녀 쪽으로 틀어졌다.

"그런데 지금은 하언 씨를 만나서 다행이라는 생각이 들어요."

"……."

"하언 씨 아니었으면 오늘처럼 속 시원한 일도 없었을 테니까."

그건 오늘 최재형과 있었던 일에 대한 감사였다. 그녀의 마음을 얻기 위해서 나섰던 건 아니었지만 그 말은 하언의 마음에 쏙 들었다.

"흠……."

나른 숨을 내쉬는 하언의 입가에 살짝 미소가 얹혔다.

"……그래서 지금은 하언 씨가 좋아요."

그 순간, 그녀의 목소리로 들려온 한 마디는 그의 심장을 쿵쾅쿵쾅 요동치게 만들었다. 그 떨림은 너무나도 심해서 하언의 입꼬리는 다시 딱딱하게 굳혀버렸다.

울고 싶진 않은데 울먹이는 사람처럼 시큰시큰해진다. 호흡기에 문제는 없는데 누군가 가슴 위에 올라앉기라도 한 것처럼 숨을 쉬기가 버겁다.

잘 있다가도 어느 순간 갑자기 찾아오는 격한 감정.

이건 공황발작과 비슷하지만 두려워서 죽을 것 같지는 않다. 오히려 두근대는 심장이 터져 죽으면 모를까.

이런 감정이 피어오른 지는 꽤 되었지만 한 번도 깊게 생각해 보지 않았다. 당황스러운 마음에 매번 숨기거나 피해 버리기 급급했을 뿐이었다. 하지만 그사이 더욱 커져 버린 감정은 이제 더 이상 외면하기 힘들다.

이게 뭘까. 나는 대체 너를 어떻게 생각하고 있는 걸까.

고민이 깊어지는 동안 여울의 숨은 차츰 잦아들었다. 코를 작게 고롱거리는 그녀는 잠이 든 모양이었다.

그제야 하언은 여울 쪽으로 몸을 돌려 누웠다. 어둠에 적응한 눈이 흐리게 그녀의 실루엣을 비췄다.

어느 날 갑자기 나 혼자뿐이던 세상에 끼어들어 와, 나보다 더욱 커져 버린 너. 매번 투덜대거나 장난만 치던 목소리로 이젠 내가 좋아졌다는 말을 아무렇지 않게 꺼내놓은 너.

아, 이제 알겠다. 지금 내 감정을 어떤 말로 표현해야 하는지.

"⋯⋯나도 좋아해."

하언은 잠이 든 여울의 얼굴을 똑바로 바라보며 고백했다. 그 말이 정답이라고 알려주는 것처럼 심장의 두근거림이 심해졌다.

아마 그 사람의 좋아한다는 말은 이것보다 의미가 약할지도 모르겠다.

그렇다면 '나도' 좋아하는 건 아니니까 고쳐 말해야겠다.

"차여울, 좋아해."

어느새 나는 너를 마음에 담아 버리고 말았나 봐.

언제부터인지 하언이 제일 싫어하게 된 출근시간.

"아, 그러고 보니까 좋은 소식이 있어."

가죽가방에 필요한 자료들을 챙겨 넣던 하언이 말문을 열었다. 이부자리를 정리하던 여울은 그에게로 호기심 어린 눈동자를 돌렸다.

"무슨 좋은 소식?"

"최용훈, 차성미, 최재형, 최재희. 너희 고모 쪽 사람들 맞아?"

"맞는데, 왜?"

"오늘 아침에 그 사람들 하나하나 처리 끝냈다고 보고 받았어."

"처리라면 무슨……."

묻고는 있지만 여울은 이미 이어질 내용을 알고 있는 듯했다. 그녀의 얼굴에 어린 긴장감은 '설마'하는 기색이 가득하다.

"자식들은 사회적으로 말살시킨 수준이고, 차성미는 그동안 너희 남매한테 강도짓 했던 거 두세 배로 토해 내야 할 거야."

"……."

"그리고 고모부 최용훈. 조금만 털었을 뿐인데 불법도박부터 회사자금 횡령까지 별게 다 걸려 나왔어. 전부 법적처벌 받도록 손 써놨으니까 조만간 멋진 결말 기대해."

하언은 담담한 목소리로 아침에 들려온 소식 전부를 전달했다.

8년을 시달렸으면서도 해결책이 안 보였던 문제. 도하언은 그걸 하루아침에 말끔하게 정리해 버렸다. 차마 믿기지 않을 만큼 빠른 전개였다.

"그럼 고모쪽 사람들은 어떻게 되는 거예요?"

"파산 아니면 구속, 잘 풀리면 둘 다."

"……."

"자업자득이야."

그리 말하는 하언은 마치 제 복수라도 한 것처럼 만족스러운 표정이었다.

"아……."

하지만 정작 당사자인 여울의 반응은 생각보다 미지근했다. 분명 그녀도 속 시원해 할 거라고 생각했던 하언은 의아함에 미간을 구겼다.

"무슨 문제 있어?"

"아니요, 그냥…… 오빠도 이 소식 알고 있나 싶어서."

"나보다 먼저 알았을걸. 법무팀이랑 간밤에 얘기 끝냈다고 들었거든."

순간 여울의 얼굴에 깊은 걱정이 어렸다. 그녀는 잠시 뜸을 들이다가 하언을 바라보며 조심스레 물었다.

"오빠는 뭐래요?"

"고소할 수 있는 건 전부 고소하겠대."

"한동안 마음고생 심하겠네……."

흐린 혼잣말을 내뱉는 여울의 표정은 어제의 시울과 비슷했다. 하언이 그동안 왜 아무것도 하지 못했냐고 물었을 때, 시울도 딱 저런 감정을 띠고 대답했었다.

외면 받을 지도 모른다는 두려움. 다시는 어딘가에 소속되지 못할 수도 있다는 불안감.

그걸 한 단어로 표현하자면 '외로움'이었다. 어제의 시울도, 지금의 여울도, 외로움을 피하고 싶은 마음에 부질없는 것들을 붙잡고 있는 거다.

그렇게 발악할수록 점점 더 외로워질 거라는 사실을, 나는 이미 겪어봐서 알고 있는데.

"차여울."

하언은 낮은 목소리로 여울을 불렀다. 힘없는 그녀의 눈동자가 가만히 그와 시선을 마주했다.

그러자 하언은 두 손을 뻗어 그녀의 어깨를 붙잡았고 천천히 제 품 안으로 끌어당겼다. 그의 가슴에 닿은 여울의 얼굴이 놀란 와중에도 빨갛게 물들었다.

"하언 씨?"

"떠날 사람은 온 힘을 다해 붙잡고 있어도 떠나. 곁에 있을 사람은 아무리 밀어내도 니 곁에 남아 있고."

"……."

"그러니까 인연 끊는 일에 너무 겁먹지 마. 너 하나는 죽어도 안 버릴 사람, 분명 있으니까."

하언의 위로는 어디서 처방전이라도 받아 온 것처럼 여울의 상처를 완벽하게 치유해 주었다. 불안하던 마음은 단번에 잠잠해지고 내쉬는 숨결은 한결 편안해진다.

"그럼 죽어도 안 버릴 사람 좀 데려와 봐요. 꽉 매달려 있게."

기분이 나아진 여울은 심각했던 분위기를 풀어보려 장난스럽게 대꾸했다.

그러자 하언의 달콤한 목소리가 곧바로 이어졌다.

"지금도 매달고 있는데."

"응?"

"나한테 더 매달려 있고 싶어?"

의미를 제대로 파악한 게 맞다면 하언은 지금 죽어도 버리지 않겠다는 고백을 했다. 단순히 파혼극이 아니라 자신의 삶 자체에서.

그건 평소 하언이 내비치던 책임감과는 달랐다. 날 선 긴장감이 아닌 다정한 온기가 어려 있는 것이, 조금 더 설레는 의미로 들려왔다.

"치, 둘러대기는……."

여울은 삐딱한 말투로 말했지만 정작 둘러대고 있는 건 자신이었다. 그녀는 하언의 입술에서 의미심장한 말이 나올 때마다 주체 안되는 제 마음이 몹시 당황스럽다.

"자, 그럼 이제……."

하언은 두 팔에 힘을 더해 잠시 더 깊은 포옹을 했고.

"나 올 때까지 잘 놀고 있어."

짧은 안녕을 고하며 그녀를 품에서 놓아 주었다.

그를 향한 여울의 눈빛에 미처 숨기지 못한 아쉬움이 맺혔다. 가죽가방을 메는 그의 뒷모습은 그저 나설 채비에 바빠 보였지만.

"오, 오늘은 할 일이 많나?"

여울은 문고리를 붙잡으려는 그에게 떠보듯 물었다. 하언은 잠깐 일정을 되짚어보는가 싶더니 그녀 쪽으로 고개를 돌리며 장난스레 웃었다.

"왜. 일찍 오면 데이트라도 해 주나?"

이 남자가 진짜 왜 이래. 아까부터 자꾸 낯간지러운 말만 하고.

여울은 어쩐지 그에게 휘둘리는 것 같다는 생각을 하면서도 단칼에 끊어내지는 못했다. 그가 꺼낸 '데이트'라는 단어는 여울로 하여금 지루한 하루를 기대하게 만들었다.

"뭐, 봐서 이따가 영화라도 보든가 말든가. 새로 개봉한 거 많던데."

"보고 싶은 거 있어?"

"이번에 내가 좋아하는 배우가 새 영화 찍었던데, 제목이…… '폭군을 길들이는 방법'이었던가?"

결국 여울은 데면데면하게 굴면서도 그와의 데이트 약속을 잡아버렸다. 그러자 살짝 올라가 있던 하언의 입꼬리가 더욱 부드럽게 휘어졌다.

"아, 나 그거 알아."

"그래요? 내용은 잘 모르지만 아마 로맨스일 거예요. 그런 장르 싫어하면 다른 거 봐도 괜찮아요."

"아니야, 오늘 안에 예약 가능한 곳으로 찾아둘게. 이따 연락하면 나와."

방금 전의 그 말은 정말 그녀의 연인 같았다. 고개를 끄덕이는 여울의 두 뺨이 괜히 더 화끈화끈해졌다.

"차시울, 오늘따라 기분 좋아 보인다?"

책상 앞에 앉아 콧노래를 흥얼거리는 시울에게 법원 동기 대호가 말을 붙였다. 시울은 당당하게 '응!'이라고 대답하려 고갤 들었지만 불만이 가득한 그의 표정을 보고 노선을 바꿨다.

"너는 오늘따라 기분 안 좋아 보인다?"

"그럼. 누구 때문에 기분 되게 안 좋지."

대호가 직접적으로 이름을 언급하진 않았어도 시울은 단번에 그가 자신에게 토라져 있다는 사실을 깨달았다. 곰곰이 자신의 행적을 되짚어보던 시울은 이내 장난기 가득한 얼굴로 사과를 빌었다.

"아침에 니 커피 훔쳐 먹어서 미안."

"뭐?! 그거 너였어?!"

"그거 때문에 화내는 거 아니야?"

"지금 그것도 새롭게 화나긴 하는데! 진짜 중요한 문제는 너의 그 무책임함이야! 전화번호 넘겨준 지가 언젠데 어떻게 아직도 연락을 안 해?"

대호는 분노한 목소리로 시울을 다그쳤다. 그러나 시울은 그가 무슨 말을 하는지 전혀 이해할 수 없었다.

무슨 전화번호를 어떻게 넘겨받았는지, 무슨 일 때문에 연락을 해야하는지 전혀 기억하지 못하고 있었으니까.

"나 연락할 데가 있었던가?"

시울이 뻔뻔하게 묻자, 대호는 기가 차다는 듯 코웃음을 쳤다. 그러곤 책상 위에 놓여 있던 그의 휴대폰을 들어 맹렬한 기세로 무언가를 찾아냈다.

"도혜수, 도혜수…… 아, 여기 있다! 도혜수!"

"도혜수?"

"기억 안 나?! 내가 소개팅 시켜준다고 했던 애!"

"나 소개팅 안 받는데."

"이제 와서 무슨 말이야! 그땐 받겠다고 했잖아!"

그렇게 대답했던 기억은 여전히 없지만 대호는 절대 없는 얘길 지어내는 것 같진 않았다. 더 이상 딱 잡아떼고 있을 수만은 없어서 시울은 특유의 눈웃음을 살랑이며 말했다.

"대호야, 난 정말 소개팅 안 할 거야. 왜냐하면 지금 있는 여자도 너무 많아서 감당하기 벅차거든."

"뭐, 뭐?"

"들고 있는 내 폰 연락처를 봐. 혜수라는 이름만 해도 벌써 다섯 명이야. 이 정도면 말 다 했지?"

공식적인 소개팅 거절이었다.

타오르던 대호의 눈빛이 돌연 싸늘하게 식었다. 그는 엄지손가락 으로 시울의 휴대폰 액정을 꾹꾹 눌렀고 귓가에 가져다 댔다. 단호 한 표정은 큰 임무라도 수행하는 듯 비장한 표정이었다.

그러다가 이내 불쑥 꺼내 부르는 이름은.

"어, 혜수야. 나야. 대호 오빠."

"엥?"

시울의 휴대폰에 저장된 여섯 번째 혜수, 도혜수.

"이거 시울이 휴대폰 맞아. 번호 잘못 준 거 아니라고. 얘가 너무 일이 바빠서 연락할 시간이 없었나 봐."

"야아아, 싫다니까……."

"지금 옆에 있으니까 바꿔 줄게. 기다려."

원치 않는 통화내용은 시울이 빠져나갈 수 있는 구멍조차 막아버 렸다. 시울은 자리에서 일어나 다른 곳으로 피신하려 했으나 대호는 막무가내로 그를 붙잡고 휴대폰을 들이밀었다.

"자, 인사해."

"인사는 무슨 인사."

"얼른."

좋아, 이렇게 나온다 이거지.

시울은 두 눈을 날카롭게 빛냈다. 그러고는 거부하던 휴대폰을 단단히 붙잡아 제 뺨으로 가져갔다.

입사 이후 2년 동안이나 그를 지켜봐 왔던 대호는 곧장 깨달았다. 지금의 차시울은 대형 사고를 치기 직전 상태라는 것을.

"여보세요? 아, 도혜수 씨?"

시울은 간드러지는 목소리로 혜수에게 인사를 했다. 그의 얼굴엔 어린아이처럼 천진난만하고 순수한 미소가 맺혀 있었다.

그건 시울에 대해 조금이라도 아는 사람이라면 제일 두려워하는 모습이었다. 그는 사람을 엿 먹일 때, 가장 천사 같은 표정을 지어 보인다.

"사실 전 남자를 좋아……."

"아아악! 이 미친 새끼가!"

대호는 시울의 저주받은 주둥이가 다 열리기도 전에 잽싸게 휴대폰을 낚아챘다. 그런 그를 멀뚱멀뚱하게 바라보는 시울의 표정은 그야말로 환장할 지경이었다.

하지만 대호는 그럴수록 정신을 다잡고 전화를 되돌려받았다.

"혜수야, 난데……."

—아! 왜 오빠가 받아! 당장 시울 씨 바꿔!

찌렁찌렁한 혜수의 목소리는 시울의 귀에도 들렸다. 시울은 방금 전 가녀리고 순진한 목소리와는 백팔십도 다른 그녀의 태도에 픽, 실웃음을 지었다.

"진정하고 내 말 들어 봐."

─싫어! 내 사랑 시울 씨 말도 제대로 못 들었는데 니 말을 왜!

"너의 사랑 시울 씨 만나고 싶으면 내 말 들으라고."

─……말해 봐요. 오빠.

시울의 얼굴은 그때까지만 해도 해볼 테면 해 보라는 표정이었다.

대호는 지금껏 연수원 성적이든, 업무성과든, 여자들로부터의 인기든, 뭐든 간에 단 한 번도 그를 이겨본 적이 없지만 이번만큼은 꼭 시울의 뜻을 굽히겠다는 의지로 입을 열었다.

"오늘 일 끝나고 딱히 스케줄 없으니까, 법원 앞으로 와. 정식으로 자리 만들어 줄게."

"응? 자리? 무슨 자리?"

"어어, 검색하면 위치 나오지? 그래, 다섯 시까지 와! 우리 둘 다 칼퇴근 할 거니까!"

"지금 설마 내 약속 잡는 거야?"

뚝─

대호는 시울의 질문에 하나도 대꾸하지 않고 전화를 끊었다. 갑작스러운 전개에 당황한 시울은 그를 불안한 시선으로 바라보았다.

"자, 여기 폰 잘 썼어."

시울의 손에 휴대폰을 쥐어준 대호는 곧바로 그의 두 어깨를 붙잡았다. 그리고 단호한 목소리를 내뱉었다.

"나는 오늘 하루 종일 니 옆에 붙어 있을 거야."

"뭐?"

"그리고 다섯 시 땡 하자마자 너 머리채라도 붙잡아서 걔 앞에 끌고 갈 거야."

"으으웅?"

차시울에겐 이미 여자가 많은 것도 알지만. 차시울이 아끼는 동생에게 꼭 소개시켜주고 싶을 만큼 건실한 청년도 아니지만.

엄청난 성깔머리를 지닌 도혜수에게 남은 인생을 시달리지 않기 위해서라도.

"차시울 너는 오늘 꼭 도혜수랑 데이트를 해야 해."

서울 외곽에 위치한 영화관.

"어떡해, 너무 늦어 버렸네."

여울은 상영시간을 30분이나 넘기고 나서야 매표소 앞에 도착했다. 출발은 제법 서둘러 했으나 생전 처음 와보는 동네라서 길을 헤맨 탓이었다.

그녀는 가쁜 숨을 몰아쉬며 넓은 영화관 내부를 둘러보다가 이내 휴대폰을 꺼내 하언에게 전화를 걸었다.

뚜루루루— 뚜루루루—

하지만 신호음만 끝없이 이어질 뿐, 하언은 전화를 받지 않았다.

분명 한 시간쯤 전에 도착했다는 메시지를 받았는데, 혹시 먼저 들어가 버린 건가?

"여기 입장 몇 시까지 가능한가요?"

여울은 귀에 휴대폰을 댄 채로 매표소 직원에게 물었다.

"딱히 정해져 있지는 않지만 에티켓을 지키기 위해선 영화가 시작된 뒤 20분 안엔 들어가시는 게 좋습니다."

매표소 직원은 친절한 미소가 밴 얼굴로 그녀의 양심을 자극하는 대답을 했다. 여울은 심히 난처한 표정으로 한숨을 내쉬었다.

에티켓 무시한 채 상영관에 들어간다고 해도, 표가 없으니 하언 씨가 어느 자리에 있는지 알아낼 수가 없잖아.

"아…… 못 들어가면 도하언 화낼 텐데."

노심초사하던 여울은 전화를 받지 않는 그에게 메시지라도 남겨 놓기로 했다. 매표소 앞에서 기다리고 있을 테니 잘 보고 오라고.

그런데 그때.

"차여울. 여기야."

하언의 목소리가 또렷하게 들려왔다. 그와 통화연결이 되었다고 생각한 여울은 죄책감을 가득 담아 소리쳤다.

"여보세요! 하언 씨! 정말 미안해요! 여기 찾는 게 너무 힘들어서……!"

"여기라고, 여기."

그때, 바로 뒤편에서 다가온 손길에 여울의 어깨를 툭툭 건드렸다. 깜짝 놀라 뒤돌아선 여울의 눈이 어렵지 않게 하언의 모습을 담아냈다.

"하언 씨?"

"늦었잖아."

"나 때문에 아직 못 들어가고 있었어요?"

"어. 너 때문에 아직 못 들어가고 있었어."

"그냥 들어가서 혼자라도 보지. 예매한 거 아깝게……."

여울이 미안한 기색을 가득 담은 채 말하자, 하언은 옅은 웃음을 입꼬리에 머금었고 특유의 무심한 목소리로 대꾸했다.

"가자."

이미 상영된 지 40분이 되어 가는 시각. 영화를 포기한 여울은 당연히 다른 장소로 향하는 거라 생각하고 엘리베이터 쪽으로 몸을 틀었다.

"그래요, 내가 오늘 오래 기다리게 했으니까 저녁 사 줄게요."

"그쪽 아니라 이쪽."

"응?"

하지만 하언이 가리키는 곳은 상영관 입구였다. 여울의 눈동자가 의아한 빛으로 떨려 왔다.

"벌써 영화 삼분의 일은 지나갔을 텐데?"

"안 지나갔어."

"아니야, 우리가 예매한 게 몇 시 영화인데."

"상관없어. 너 도착하는 대로 틀어달라고 했으니까."

"그게 무슨 말이야?"

여울은 하언이 하는 말을 좀처럼 알아들을 수 없었다. 그래서 미간을 좁힌 채 그의 얼굴만 물끄러미 쳐다보고 있으니.

"도하언 님, 일행 분은 오셨습니까?"

누군가가 하언의 이름을 부르며 다가왔다. 유니폼에 달린 명패대로라면 이 영화관의 총괄 매니저가 분명했다.

"네, 도착했습니다. 10분 뒤에 상영 시작해 주세요."

"알겠습니다. 주문하신 스낵 서비스는 언제쯤 드리는 게 좋을까요?"

"시작하고 나서 바로."

"네, 그렇게 하겠습니다. 최대한 편안하게 관람하실 수 있도록 최선을 다해드릴 테니, 마음 놓고 즐거운 시간 보내세요."

두 사람의 의미심장한 대화.

그제야 어렴풋이 상황을 파악한 여울은 넌지시 물었다.

"하언 씨, 혹시…… 영화관 빌렸어요?"

그러자 곧바로 간결하기 그지없는 하언의 대답이 돌아왔다.

"어. 예약해 둔다고 했잖아."

아, 예매를 잘못 말한 건 줄 알았는데 정말 말 그대로 예약이었구나. 몇 시간에 몇 백이 든다는 상영관 예약.

"왜 굳이 영화관 예약까지……."

"영화 보고 싶다며."

"네. 그건 그런데 이건 너무 스케일이 크잖아요."

"그럼 이런 영화를 굳이 다른 사람들까지 끼워 앉혀놓고 봐야 되나?"

"……."

"베드신만 여섯 번이라는데."

응? 방금 엄청난 단어와 엄청난 횟수가 귓속으로 파고든 것 같은데?

여울은 불안이 가득한 눈빛으로 영화정보가 뜨고 있는 스크린을 바라보았다.

그녀가 가장 좋아하는 배우의 매력적인 얼굴보다, 내용이 궁금해지는 커다란 타이틀보다. 붉은 글씨로 적힌 '미성년자 관람불가'라는 단어가 그녀를 당황스럽게 만들었다.

"아니, 순진한 이미지로 먹고사는 배우가 왜 저런 걸 찍었나……."

"들어가자. 영화 봐야지."

하언은 그녀를 이끌며 부드럽게 미소 지었다. 아침에 출근하기 직전 보여 줬던 바로 그 미소였다.

그땐 참 다정하다고 생각했는데 의미를 알고 나서보니 흑심만 가득해 보인다. '영화 봐야지'라고 말하는 목소리도 어딘가 야릇하게 들린다.

"앉고 싶은 자리에 앉아. 다 니 자리니까."

"왜, 왜 문을 닫고 그래요?"

"그럼 넌 영화관에서 문 열어놓고 영화 봐?"

"아니요, 그건 아니지만……."

베드신만 여섯 번이라는 영화를 보기 위해 상영관을 통째로 빌린 남자, 도하언.

여울은 이 무시무시한 남자가 앞으로 두 시간 동안 무슨 짓을 벌일지 짐작도 할 수 없다. 그저 긴장한 얼굴로 마른침만 꿀꺽 삼켜 넘길뿐.

—뭔가를 하고 싶은데 그게 뭔지 잘 모르겠어…….

—…….

─나를 어떻게 해 줘…….

첫 번째 베드신.

여울은 애써 아무렇지 않은 척을 했다. 하언이 미리 주문해 두었
다는 버터구이 오징어를 질겅질겅 씹으며, 본격적으로 드러나는 그
남자의 나신에도 눈빛조차 떨지 않았다.

─들어가게 해 줘.

─아…….

─들어가고 싶어.

그리고 15분쯤 뒤에 곧바로 이어진 두 번째 베드신.

그건 방문 하나를 사이에 두고 나누는 대화부터가 야릇했지만 그
때까지만 해도 여울에게는 여유가 있었다. 남자주인공이 워낙 순수
한 느낌이라 베드신조차 그저 풋풋하고 사랑스럽기만 했다.

─옷 갈아입는 모습 보여 줘.

─뭐?!

─보고 싶어.

─잠……잠깐만!

하지만 그 순백의 도화지 같은 남자가 드디어 강렬한 욕망에 눈
을 떴을 때.

딱 그 시점부터 영화의 수위는 본격적으로 높아지기 시작했다.
그가 하도 적나라하게 애정을 표현하는 덕분에, 도하언과 함께 그
장면을 지켜봐야 하는 여울은 제대로 숨도 못 쉴 지경이었다.

나는 왜 하고많은 영화 중에서 하필 이 영화를 보자고 했을까.

은근슬쩍 후회가 밀려들어왔지만 어쩔 도리는 없었다. 결국 여울

은 또다시 시작되려는 베드신의 전조를 보며 작은 탄식을 내뱉었다.

"아, 옷을 무슨 허물 벗듯이 계속 벗네……."

"스토리 좋은데 왜."

"좋기는 무슨. 계속 벗기만 하는구만."

"그래서 보자고 한 거 아니었어? 난 그런 줄 알았는데."

잔뜩 동요하는 여울과 달리 하언은 딱히 민망해하는 기색도 없었다. 아마 이 영화에 베드신만 여섯 번이라는 사실을 알고 있었던 만큼, 어느 정도 마음의 준비를 끝내고 온 모양이었다.

하지만 모든 게 당황스러웠던 여울은 진득하게 앉아 감상하기가 어려웠다. 여자주인공이 야릇한 소리를 낼 때마다 괜히 하언의 눈치를 살피며 안절부절못하게 된다.

그 모습은 하언의 눈에 그대로 비쳐 나왔다. 어느 시점부터 영화가 아니라 난처할 때마다 구겨지는 그녀의 미간을 구경하고 있던 하언은 장난기 가득한 목소리로 물었다.

"부끄러우면 눈이라도 가려 줄까?"

"하나도 안 부끄럽거든요."

"그런데 인상을 왜 그렇게 쓰고 있어."

하언은 그녀의 얼굴을 향해 은근슬쩍 손을 뻗었다.

"아, 왜 이런대?"

여울은 다가오는 그 손길을 막기 위해 제 손을 얼굴 근처로 들어 올렸다. 그러자 하언은 곧바로 가까워진 그의 손을 낚아채듯 쥐어 잡아 버린다. 그리고 풀어낼 수도 없게 깍지를 낀다.

"잡았다."

"뭐, 뭐하는 거예요?"

여울은 눈동자를 휘둥그레 뜨고 물었다. 그러자 하언은 망설임 없이 뻔뻔한 대답을 했다.

"손잡았는데."

"내 손을 갑자기 왜 잡는데요?"

"아까부터 계속 노리고 있었거든."

그러니까 영화 보다가 뜬금없이 내 손을 왜 노리냐고.

당황한 여울은 그걸 뿌리칠 생각도 하지 못했다. 그래서 물끄러미 그의 얼굴만 바라보고 있자, 하언은 맞잡은 손을 제 쪽으로 끌어당겼다.

아무래도 영화가 끝날 때까지 본격적으로 잡고 있을 모양이었다. 지금 이 순간, 여울은 하언에게 문득 물어보고 싶은 질문이 생겼다.

그러나 섣불리 입 밖으로 꺼내놓진 않았다. 그럴 리가 없을뿐더러 그래서도 안 됐다.

"하여간, 음흉하긴……."

결국 여울은 괜한 핀잔으로 수줍음을 감춰놓은 채 다시 스크린으로 시선을 고정시켰다.

안 그래도 살결의 향연 때문에 집중하기 힘든 영화였는데, 하언과 손까지 붙잡은 채 보자니 더더욱 눈에 들어오지 않았다.

―사랑해, 진심이야…….

그때 마침 남자주인공은 사랑을 고백했고 이내 여자주인공에게 깊은 키스를 선물했다. 서로에 대한 감정만큼 애절하게 맞닿는 입술에, 여울의 심장이 미친 듯이 쿵쾅거리기 시작했다.

여울은 하언에게 들릴 것만 같은 심장 소리를 잠재우기 위해 스스로를 세뇌시키기 시작했다.

지금 내 가슴이 두근거리고 있는 이유는 저들의 키스가 너무 로맨틱하기 때문이야.

"흠……."

절대 바로 옆에서 들려오는 도하언의 숨결을 의식해서가 아니야.

"차여울."

그때 하언이 갑자기 여울의 이름을 불렀다. 안 그래도 잔뜩 긴장하고 있던 여울은 화들짝 놀란 반응을 보였다.

"네, 네?"

그러자 하언은 키스신에 시선을 고정시켜둔 채 낮은 목소리를 꺼내놓았다.

"저거 보고 있으니까 생각난 건데……."

"……."

"우리도 키스 꽤 많이 한 거 알아?"

모를 리가 없었다. 술김에 한 첫 키스를 시작으로 그날 하루 동안만 해도 수십 번을 입술을 부딪쳤던 데다가, 얼마 전엔 맨정신으로도 아주 깊은 입맞춤을 나누었으니까.

하지만 순순히 대답하기엔 낯간지러운 질문이었다. 여울은 요즘 따라 부쩍 이런 얘기만 꺼내는 하언이 수상스럽다. '혹시……'하며 그의 마음을 은밀하게 넘겨짚어 볼 만큼.

"기억 안 나나?"

"아니요, 기억나긴 하는데……."

상황이 이쯤 되면 아무래도 대놓고 물어볼 필요성이 있겠다.

그럴 리 없겠지만. 우린 그래서도 안 되겠지만.

원래 남들 앞에서만 해도 되는 애인 행세를 자꾸 나랑 단둘만 있을 때에도 하려고 하니까 자꾸만 궁금해지잖아.

정말 나를 애인으로 생각하고 있는 건지.

"도하언 씨, 혹시…… 나랑 진짜 연애하고 싶어요?"

조금도 뭉뚱그리지 않은 여울의 질문에, 하언은 천천히 그녀 쪽으로 고개를 돌렸다.

평소 감정표현이 대담하지는 못했던 하언이라 당황하기라도 할 줄 알았는데 그의 눈빛은 조금도 흔들리지 않았다.

오히려 그녀의 입술을 정확하게 내려다보며.

"그래서 묻는 거라면."

"……."

"지금 해도 되나?"

엄청난 질문을 던질 뿐.

하언의 나직한 목소리가 그녀에게 다가가고 싶은 마음을 숨김없이 드러냈다. 스트레이트로 날아온 그에 본심에 놀란 여울은 당황한 표정으로 되물었다.

"예? 지금요?"

마주한 눈빛의 온도도, 그 안에서 느껴지는 감정도, 그는 지금 당장 입 맞춰 온다고 해도 이상하지 않을 만큼 달아올라 있다. 여울은 떨리는 호흡을 가다듬으며 어떤 반응을 보여야 할지 고민했다.

목표는 도하언과의 파혼인데 연애를 하게 생긴 지금, 정답은 '그럴 수 없어요'라는 단호한 거절이겠지만.

"글쎄요……."

사람 마음이라는 게 원래 정답을 따라 움직이는 게 아니니까.

"연애하고 싶은 거라면…… 해도 괜찮을 것 같고……."

여울은 하언에게 또 틈을 보여 주고야 만다. 그녀는 거부하는 순
간 미련 없이 떠나갈 그의 입술이 왠지 미련으로 남을 것 같다.

"그래."

짧게 대답한 하언은 기다렸다는 듯이 그녀에게로 얼굴을 밀어붙
였다.

처음엔 지그시 누르고 있기만 하더니, 이내 가볍게 떨어졌다가
다시 닿아오기를 반복하는 그의 입술은 그녀를 몹시도 애타게 만들
었다.

여울은 부드러운 감촉을 좀 더 오래 느끼고 싶은 마음에, 또 한
번 떨어지려 하는 그의 입술을 붙잡았다.

그러자 하언은 한 손을 뻗어 그녀의 얼굴을 감싸 쥐었다. 뒤이어
밀려들어 오는 은밀한 혀끝은 꼭 보채는 아이에게 물려주는 달콤한
사탕 같았다.

"흐음……."

반응하듯 새어 나오는 여울의 숨결은 여리지만 뜨거웠다. 그럴수
록 하언은 더욱 깊숙이 그녀를 탐했고, 여울도 그 마음에 조심스럽
게 화답해 주기 시작했다.

첫 번째 키스가 충동이고, 두 번째 키스가 그리움이었다면 이번
의 키스는 고백과 비슷했다. 주고받는 호흡은 꼭 좋아한다는 말에

나도 좋아해, 하고 속삭여주는 것 같다.

영화 속 인물들의 로맨스가 클라이맥스를 지나 결말에 다다르는 동안 두 사람은 스크린 빛을 조명 삼아 둘만의 로맨스를 만들어갔다.

가끔 달뜬 숨을 고르기 위해 입술을 떼어낼 때마다 여울과 마주치는 하언의 시선은 마음이 녹아버릴 만큼 뜨거웠다.

그래서 여울은 이 시간이 진심으로 좋았다.

그렇게 얼마나 서로의 존재를 확인했을까.

─그러니 시간이 많이 흘러서, 언젠가 문득 우리의 소식이 궁금해지거든. 그때가 되면 또 놀러 와.

─세상에서 가장 멋진 이야기를 들려줄게.

행복이 가득한 나레이션과 함께 영화는 끝을 맺었고, 엔딩크레딧이 오르며 상영관에 불이 켜졌다.

그와 동시에 진한 키스를 마무리 지은 두 사람은 촉촉이 젖은 시선으로 한동안 서로의 얼굴을 바라보았다.

똑같은 색깔과 똑같은 온도로 붉게 부풀어 있는 입술.

하언은 그녀의 입술에 한 번 더 가볍게 입을 맞추었다. 그리고 입꼬리를 들어 웃으며 속삭였다.

"역시 통째로 빌려놓길 잘했네."

여울은 순간 고개를 끄덕거릴 뻔했다. 이러려고 영화를 보자고 한 건 아니었는데, 이제껏 해 온 영화관 데이트들 중에서도 이번이 가장 행복했으니까.

벚꽃처럼 물든 뺨을 매만지던 여울은 하언의 얼굴을 바라보며 물었다.

"처음부터 이럴 계획이었어요?"

"내 계획은 손까지였는데."

"그럼 갑자기 입술은 왜 가져왔어?"

"니가 원하는 것 같아서."

또 그녀에게로 원인을 돌리는 그의 핑계. 이번엔 정말 그가 먼저 시작한 게 분명하다고 생각한 여울은 입술을 삐죽이며 툴툴댔다.

"하언 씨는 맨날 내 핑계 대더라. 그냥 솔직하게 말하지."

"뭐라고 말할까?"

"하언 씨가 먼저 날 원했다고."

그건 진심으로 듣고 싶었다기보단 하언의 핑계를 비꼬기 위해 내뱉은 말이었다.

"그래, 내가 먼저 원했어."

그러나 하언은 순순히 그녀의 뜻대로 대답해 주었고.

"그러니까 앞으로도 이 정도까지는 하고 싶어."

나직한 목소리로 비밀스러운 바람을 내비쳤다. 아직 입술에 그의 감촉이 남아 있는 여울은 그의 부탁이 싫지만은 않았다.

"허락해 주면 하언 씨는 나한테 뭘 해 줄 건데요?"

그래도 곧바로 수락하기엔 뭐해서 살짝 튕겨 냈더니, 하언은 짧은 고민 끝에 대답했다.

"나도 니가 원할 때마다 키스하게 해 줄게."

"풉, 그게 뭐야."

여울은 점점 능글맞아지는 하언을 비웃으면서도, 끝내 싫다는 내색은 하지 않았다. 오히려 일렁이는 두 눈엔 다가올 시간들에 대한 기대감이 가득했다.

그럼 우린 오늘부터 자연스럽게 키스 정도는 나누는 사이. 그렇게 알콩달콩 지내다가 무사히 파혼까지 골인해야 할 사이.

이런 관계를 뭐라고 불러야 할지는 모르겠다. 우리 계획의 성공이 행복과 연결되는 건지도 모르겠다.

그녀가 정확하게 알고 있는 건 오직 단 하나.

"차여울."

나는 애타는 입술을 가진 이 남자와.

"지금 가장 먹고 싶은 게 뭐야? 제일 잘하는 데로 데려가 줄 테니까 말만 해."

무심한 표정으로 달콤한 멘트만 골라 하는 이 남자와.

"비싼 거 먹어도 돼요?"

"난 가진 거 돈밖에 없다니까."

"좋아, 그럼…… 소고기!"

"기껏 생각한 게 그거야?"

진짜로 사랑하게 될지도 모르겠어. 어쩌면 지금보다 더.

법원 앞에 도착한 혜수는 긴장한 표정으로 립스틱을 덧발랐다.

오늘은 드디어 SNS상으로 바라만 보던 그녀의 이상형을 실제로 만나는 날. 너무나도 갑작스럽게 생긴 기회라 아직 현실로 와 닿지는 않았다.

옷을 고르면서도, 새빨간 스포츠카에 시동을 걸면서도, 정신이 아득하기만 한 것이 꼭 꿈결을 걷는 기분이었다.

"흐음, 어떤 컨셉을 유지해야 하나……."

외모 점검을 마친 혜수는 고민스러운 표정으로 중얼거렸다.

그의 SNS 인맥을 대강 훑어보니 여자는 이미 차고 넘치도록 많은 것 같은데. 아무렇게나 들이댔다가는 식상하게 여기거나 지루해할 것 같았다.

연하인 점을 강력하게 어필해 볼까. 아니야, 그러기엔 네 살밖에 차이 안 나잖아.

그럼 돈으로 밀어붙여? 아, 그것도 별로 효과 없을 거야. 그 사람처럼 완벽한 사람이라면 자존감이 강해서 물질적인 부분에 속물처럼 휘둘리지 않을 거야.

도혜수의 26년 인생 중에서 가장 치열한 고민을 하고 있던 그때.

"야! 차시울! 너 거기 안 서냐!"

익숙한 목소리가 익숙한 이름을 불렀다. 사이드미러를 통해 소리가 난 쪽을 확인하자 버스정류장을 향해 전속력으로 달리고 있는 한 남자의 모습이 눈에 들어왔다.

"안 설 거야! 사랑해! 대호야!"

세 달간 멀찍이서 그리워만 해오던 저 얼굴은 혜수의 왕자님, 차시울이 분명했다.

"기사님! 잠깐만요! 저 탈 거예요! 그거 타야 돼요!"

하지만 어쩐 일인지 시울은 떠나려고만 하고 있다. 그는 굉장히 필사적으로 정류장에 멈춰 선 버스를 붙잡아 세운다.

'나랑 소개팅하기로 해 놓고 어딜 가는 거야?!'

혜수는 본능적으로 저 몸뚱이를 어떻게든 낚아채야 한다고 생각했다. 그래서 조수석에 놓여 있던 백을 급히 챙겨 들고 차 문을 박차 다시피 열고 나갔더니.

"혜, 혜수야!"

대호가 180cm의 키를 자랑하는 장대 같은 그녀를 저 멀리서도 알아보았다. 그 목소리는 내달리던 시울에게도 또렷이 들려왔다.

시울은 재빨리 주변을 살펴보았고 너무나도 쉽게 혜수의 존재를 찾아냈다.

아직 얼굴을 본 적은 없지만 광나는 스포츠카부터, 모델 같이 쭉 뻗은 기럭지, 투톤으로 염색된 화려한 머리카락, 그리고 블링블링한 느낌의 옷차림새까지.

눈에 안 띌래야 안 띌 수 없는 저 여자는 확실히 도혜수였다. 그의 본능이 그리 말하고 있었다.

"거기 차시울 도망친다! 잡아!"

"도망?! 도망을 왜 치는 건데?!"

"소개팅하기 싫다고 저러잖아! 빨리 잡아!"

"뭐?!"

시울을 포획할 생각뿐이었던 대호는 너무나도 솔직하게 상황을 이실직고했다.

그러자 혜수는 설렘이 가득하던 눈빛에 돌연 날을 세웠다. 비록 그녀가 애원해서 소개받는 남자라지만 불러놓고 도망치는 꼴은 상식적으로 생각해봤을 때 굉장히 무례한 행동이었다.

'감히 날 퇴짜 놓으려고 해?!'

욱! 하는 구석이 있는 혜수는 잠시 저도 모르게 멈칫해 버린 시울을 바라보았다. '지금 뭐하는 짓이냐'라는 그녀의 목소리가 텔레파시를 통해 전해지는 듯했다.

시울은 호랑이 같은 그 기에 눌려 잠시 움츠러들 뻔했으나, 이내 혼신의 힘을 다해 눈웃음을 치며 첫마디를 건넸다.

"안녕하세요, 혜수 씨. 이렇게 소개받게 되어서 정말 기쁘네요. 대호한테 얘기 많이 들었어요."

나긋나긋한 목소리로 들려오는 만남의 인사.

"그럼 나중에 또 만나요. 저는 집에 가스 불 끄고 오는 걸 잊어서 이만."

하지만 곧바로 자연스럽게 이어지는 작별의 인사.

오늘의 만남에 온갖 기대를 걸었던 혜수는 그런 그를 용납할 수 없었다. 그동안 수도 없이 연락했지만 단 한 번도 답장을 주지 않았을 때부터 그녀는 인내심의 한계를 느낄 만큼 많이 참아줬다.

혜수는 긴 다리를 움직여 그에게로 다가갔고, 그 사이 정류장을 유유히 떠나는 버스를 허망하게 바라보는 시울을 불렀다.

"Hey, son of a bitch."

"⋯⋯응? Son of 뭐?"

다른 건 몰라도 방금 전 그녀의 말이 욕설이라는 건 확실히 알고 있다. 다시 그녀에게로 되돌아간 시울의 눈동자가 파르르 떨려 왔다.

어느새 그의 코앞에 멈춰 선 혜수는 깊은 한숨을 쉬며 화려한 머리카락을 쓸어 넘겼다. 안 그래도 큰 키인데 힐까지 신은 그녀는 178cm인 시울보다 눈높이가 조금 더 높았다.

"Are you running away from me?"

그래서 가만히 있어도 위압감 느껴지는 그녀가 살벌하게 물어 왔다. 진심대로라면 시울은 고개를 끄덕여야 했지만 그랬다간 목숨이 남아나지 않을 것 같아서 천천히 가로저었다.

"……노!"

그제야 혜수는 공격적인 눈빛을 거두었고 웃음기 어린 목소리로 말했다.

"그럼 배고픈데 저녁 먹으러 가죠?"

"네?"

"소개팅해야지, 우리."

그건 마치 그녀가 매달리는 것처럼 보이지만 사실 방금 전 시울의 무례함으로 인해 호감은 산산조각 깨져 버렸다. 이렇게 된 이상, 혼자 열심히 삽질해 왔던 3개월이란 시간들이 아쉬워서라도 오늘 끝장을 내버릴 것이다.

두고 봐, 차시울. 오늘 내 자존심을 박살 낸 만큼 니 자존심도 와르르 무너트려 버릴 줄 알아.

다신 소개팅 자리에서 그딴 짓 못 하게 정신머리를 싹 고쳐 놓겠어.

법원 근처 프랜차이즈 스파게티 집.

그곳의 가장 구석 자리 테이블은 총성 없는 전쟁터였다.

마음에 안 들어 죽겠다는 표정을 하고 있으면서도 자리를 지키고 앉아 있는 혜수와 그러든가 말든가 토마토 스파게티만 열심히 흡입하는 시울.

두 사람은 누가 봐도 앙숙과 다름없는 사이였다. 가끔씩 맞닿는 눈빛에서 흐르는 살벌한 기류는 가게의 신나는 BGM을 무색케 만들었다.

그걸 버티지 못한 대호는 주문한 음식이 나오기가 무섭게 도망가 버린 지 오래였다. 혜수는 무책임한 그를 속으로 백 번쯤 욕하며 분을 삼켰다.

"안 먹어요?"

아직 스파게티를 우물거리고 있는 시울이 물었다. 무례하게 도망쳐버리려고 한 주제에 표정은 굉장히 당당하고 뻔뻔했다.

혜수는 입가에 픽, 비웃음을 얹었다. 그러고선 자신이 생각할 수 있는 가장 재수 없는 말을 내뱉었다.

"겨우 이런 데로 데려올 줄은 몰랐네. 원래 이렇게 수준 낮게 놀아요?"

그 대사는 본인이 입장 바꿔서 생각해도 자존심 상할 만했다. 바로 그걸 원했던 혜수는 내심 쾌재를 불렀다.

지금 그녀는 자신의 자존심이 박살 났던 만큼 시울의 자존심도 박살 내 버리기 위해서 험악한 분위기에도 꿋꿋하게 소개팅을 이어 나가는 중이다.

"응? 여기 나름대로 맛집인데?"

그러나 시울은 별다른 동요 없이 되물었다. 살면서 더한 폭언과 모멸감에 시달려 온 그에겐 이 정도의 무례함 따위는 귀여운 애교 수준이었다.

하지만 그런 시울에 대해서 알지 못하는 혜수는 그가 애쓴다고 생각했다. 저렇게 아무렇지 않은 척하려는 남자일수록 자격지심이 많은 법이다.

"난 구질구질한 거 싫어해요. 구질구질한 사람이랑 같이 어울리는 것도 싫고."

"그럼 나랑 소개팅은 왜 해?"

"누구처럼 소개팅 당일 날 파투 내려는 몰상식한 짓, 하고 싶지 않아서요."

혜수는 비아냥대는 말투로 시울을 저격했다. 가만히 듣고 있던 시울의 표정이 살짝 굳어졌다.

이제 반응이 오는구나 싶어진 혜수는 두 눈을 빛내며 그를 바라보았다. 만약 그가 흥분한 반응이라도 내비치거든 그때부터 더욱 강한 공격으로 맞대응할 생각이었다.

그러나 시울은 순식간에 다시 웃는 낯으로 되돌아왔다. 그러고서 이어내는 말은 천하태평하기 그지없다.

"아, 사랑니 아프다. 언제 날 잡에서 빼러 가야 되는데."

"……."

"넌 사랑니 빼봤어? 그거 많이 아픈가?"

"은근슬쩍 말 놓지 말아 줄래요? 나이 어리면 반말 듣는 게 당연한 건 줄 알아요?"

혜수는 또다시 무례해질 기미를 보이는 그에게 대놓고 면박을 주었다. 그럼 무안하기라도 할 줄 알았는데 시울은 눈 하나 깜짝 않고 받아쳤다.

"대신 너도 말 놔. 어차피 '시울 씨'보다 '시울이 오빠' 소리가 더 듣기 좋으니까."

"하, 기가 막혀. 내가 왜 그쪽을 오빠라고 불러야 돼요?"

"알았어, 알았어. 그럼 누나라고 해. 됐지?"

"되기는 뭐가……!"

혜수는 높아지려는 언성을 의식적으로 멈추었다. 살랑살랑 약을 올려대는 그에게 지나치게 동요하는 건 자칫 만만해 보이기 십상이었다.

그녀는 옅은 한숨으로 흥분을 가라앉혔고 날이 선 목소리로 두 번째 공격을 개시했다.

"사진으로 봤을 땐 기대가 컸는데, 실제로 보니까 여러모로 별로네."

그건 매달렸던 시간들에 대한 해명이자 지금은 비호감에 가까운 마음을 드러내기 위한 수단이었다. 시율의 눈가에 특유의 장난기가 어렸다.

"사진으로 봤을 땐 어땠는데?"

"직업도 좋고, 얼굴도 그만하면 반반하고. 그런데 까놓고 보니까……."

"어머, 고마워라. 너무 예쁘게 봐줘서 몸 둘 바를 모르겠네."

칭찬 아니야. 뒷말을 들어, 이 새끼야.

또 한 번 욱한 혜수의 손이 테이블 위 포크를 꽉 잡아 쥐었다. 시율은 분명 그걸 보고 있으면서도, 아무 상관 없다는 듯 피자 한쪽을 집어 들었다.

그리고 입으로 가져가기 전, 쓸데없는 잡담을 늘어놓기 시작했다.

"아, 니가 내 얼굴 얘기하니까 생각났는데 사람들이 난 남자도 홀리게 생겼대. 옴므파탈이라나 뭐라나."

"……."

"사실 내가 예전부터 인기는 많았거든. 나랑 3초 이상 눈 맞추고 있으면 이상하게 가슴이 뛴다 하더라고."

"……."

"그러니까 넌 절대 3초 이상 내 눈 마주치지 마. 알았지?"

진정해. 도혜수. 상대는 또라이야.

혜수는 그의 자신감 넘치는 발언을 듣고도 아무런 대꾸를 하지 않았다. 보통이 아닌 말발을 지닌 그는 받아치면 받아칠수록 점점 더 울화통만 자극했다.

스포츠로 따지자면 공을 주고받는 게 가능한 테니스가 아니라 공만 던졌다 하면 저 멀리 안드로메다까지 날려 버리는 야구 같다고나 할까.

혜수는 속을 가라앉히기 위해 찬물을 들이켰다. 그런 그녀에게 시울은 굉장히 태평한 낯으로 물었다.

"되게 안 먹네. 혹시 다이어트 해?"

"……."

"키가 너무 커서 발바닥 살 빼려는구나!"

"……."

"헤헷, 조크야. 정색하긴."

그제야 혜수는 깨달았다. 그를 엿 먹이겠답시고 여기서 버티는 시간들이 전부 부질없는 낭비라는 사실을.

그는 이미 존재 자체가 대형 엿이라서 아무리 온갖 엿을 투척해도 눈 하나 꿈쩍하지 않는가 보다. 오히려 엿 같은 구석만 점점 커져갈 뿐.

"혼자 잘 처먹든 뭘 하든 알아서 해요."

"응?"

"난 화장실 다녀와서 그냥 집에 갈래요."

더 이상 그를 상대하지 않겠다고 마음먹은 혜수는 다소 거칠어진 말투로 통보하듯 말했다.

그새 피자를 크게 베어 문 시울은, 햄스터처럼 입을 오물거리며 자리에서 일어서는 그녀를 쳐다보았다. 그 눈은 마치 '벌써 가?'라고 묻는 듯했지만 딱히 붙잡는 기색은 아니었다.

이제 '차시울'이라면 질릴 대로 질려버린 혜수는 미련 없이 화장실로 향했다.

단 하나밖에 없는 변기는 이미 누군가 쓰고 있었다.

그녀는 순서를 기다릴 겸 세면대 앞에 섰고 챙겨온 파우치를 열었다. 오늘 아침 시울을 만날 생각으로 공들였던 메이크업은 지금 봐도 괜찮아서 왠지 억울해졌다.

"어휴, 내가 겨우 저딴 새끼 만나려고 세 시간 동안 그 난리를 쳤나……."

혜수는 한탄을 늘어놓으며 살짝 지워진 립스틱을 덧발랐다.

그때, 칸막이의 문이 열리고 커다란 귀걸이를 한 여자 하나가 껌을 짝짝 씹으며 걸어 나왔다.

그녀는 저보다 세 뼘은 큰 혜수를 시비조로 올려다보는가 싶더니, 이내 세면대 앞으로 가 제 머리를 정돈하기 시작했다. 아주 짧게 스쳤을 뿐이지만 그 눈빛은 굉장히 불쾌했다.

하지만 볼일이 급했던 혜수는 딱히 걸고넘어지지 않았다. 칸막이에 들어서자마자 세면대에 놓고 온 파우치가 떠올랐으나 그녀는 '뭐, 어디 가겠어?'하는 안일한 생각으로 제 용무에 집중했다.

그러나 잠깐 뒤, 후련한 표정의 그녀가 칸막이에서 나왔을 때.

"응? 내 화장품 어디 있지?"

분명 세면대 위에 놓아두었던 그녀의 파우치는 온데간데없이 사라져 있었다. 정황상 떠오르는 범인은 단 하나.

눈빛부터 글러 먹었던 그 왕 귀걸이였다.

"이년이……."

순식간에 확 열이 달아오른 혜수는 곧바로 화장실을 나섰다.

씩씩대는 눈빛으로 가게 안을 쥐 잡듯이 살펴보니, 중앙 테이블에서 제 남자 친구와 식사를 하고 있는 왕 귀걸이의 모습이 눈에 들어왔다.

왕 귀걸이가 시간상 미처 숨겨두지 못한 파우치는 그녀의 등 뒤에서 빼꼼이 귀퉁이를 드러내 놓고 있었다.

저 결 좋은 붉은빛 뱀 가죽. 미국에서만 출시된 명품 브랜드의 한정판 파우치.

그건 누가 봐도 혜수의 것이었다. 아는 인맥을 총동원해 어렵사리 손에 넣었던 만큼 모를래야 모를 수가 없었다.

확신이 선 혜수는 왕 귀걸이에게로 또각또각 발걸음을 옮겼다. 그 인기척을 의식한 그녀의 눈이 힐끔힐끔 혜수를 엿보았다.

저 눈은 분명 절도를 말하는 눈이렷다.

쾅―!

혜수는 왕 귀걸이의 테이블을 두 손으로 거세게 내리쳤다.

"아, 깜짝이야."

그녀는 물론 그녀의 남자 친구 시선까지 혜수에게로 틀어졌다. 혜수는 성난 소처럼 거친 콧바람을 길게 내쉬었고 도씨 집안 특유의 까칠하기 그지없는 목소리를 내뱉었다.

"내 파우치가 왜 그쪽 등 뒤에 붙어있나."

"뭐, 뭐야?"

"손모가지 되게 함부로 놀리네."

그 살벌한 멘트에 또 다른 피자조각을 집어 들던 시울의 시선이 따라붙었다.

하언이 가장 만족스럽게 여기는 한우 음식점 앞.

"와, 배 터질 것 같다. 정말."

부른 배를 매만지며 여울이 말했다. 하언은 입가에 옅은 웃음을 흘렸고 지갑을 재킷 안주머니에 도로 넣어 두며 말했다.

"그렇겠지. 혼자 삼 인분을 해치웠는데."

그러고는 걸음을 옮기기 직전, 여울의 손부터 붙잡았다. 여울은 아직 당연하다는 듯 다가오는 그의 손길이 낯설었지만 피하지는 않았다.

"맛은 괜찮았어?"

하언은 차를 주차해 놓은 곳으로 그녀를 이끌며 나직이 물었다.

여울은 고개를 끄덕였고 싱글벙글한 표정으로 대답했다.

"나 세상에서 이렇게 맛있는 꽃등심 처음 먹어 봤어요."

"다행이네. 가끔 고기 상태 안 좋을 때도 있어서 걱정했는데."

"으음으음! 완전 야들야들하던데? 덕분에 아주 호사 누렸지."

"뭐 이깟 걸로."

하언은 심드렁하게 대답하면서도 어깨를 으쓱였다. 분명 여울을 감동시킨 건 그녀 뱃속으로 들어간 꽃등심인데, 어쩐지 자신이 칭찬을 받는 기분이었다.

여울은 그런 그를 장난기 어린 눈빛으로 바라보았다. 그러고는 농담 섞인 질문을 던졌다.

"그러고 보니 오늘이 하언 씨 첫 데이트 날이겠네?"

"첫 데이트?"

"응. 하언 씨는 연애 안 해봤으니까 너랑 한 게 첫 번째잖아."

여울은 '첫 번째'라는 단어를 강조해서 말했다. 그에게 좀 더 특별한 의미로 남고 싶은 욕심에서였다.

그 말을 들은 하언은 잠시 미간을 좁혔고 곰곰이 생각에 잠겼다. 그러다가 의미심장한 되물음을 던졌다.

"데이트라면 영화 보고 밥 먹는 거 말하는 건가?"

"응."

"아, 그건 질리도록 했어."

"……응?"

예상치 못한 그의 대답은 여울을 당황하게 만들었다. 한두 번 해 봤다고 해도 놀랐을 텐데 심지어 질리도록 많이 해 봤다니.

이때껏 그가 모태솔로인 줄 알았던 여울은 그의 말을 믿을 수가 없었다.

"꿈속에서 많이 해봤나 봐요?"

그래서 장난처럼 받아쳤더니 하언은 한 번 더 진지하게 말했다.

"현실에서 하는 것도 귀찮아 죽겠는데 꿈에서 왜 해."

그리 말하는 목소리도, 표정도, 눈빛도 없는 얘기를 지어내는 것 같진 않았다. 아무래도 도하언은 지금까지 공식적인 연인만 없었을 뿐 주변에 여자가 없진 않았던 모양이었다.

"모태솔로라면서. 주변에 여자는 많았구나?"

왠지 모를 배신감에 젖은 여울은 입술을 삐죽 내밀고 물었다.

그제야 까칠해진 그녀의 심기를 깨달은 하언은 곧바로 해명을 시작했다.

"이성적인 의미로 만난 건 아니야. 사업 파트너로서 관계 쌓는 거지."

"무슨 관계? 썸 타는 관계?"

"썸이라니. 그냥 여자 파트너 대하는 게 어려워서 그래. 무슨 얘기를 꺼내야 할지 모르겠고, 그렇다고 해서 사업 얘기만 할 수는 없고."

"그럼 영화 보면서 어색함 푸는 거예요?"

"어, 뭐라도 같이 하고 나면 조금 더 자연스럽게 대화할 수 있거든."

그건 한 마디로 표현해 '비즈니스'라는 말이었다. 그 부분은 여울이 관여할 수도 없고 질투해서도 안 됐다.

게다가 도하언한테 정식으로 고백 받은 지 얼마나 됐다고 벌써 질투야? 누가 보면 꼭 내가 먼저 좋아해서 매달리는 건 줄 알겠어. 하여간 나도 참…….

"아아, 그렇구나."

하는 수 없이 여울은 고개를 끄덕이며 수긍했고 심통 난 마음을 애써 달랬다.

'그래, 회사 일이잖아. 회사 일. 도하언은 물론이고, 그 여자 파트너분들도 별 뜻 없었을 거야.'

의식적으로라도 생각을 고쳐먹자 마음은 한결 편안해졌다.

"또 영화 보는 거 말고 어떤 거 하는데요?"

여울은 순진한 눈동자를 빛내며 물었다.

아무 뜻 없어 보이는 표정이긴 하지만 사실 그녀는 떠보는 중이었다. 과연 도하언은 수많은 여자 파트너들과 어디까지 해 봤을지에 대해.

"뭐, 대체로는……."

하언은 딱히 숨기는 기색 없이 말문을 열었다.

"대체로는 뭐?"

그러나 그녀와 눈을 마주치자마자 도로 닫아버렸다. 꼭 말할 수 없는 얘기라도 떠오른 것처럼.

겨우 안정을 찾았던 여울의 눈동자가 살며시 떨려 왔다.

"왜? 뭘 하는데?"

"알아서 좋을 거 없어."

"뭘 하길래 알아서 좋을 게 없어? 그럼 나 혼자 막 생각해 버린다?"

"그게 나을 수도 있고."

"뭐?! 정말 어이가 없네!"

속내를 내비치는 것도 아니고 그렇다고 딱히 감추는 것도 아닌 하언의 태도는 여울의 심기를 불편하게 만들었다.

정 찔리는 얘기면 영원히 숨겨놓든가. 이건 사람 기만하는 것도 아니고 뭐하자는 거야.

"나 손 안 잡아."

잔뜩 토라진 여울은 맞잡고 있던 하언의 손을 팩 놓았다. 웃음기 어린 하언의 시선이 삐죽 튀어나온 그녀의 입술 위로 내려앉았다.

"병아리 됐네."

"지금 장난칠 기분 아니거든요?"

"화났어?"

"네, 화났어요. 굳이 알고 싶지도 않은 여자 얘기를 나한테 왜 꺼내? 솔직하게 털어놓지도 않을 거면서."

여울은 폭발하는 감정을 참지 않고 툴툴거렸다. 그러자 하언은 조금의 미안한 기색도 없이 뻔뻔한 질문을 던졌다.

"내가 여자랑 있는 게 신경 쓰여?"

네! 신경 쓰여 미치겠어요!

진심은 망설임 없이 내뱉을 수 있었다. 하지만 여울은 왠지 저 혼자만 그에게 매달리는 것 같아 솔직하게 말하지 않았다.

대신 하언보다 걸음을 더욱 빨리 재촉하며 퉁명스러운 목소리로 심술만 늘어놓았다.

"흥, 불안하긴 무슨. 있든가 말든가 내가 무슨 상관이야."

피식, 하언의 입술 새로 부드러운 웃음이 샜다.

그는 긴 팔을 뻗어 멀어지는 여울을 붙잡았고 작은 그녀의 몸을 넓은 품 안에 포옥 안아 넣었다.

"뭐, 뭐예요! 놔요!"

"질투하는 거 귀여워."

달콤하게 젖은 그 남자의 목소리.

여울은 그제야 깨닫는다. 지금껏 도하언은 그녀의 이런 반응을 보고 싶어서 얄미운 멘트만 골라 했다는 걸.

여울의 얼굴이 순식간에 달아올랐다. 그녀는 초조한 마음을 너무 적나라하게 티 낸 걸 뒤늦게 후회했지만 수습할 방법은 없었다.

"꽤, 괜히 일부러 그런 척하지 말아요."

그래서 믿지 못하는 것처럼 굴었더니 하언은 그녀를 조금 더 깊이 끌어안으며 말했다.

"너밖에 없어."

"……."

"내 옆에 두는 사람은."

못된 장난을 거둔 하언은 여울의 정수리 위에 가볍게 입을 맞췄다. 여울은 아직 인상을 풀지 못한 채 고개를 들었고, 다소 누그러진 목소리로 물었다.

"그럼 나랑 한 게 첫 데이트야?"

"어. 파트너랑은 이런 거 안 하니까."

나직한 목소리와 함께 하언은 입술을 끌어내렸다. 이미 오늘 하루만 해도 질리도록 느껴 본 감촉인데 지금 이 순간이 처음인 것처럼 가슴이 쿵쾅거렸다.

새어 나오는 숨결도, 코끝에 스며드는 향기도. 당신은 어쩜 이리도 내 마음에 쏙 드는지. 달달한 그들의 키스는 옥외 주차장 안으로 진입하는 차 소리에 황급히 끝을 맺었다.

"······아까 괜히 허락해 줬나 봐. 이러다 입술 없어지겠어."

그의 품을 벗어난 여울이 입술을 문지르며 중얼거렸다. 아직 토라져 있는 척해도, 그녀의 뺨엔 이미 봄날의 벚꽃이 흐드러지게 피어 있었다.

"그럼 만지지 마. 나 쓰기에도 아까워."

하언은 능글맞은 대답과 함께 그녀의 손을 살며시 붙잡았다.

"어휴, 다 자기 멋대로야."

"벌써 자기라고 부르게?"

"그 자기 아니거든요? 하언 씨는 자기라고만 하면 매번 그러더라."

"난 원래 듣고 싶은 대로 들으니까."

평소처럼 토닥대면서도 달콤한 두 사람.

이 순간, 오직 서로에게만 집중한 그들은, 그리 멀지 않은 리무진 안에서 또 다른 시선이 그들을 지켜보고 있다는 건 꿈에도 알지 못했다.

"유 대표님. 도착했습니다만······."

"알아요. 잠깐 구경할 게 있어서."

설아의 입가에 노골적인 비웃음이 맺혔다. 우연찮게 두 남녀의 진심을 발견해 버린 그녀는 앞으로 전개될 일이 매우 흥미롭게 느껴졌다.

"사랑이 아니라더니…… 회장님도 이제 한물가셨네."

설아는 의미심장한 한 마디를 내뱉었고 조용히 휴대폰을 꺼내 사진을 찍어두었다. 액정에 담긴 도하언의 얼굴은 이때껏 보아왔던 모습 중에 가장 밝고 활기찼다.

저 표정이 와르르 무너지는 상상을 하자 온몸에 기분 좋은 희열이 번졌다. 그다지 하언에게는 악의가 없던 그녀였지만, 아무래도 조만간 그를 벼랑 끝에서 밀어트려야 할 것 같다.

"내 파우치가 왜 그쪽 등 뒤에 붙어 있나."

"뭐, 뭐야?"

"손모가지 되게 함부로 놀리네."

혜수의 살벌한 목소리에, 파우치를 훔쳐간 왕귀걸이의 눈빛이 파르르 떨려왔다. 하지만 그녀는 애써 침착한 척하려 하는 표정으로 뻔뻔하게 되받아쳤다.

"가, 갑자기 뭔 말이야? 니 파우치를 왜 나한테서 찾아?"

"등 뒤에 감춰둔 게 보이니까."

"하, 보이긴 뭐가……!"

"잡아뗄 생각하지 말고 이리 내. 추한 꼴로 만들어 버리기 전에."

혜수는 화끈한 제 성격대로 그녀를 몰아붙였다. 가게 안 사람들의 시선이 그들에게로 단번에 집중되었다.

왕귀걸이는 그 시선 속에서 자신의 죄를 인정하기 싫었는지 등 뒤의 파우치를 당당하게 테이블 위로 꺼내놓았다. 그리고 말 같지도 않은 말을 뱉어내기 시작했다.

"이거 내 거야. 미국에서만 출시된 한정판이라 직접 가서 사 온 거라고."

오호, 이년 봐라. 너도 내 새끼가 유니크한 몸인 걸 알고 납치해 간 모양이구나.

"하, 이게 진짜 끝장을 봐야 정신을 차리지……."

혜수는 헛웃음과 함께 파우치 내용물을 확인했다. 당연스럽게도 그 안을 채운 건 모두 혜수의 화장품이었다.

혜수는 그중 제 입술에 바른 것과 똑같은 립스틱을 들고 왕귀걸이를 다그쳤다.

"내 거 맞네. 여기 다 내 화장품밖에 없는데 구라 칠래?!"

"증거 있어?! 이름이라도 써 뒀냐고!"

"뭐?!"

하지만 죄책감 하나 없는 듯 뻔뻔한 그 여자의 태도는 혜수의 이성을 잃게 만들었다. 안 그래도 기분이 좋지 않았던 그녀는 결국 차오르는 분노를 주체하지 못하고 립스틱을 내던지며 소리쳤다.

"이 되바라진 년이 하라는 반성은 안 하고!"

딱 그 타이밍에.

"지금 내 여자한테 년이라고 했냐?"

왕귀걸이의 남자 친구가 불쑥 끼어들었다. 험악한 인상의 그는 혜수를 겁주려는 듯 눈을 더욱 희번득하게 뜨며 따져 묻기 시작했다.

"내 여자가 훔쳐갔다는 증거 있냐?"

"이 안에 든 화장품이 다 내 건데 무슨 증거가 필요해!"

"이게 우기면 다인 줄 아나! 어디서 내 여자 걸로 개수작이야?!"

말도 안 되는 억지를 부리는 그에게선 성깔대로 밀어붙이겠다는 속셈이 빤히 보였다.

하지만 성깔이라면 혜수도 자신 있었다. 그녀는 왕귀걸이의 남자 친구를 향해 코웃음을 치며 촌철살인 멘트를 날카롭게 내뱉었다.

"넌 니 여자 친구가 도둑질하고 다니는 걸 감싸주고 싶니? 둘 다 대가리 비어 보이는 거 쪽팔리지도 않아?"

"뭐, 뭐라고?! 대가…… 뭐?!"

"이깟 거 얼마나 한다고 양심을 팔아 먹냐. 한심스럽게."

"이년이 지금 뚫린 입이라고……!"

맞불이 붙은 남자 친구는 소매를 걷어붙이며 자리에서 일어났다. 돌아가는 상황으로 봐서는 한 대 내리치기라도 할 기세였다.

"때릴 거면 때려! 앞으로 니 인생이 어떻게 되나 구경 좀 하자!"

그럴수록 혜수는 더 우악스럽게 목청을 높여 소리쳤다. 든든한 집안을 등에 업은 그녀는 차라리 일이 커지면 커질수록 이들에게 인생의 무서움을 가르쳐줄 수 있어서 좋았다.

하지만 그 사실을 전혀 모르는 시울은 들고 있던 포크를 내려놓고 그녀에게로 다가갔다.

"자, 여기서 잠시 검문이 있겠습니다."

그러고는 꽉 쥐어진 남자의 주먹을 저지하려 들었다. 살벌한 분위기와 달리 혼자만 싱글벙글 웃는 낯이었다.

"넌 뭔데 끼어들어!"

그 표정에 더욱 심기가 불편해진 남자는 거칠게 물었다. 곧바로 돌아오는 시울의 대답은 너무나도 뻔뻔했다.

"나? 혜수 오빠."

이미 도유현이란 완벽한 오빠를 가진 혜수는 그를 탐탁지 않게 노려보았다. 니가 뭔데 나서느냐는 눈초리였다.

하지만 그러거나 말거나, 그는 혜수를 제 등 뒤로 살며시 숨기고 그녀의 파우치를 주섬주섬 챙기기 시작했다. 지금까지의 언쟁은 깡그리 무시하는 듯한 태도에 남자의 목소리가 미세하게 떨려왔다.

"뭐, 뭐하는 짓이야?"

"내 동생 물건 도로 가져가려고."

"그러니까 이게 니 동생 거라는 증거 있냐고!"

"없어. 근데 너네도 없잖아."

눈에는 눈, 이에는 이랬다고.

시울은 남자의 안하무인식 주장을 똑같은 안하무인식으로 되받아쳤다. 당황한 남자는 입만 뻐끔거리다가 다시 한 번 쓸데없는 고집을 부렸다.

"이것들이 쌍으로 밥 먹는데 와서 시비야! 그거 이리……!"

그러나 그 입은 곧바로 닫히고 말았다.

"이의제기는 여기 와서 해줄래? 난 퇴근하고 나서까지 시시비비 가리기 싫단 말이야."

시울이 투정 부리며 은근슬쩍 내민 명함 한 장 때문에.

'서울중앙지방법원 / 배석판사 차시울'

이럴 때에 유독 빛을 발하는 그의 신분증은 혜수의 파우치보다 더욱 화려하게 시선을 사로잡았다.

"파, 판사?"

"설마 판사겠어? 나이도 어려 보이는데."

"그, 그렇지? 뻥 같지?"

그들은 그 안에 적힌 내용을 믿지 못했으나 차마 아까처럼 대놓고 따져 묻진 못했다. 하지만 그런 반응이 익숙한 시울은 상냥한 눈웃음을 지어 보이며 마지막 인사를 날렸다.

"어쨌든 내 동생한테 불만 있으면 찾아와. 법원에서 기다릴게."

혜수의 등에 그녀를 원래의 자리로 이끄는 시울의 손길이 닿았다. 뜻밖에 온기에 놀란 혜수의 눈동자가 그에게 머물렀다.

때마침 시울도 그녀를 바라보았고 그대로 1초. 2초. 3초.

"우리 자리로 가자, 혜수야."

차시울이 경고했던 3초가 흘렀다.

그 사람의 존재가 거짓말처럼 거대해지는 기적 같은 일이 벌어지기 시작했다.

파우치 하나 때문에 벌어졌던 더러운 상황을 깔끔하게 정리하고 다시 돌아온 테이블.

"자, 여기 니 화장품 보따리 가져가."

시울은 뺏어온 파우치를 그녀에게 돌려주었다.

"화장품 보따리라니…… 파우치거든요?"

그걸 돌려받는 혜수는 드러내놓고 기뻐하진 않았으나 더 이상 싫은 내색도 없었다.

왕귀걸이의 남자 친구처럼 허세를 떨지도 않고, 그녀 주변에 있는 사람들처럼 상대를 막다른 길까지 몰아세우지도 않고.

문제만 깔끔하게 정리한 시울의 모습은 능글맞은 아이 같기도 성숙한 어른 같기도 했다. 그건 그녀가 이때껏 단 한 번도 겪어 보지 못한 인간 유형이었다.

그래서 차시울이라는 사람에 대해 조금 더 알고 싶은데…….

"집에 간다고 했지?"

"네?"

"일어나자. 나도 먹을 만큼 먹었어."

애석하게도 지금은 이미 늦어 버린 후였다.

혜수는 그에게 굿바이 인사를 통보하던 5분 전의 자신을 원망하며 순순히 백을 챙겨 들었다.

'은근슬쩍 2차 얘기를 꺼내 볼까?'

고민을 안 해 본 건 아니었지만 테이블을 떠나는 시울의 걸음에는 조금의 미련도 없어 보였다.

어차피 이 만남도 그녀가 억지로 붙잡아서 성사된 것이니, 용기를 내 다시 붙잡는다고 해도 붙잡힐 것 같진 않았다.

"여기까지 와 줬으니까 밥은 내가 살게."

"……."

"박하사탕 먹을래?"

계산대 앞에 선 시울은 커다란 플라스틱 통 안에 담겨 있던 박하사탕을 내밀었다. 위생상 이런 곳의 사탕은 쳐다보지도 않는 혜수였지만, 어쩐지 거부할 수는 없어서 얌전히 받아 들었다.

그리고 시울이 계산을 마친 카드를 되돌려 받자마자 조심스러운 목소리로 물었다.

"오늘 소개팅 최악이었죠?"

"응?"

시울의 동그란 눈동자가 의아한 빛을 띠며 혜수에게로 되돌아왔다. 눈을 마주치기가 민망했던 혜수는 먼저 시선을 어긋내 버린 채할 말을 이어 나갔다.

"처음에 욱해 버려서 아무 말이나 막 던졌으니까……."

"……."

"어쨌든 진심은 아니었어요."

해명할 생각은 없었는데 끝은 그렇게 되어 버렸다. 혜수는 그의 대답을 기다리지도 않고 먼저 걸음을 떼어 냈다.

"난 재미있었는데?"

하지만 유리문 손잡이를 붙잡자마자 들려온 목소리는 제법 따듯했다. 그리고 뒤따라오는 말은 미치도록 달콤했다.

"예쁜 여자랑 밥 먹는데 싫어할 남자가 어디 있어."

아마 저 말에 이성으로서의 감정은 조금도 없을 것이다. 그건 아까 편을 들어주겠답시고 나섰을 때 붙였던 '혜수 오빠'라는 호칭만봐도 알 수 있다.

"난 길 건너에서 버스 타. 넌 차로 가지?"

"아, 네. 뭐……."

"운전 조심히 해. 여기 교통 복잡하니까."

하지만 그에게서 걱정을 받는 순간, 혜수의 가슴은 두근거리기시작했다.

"저, 그럼 다음에 또……."

"앗! 버스 온다! 안녕!"

그에게 재회의 약속도 받지 못한 채 안녕을 듣는 순간, 두근거림은 쓰라림으로 뒤바뀐다.

이러면 안 되는데. 우리에게 다음이란 없는데.

어떡하면 좋아. 절대 닿지 못할 사람을 상대로 나 혼자만 무언가를 시작해 버릴 것 같아.

밝은 햇볕이 드는 늦은 아침.

'얘, 도하언 언제 돌아오는지 아니?'

'네? 잘은 모르지만 일찍 온다는 얘긴 들었는데…….'

'그래? 그럼 그릇 정리 정도밖에 못 해 놓겠네. 오전까지 끝내 놔. 괜히 도하언한테 일러바칠 생각으로 늦장부리지 말고.'

'네, 네!'

켈리 박은 하언이 떠나자마자 기다렸다는 듯 집안일을 시켰다. 그건 몹시 짜증나는 일이었으나 여울은 예전처럼 서글퍼하지 않았다.

"에델바이스♪ 에델바이스♪"

하언이 좋아하는 노래를 흥얼거리며 수많은 그릇을 닦고 있는 그녀의 기분은 그야말로 날아갈 것 같았으니까.

'집에서 잘 놀고 있어. 도망가지 말고, 도유현이랑 놀지 말고.'

'아, 출발하기 전에 한 번.'

쪽!

오늘은 도하언과 키스 정도는 자연스럽게 하기로 한 이튿날이었다. 살짝 앞으로 나아간 관계를 실감시키기라도 하듯 하언은 빠른 귀가를 약속한 뒤 가벼운 입맞춤을 건네 왔다.

비록 굉장히 짧게 맞부딪친 입술이었지만 그의 감촉은 날카롭게 박혀 버렸다. 그래서 서러운 상황에도 자꾸 마음이 설레고, 집안일이 고달파도 콧노래만 나오고.

이 오래된 것 같으면서도 익숙한 기분은 뭐랄까.

'꼭 연애하는 첫날 같아.'

연애라고 칠 수도 없는 첫 남자 친구를 만든 게 초등학교 때였다. 연애라고 할 만한 첫 번째 남자는 다름 아닌 대학교 때의 계강태였다.

그 두 남자의 공통점은 능글맞은 구석 따위 전혀 없이 순수했다는 것.

그래서 '사귀자'라는 말을 공식적으로 나눔과 동시에 남자 친구라고 인지하기 시작했다. 그때부터가 연애의 시작이었고 그때부터가 두 사람 역사의 1일이었다.

하지만 그들과 달리 도하언은 여울의 입술만 자꾸 탐했지, '사귀자'는 말은 꺼내지 않았다.

심지어 여울을 '여자 친구'라고 부르지도, 자신을 남자 친구라고 칭하지도 않았으니 연애라고 하기엔 뭔가 애매하기도 하지만.

'너밖에 없어. 내 옆에 두는 사람은.'

그날 도하언이 냈던 목소리와 눈빛으로 봐서는 그 비슷한 것 정도는 된다고 생각한다. 그것만으로도 여울은 하루 종일 기뻐할 수 있을 것 같다.

"여울 씨, 여기서 뭐하고 있어요?"

때마침 주방 안으로 유현의 목소리가 들려왔다. 그릇을 닦던 여울은 살짝 고갤 돌려 그에게 인사를 건넸다.

"안녕하세요, 유현 씨. 혹시 지금 일어났어요?"

"아니요, 일어난 지는 꽤 됐는데……."

걱정 어린 유현의 눈동자가 여울의 모습을 살펴보았다. 깨끗이 닦아 둔 그릇에 비해 너무 많이 쌓여 있는 오래된 그릇들이 돌아가는 상황을 짐작케 했다.

"그거…… 어머니가 시킨 일이에요?"

유현은 마치 본인이 시켜 놓은 일처럼 미안한 기색을 띠며 물었다.

여울은 잠시 두 눈만 깜빡이다가 천천히 고개를 끄덕였다. 그러고는 켈리 박이 아닌 그의 마음을 위한 해명을 덧붙였다.

"급하게 꺼내 놓으실 일이 있나 봐요. 그래서 몇 개만 닦아 달라고 부탁하셨어요."

유현은 그 말이 거짓인 걸 단번에 알아차릴 수 있었다. 이 그릇들은 전부 몇 년간 꺼내진 적도 없었을뿐더러 켈리 박은 '부탁'이라는 단어를 절대 쓰지 않는 여자이니까.

게다가 이 집엔 애초부터 이런 일들을 하기 위해 고용된 사람들이 많았다. 그런데도 여울에게 이런저런 잔심부름을 떠맡긴다는 것은 한낱 심술에 지나지 않았다.

"이런 거 하지 마요. 제가 잘 말씀드릴게요."

"응?"

유현은 여울에게로 걸어와 그녀의 손에 들려있던 젖은 행주를 빼앗아들었다. 전보다 적극적인 도움이었으나 여울은 그 행주를 다시 되가져오며 난처한 표정으로 대답했다.

"어차피 쉬고 있으면 또 한 소리 들어요."

"그럼 잠깐 밖에……."

"그러면 한 소리 더 듣고요. 그러니까 시키는 일 가만히 하고 있는 게 제일 마음 편해요."

그건 분명 체념이었지만 여울은 밝은 미소를 지어 보였다. 유현은 그녀가 꼭 아무렇지 않은 척 구는 것 같아 더욱 마음이 쓰였다.

잠깐 동안 입술을 닫은 채 고민에 잠겨 있던 그는 이내 나직한 질문을 던졌다.

"밥은 챙겨 먹었어요?"

"아……."

"아침 식사 때 없었잖아요. 못 먹었죠?"

그것마저 딱 잡아떼기엔 여울의 배가 너무나도 굶주려 있었다. 어차피 꼬르륵 소리라도 난다면 곧바로 들켜 버릴 일. 여울은 배고픔쯤은 숨김없이 툴툴거리기로 했다.

"굶었어요. 이 집 식구들이랑 겸상했다간 얹혀 버릴 것 같았거든요."

물론 '이 집 식구들'에 하언과 유현은 포함되어 있지 않았다. 그래서 그 말을 덧붙이려 다시 입을 열었는데.

"나랑 같이 밥부터 먹어요."

유현이 갑작스러운 제안을 했다. 여울의 눈동자에 의아한 빛이 서렸다.

"아침밥 먹은 거 아니었어요?"

"잘 못 먹었어요. 나도 한 숟가락 먹고 얹혀 버렸거든요."

"아……."

"어머니한테는 제가 식사 준비 부탁했다고 말씀드릴게요. 그럼 쉬는 건 아니잖아요."

따져 보면 맞는 말이었으나 여울의 마음속에는 걸리는 문제가 하나 더 있었다.

은근히 질투가 많은 도하언. 그 사람이 출근하면서도 도유현이랑 놀지 말라며 신신당부를 하고 떠났는데, 오늘도 신세를 지게 생겼네.

하지만 도하언이 나의 애인 같은 사람이라면, 도유현은 나의 친구 같은 사람이니까.

"뭐…… 그럴까요? 배고파 죽겠는데."

여울은 들고 있던 행주와 그릇을 순순히 내려놓았다. 그녀에게 머물러 있던 유현의 눈이 그제야 한결 편안해졌다.

"그런데 속 많이 안 좋아요?"

"속이요?"

"얹혔다면서요. 약 먹거나 병원 가 봐야 하는 거 아니에요?"

"지금은 괜찮아졌어요. 신경성이라서……."

그 말은 곧 유현에게도 이 집 식구들이 불편하다는 것을 의미했다.

여울은 도 회장 부부의 아들이면서 언제나 겉도는 듯한 유현의 모습이 잘 이해되지 않았다. 그는 어쩌면 작은집 식구들 사이에 끼어 있는 하언보다도 더 외로워 보이는 존재였다.

"저기……."

여울은 그에게 어려운 질문을 꺼내려 조심스레 말문을 열었다.

그 순간—

"앗!"

아주 살짝 움직였던 팔꿈치에 켜켜이 쌓여 있던 그릇들이 닿았다.

와장창—!

붙잡을 새도 없이 기울어 버린 그릇 탑은 끝내 요란한 굉음과 함께 와르르 무너지고 말았다.

"어머! 이게 무슨 소리야!"

사태를 파악할 새도 없이 거실에 앉아 있던 켈리 박의 사나운 목소리가 터졌다. 당황한 여울은 성급한 손길로 그릇부터 치우려 했고, 유현은 서둘러 그녀를 저지했다.

"여울 씨, 만지지 마요!"

하지만 조심성 없이 뻗어 나가 버린 그녀의 손끝은 끝내 그릇 조각에 베여 버렸다.

"아!"

외마디 비명을 신호탄 삼아 빨갛게 맺혀 오는 핏방울. 그걸 확인한 유현의 눈빛이 눈에 띄게 흔들렸다.

"괜찮아요?"

"아, 괜찮아요."

"피 나잖아요. 손 이리 줘 봐요."

"정말 괜찮아요. 그 전에 그릇부터 얼른……."

지금 이 순간, 그 누구보다 켈리 박이 가장 두려운 여울은 벌어진 참사를 수습해 보려 애썼다.

그러나 이미 사태를 파악한 켈리 박은 한걸음에 부엌으로 달려왔고 엉망이 된 그릇들을 바라보며 소리를 내질렀다.

"꺄악! 내 컬렉션들이 왜 이 난리야!"

아무리 도하언이 빨리 온다고 한들, 확실히 지금 이 타이밍에 나타나기는 무리겠지.

"차여울…… 너……."

노여움을 참지 못하고 켈리 박이 다가왔다. 금방이라도 여울의 뺨을 내리칠 것 같은 오른손은 피하고 싶어도 피할 수 없었다.

결국 여울은 하얗게 질린 얼굴로 두 눈을 꾹 내리감았다. 지금의 두려움은 감당하기 힘들 정도로 거대해서, 그녀는 차라리 이대로 기절해 버리기를 간절히 바라는 중이다.

안 그래도 미운털만 잔뜩 박혀 있었는데, 켈리 박의 그릇을 전부 깨먹어 버린 여울은 제 팔꿈치를 자르고 싶은 심정이었다.

너무나도 죄송해서 죄송하다는 말도 나오지 않는 이 상황.

"차여울…… 네년이!"

켈리 박은 기어이 오른손을 들었다. 여울은 본능적으로 두 눈을 꾹 내리감았다. 그때,

"제가 실수한 거예요!"

다급한 음성이 켈리 박의 손을 가로막았다.

지금 이 순간 여울보다 눈빛이 흔들리고 있는 유현이었다.

"……뭐?"

"유현 씨……."

"제가 도와주려다가 깨트렸어요. 죄송합니다, 어머니."

유현은 여울의 앞을 막아서며 고개를 숙였다.

켈리 박은 그런 그를 분에 찬 시선으로 노려보았다. 아들을 바라보는 거라고 생각할 수 없을 만큼 싸늘한 눈동자였다.

그녀는 들고 있던 오른손을 힘주어 뒤로 뺐고 그대로 온 힘을 다해 휘둘렀다.

철썩―!

듣기만 해도 아픈 마찰음과 함께 유현의 얼굴이 옆으로 틀어졌다.

"유현 씨!"

놀란 여울은 그의 팔을 붙잡았다. 하지만 유현은 아무 말 없이 그녀의 손길을 거두어냈고 한 번 더 켈리 박의 앞에 고개를 숙였다.

"……죄송합니다."

빨갛게 부풀어 오른 그의 왼뺨은 아파 보이기보단 애처롭고 슬퍼 보였다.

"차여울, 뒷정리해놔."

켈리 박은 여울에게 짧은 명령을 내리고는 매정히 등을 돌렸다. 여울은 그런 그녀에게 아무런 대답도 하지 않았다.

오히려 금방이라도 달려들 법한 눈으로 뒷모습만 노려볼 뿐.

하지만 유현은 그런 그녀의 손을 살며시 붙잡았다. 그리고는 세심한 눈길로 그녀의 상처를 살펴보며 물었다.

"괜찮아요?"

그녀가 해야 할 질문이었다. 여울의 얼굴에 어려 있던 죄책감이 더욱 짙어졌다.

"유현 씨야말로…… 괜찮아요?"

여울은 외면할 수 없는 그의 뺨으로 손을 가져갔다.

그러나 유현은 잡고 있던 여울의 손을 곧바로 내려놓더니 애먼 곳으로 시선을 피해 버렸다.

꼭 도망치려는 사람처럼.

"반창고 가져올게요. 조금만 기다려요."

유현은 구급상자가 구비된 제 방으로 발길을 이끌었다. 여울의 시선을 벗어난 그는 많이 흐트러진 표정이었다.

두들겨 맞는 게 익숙한 몸이라, 어지간한 손찌검엔 고통도 느끼지 못한다. 쓸모없는 존재로 취급받는 건 이제 너무나도 당연해져서 시린 눈초리에도 상처 입지 않는다.

그런데 그녀의 눈앞에서 내리꽂히는 손찌검과 눈초리는 감당하기 힘들 만큼 비참하다. 이젠 남아있는 자존심도 없으면서, 꼭 처음으로 상처받는 사람처럼 수치스럽다.

"아……."

유현의 입술 새로 옅은 탄식이 흘러나왔다. 방으로 들어온 그는 어느새 귀까지 붉게 달아올라 있었다.

켈리 박의 눈 밖에 난 이상, 한동안 그의 하루는 고달플 게 뻔했으나 지금 그가 걱정하고 있는 건 그런 문제들이 아니었다.

'한심해 보였을까?'

지켜 준다고 해 놓고선 저항 한 번 못 하고 연신 고개만 숙여 댔으니까.

'그 사람은 지금 날 한심하다고 생각할까?'

앞으로 못 미더운 사람으로 비춰질지도 모르겠다. 내가 내미는 손길은 불안해서 잡지 않으려 할지도 모르겠다.

그런 생각들을 하면 숨도 제대로 쉬지 못할 만큼 혼란스러웠지만 유현은 애써 유약해진 마음을 다잡았다.

그는 침대 아래 넣어 두었던 구급상자를 꺼내 반창고와 연고를 챙겨 들었다.

그리고 방을 나서기 전, 거울 속 제 모습을 확인했다. 얼굴에 새겨진 손자국이 단번에 눈에 띄었다.

아무래도 몇 분 더 이곳에 숨어있어야겠다.

괜찮다는 나의 거짓말이 믿음직스러워 보일 때까지만.

옵타티움 대표이사실.

"처리 끝. 그쪽으로 보고서 넘겨."

"버, 벌써 끝내셨습니까?"

하언의 경이로운 업무 처리 속도에 비서의 눈이 휘둥그레졌다.

원래부터 일 하나는 신속하고 완벽하게 해 내던 하언이었지만, 오늘은 상대 업체에서 보낸 자료를 제대로 보고나 있는 건지 의심이 될 만큼 초스피드였다.

"그러는 김 비서는 아직도 답신 못 받았나?"

하언은 미간을 좁힌 채 비서를 재촉했다. 안 그래도 그와 진행 속도를 맞추기 위해 안간힘을 쓰고 있던 비서는 억울하다는 표정으로 대답했다.

"도 이사님께서 급해 보이시는 만큼 최대한 빨리 답변 달라고 말씀드리긴 했는데……."

"했는데."

"상대 업체 측에서도 워낙 중요한 계약 문제이다 보니 회의 정도는 거쳐야 하지 않을까, 싶습니다."

"그래서, 회의 끝날 때까지 기다리고 있으라고?"

"아무래도……."

목표는 이른 퇴근이었지만 하필 오늘은 계약 조율이라는 까다로운 스케줄이 잡혀 있는 날이었다. 이건 하언 혼자 내달린다고 해도 상대측에서 맞춰 주지 않는 한 영원히 끝나지 않을 업무이기도 했다.

"하아…… 국외 업체만 아니었으면 당장 찾아가는 건데."

이제 기다리는 것 말고는 할 게 없어진 하언은 답답하다는 듯 탄식을 내뱉었다.

그러던 그가 자리에서 벌떡 일어섰다. 비서는 아까부터 계속 퇴근 타령만 하던 하언을 불안한 눈빛으로 붙잡았다.

"어디 가십니까?"

"집."

"안 됩니다! 오늘 중으로는 1차 조율이 끝나야 무리 없이 면담 스케줄을……."

"알고 있어. 머리 식히러 가는 거야."

하언은 탐탁지 않은 표정으로 대답하곤 대표이사실을 빠져나갔다. 비서의 얼굴엔 믿지 못하는 기색이 가득했지만, 떠나는 보스를 붙잡을 방도는 딱히 없었다.

"꼭 돌아오셔야 합니다! 꼭!"

하언은 비서의 애타는 외침을 뒤로한 채 문을 쾅 닫아 버렸다.

계획대로라면 앞으로 삼십 분 안에는 출발해야 저녁식사 전에 도착할 수 있을 텐데. 차라리 차여울을 회사 앞으로 불러 버릴까. 같이 저녁이라도 먹게.

이런저런 생각을 하고 있는 사이, 하언의 발길은 엘리베이터 앞에 다다랐다. 그는 아래로 내려가는 버튼을 누르고 휴대폰을 꺼내 들었다. 하지만 여울에게 메시지를 보낼 새도 없이 차임벨 소리와 함께 도착한 엘리베이터는.

"딱히 마주치고 싶진 않았는데, 여기서 보네?"

결코 달갑지 않은 여자 하나를 품고 있었다. 온화하던 하언의 낯빛에 싸늘한 한기가 찾아들었다.

"유설아."

"안녕."

"니가 왜 여기 있어?"

"일단 타고 나서 묻지그래? 어차피 내려갈 거면."

설아는 눈가를 부드럽게 휘며 말했다. 그 웃음엔 순수함이라고는 조금도 찾아볼 수 없었다.

'이번엔 또 무슨 짓을 벌이고 있는 건지.'

하언은 악의뿐인 설아의 비웃음에 무표정으로 응수하고는 엘리베이터 안으로 몸을 들였다.

엘리베이터 문이 닫히고 둘만 남은 공간. 숨 막히도록 팽팽한 긴장감 끝에 설아의 입술이 먼저 열렸다.

"지나가다 회장님 만나러 들렀는데 안 계시네. 다음에 와야지, 뭐."

당연히 그러리라 예상은 했지만 역시 직접 들으니 한 단계 더 화가 치밀어 올랐다. 하언은 날을 세운 눈을 그녀에게로 내리꽂았고 사납게 따져 묻기 시작했다.

"니가 그 인간을 만나서 뭐하게."

"아, 개인적으로 얘기할 게 있어서."

"무슨 개인적인 얘기."

"그것까지 일일이 보고해야 해? 우리가 부부도 아니고."

그리 대답하는 설아의 입꼬리가 조금 더 비틀렸다.

짙게 느껴지는 기만에 하언은 뒷목이 뻐근해질 정도였으나 동요하지 않은 척 표정을 정리했다. 그러고는 같은 비웃음으로 그녀를 상대했다.

"뭔 짓을 하려는 건지는 모르겠는데, 니 마음대로는 안 될 거야."

"아아, 그래?"

"그래. 그러니까 개수작 부릴 생각하지 마."

"……."

"넌 어떻게든 내가 처리해."

그동안 아무리 찔러 대도 반응 없던 하언이 드디어 움직이기 시작한다는 것은 그만큼 지키고 싶은 게 생겼다는 증거였다.

설아는 지난 밤 보았던 장면을 떠올렸고 헛웃음을 내뱉었다. 누구보다 깔끔해야 할 계약 관계에서 질척한 사랑놀이라니, 웃기지도 않았다.

"충고 하나 해도 될까?"

"듣진 않겠지만 하겠다면 얼마든지."

"이 세계에서 소중한 사람이 생긴다는 건 아주 위험한 일이야. 다른 사람들 눈엔 약점으로밖에 안 보이거든."

설아의 말은 곧 협박이었다.

누굴 약점이라고 일컫는 건지 단번에 알아차린 하언은 매섭게 설아를 내려다보았다. 그러나 적의 가득한 시선을 느끼면서도 그녀는 제 할 말을 멈추지 않았다.

"내 힘으로는 널 어쩌지 못해. 그런데 차여울 정도는 간단하게 묻어 버릴 수 있을 것 같아."

"……."

"약점이 되지 않게 조심해."

마지막 한 마디를 끝으로 엘리베이터는 1층에 도착했다.

무거운 철제문이 양쪽으로 열리자, 마침 기다리고 있던 직원들이 서둘러 90도로 허리를 숙였다.

"안녕하십니까! 도 이사님!"

설아는 그들의 인사를 받는 하언을 피식, 비웃어 주고는 먼저 걸음을 옮겼다. 공개적인 개무시였다. 그러나 받은 만큼 돌려줘야 직성이 풀리는 하언은 마른침을 삼키며 목소리를 가다듬었다.

"유설아, 나도 충고 하나 할까."

그리고 낮은 목소리를 꺼내놓았다. 잠시 멈춰선 설아는 물론 직원들의 시선까지 그에게 따라붙었다.

"충고?"

"듣기 싫어도 할 거니까 귀 열고 그냥 들어."

"……."

"나는 이미 너의 약점이 뭔지 누구보다 잘 알고 있어. 공교롭게도 그게 눈에 아주 잘 띄는 곳에 있어서 말이야."

순간 얼음처럼 차갑기만 하던 설아의 눈빛이 흔들리기 시작했다. 굳이 언급하지 않아도 알 것 같은 그 약점은 벌써부터 그녀를 무너트릴 기세였다.

하지만 하언은 단호한 목소리를 자비 없이 이어나갔다.

"그러니까 처신 똑바로 해."

"……."

"그 새끼는 아마 살짝만 건드려도 부서져 버릴걸."

마지막 말은 유설아의 귀가 아닌 마음에 꽂혔을 거라 생각한다.

그를 가만두고 바라보기에도 위태로울 지경까지 내몬 사람은 다름 아닌 그녀와 도 회장이었으니까.

하언의 입가에 여유로운 미소가 없었다.

그는 느린 걸음을 움직여 엘리베이터를 벗어났고, 설아의 곁을 유유히 스쳐 지나갔다. 그러다 문득 덧붙일 말이 떠올랐다는 듯, 가볍게 몸을 돌려 말했다.

"아, 그리고 니가 뭘 좀 착각하고 있는 거 같은데…… 내 여자는 도유현처럼 약해빠지지 않았어."

"……."

"그러니까 난, 약점 같은 거 없다고."

평창동 저택의 대문이 열리고, 굳은 표정의 도 회장이 들어섰다.

거실 장식품의 먼지를 털던 여울은 전면 유리창을 통해 그의 모습을 확인했다. 멀리서도 느껴지는 독기에 어깨가 절로 움츠러드는 듯 했다.

"어머, 회장님 이제 오셨네."

켈리 박은 그를 보자마자 반색을 하며 정원까지 마중을 나갔다.

도 회장은 딱히 그녀를 보고도 딱히 알은체를 하지 않았지만, 그녀는 무언가를 중얼대기 시작했다.

지금까지의 경험상 그건 여울에 대한 험담일 확률이 99퍼센트였다.

"에휴, 하언 씨까지 끌어들여서 욕하지나 말아줬으면……."

여울은 한숨 섞인 한탄을 내뱉었다. 때마침 도 회장에게 인사를 하려 2층에서 내려온 유현이 그녀의 뒤에 살며시 멈춰 섰다.

"이제 곧 하언이도 오겠네요."

"네?"

"끝나는 시간은 비슷한데, 아버지하고 마주치기 싫어서 30분 쯤 늦게 출발하거든요."

여울과 마주친 유현의 눈동자가 곱게 휘어졌다. 다행히 맞은 뺨은 티 없이 가라앉아 있어서 밀려오는 죄책감은 확연히 줄어들었다.

"낮엔 정말 미안했어요."

"……."

"그리고 고마워요. 감싸준 것도, 손가락에 연고 발라준 것도……."

이 말은 아까부터 하고 싶었던 말이었다.

하지만 말을 꺼내려 하면 그가 자꾸만 다른 화제를 꺼내는 바람에 지금껏 제대로 전하지를 못했다.

"아……."

그녀의 사과와 감사를 한 번에 받은 유현은 살짝 당황하는 듯했다. 그러다 이내 쓴웃음을 띠며 대답했다.

"그 일은 잊어도 돼요."

"그래도…….."

"약속했잖아요. 낭떠러지 끝까지 몰렸을 땐 내가 대신 떨어져 주겠다고."

약속을 했던 기억이야 남아있다. 하지만 막상 이런 상황을 겪게 되니 그녀의 마음은 견디지 못할 만큼 무거워졌다.

또 한 번 이런 일이 벌어지게 된다면 그땐 어떻게든 그를 막아서야겠다고 다짐해 버릴 만큼.

유현은 점차 가라앉는 그녀의 눈빛을 물끄러미 내려다보았고 이내 장난기 가득한 웃음을 머금었다.

"미간에 주름 잡히니까 하언이 닮았다."

"응?"

"하언이 인상 되게 안 좋은데."

그건 지금껏 그래 왔던 것처럼 화제를 바꿔 보려는 시도였다. 여울은 아직 낮의 일을 신경 쓰고 있으면서도 순순히 그가 원하는 대로 반응해주었다.

"지금 내 인상이 안 좋다는 거예요?"

"하하."

"웃지만 말고 대답을 해요. 내 인상이 그렇게 더러워요?"

"농담이에요, 농담."

그렇게 얼어붙었던 분위기를 겨우 풀어낸 그때.

철컥—

현관문이 열리며 도 회장과 켈리 박이 집 안으로 들어섰다. 여울과 장난을 치던 유현의 표정이 순식간에 굳어 버렸다.

"아버지, 다녀오셨습니까."

그는 곧바로 고갤 숙여 귀가한 도 회장에게 인사를 건넸다. 여울은 뒤따라서 꾸벅 허리를 굽혔고, 본능적으로 켈리 박의 눈치를 살폈다.

여울에게 보내는 까칠한 눈초리.

낮에 있었던 일을 일러바쳤던 게 확실해지는 순간이었다.

"새아가."

아니나 다를까. 도 회장은 나직한 목소리로 여울의 이름을 불렀고 여울은 움츠러든 시선으로 그를 바라보았다.

"네, 말씀하세요."

그러면서도 망설임 없이 대답한 건 유현이 나설 틈을 주지 않기 위해서였다. 여울은 지금이라도 그가 대신 받아야 했던 비난을 되가져올 생각이다.

"오디오 좀 틀어 주겠니? 이왕이면 볼륨은 가장 크게."

"네?"

그러나 넌지시 꺼내진 부탁은 그녀의 다짐이 무색해질 정도로 난데없는 내용이었다.

여울은 의아한 표정으로 그를 마주했지만 도 회장은 딱히 설명을 덧붙이지 않고 유현에게로 눈길을 돌렸다.

"유현아, 너는 서재로 오렴. 중요하게 할 말이 있으니까."

이어지는 목소리는 그저 낮고 담담했다. 꼭 사업이나 집안 문제로 심각한 논의를 하려는 것처럼.

"네, 아버지."

유현의 대답이 망설임 없이 이어졌다.

여울은 그의 표정을 살피려 했지만 그가 곧바로 도 회장을 따라 발걸음을 옮겨 버린 탓에 끝내 확인하지 못했다.

"유현 씨……."

"차여울, 회장님 말씀 못 들었니? 오디오 켜라잖아."

"아, 아! 네!"

켈리 박의 재촉에 못 이긴 여울은 결국 유현에게서 시선을 돌리고 오디오 앞으로 향했다.

전원 버튼을 누르자마자 쟁쟁히 터져 나온 클래식 선율은 아무리 쇼팽의 곡일지라도 소음에 가까웠다.

여울은 저도 모르게 음량을 줄여 보려 했으나 켈리 박이 그런 여울의 손등을 날카롭게 내리쳤다.

"아!"

"소리 줄이지 마."

"……네?"

켈리 박의 미간이 구겨진 걸 보면 그녀도 시끄럽게 여기고 있는 게 분명하다. 그런데 왜 이렇게 소리를 키워 놓는지, 여울은 도저히 그 영문을 알 수가 없었다.

그저 코너를 돌아 사라지는 유현의 모습을 불안하게 지켜볼 뿐.

커다란 저택, 가장 구석진 곳에 위치한 서재.

"유현아."

들어서자마자 불리워진 이름에 생기를 잃어버린 유현의 눈동자가 억지로 끌어올려졌다.

그는 서재 문을 굳게 걸어 잠그는 도 회장의 뒷모습을 가만히 바라보았고 이내 정돈된 목소리로 대답했다.

"네, 아버지."

그 호칭을 입에 담자마자 뼛속까지 한기가 스몄다. 아직 시작되지도 않은 고통이 온몸을 부숴 버릴 듯 덮쳤다.

하지만 유현은 두려움을 숨긴 채 자신을 향한 도 회장의 시선을 받아냈다. 약해 보이는 걸 제일 싫어하는 분이니까 벌써부터 흔들려선 안 돼. 절대 무너지면 안 돼.

유현은 끊임없이 자신을 세뇌시키는 중이었다. 조금이라도 그의 심기를 덜 거스를 수 있도록.

"오늘 그 애의 실수를 감싸줬다고 들었다. 그게 사실이니?"

그런 유현에게 꺼내지는 도 회장의 질문에는 이미 탐탁지 않은 기색이 역력했다.

거짓말에 능숙한 유현은 눈빛조차 떨지 않고 대답했다.

"아니요. 처음부터 제 실수였습니다."

순간 도 회장의 입가에 옅은 웃음기가 어렸다. 그는 와이셔츠 소매의 단추를 풀어 움직이기 좋을 만큼 걷어 올리며 말했다.

"아직 니가 상황 파악을 못 한 모양이구나."

"……."

"바로 그 대답이 너의 진짜 실수인데 말이야."

그의 손목에 달려 있던 금시계가 손가락의 첫 마디 뼈로 옮겨갔다. 꽉 쥐어진 주먹의 종착지는 너무나도 뻔했다.

유현은 누가 시키지 않아도 어금니를 꽉 물었고, 그대로 눈꺼풀을 내리감았다.

"오늘 그 애보다 너의 몸뚱이가 더 소중하다는 걸 알게 될 게다."

형벌이 시작되기 전, 도 회장이 흘려 보낸 협박은 잔혹했다. 하지만 애초부터 이 사달이 날 걸 알면서도 나섰던 유현은 그 말에 수긍할 수 없었다.

지금 유현이 바라는 것은 오직 한 가지, 눈에 띄는 곳에만 멍 자국이 남지 않는 것.

이제 맞는 일에 이골이 난 그는 도 회장의 매서운 주먹보다 그녀의 동정 어린 시선이 더 두렵다.

내일도 마주할 그녀에게 불쌍하고 한심한 몰골로 비치지만 않았으면 좋겠다.

자정이 거의 다 된 시각.

"차여울."

늦은 귀가를 한 하언이 여울을 부르며 방 안으로 들어섰다. 침대에 걸터앉아 있던 여울은 문가로 고개를 돌렸고, 그와 눈을 마주치자마자 반가움을 드러냈다.

"아, 하언 씨. 이제 와요?"

"안 자고 뭐해."

"난 원래 늦게 잠든다니까."

"내가 보고 싶어서 기다린 거 아니고?"

"응. 그거 아니고."

여울은 하언의 능글맞은 질문을 장난스럽게 받아쳤다.

그는 픽, 가벼운 웃음을 흘리더니 재킷을 벗으며 드레스 룸으로 걸어갔다. 그러고는 오늘 하루 있었던 일을 늦은 귀가에 대한 해명처럼 늘어놓았다.

"오늘 내 업무는 빨리 끝났는데 상대 업체와의 조율이 늦어졌어."

"아아, 그랬구나."

"그쪽에서 장단만 잘 맞춰줬어도 반나절은 일찍 퇴근했을걸."

"으응."

하지만 하언의 얘기를 듣는 여울의 반응은 그리 얘기에 집중하는 눈치가 아니었다. 대답은 하고 있지만 머릿속엔 다른 생각들이 가득한 게 분명했다.

하언은 넥타이와 시계까지 완벽하게 정리해두고 여울이 있는 침대 근처로 돌아왔다. 그리고 수심 가득한 그녀의 눈빛을 내려다보며 넌지시 물었다.

"무슨 일 있었나?"

"네?"

"표정이 안 좋은데."

"아…… 뭐 별일은 아니고……."

반사적으로 얼버무리면서도 여울은 유현에게 폐를 끼쳐버렸던 일을 떠올렸다.

유현은 낮의 일에 대해 끊임없이 괜찮다고 했으나, 여울의 죄책감은 마음에 가시처럼 박혀서 아직도 빠질 줄을 몰랐다.

"말해. 괜히 숨기지 말고."

그녀의 표정을 읽어낸 하언이 조금 더 낮은 목소리로 추궁했다.

얘기를 시작하려면 켈리 박이 시켰던 집안일부터 일러바쳐야 했지만 그걸 알게 된다면 하언은 이 밤에 난동을 부려댈 게 뻔했다.

"정말 별일 없었어요."

결국 여울은 대부분의 일들을 숨기기로 했다.

하지만 이 와중에도 묻고 싶은 질문이 있어서 그의 눈치를 살피며 조심스럽게 말문을 열었다.

"그나저나 유현 씨 말인데요……."

"도유현?"

그 이름을 듣자마자 하언의 미간이 구겨졌다. 적대감까지는 아니지만 반감 정도는 충분히 느껴지는 반응이었다.

바로 그 점이 의문이었던 여울은 곧바로 질문을 던졌다.

"집안에서 대체 어떤 존재예요?"

"어떤 존재냐니."

"그냥…… 가만 보니까 다들 유현 씨를 싫어하는 것 같아서."

"……."

"하언 씨야 뭐 사이가 안 좋을 수 있다고 쳐도 여기 아줌마는 아들 대하는 것치고는 너무 정이 없더라구요."

여울의 말을 가만히 듣고 있던 하언은 짧은 한숨을 내쉬었다. 뭔가 골치 아픈 사정이라도 알고 있는 듯한 표정이었다.

순간 너무 개인적인 일을 캐물었나 싶어진 여울은 급히 뒷말을 덧붙였다.

"아, 심각한 얘기면 안 해줘도 돼요. 유현 씨 개인사인데 멋대로 알아내는 것도 좀 그러니까⋯⋯."

하지만 하언은 잠깐의 망설임 끝에 담담히 대답했다.

"도유현은 작은집에서 입양해온 아들이야."

"네?"

"그 인간들 친자식이 아니라고."

놀랄 만한 소식이긴 했으나 믿지 못할 이야기는 아니었다. 오히려 그 말을 듣는 순간 여울이 갖고 있던 의구심은 어느 정도 해소되는 듯했다.

항상 외롭게 겉돌던 모습. 여울을 필요 이상으로 걱정해주던 모습. 그녀가 이곳에서 벗어나기를 바라고, 돌아온 그녀를 안타까워하던 모습.

이해 못 할 그의 모습들은 전부 같은 처지라서 그랬던 거구나. 그도 이 집안의 불청객이라서 내 마음을 그렇게나 잘 헤아려준 거구나.

심란함이 한층 짙어진 여울이 두 번째 질문을 꺼냈다.

"그럼 유현 씨는 친딸이 태어난 다음부터 찬밥 신세가 된 거예요?"

"아니. 도혜수는 원래 있었는데."

"응? 자식도 있었으면서 굳이 입양을 왜 해?"

"아들이 필요했으니까."

필요.

그것은 꼭 사람을 도구처럼 여기는 듯한 단어였다. 반대로 생각해 보면 필요 없어졌을 땐 버리겠다는 의미와 다를 바가 없었다.

"도 회장은 어떤 사람이든 도구로 대해. 진짜 가족한테도 아무런 정이 없을걸."

하언은 불편한 기색이 역력한 여울을 위해 설명을 덧붙였다.

도 회장에게서 인간미가 느껴지지 않는다는 것 정도는 여울도 알고 있었지만, 문제는 그런 그에게 상처받는 유현이었다.

지금 와서 되짚어 보니, 도 회장 앞에 선 유현의 얼굴은 금방이라도 숨을 놓아 버릴 것처럼 생기가 없었다.

"도유현이 불쌍해?"

착잡해 보이는 여울에게 하언이 물었다.

"네?"

정곡을 찔려 버린 여울은 눈동자를 치켜뜨며 고갤 들었다. 그러자 하언이 꺼내놓는 충고는 단호하고 냉정했다.

"불쌍하게 생각하지 마."

"……."

"동정할 게 너무 많아서, 한번 가엾게 여겼다가는 한도 끝도 없어."

그건 여울의 귀에 신경도 쓰지 말라는 소리처럼 들렸다. 하언이라면 그동안 외로운 유현의 모습을 충분히 보아왔을 텐데 매정하기 짝이 없는 태도였다.

"하언 씨는 유현 씨가 그렇게 싫어요?"

여울은 그런 하언에게 불만 어린 말투로 물었다.

"내가 뭘."

"항상 못 밀어내서 안달이잖아요. 눈에 띄는 것도 싫어하고, 다가오는 건 더더욱 싫어하고."

당연히 그럴 수밖에 없지. 도유현은 애초부터 도 회장이 날 견제하기 위해 데려온 존재였으니까.

내뱉고 싶은 대답을 억지로 삼키자 오래된 기억들이 주마등처럼 하언의 머릿속을 스쳐 지나갔다.

20년 전, 옵타티움의 경영자였던 하언의 아버지는 미술에 천재적인 재능을 보이던 첫째 대신 둘째 아들인 하언에게 경영권을 넘겨주고 싶어 했다.

그러나 탐욕이 많던 작은아버지는 그 어린아이의 미래를 시기했다.

분명 경영권이 넘겨지는 건 아주 멀고 먼 훗날의 일일 텐데도, 마치 제 형이 곧 죽을 걸 알고 있는 사람처럼 하언을 밀어내지 못해 안달이었다.

'아, 안녕하세요. 저는 정유…… 아니. 도유현이라고 합니다.'

그러던 어느 날, 도 회장이 켈리 박과 상의도 없이 입양해 온 아들은 하언과 같은 나이에 더 영특한 지능을 가지고 있는 아이였다.

그는 유현을 하언보다 강하고 교활하게 키우고자 했다.

하지만 지나가는 길고양이에게도 정을 줄 줄 아는 유현은 그의 뜻대로 성장하지 못했다. 도 회장의 욕심을 실현해 주기엔 그의 천성이 너무나도 선했다.

그 모습이 마음에 들지 않았는지, 도 회장은 제 기능을 하지 못하는 아들을 차갑게 외면하기 시작했다.

유현은 어떻게든 살아남기 위해 발버둥을 쳤지만 도 회장 집안에 선 늘 투명인간 취급밖에 받지 못했다.

　그런 그에게도 역할이 생긴 건 그로부터 2년 뒤, 하언의 가족이 불의의 교통사고로 사라져 버렸을 때부터였다.

　'하언아, 어디 가?'

　'그건 왜.'

　'아버지가 걱정하셔서…….'

　'또 그 인간한테 일러바치게?'

　도 회장은 유현의 눈과 귀를 홀로 남은 하언의 감시도구로 사용하기 시작했다. 하언은 유현의 맑은 두 눈이 꼭 작은아버지가 설치해둔 CCTV처럼 보여서 마주칠 때마다 숨통이 조이는 기분이었다.

　저렇게라도 버티고 싶은 유현의 마음을 이해 못 하는 건 아니지만, 그의 존재 자체가 거북해지는 건 어쩔 수 없었다.

　그러니 우리는 좋고 싫고를 떠나 아예 가까워질래야 가까워질 수 없는 사이.

　하지만 이런 사정을 여울에게 낱낱이 공개하진 못했다. 결국 하언은 많은 이야기를 축약한 대답을 꺼내놓았다.

　"도유현 자체가 싫은 건 아니야."

　"그럼?"

　"이젠 거리 두고 산 지가 하도 오래돼서 불편해."

　그 말을 들은 여울의 마음에선 일말의 희망이 생겨났다. 그 사람 자체가 싫은 게 아니라면, 지금부터라도 노력해서 가까워질 수 있다는 뜻이니까.

여울은 근심이 가득하던 얼굴을 풀고 배시시 웃었다. 갑작스러운 미소에 하언이 미간을 좁히며 물었다.

"왜 웃어?"

"그냥. 여기 있으면서 차차 이룰 목표가 생겨서요."

"쓸데없는 짓이라면 관둬."

"무슨 쓸데없는 짓?"

도유현이랑 나를 엮으려는 짓.

그는 단번의 여울의 의도를 파악했으나 곧바로 거부 의사를 드러내지는 못했다.

아무래도 그녀는 유현과 시간을 보내면서 제법 친분을 쌓은 듯한데, 여기서 삐딱하게 굴었다간 그 혼자만 심사 뒤틀린 사람처럼 보일 것 같았다.

"됐어. 나중에 얘기해."

하언은 멋대로 대화를 끝마쳐 버리고 다시 드레스 룸 쪽으로 발길을 돌렸다. 여울은 침대에서 벌떡 일어나 쫄래쫄래 그의 뒤를 따랐다.

"그래서 오늘은 왜 이렇게 늦었어요?"

여울이 뒤늦게 관심을 보인 화제는 공교롭게도 하언이 벌써 털어놓았던 이야기였다. 그는 돌연 까칠해진 눈빛으로 대꾸했다.

"아까 말했는데 역시 안 듣고 있었네."

"아, 미안. 정신이 없어서."

"왜, 도유현 생각하느라?"

또 시작됐네. 이놈의 질투.

여울은 잔뜩 예민해진 하언을 어떻게 달래줄까 고민하다가 우선 그의 앞부터 막아섰다. 그러고는 애교 가득한 목소리를 흘려보냈다.

"에이, 삐지지 마요."

"안 삐졌어."

"그럼 표정 풀어 줘. 자, 예쁜 얼굴!"

"왜 이래. 비켜."

하언은 짜증을 가득 담아 그녀를 떼어내려 했다.

"얼른 웃어요. 웃는 거 보고 싶어."

하지만 그녀가 지어 보이는 어리고 싱그러운 미소에 얼어붙은 마음이 녹아 버렸다. 유설아의 말엔 절대 동의하지 않았지만 확실히 차여울은 하언을 약해지게 만드는 존재였다.

"웃지 마. 그러다 잡아먹힌다."

"어떻게 잡아먹게?"

"글쎄, 어떻게 먹을까. 뭐든 포장부터 벗겨야 하지 않겠어?"

그리 되묻는 하언의 눈빛엔 흑심이 가득했다. 여울은 서둘러 뒷걸음질 치며 그에게서 달아났다.

"꺅! 응큼해!"

그러나 멀리 가지는 못했다. 드레스 룸을 벗어나기도 전에 하언은 그녀를 제 품 안에 가둬버렸으니까.

온기라고는 찾아볼 수 없는 까만 밤.

차가운 대리석 바닥을 흐트러진 걸음으로 내딛으며 유현은 터져 나오려는 신음을 꾸역꾸역 집어삼켰다.

피가 뚝뚝 떨어지는 그의 입술과 제대로 뜨지 못하는 눈, 그리고 파르르 떨려오는 사지.

도 회장에게서 풀려난 유현은 멀쩡한 구석이라곤 하나도 없었다. 그래도 고역스레 움직이는 걸음에선 조급함이 느껴졌다.

그동안엔 아픔이 가라앉을 때까지 그대로 쓰러져 있었지만 이제 부터는 그러지 못하게 됐다. 잠시 귀국해있는 혜수와 2층에 머물러 있는 여울에게는 이 고통을 들키고 싶지 않았으니까.

"하아……."

그래서 신음 대신 한숨만 흘려보내고 있자니 자꾸만 눈가가 젖어 들었다.

이제는 이게 피인지, 눈물인지도 모르겠다. 그냥 바닥에 떨어지 기 전에 소매 끝으로 연신 닦아내기만 할 뿐.

그냥 걷는 것도 힘든 상태라 계단 오르는 건 도저히 무리였다. 하 지만 제 방으로 숨어들어 갈 생각밖에 없었던 유현은 이를 악문 채 발걸음을 옮겼다.

난간은 잡지도 못했다. 혹시라도 핏자국이 묻어버릴까 봐.

돌이켜 보면 언제나 이랬다. 그는 어디에도 의지하지 못하고 험 난한 계단만 하염없이 올랐다.

그러다 보면 문득 이런 마음이 든다.

'다 끝내 버릴까.'

몇 번은 실천에 옮긴 적도 있으나 결국엔 성공하지 못한 일. 얻 은 건 팔목의 깊은 흉터뿐이었고 잃은 건 문고리의 잠금장치였다.

그러니 부질없는 생각이라는 건 이제 누구보다 잘 알고 있다. 그래도 유현은 그 부질없는 꿈을 자꾸만 꾸게 된다.

'어쩌면 오늘은 정말 끝낼 수 있을지도 모르잖아.'

그때.

"푸핫! 그렇게 쳐다보지 마요!"

그녀의 밝은 웃음소리가 들려왔다. 발끝에만 머물러 있던 그의 시선이 서서히 위로 들어 올려졌다.

"지금 하언 씨 진짜 늑대 같은 거 알아요?"

"아니. 모르겠는데."

"꺅! 표정 능글맞은 거 봐!"

무슨 장난을 그리도 재미있게 치고 있는 건지.

그녀는 마냥 기분이 좋아 보인다. 오늘의 먹구름은 하언으로 인해 흔적도 없이 갠 모양이었다.

다행이네, 라고 억지로 생각은 하지만 빛이 강렬해질수록 어둠은 더욱 짙어진다. 지금의 유현은 그녀라는 빛이 들지 않아 한없이 차갑게 시들어가고 있다.

"어쨌든 내 앞에서 도유현 얘기 그만해."

순간 하언이 내뱉은 한마디가 유현의 귀를 사로잡았다.

삐딱하게 꺼내놓는 말은 분명 그녀가 유현의 이야기를 꺼낸 적이 있다는 뜻이었다.

유현은 발걸음조차 움직이지 않고 이어질 그녀의 대답을 기다렸다. 기대감이라고는 전혀 없다. 그는 지금 혹시라도 그녀가 동정심을 드러낼까 봐 불안해하는 중이다.

"심술궂게 굴지 마요."

그러나 가시 돋친 하언을 나무라며 입술을 떼어낸 그녀는.

"난 유현 씨가 좋은 사람이라고 생각해요."

이내 유현에게도 따듯한 빛을 내려주었다.

그 한마디에 칠흑 같던 어둠은 물러가고, 그렇게나 가깝던 삶의 끝은 보이지도 않을 만큼 멀어진다.

비록 사정없이 곤두박질 쳐져서 부서져 버린 몸일지라도 당신이 기뻐하며 반겨주니 더 이상 수치스럽지 않다.

'정말 나를 좋은 사람이라고 생각해요?'

내가 없는 자리에서도 내 존재를 기억해줄 만큼.

'나는 오늘 정말 당신한테 좋은 사람이었나요?'

만약 그 마음이 진심이라면, 오늘 밤에 나는 내일을 기대하며 잠들지도 몰라요. 그러다 내일 아침이 밝자마자 기다렸다는 듯이 눈을 뜨겠죠.

아마 당신의 얼굴이 가장 먼저 떠오를 것 같아요.

앞으로는 숨을 쉬는 일, 밥을 먹는 일, 그저 하루를 더 버티기 위해 하는 모든 일들이 평소처럼 끔찍하지 않을 거예요.

늘 지옥 같았던 내 하루는 이제부터 당신에게 더 좋은 사람이 될 수 있는 기회일 테니까.

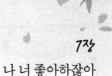

7장
나 너 좋아하잖아

"하언 씨, 일 언제 끝나요?"

유독 오랜만이라 느껴지는 주말. 여울은 아침부터 컴퓨터 앞에 앉아 어려운 도표를 들여다보고 있는 하언에게 넌지시 물었다.

휴일이기는 하지만 처리해야 할 업무가 남아있었던 하언은 그제야 시간을 확인했고 여울에게로 시선을 두었다.

"아, 점심 먹을 때 다 됐네."

"응. 그런데 별로 배 안 고프니까 하는 거 끝나고 밥 먹어도 돼요."

"아니, 이건 끝이 안 나."

하언은 곧바로 모니터를 끄고 자리에서 일어섰다. 지갑과 차 키만 챙겨든 채 방문 앞에 선 그는 평소의 격식 있는 정장이 아닌 편안한 후드티 차림이었다.

그 뒷모습을 가만히 바라보던 여울이 말했다.

"오, 하언 씨 후드티 입으니까 어려 보이네요."

"그동안은 늙어 보였나?"

"그런 건 아니지만 살짝 원숙미가 느껴지긴 했죠."

어디까지나 칭찬의 의미로 뱉어낸 말이었다. 하지만 하언은 좋아하긴커녕 뭔가 마음에 걸린다는 듯한 표정으로 물었다.

"도유현은?"

"응? 갑자기 유현 씨 얘기가 왜 나와?"

"도유현은 평소에 어때 보이는데?"

"유현 씨야 뭐……."

순수해 보이면서도 야릇한 게, 살짝 퇴폐미 느껴지지 않나?

그러나 여울의 본심은 곧이곧대로 말하기에 위험했다. 안 그래도 부쩍 유현을 경계하던 하언인데, 솔직하게 대답했다가는 하루 종일 시샘할 게 뻔했다.

"하언 씨보다 못해. 됐지?"

"진심이 없는데."

"없으면 어때. 나가자, 나가."

"뭐?"

여울은 대답을 얼버무리며 그의 등을 방문 쪽으로 장난스럽게 떠밀었다. 그러고선 방 문고리를 붙잡아 활짝 열었는데.

"아……."

호랑이도 제 말 하면 나타난다고.

때마침 2층 복도를 지나고 있던 유현과 정통으로 마주쳐 버렸다.

조심스러운 시선, 느린 호흡, 핏기 없는 피부.

유현의 모든 것은 어제의 그대로였지만 깨끗하던 그의 얼굴엔 얼룩덜룩한 멍이 가득했다. 심상치 않은 폭행의 흔적이었다.

순간 여울은 어제 유현을 이끌던 도 회장의 싸늘한 목소리를 떠올렸다. 귀가 터질 정도로 크게 틀었던 클래식 음악은 어쩌면 고통이 가득한 소리를 숨기려던 의도일 수도 있겠다.

상황이 거기까지 파악되자 여울의 눈동자가 크게 흔들렸다. 하지만 유현은 그녀가 무슨 말을 꺼내기도 전에 시선을 피했고 담담한 목소리로 하언에게 물었다.

"어디 나가게?"

"니가 그걸 왜 묻는데."

"그냥…… 여울 씨도 같이 가?"

"아니. 그러니까 도 회장한테는 나 혼자 외출했다고 전해."

하언은 도 회장의 눈과 귀나 다름없는 유현을 경계하며 거짓을 말했다. 그러고는 여울을 뒤로한 채 싸늘한 걸음으로 계단을 내려가기 시작했다.

홀로 남겨진 여울은 멀어지는 하언의 뒷모습을 바라보다가, 그의 모습이 사라지자 무섭게 유현의 상태를 살폈다. 상처 가득한 그의 얼굴은 그녀를 마주하자마자 선한 미소를 띠었다.

"얼굴이 왜 그래요?"

"넘어졌어요."

"거짓말. 넘어져서 생긴 상처가 뭐 이래."

"정말 넘어져서 그래요."

아주 없는 말을 지어내는 건 아니었다.

도 회장의 주먹이 꽂힐 때마다 유현은 사정없이 내동댕이쳐졌고 그러다 생긴 멍 자국도 많았으니까.

그러나 여울은 입가에 말라붙은 피딱지가 더욱 신경 쓰인다. 아무리 변명을 해도 그 상처는 영락없이 맞아서 생긴 상처였다.

"내가 그릇 깨트려서 그래요……?"

여울은 금방이라도 울어버릴 것 같은 눈으로 물었다. 유현은 망설임 없이 고개를 저었고 아예 다른 곳으로 화제를 돌려버렸다.

"점심 안 먹어요?"

"먹어요. 먹을 건데……."

"나랑 같이 먹어요. 혼자 먹기 쓸쓸했는데 잘됐다."

여울은 저도 모르게 고개를 끄덕거릴 뻔했다. 그러나 여울은 이미 하언과 나가려던 몸이었다. 도하언은 그녀를 두고 먼저 앞질러 가 버렸지만 현관문 앞에서 저승사자처럼 기다리고 있을 게 뻔했다.

괜히 미안해진 여울은 난처한 표정으로 대답했다.

"지금 하언 씨랑 점심 먹으러 가던 중이라……."

"하언이 혼자 나간다고 하지 않았어요?"

"삐딱하게 구느라 그렇게 대답한 모양인데 사실은 나랑 같이 가는 거예요."

"아…… 그렇구나."

여울은 혹시나 유현의 기분이 상했을까 걱정했지만 유현은 이미 그런 하언의 태도를 이해하고 있었다. 원래부터 도 회장과 관련된 모두를 경계해왔던 그였으니까.

그는 부드럽게 눈꼬리를 휘었고 나직한 목소리로 말했다.

"하언이한테 비싼 거 사달라고 해요."

"네? 아, 네……."

"밥 맛있게 먹고 와요."

유현의 다정한 인사에 대답할 말은 뻔했다.

'네, 유현 씨도 밥 맛있게 먹어요!'

하지만 차마 입 밖으로 낼 수는 없었다. 함께 식사를 하자는 말 뒤에 따라왔던 쓸쓸하다는 말이 자꾸만 여울의 마음을 헤집어놓았다.

이렇게 떠나버리면 이 사람은 집에 혼자 남겠지. 일하시는 분들께 생전 무언가를 부탁하지도 않던데. 제대로 끼니를 챙기기나 할까. 몸이 아프면 속이라도 든든해야 하는데…….

여울이 온갖 걱정을 쏟아내는 동안 유현은 제 방으로 걸음을 옮기기 시작했다. 힘없이 늘어진 손엔 멍 자국이 가득했다. 그걸 외면하지 못한 여울은, 결심한 듯 유현의 이름을 뱉어냈다.

"유현 씨!"

"네?"

차분히 돌아오는 여린 눈동자. 지금 머릿속엔 분노할 하언의 모습이 선명하지만 그래도 그녀는 그 눈을 똑바로 마주하고 묻는다.

"삼계탕 먹으러 갈래요?"

"……네?"

"원기 회복엔 삼계탕이 좋다고 들었는데."

"……."

"같이 가요. 어차피 유현 씨도 공복이잖아."

청담동 근처 삼계탕 집.

"도유현."

"······."

"기어이 나랑 겸상을 하시겠다?"

잔뜩 사나워진 하언이 맞은편에 앉은 유현에게 물었다.

유현은 그 말에 아무런 대꾸도 하지 않았지만 사태를 이 지경으로 만든 여울은 크나큰 책임감으로 하언을 달랬다.

"에이, 왜 그렇게 예민해지셨을까. 다 같이 먹으면 좋잖아요."

"누가 그래. 좋다고."

"내가 좋아요. 난 세 명 이상 모여서 먹는 밥이 제일 맛있더라."

여울의 대답을 들은 하언은 더욱 인상을 구겼다.

그런 그에게 여울은 수저를 놔주지도 못했다. 내쉬는 호흡조차 한기가 가득한 하언은 뭔가 잡을 수 있는 게 생긴다면 당장이라도 유현에게 휘두를 기세였다. 여울은 애써 미소를 유지하며 메뉴판을 내밀었다. 물론 순서는 옆에 앉은 하언부터였다.

"자, 하언 씨. 뭐 먹을지 골라 보자."

"안 치워?"

"그냥 삼계탕보단 전복 들어간 게 낫겠지? 그거 시킬까?"

"······나 전복 싫어해. 일반으로 시켜."

그나마 다행인 건 하언이 여울에게 완전히 매몰차진 못하다는 것이었다. 여울은 앞으로도 이렇게 그를 어르고 달래 주어야겠다고 생각하며 이번에는 유현에게로 메뉴판을 돌려주었다.

"유현 씨는 뭐 먹을래요?"

"공깃밥."

"하언 씨, 심술 좀 그만 부려."

"너 지금 도유현 편드는 거야?"

"편드는 게 아니라 하언 씨가 못되게 말하니까 말리는 거야."

"못되긴 누가 못되게 굴었다고."

괜한 시비를 걸어대는 하언은 유현과 여울의 대화를 차단하려는 게 분명했다. 그 마음을 뻔히 알고 있는 유현은 최대한 말을 섞지 않기 위해 가장 먼저 눈에 띄는 메뉴를 주문했다.

"난 비빔밥이요."

그러자 여울은 단호한 표정으로 고개를 저었다.

"안 돼요. 유현 씨는 몸이 나아야 하니까 삼계탕 중에서 골라요."

"그렇게 안 챙겨줘도 괜찮아요."

"괜찮기는 뭐가 괜찮아요? 그러면 여기 온 의미가 없잖아."

여울은 거짓말만 하는 유현을 흘겨보며 호출 버튼을 눌렀다.

"네! 주문하시겠어요?"

"아, 네. 여기 일반 삼계탕 하나랑요, 전복 삼계탕 두 개 주세요."

머지않아 다가온 직원에게 또박또박 주문하는 메뉴들은 하언을 위한 삼계탕 하나와 유현을 위한 전복 삼계탕이었다.

하언의 표정에 언짢은 심기가 더해졌다.

"여기 니가 좋아해서 온 게 아니라, 도유현 때문에 온 거였어?"

"응? 유현 씨 때문이라니?"

"지금 도유현 몸 챙겨주고 있는 거냐고."

그리 묻는다면 할 수 있는 대답은 정해져 있겠지만 여울은 최대한 넉살 좋은 말투로 대꾸했다.

"참나, 우리 다 같이 먹으러 왔는데 유현 씨 몸만 좋아지겠어요? 하언 씨도 원기 회복되고 좋지."

"그럼 도유현은 왜 더 비싼 거 시켜주는데."

"하언 씨는 전복 싫다면서요."

그거야 그렇지만…….

유치한 내용으로 시비를 걸어 보자니, 금세 말문이 막혔다.

그는 어쩐지 이길 수 없을 것만 같은 여울에게서 시선을 돌렸고 불편한 기색이 역력한 표정으로 유현을 노려보았다. 아무리 생각해도 눈앞에 두고 밥을 넘길 수 없을 것 같은 얼굴이었다.

유현은 그런 하언에게 차분한 목소리로 대꾸했다.

"걱정하지 마. 난 밥만 먹고 집에 갈 거야."

그러자 하언은 한쪽 입꼬리만 비딱하게 들어 올렸고 절대 곱지 않은 태도로 받아쳤다.

"당연히 그래야지. 나랑 뭘 더 하게."

"그러니까 너무 기분 나빠하지 않았으면 좋겠어. 여울 씨가 난처해하잖아."

"차여울 난처해지는 게 그렇게 걱정되면 애초부터 안 따라왔어야 하는 거 아닌가?"

하언이 던지는 멘트는 하나같이 공격적이었지만 딱히 반박할 수는 없었다. 그 말대로, 사실 그녀의 제안을 단번에 거절해 버렸다면 이렇게 하언과 날을 세울 일도 벌어지지 않았다.

그러나 유현은 도저히 그녀를 뿌리치지 못했다. 이성적으로 뒷일을 생각하기 전에 걸음부터 움직였던 탓에, 하언의 심기가 뒤틀어졌을 땐 이미 여울의 곁에 머물고 있는 상태였다.

"미안."

유현은 많은 의미를 담은 사과를 짧게 건넸다. 돌아가는 상황을 바라보던 여울은 긴 한숨을 내쉬었다.

"어휴, 그냥 내가 죄인이에요. 다 내 잘못입니다."

"……."

"그러니까 유현 씨는 쓸데없이 사과하지 말고, 하언 씨는 유현 씨한테 뭐라 그러지 마요. 밥 먹을 때만이라도 서로 얼굴 붉히지 말자구요."

그리 말하는 여울은 두 남자의 접전에 지쳤다는 표정이었다. 하언은 도유현만 안 데려왔어도 얼굴 붉힐 일 없었다고 따지려 했다.

그러나 첫마디도 꺼내놓지 못했다.

감정을 있는 대로 드러내는 하언과 달리 유현은 여울이 원하는 대로 가만히 식사만 기다리고 있을 뿐이라서, 자칫 여울의 눈엔 하언 혼자 난리 치고 있는 것처럼 비칠 터였다.

더 이상 유현을 몰아붙일 수 없게 된 하언은 마뜩잖다는 표정으로 시선을 어긋냈다.

아무리 고역일지라도 어차피 견뎌야 하는 시간. 그는 최대한 제 살을 깎아먹지 않게, 이성적으로 생각하기로 결심했다.

"자, 삼계탕 나왔습니다. 맛있게 드세요."

잠시 후 주문한 음식들이 놓여졌다. 윤기가 자르르 흐르는 삼계탕을 본 여울의 표정이 눈에 띄게 밝아졌다.

"와, 향기 좋은 거 봐! 벌써부터 기운이 불끈불끈하네!"

"니가 불끈불끈해서 뭐하게."

"글쎄다. 결혼했으면 2세 양성에라도 힘써볼 텐데 아쉽게 됐네요."

그녀의 농담에 경직되어 있던 두 남자의 입꼬리가 동시에 올라갔다. 물론 그런 서로를 의식하자마자 곧바로 다시 경직되어 버렸지만.

"아, 삼계탕 보니까 오빠 생각나네요. 우리 오빠 열일곱 살 때까진 닭 요리만 보면 울었는데."

여울은 분위기를 개선해보려 말문을 열었다. 하언은 평소처럼 별 대꾸 없이 귀만 기울였으나 유현은 부드러운 눈빛으로 그녀를 마주했다.

"왜 울었는데요?"

"아주 어렸을 때 병아리를 키운 적이 있었어요. 내가 초등학교 앞에서 오백 원인가 주고 사왔거든요."

"병아리를 키웠었구나. 이름이 뭐였어요?"

"병아리니까 당연히 삐약이였죠."

"하하, 귀엽다."

유현은 여울의 한 마디 한 마디에 능숙하게 장단을 맞춰주었다.

그럴수록 여울은 오직 유현에게만 눈동자를 고정시켰고, 그와 단둘이 시간을 보내는 것처럼 대화를 이어나갔다.

"그런데 키우다 보니까 닭이 돼서 도저히 아파트에서는 못 키우겠는 거예요. 그래서 어쩔 수 없이 시골 할머니 댁에 보냈어요."

"안 아쉬웠어요?"

"아쉬웠죠. 그런데 차시울은 아쉬워하는 정도가 아니었어요. 매일 할머니한테 전화해서 삐약이 바꿔 달라 그러고, 먹었나 안 먹었나 감시하고……."

둘을 바라보는 하언의 눈빛이 삐딱해졌다. 서로에게 집중한 두 사람은 보기만 해도 언짢았지만, 하언은 도저히 끼어들 수 없었다.

"그래서 할머니가 삼계탕으로 만들어 버렸어요."

"네? 그건 너무하셨던 것 같은데……."

"전혀요. 왜냐하면 차시울이 한 시간 걸러 한 번씩 전화해서 할머니를 괴롭혔거든요."

"하하, 오빠분 정말 개성 있는 사람이네요."

나는 어떤 리액션을 어느 타이밍에 던져야 하는지 도무지 파악할 수가 없는데, 도유현은 무슨 요령으로 능수능란하게 이야기를 이어나가는지.

결국 하언이 할 수 있는 일은 불청객처럼 난입해서 그들의 대화를 끊어놓는 것뿐이었다. 그는 시빗거리를 찾기 위해 맹수 같은 눈빛으로 유현을 주시했다.

"아, 여울 씨는 오빠랑 많이 닮았어요?"

"네, 저는 엄마랑 아빠보다 그냥 오빠 닮았어요. 아마 길 가다가 우리 오빠 만나면 한 눈에 알아볼 수 있을걸요?"

"그 정도면 쌍둥이라고 해도 믿겠네요."

여울에게 온 신경을 집중시킨 유현은 그런 하언의 시선을 알아채지도 못했다. 원래는 주변 사람들의 호흡까지도 일일이 신경 쓰는 사람인데, 지금은 그녀 말고는 아무것도 보이지 않는 것처럼 굴고 있다.

그 사실을 깨달은 순간부터 하언의 눈은 시빗거리를 찾는 게 아니라 도유현 그 자체를 거슬러하기 시작한다.

"기회가 되면 여울 씨 오빠분도 만나고 싶어요."

여울에게 건네는 관심 가득한 말도.

"여울 씨랑 얼마나 닮았는지 궁금하거든요."

여울에게 지어 보이는 자연스러운 눈웃음도.

그동안의 도유현에게서는 찾아볼 수 없는 것들이었다. 확실히 그는 지금껏 누구에게도 보여준 적 없던 모습으로 여울을 대하고 있다.

"나중에 놀러오면 소개시켜 줄게요. 그 전에 저 화장실 좀!"

여울은 즐겁게 나누던 이야기를 잠시 멈추고 자리에서 일어섰다.

웃음기 어린 유현의 눈은 그녀를 따라 움직이다가, 한참이 지나서야 자신에게 닿아있는 하언의 시선을 의식했다.

베일 만큼 차가운 그의 온도. 유현은 뒤늦게 여울과 지나칠 정도로 다정했던 자신을 깨달았다. 최대한 하언을 건드리고 싶지 않았는데 어쩌다 분위기가 이렇게까지 흘러버렸는지 모르겠다.

"아, 미안해."

"……."

"내가 너무 들떴었지?"

유현은 하언이 날을 세우기 전에 먼저 사과를 건넸다. 하지만 그에게선 어떤 대꾸도 돌아오지 않았다.

그저 딱딱하게 굳은 표정으로 유현을 마주하고 있을 뿐.

여울을 위해서라도 불편한 상황은 피하고 싶었던 유현은 잠깐의 고민 끝에 또 다른 변명을 꺼내놓았다.

"별다른 뜻은 없었어. 여울 씨가 얘기를 재밌게 하니까……."

"도선웅한테 사주받았냐."

하지만 그 말을 중단시키고 하언이 내뱉은 말은 매서운 의심이었다. 유현의 고개가 망설임 없이 가로저어졌다.

"아니. 절대 그런 거 아니야."

"그럼, 그 인간이 차여울도 컨트롤하래?"

"아버지랑은 관련 없어. 그냥 내가……."

"……."

"내가……."

여울이 돌아오기 전에 하언과의 오해를 풀려면 어서 진심을 말해야 했다.

"니가 뭐."

하지만 이상하게도 뒷말이 꺼내지지 않는다.

"도유현, 그냥 니가 뭐."

그냥 내가 좋아서 그래, 라는 간단한 대답이 의식하고 있던 무게보다 무겁게 느껴진다.

"내가…… 미안."

이윽고 새어나오는 건 부질없는 사과밖에 없었다. 꼭 그보다 깊은 감정이라도 지니고 있는 사람처럼.

하언은 미묘한 감정이 담긴 표정으로 유현을 바라보았다. 사정없이 흔들리는 유현의 두 눈동자엔 혼란이 가득했다.

그는 흐린 숨을 내쉬었고, 그 끝에 아주 낮은 목소리를 덧붙였다.

"너 차여울 좋아하냐."

한 번도 되짚어본 적 없던 질문에 유현의 심장이 쿵— 내려앉았다.

"뭐?"

그건 유현의 머릿속에서는 단 한 번도 떠오른 적 없던 질문이었다. 그럴 수도 없고 그러지도 못할 자신의 처지를 알기에 스스로 되물어보지도 않았다.

그러나 하언이 낮은 목소리로 꺼내 물은 이상, 유현은 자신의 마음을 들여다보아야만 했다.

나는 그 사람과 함께 있는 게 좋아. 그 사람과 얘기를 나누는 게 좋아. 그 사람의 시선이 닿는 것도 좋고 그 사람이 나를 생각해 줄 때마다 기뻐.

이건 어쩌면 좋아하는 감정이라고 표현될 수도 있겠지만.

"그럴 수 있을 리가 없잖아."

유현은 이성으로서 느끼는 감정이 아니라고 믿는다. 그는 마음에 담을수록 고통스러워질 그녀를 원하지 않는다.

"애매모호하게 대답하지 말고 똑바로 얘기해."

"……."

"차여울 좋아하냐고."

하언은 현실 탓으로 돌리는 유현의 대답이 마음에 들지 않는 듯 한 번 더 단호하게 물었다. 떨리던 유현의 눈빛이 멎었다. 그는 흐린 숨을 내쉬었고 담담한 목소리를 꺼내놓았다.

"아니. 안 좋아해."

"……."

"난 누군가를 마음에 담을 만큼 감정적인 사람이 아니야."

그건 하언이 듣기에 도저히 반박할 수 없는 말이었다.

설아의 사랑 놀이에 장단을 맞춰주는 일도, 도 회장의 꼭두각시로 22년을 버티는 일도, 전부 유현의 가슴이 텅 비어있기에 가능했으니까.

감정에 지나치게 휘둘리는 하언은 절대 유현처럼 살지 못한다. 아마 하언에게 그와 같은 하루가 주어진다면 꾹 참고 견디느니 그 자리에서 혀라도 깨물어서 삶 자체를 끝내버렸을 것이다.

"넌 왜 그러고 사냐."

하언은 절망에 무뎌질 대로 무뎌진 유현을 향해 한탄을 내뱉었다. 그 안엔 그를 한심스럽게 여기는 기색이 역력했으나 유현은 딱히 불쾌해하지 않았다.

그저 두 눈동자만 하언에게로 가져다 놓을 뿐.

"내가 어떻게 사는 것 같은데?"

그러다 유현이 조심스럽게 꺼내는 질문은 의도를 알 수 없었다. 하언은 잠시 생각하다가 솔직한 대답을 꺼내놓았다.

"니 자신이 제일 잘 알고 있지 않나? 사람대접도 못 받고 사는 거."

그 말은 꽤나 날카로웠지만 유현의 표정엔 아무런 변화도 없었다. 그는 이미 수긍해 버린 사람처럼 담담한 반응만 내비친다.

"응. 알고 있어."

"……."

"그래서 난 버려지지 않는 걸로 만족해."

바로 유현의 그런 태도가 문제라고 생각한다. 단 한 번이라도 맞서 싸우려 해봤다면 도 회장과 유설아의 손에 이렇게까지 놀아나진 않았을 거다.

하지만 하언이라고 나서서 도와줄 수도 없으니 괜한 충고는 오지랖일 뿐이었다.

"어쨌든 차여울한테 다가오지 마. 나는 너보다 니 주인 노릇하는 그 인간들이 싫어."

매정한 하언의 경고를 끝으로 둘 사이의 짧은 대화는 마무리되었다. 22년간 쌓아왔던 벽이 그 사이에 더욱 높아진 듯했다.

"어휴, 가게는 이렇게 넓은데 화장실 칸이 겨우 하나라니."

때마침 화장실로 떠났던 여울이 툴툴거리며 돌아왔다. 하언과 유현은 곧바로 그녀를 바라보았고 거의 동시에 입술을 열었다.

"왔어요?"

"왜 이렇게 늦게 와."

멘트는 달랐지만 간절히 기다렸던 마음만큼은 완벽하게 일치했다. 그걸 알아챈 여울의 입꼬리에 가벼운 웃음이 맺혔다.

"되게 격하게 반기네. 나 없어서 어색했어요?"

"아니. 하도 안 오길래 어디 갔나 했어."

"겨우 몇 분 지났는데 무슨."

여울은 남보다 못한 두 남자의 관계를 실감하며 자리에 앉았다. 하지만 시선에 걸려 들어오는 건 젓가락을 든 유현의 손이었다. 하얗고 긴 손가락에 난 멍 자국은 아무래도 신경이 쓰인다.

"저기……."

여울은 걱정 어린 눈빛으로 유현의 상태를 정확히 물어보려 했다.

그러나 어떤 대답을 하기도 전에 유현은 부자연스럽게 젓가락을 내려놓았다. 그리고 서둘러 상처 많은 손을 테이블 아래로 숨겼다.

"네?"

대꾸는 돌아왔지만 자신의 고통에 대해 묻지 말아 주길 바라는 유현의 마음이 너무나도 선명했다. 여울은 차마 하고 싶었던 얘길 꺼내지 못하고 애써 웃는 표정을 지어보였다.

"유현 씨는 젓가락질 정말 잘하네요!"

"⋯⋯."

"그렇게 예쁘게 하는 사람 처음 봐요!"

어색하게 흘러나오는 칭찬.

유현은 잠시 여울의 눈을 물끄러미 바라보다가 마른침을 삼켰다.

"⋯⋯고마워요."

그리고 나서 꺼내놓는 대답은 아까 전과 사뭇 온도가 달랐다.

여울은 혹시나 얼굴에 드러났을 동정이 그를 기분 상하게 만든 걸까 봐 걱정스러워졌다.

하지만 하언은 알고 있다. 지금 도유현은 방금 전 하언이 했던 말을 의식하느라 이렇게 냉랭하게 굴고 있다는 사실을.

물론 두 사람이 시시덕거리지 않아서 더 이상 속이 뒤집어질 것 같진 않은데, 쩔쩔매는 여울 때문에 마음이 불편하다. 아까는 분명 혼자만 가라앉아 있었는데 이제는 셋 다 밑바닥까지 가라앉아 있는 것 같다.

"유현 씨, 물 더 따라 줄까요?"

"아니요. 괜찮아요."

"그럼⋯⋯ 음료수 같은 거라도 시켜 줄까요?"

"음료수 안 좋아해요."

그 와중에도 얼어붙은 공기를 무마시켜 보려는 여울의 짠한 노력과 그녀를 애써 외면하는 유현의 안타까운 철벽은 계속되었다.

하언은 모든 걸 무시한 채 식사에만 집중해보려 했지만, 먹성 좋은 여울이 숟가락도 들지 못하고 유현의 눈치를 살피는 건 참아주기 힘들었다.

"아, 미치겠네."

결국 입 밖으로 터져나와버린 짜증 섞인 목소리.

그 누구보다 유현의 눈동자가 가장 먼저 하언에게로 향했다. 서늘한 하언의 눈동자엔 오늘따라 더욱 날이 서있었다. 하지만 그런 그가 까칠한 목소리로 꺼내놓는 말은 전혀 예상치 못한 것이었다.

"도유현, 너 왜 거짓말하냐."

"……어?"

"니가 환장하는 음료수 하나 있잖아. 프랑스 출장 갔을 때 앉은자리에서 네다섯 잔 비우고 취했던 거."

그건 방금 전 여울이 유현에게 건넸던 질문의 연장선이었다. 억지로 대화를 끊어놓으려 했던 유현의 얼굴에 당황감이 어렸다. 하지만 여울은 서먹한 분위기 속에 던져진 화젯거리를 몹시도 반가워했다.

"뭘 좋아하는데요? 콜라? 사이다?"

"아니, 뱅쇼. 프랑스 출장 갔을 때 쉬지 않고 마시는 거 봤어."

"엄청 좋아하는 건가 보네."

"그날 취해서 사고 칠 뻔했던 일, 도유현한테 듣든가 말든가."

하언은 특유의 무심한 말투로 대화의 바통을 유현에게로 넘겨주었다. 호기심 어린 여울의 눈동자에선 어느새 불편함을 찾아볼 수 없었다.

그제야 하언의 의도를 알아챈 유현은 옅은 웃음을 터트렸다.

방금 전까지만 해도 여울과 얘기하는 걸 그리도 싫어하더니, 막상 서먹한 상황이 되자 이건 이거대로 싫은 모양이었다.

하긴, 큰아버지 살아계실 때만 해도 넌 항상 그랬어. 우리 집에서 내가 찬밥 취급 받고 있는 걸 보면 괜히 와서 말을 걸어주곤 했잖아.

그거…… 되게 고마웠는데.

지금도 그때처럼 누구 하나 동떨어져 있는 걸 못 견디는 건지, 아니면 니가 책임지고 있는 이 사람을 배려해서 그러는 건지는 몰라도.

너는 여전히 착한 구석이 남아있구나.

"푸핫."

미소를 머금고 있던 유현의 입술 새로 선명한 웃음소리가 터져 나왔다. 하언의 신경질적인 눈동자가 유현을 노려보았다.

"웃지 마. 짜증 나니까."

그는 유현의 웃음이 마음에 들지 않는지 사납게 반응했다.

"뱅쇼가 삼계탕 집에 왜 있어. 바보야."

하지만 유현이 흘려보내는 목소리는 맑은 날의 햇살처럼 밝았다. 흐려질 때처럼이나 맑게 개는 타이밍도 참 갑작스러웠다.

"바…… 뭐?"

하언은 조금 말 걸어줬다고 해서 곧바로 기어오르려는 유현에게 사나운 성깔을 드러내려 했다.

"아, 설마 내가 아는 그 뱅쇼에요? 와인으로 만드는 거?"

하지만 두 눈을 빛내며 유현에게 묻는 여울은 안도하는 기색이 역력했다. 이빨조차 드러낼 수 없을 만큼 순식간에 화기애애해진 분위기였다.

"네. 프랑스 갔을 때 정말 많이 마셨거든요."

"그 뱅쇼가 그 뱅쇼였구나. 나는 콜라나 사이다처럼 찾길래 설마 했어요."

"하언이가 가끔씩 이상하게 웃길 때가 있어요."

얼어붙었던 공기가 녹아들고 방금 전까지만 해도 착잡하기 그지 없던 그녀의 안색은 편안해졌다. 친근한 두 사람의 모습은 여전히 탐탁지 않았으나 이것이 어쩔 수 없는 최선이었다.

이럴 바엔 다시는 이런 자리를 만들지 말아야겠다, 라고 다짐하며 하언은 삐딱한 시선을 여울에게 두었다. 장난기 가득한 미소가 얹힌 여울의 얼굴은 불편한 심기까지도 살랑살랑 녹이는 듯 했다.

저 표정이 도유현에게 향해 있다는 건 미치도록 싫지만…….

'그래도 아까 눈치 보던 얼굴보다는 낫네.'

여울은 도유현을 보고 있는데, 자꾸만 입꼬리는 그녀의 표정을 따라 올라가려 한다.

도유현이 이 표정을 본다면 나랑 다시 가까워졌다고 착각할 텐데.

나도 참, 이렇게 무뎌져서야 큰일이 났다.

주말이라 공허한 옵타티움 본사. 소름 끼칠 만큼 고요한 회장실에서 도 회장의 목소리가 나직이 흘러나왔다.

"그래서, 나한테 할 말이라는 게 뭐지?"

설아는 차분한 시선으로 그를 마주했다. 그리고 비웃음 어린 입술을 열었다.

"회장님께서 실수하신 게 있는 것 같아서요. 일이 더 꼬여버리기 전에 알려드리러 왔어요."

설아가 선택한 '실수'라는 과감한 단어에, 도 회장의 눈빛이 날카로워졌다. 그 안에는 이미 짙은 독기가 서려있었지만 그는 태연한 표정을 유지하며 되물었다.

"실수라면 어떤 실수?"

"회장님께선 도하언과 차여울의 관계가 거짓이라고 확신하셨죠. 그래서 일도 키워놓으셨구요."

"……."

"하지만 얼마 전에 확인한 바로는 진심이던걸요? 구경하기 좋을 만큼 절절해요."

도 회장은 설아의 말에 대꾸하는 대신 서늘한 미소를 흘려보냈다. 가당케 여기지는 않으나 꽤나 흥미롭다는 듯한 반응이었다.

설아는 흘러내리는 머리카락을 쓸어 넘기며 단호히 말했다

"그러니…… 천박한 며느리 보고 싶으신 게 아니라면 회장님께서 수습 좀 해 주셔야겠어요."

"……."

"그 두 사람, 이대로 밀어붙인다면 아마 결혼하고도 남을 테니까."

도 회장을 상대로 단도직입적인 요구를 하는 건 신우그룹의 외동 딸 유설아이기에 가능했다. 그가 신우그룹에 흥미를 가진 이상 그녀는 도 회장을 철저히 아군으로 이용할 수 있었다.

"어떻게 수습해 주길 원하지?"

역시나 도 회장은 설아의 무례함 따윈 신경쓰지 않고 그녀가 바라는 대답을 들려주었다.

순간 설아의 눈빛이 돌연 매서워졌다.

"그 집안에서 없애 주세요."

"……."

"이대로 도하언 옆에 붙어서 기생충처럼 기생할 모양인데, 그 꼴 그만 보고 싶어요."

그렇게 말하며 설아는 며칠 전 만났던 유현의 얼굴을 떠올렸다.

언제나 그녀 앞에선 단조롭고 차분하기만 하던 그는 그날 아주 오랜만에 풋풋한 미소를 지어 보였다.

'……같이 있어주고 싶었어.'

'나처럼 외로워지기 전에 내가 곁을 지켜주고 싶었어.'

'그런데 같이 있어 보니까 내 외로움이 채워지는 느낌이더라. 앞으로도 계속 함께하고 싶다는 생각이 들 만큼.'

생기 있는 목소리, 예쁘게 휘어진 눈꼬리, 부드럽게 올라간 입매.

그건 또 다시 사랑에 빠질 만큼 매혹적인 모습이었지만 그녀의 기분은 그를 따라 좋아지지 않았다. 여자의 직감으로 보건대, 유현을 그런 표정으로 웃게 만든 사람은 설아 자신이 아니었다.

그렇다면 누굴까. 아름다운 인형과 다름없는 너에게 자꾸 진심을 불어넣으려는 여자가. 결론을 내리는 건 어렵지 않았다.

지금껏 유현의 곁으로 몰려드는 수많은 여자들을 제 선에서 처리해왔던 설아는 제 힘으로 어쩌지 못했던 단 한 명의 여자를 떠올렸다.

"차여울이 그렇게나 신경 쓰이니?"

그런 그녀를 뼛속까지 꿰뚫어보는 도 회장이 물었다. 기억 속 유현에게 머물러있던 설아의 의식이 단번에 도 회장에게로 집중되었다.

"의외로구나. 나는 니가 우리 집안이나 하언이에게 딱히 미련이 없는 줄 알았는데."

"……."

"꼭 그 애에게 무언가를 빼앗길까봐 두려워하는 것처럼 보여."

유현과 설아의 관계를 뻔히 알고 있으면서 건네는 말.

그건 그녀의 진심을 확인하기 위해 일부러 던진 미끼였다. 도 회장은 지금 차여울에게 흔들리는 도하언보다 그들의 주변을 달처럼 맴돌고 있는 도유현이 더욱 신경에 거슬린다.

모질지 못한 성격 탓에 아무것도 제대로 해내는 게 없길래, 유설아의 목줄 노릇이라도 똑바로 하라고 일러두었거늘.

감히 거짓말까지 입에 담으며 차여울을 감싸고도는 유현은 아무래도 제 본분을 망각한 듯하다. 그의 눈에도 훤히 보이는 그 사실을 설아라고 해서 모를 리 없다.

"빼앗길까 봐 두려워 보인다니…… 틀린 말은 아니네요."

"……."

"저는 아끼고 말고를 떠나서, 그냥 누가 제 것에 손대는 게 끔찍이도 싫거든요."

하지만 설아가 유현을 떠올리며 흘려보냈을 대답은 전혀 회의적이지 않았다. 독기 어린 그녀의 눈빛엔 절대 유현을 놓치지 않겠다는 의지가 가득했다.

'이제는 목줄과 상관없이 떠나지 않을 모양이군.'

설아의 마음을 파악한 도 회장은 그제야 안심이 담긴 미소를 머금었다. 그리고 가식적인 인자함을 띤 채 입을 열었다.

"그 마음 잘 알지. 하언이라면 나도 정성을 다해 돌봐왔어."

"……."

"하지만 요즘의 하언이는 여자 하나 때문에 갈수록 약해지고 있는 것 같아 걱정스럽구나. 조만간 큰 사고라도 치게 될 것 같아."

"예를 들면 어떤 사고를 말씀하시는 거죠?"

대답을 재촉하는 설아의 눈이 서늘하게 빛났다. 도 회장이 사고를 예감하고 있다는 건 조만간 어떻게 해서든 사고를 만들어내겠다는 뜻과 같았다.

도 회장은 긴 한숨을 내쉬었고 담담한 목소리를 이어나갔다.

"당장 다음 주에 있을 옵타티움 창립기념일 파티."

"……."

"대주주들과 재계 인사들이 모두 모이는 그 자리에서 하언이가 난동이라도 피운다면 모든 신뢰를 잃게 되지 않겠니?"

"난동이…… 일어날까요?"

"내 생각에는 그러고도 남을 것 같구나. 하언이는 언제든 그 애를 폭발시킬 수 있는 도화선 하나를 달고 있잖니."

도 회장의 악의가 하언에게로 조준되었다. 단번에 그의 숨통을 끊어놓고도 남을 만큼 짙은 농도였다.

만약 도 회장이 본격적으로 움직이기 시작한다면 옵타티움 내 도하언의 위치가 가라앉는 건 시간문제일 뿐.

설아의 입가에 비웃음이 얹혔다.

그녀는 지금 하언이 추락하게 될 때 비로소 날아오를 그 사람을 떠올리고 있다. 지금껏 도하언 때문에 가려져 있던 그의 존재감은 이 기회로 인해 빛을 발하게 될 것이다.

"무사히 지나갔으면 좋겠네요. 창립기념일 파티."

설아는 표면적인 의미와 전혀 다른 욕망을 도 회장 앞에 드러냈다. 도 회장은 푹신한 의자에 등을 기대었고 마지막 한마디를 나직이 흘려보냈다.

"무사히 지나갈 게다. 니가 잘 도와주기만 한다면."

설아는 뭐든 시키는 대로 움직여주겠다는 뜻으로 고개를 가볍게 끄덕였다.

그녀는 지금 하언이 하루라도 빨리 밑바닥으로 곤두박질치기를 바라고 있다. 그래야 나와 같은 자리까지 올라온 그 사람과 제대로 이어질 수 있을 테니까.

한국에 온 뒤로 혜수의 삶은 자유 그 자체였다.

대책 없이 쌓이곤 했던 과제도, 긴장감을 늦출 수 없는 테니스 경기도 이곳에서는 모두 남 일과 다름없었다.

그래서 그동안엔 근심 걱정 하나 없이 이 순간을 즐겨왔는데.

"후우……."

며칠 전부터 그녀는 한숨만 푹푹 내쉬고 있다. 파티에서 가장 빛나던 활기찬 얼굴엔 어두운 심란함만 가득하다.

"천하의 도혜수가 왜 이리 울상이실까?"

그런 그녀를 도저히 두고 볼 수 없었던 친구가 물었다. 혜수는 마시던 칵테일을 바 테이블 위에 올려놓고 가볍게 고개를 저었다.

"울상은 무슨. 아무 것도 아니야."

대답은 그렇게 해도 그녀의 눈빛은 심상치 않았다.

친구는 조금 더 가까이 혜수에게로 다가와 은근슬쩍 그녀를 떠보았다.

"왜, 소개팅 잘 안 됐어?"

단 한 번에 맞춰낸 정답이었다.

"잘됐겠냐? 알잖아. 원래 내가 목매다는 남자들은 나한테 관심 없는 거."

"니가 또 초면에 너무 들이댄 거 아니야?"

"아니. 이번엔 그 반대로 너무 밀어냈어. 그 사람은 한도 끝도 없이 튕겨져 나갔고."

혜수는 시울과 헤어지던 순간을 떠올렸다.

그녀는 안녕을 나눈 후에도 한동안 걸음을 떼어내지 못하고 멀어지는 그의 뒷모습만 바라보았으나, 그 사람은 버스 정류장으로 향하는 내내 단 한 번도 뒤를 돌아보지 않았다.

너무나도 확연하게 드러난 마음의 온도 차는 그 후에 이어질 애프터는 상상조차 하지 못하게 만들었다. 그래서 이제는 휴대폰에서조차 그 사람의 연락처를 지워내야 할 처지가 되어버렸다.

"안 됐으면 다른 사람 만나. 원래 남자는 남자로 잊는 거라며."

이성 관계에 관해서만큼은 아메리칸 스타일로 쿨한 혜수를 잘 알고 있는 친구는 그녀의 고민을 대수롭지 않게 여겼다.

하지만 혜수는 아무 의욕도 없는 표정으로 고개를 저을 뿐이었다.

"나도 그러려고 요 며칠 계속 나돌아다녀 봤는데 눈에 차는 사람이 없어."

"너 남자면 다 괜찮다고 하지 않았냐?"

"몰라. 머리가 어떻게 됐나 봐. 차시울만 자꾸 생각나."

내 심기를 살살 긁어대던 목소리라도 안 고왔으면. 내 속을 확 뒤집어놓던 미소라도 안 예뻤으면.

조금 더 빨리 마음이 식을 수 있었을 거라고 생각한다.

하지만 시울은 목소리도, 미소도, 온갖 시비를 받아치던 여유 넘치는 태도도 완벽한 혜수의 스타일이었다. 그래서 떠올리면 떠올릴수록 이미 떠난 사람에 대한 욕심만 간절해진다.

"어휴, 이젠 다신 못 볼 사이인데 미련 가져서 어쩌자는 건지……."

혜수는 자신에 대한 한탄을 늘어놓으며 긴 한숨을 내쉬었다.

반짝이는 파우치에서 립스틱을 꺼내 덧바르던 친구는 거울 속 제 모습을 확인하며 가볍게 대꾸했다.

"다시 못 볼 사이는 아니지. 그 오빠랑 친한 사람이 너랑 의남매까지 맺은 사이라며."

"그게 뭐?"

"그 사람한테 가면 니가 좋아하는 오빠도 같이 볼 수 있는 거 아니야?"

쉽게 따져 보자면 맞는 말이었다. 그러나 혜수는 시울에 대해서만큼은 단순히 생각할 수 없었다.

"나랑 잘되고 싶은 마음이 전혀 없는 사람인데 얼굴은 봐서 뭐해."

"너네 집안에 대해서 얘기했는데도 그래?"

"그런 얘기는 꺼낼 분위기도 아니었고, 아마 했어도 별 효과 없었을 거야. 소개팅도 죽지 못해 끌려 나왔나 보더라."

지금 생각해보면 시울은 혜수에게 관심 자체가 아예 없었다. 혜수를 대할 때도, 위기 속에서 구출해줄 때도, 이성으로서 다가오는 느낌은 절대 아니었다.

역시 포기하는 게 답인가, 하며 체념을 하려던 그때.

"아아, 자연스러운 만남을 추구하는 스타일이구나!"

친구가 깨달았다는 듯이 뱉어낸 한마디가 혜수의 귀를 사로잡았다.

"자연스러운 만남?"

"응. 가끔 그런 애들 있거든. 소개팅은 인위적이라서 싫어하는 애들."

"……."

"아마 그 오빠도 그런 스타일인 것 같은데 그럼 소개팅은 싹 잊고, 아는 동생부터 시작해서 차근차근 쌓아올라가 봐."

아는 동생이라……

혜수는 그 날, 시울이 했던 말을 떠올렸다.

'어쨌든 내 동생한테 불만 있으면 찾아와. 법원에서 기다릴게.'

다른 사람들 앞에 나서는 순간, 그가 혜수를 칭했던 호칭은 다름 아닌 '내 동생'이었다.

그래, 동생으로서 다가간다면 순순히 받아들여 줄지도 몰라! 그렇게 자연스럽게 진도를 나가는 거야!

확신이 생긴 혜수의 눈빛이 생기를 되찾았다. 그녀는 한껏 기대감 어린 미소를 띤 채 친구를 바라보았고 그녀의 세팅된 머리를 마구잡이로 흐트러뜨렸다.

"아이고, 우리 영순이! 가끔씩 내 인생에 도움이 될 때도 있네!"

"아, 그 이름으로 부르지 말라니까!"

"마시고 싶은 거 마음대로 시켜! 언니가 다 사줄게!"

"머리 만지지 마! 이 지지배야!"

혜수는 친구에게 메뉴판을 건네주며 마음속으로 계획을 정리했다. 그동안 시울의 SNS 타임라인을 정독해온 결과 그의 취향은 어느 정도 파악된 터.

그는 병아리를 유별나게 좋아하고, 닭요리는 즐겨먹지 않으며, 여자인지 남자인지 모를 친동생이 만들어주는 수제 쿠키를 굉장히 사랑한다.

그렇다면 동생처럼 다가가서 여성미를 폭발시킬 수 있는 열쇠는 다름 아닌 수제쿠키!

살면서 싱크대 앞에 서본 역사가 없는 혜수이지만 별문제는 없었다. 어차피 그녀의 집에는 막 부려먹어도 모자랄 눈엣가시 하나가 준비되어 있었으니까.

'차여울을 닦달하면 뭐라도 만들어내겠지.'

혜수의 입가에 희망찬 미소가 어렸다. 정리해야겠다고 다짐할 때는 그렇게나 무겁던 마음이 다가가는 쪽으로 방향을 바꾸자 날아갈 듯 가벼워졌다.

누가 보면 사랑을 벌써 이뤄낸 줄 알겠다.

김칫국인 걸 알면서도, 가슴부터 자꾸만 설레어온다.

"잘 먹었어. 하언아."

드디어 세 사람의 식사가 끝난 삼계탕 집 앞.

유현은 밖으로 나오자마자 하언을 향해 부드러운 목소리로 말했다. 하지만 그 말을 들은 하언은 곧장 표정을 구기며 턱을 까딱였다.

"잘 먹었으면 가, 이제."

더 이상은 봐줄 수 없다는 단호한 태도였다.

유현은 그래도 아랑곳하지 않고 눈웃음을 지어 보였다. 저리 편한 웃음은 하언도 참 오랜만에 보는 것이었다.

"웃지 마."

기분이 싱숭생숭해진 하언은 낮게 엄포를 놓듯 말했다.

"왜요? 정들까 봐 그래요?"

두 남자를 지켜보던 여울이 불쑥 끼어들었다. 가시 돋친 하언의 눈빛이 여울의 정수리 위로 내리꽂혔다.

"헛소리 좀 그만해."

"헛소리라니. 이렇게 가까워지면 되지."

"되긴 뭐가 돼. 난 이 새끼랑 가까워질 생각 없다고."

"쓰읍, 말 또 험하게 한다. 같은 집에 사는 한 식구로서 외로운 세상에 서로 의지하고 살면 좋잖아요."

"누가 그래. 한 식구라고."

하언은 식구라는 단어조차도 거북스러운지 시종일관 날카로운 반응만 내비쳤다. 그러고는 다시 유현을 삐딱하게 꼬아보며 쌀쌀맞은 말투로 다그쳤다.

"도유현, 너도 가만히 있지 말고 똑바로 얘기해."

"……."

"이딴 거 불편하고 내키지 않는 건 너도 마찬가지잖아."

하지만 그걸 받아내는 유현의 눈은 여전히 곱게 휘어져있었다. 그러고서 조심스레 입술을 떼어내 흘려보내는 말은 하언의 눈빛마저 흔들어 버리기에 충분했다.

"나는 좋았어."

"뭐?"

"너랑 얘기하면서 밥 먹는 거…… 되게 오랜만이잖아."

사실은 오랜만이라는 단어로도 표현되지 않을 만큼 까마득한 공백이었다. 거의 20년이 넘는 시간 동안, 두 사람은 아슬아슬한 외줄 위에 서서 상대방이 먼저 떨어져주기만을 바라야 했다.

그러니 오늘의 점심식사는 확실히 좋은 의미를 지니고 있긴 하지만.

"과거 얘기 꺼내서 뭐해."

하언은 오늘 같은 날이 편하지는 않다.

"앞으로 두 번 다신 엮이는 일 없을 거야."

어차피 그와 가까워지지 못하는 이유는 도 회장과 유설아 때문이었으니까.

하언은 더 이상의 대화를 잇고 싶지 않다는 듯 먼저 등을 돌려버렸다. 여울의 눈동자는 그의 빠른 걸음만큼 초조해졌고 그녀의 애타는 시선은 이내 유현에게로 맺혔다.

"어…… 저기, 하언 씨가 말은 저렇게 해도……."

"괜찮아요. 배려는 충분히 받았는데요, 뭐."

"예? 배려?"

여울은 유현의 대답을 좀처럼 이해하지 못하고 되물었다. 그러나 유현은 미소를 머금은 채 차분한 목소리를 이어나갔다.

"하언이는 20년 가까이 나한테 말을 건 적도, 관심을 가져준 적도 없어요."

"……."

"그런데 오늘 나랑 시간을 같이 보냈던 건 전부 여울 씨 때문이라고 생각해요."

"저…… 때문이요?"

"그러니까 나 대신 많이 고마워해 줘요. 속으로는 스트레스 많이 받았을 테니까."

그리 말하는 유현의 표정은 진심으로 기뻐 보였다. 아무래도 그는 하언이 마지막에 던져놓은 쐐기보다 함께해준 시간자체를 더욱 뜻깊게 여긴 모양이었다.

20년 동안 말 한 마디 먼저 걸지 않은 상대와 스스럼없이 대화를 하는 일.

그건 여울이 생각하기에도 쉽지 않은 일이었다. 그제야 하언의 배려를 깨달은 그녀는 지금 이 순간에도 멀어지는 그 사람의 뒷모습 쪽으로 고개를 돌렸다.

"놓치기 전에 따라가요. 오늘 정말 즐거웠어요."

유현은 그녀를 위해 먼저 미련 없는 인사를 건네주었다.

"아! 네! 이따가 집에서 봐요!"

여울은 그 인사에 화답하자마자 바쁜 걸음을 하언에게로 이끌었다.

같은 방향으로 멀어지는 두 사람의 뒷모습은 이제 보니 제법 잘 어울린다. 꼭 계약 관계 따위 정해져있지 않은 진짜 연인처럼.

욱씬—

순간 가슴이 조여드는 듯한 통증이 일었다. 무엇인지 제대로 파악하기도 무서울 만큼 의미심장한 아픔이었다.

하지만 유현은 스스로의 마음을 돌이켜보지 않았다.

그저 혼자 돌아가는 길이 쓸쓸해서 그런 거라고 생각하며, 넓게 번지는 감정을 필사적으로 닦아냈다.

그 언제가 도 회장은 말했다.

'원하는 게 있다면 상대방의 숨통을 끊어서라도 손에 넣어라. 니가 먼저 잡지 못하면 결국엔 전부 빼앗기게 될 게다.'

하지만 유현은 절대 그 충고만큼은 따르지 않을 생각이다.

간절히 원하는 것일수록 망가트리는 것보다는 빼앗기는 게 나을 테니.

"하언 씨."

사람이 붐비는 거리를 따라 걷던 여울이 하언을 나직이 불렀다. 지금껏 별말이 없던 그는 여울을 바라보지도 않은 채, 특유의 무심함을 담아 대답했다.

"왜."

"오늘 유현 씨 갑자기 데리고 나와서 화났어요?"

"약간."

그럼 그렇지. 그 사람과 딱 눈을 마주쳤을 때의 그 분노는 잘못 본 게 아니었어.

여울은 하언에게 조금 더 몸을 바짝 붙이며 뒤늦은 변명을 시작했다.

"사이 안 좋은 거 알면서 내 맘대로 유현 씨 부른 건 미안해요."

"……."

"다른 이유 때문이 아니라, 유현 씨한테 신세진 일이 좀 있었거든요. 그래서 도저히 그냥 두고 나올 수가 없었어요."

거기까지 말을 마친 그녀는 조심스럽게 하언의 안색을 살폈다. 무표정한 그의 얼굴은 여전히 화난 사람처럼 보여서 어느 정도 풀어진 건지 좀처럼 감이 오질 않았다.

결국 여울은 그 뒤에 조금 더 자세한 설명을 덧붙였다.

"내가 실수로 접시를 깼는데 유현 씨가……."

"설명할 필요 없어. 다 알 것 같으니까."

하지만 하언은 그녀의 말을 끊어버렸다. 이런 일은 이미 숱하게 벌어져 와서 부연설명 자체가 불필요한 듯 했다.

그건 그거대로 마음이 불편했으나 그녀는 개인적인 감정을 잠시 접어두었다. 지금 여울에게는 그 무엇보다 먼저 꺼내야 할 말이 따로 있었다.

"어쨌든……."

"……."

"고마워요. 유현 씨랑 밥도 같이 잘 먹어주고, 말도 살갑게 걸어 줘서."

여울은 고마움을 표현하며 하언의 손을 살며시 붙잡았다. 온기가 마주 닿자 그녀의 두 뺨이 눈에 띄게 붉어졌다.

하언은 그제야 여울에게로 살짝 고개를 트는가 싶더니 이내 무덤 덤한 목소리로 대답했다.

"그거 때문이면 고마워하지 마."

"응?"

"도유현 위해서 한 거 아니니까."

하언의 걸음이 점차 느려지다 머지않아 그녀 쪽으로 방향을 돌린 채 멈춰 섰다.

여울은 그 곁에 나란히 두 발을 붙이고, 물끄러미 하언의 얼굴을 올려다보았다. 그러자 기다렸다는 듯 하언의 입술 사이로 흘러나온 말은 꿀처럼 달콤했다.

"너랑 밥을 제대로 먹고 싶었고, 너랑 대화 살갑게 나누고 싶었어."

"······."

"나는 생겨먹기를 이기적으로 생겨먹어서, 내가 좋아하는 것밖에 신경 못 써."

도하언이 좋아하는 거라면······.

"나?"

"뭐가."

"도하언 씨, 지금 나 좋다고 말한 거예요?"

여울이 휘둥그레진 눈동자로 물었다. 그러자 하언은 살짝 눈썹을 구기며 되물었다.

"알고 있던 거 아니었나? 나 너 좋아하잖아."

공식적으로는 처음 들었다. 도하언의 좋아한다는 말.

그 비슷한 얘기는 지금껏 계속 표현해 줬어도 정확하게 고백한 건 지금이 처음이었다.

"알고야 있었지만……."

갑자기 돌직구로 던져서 심장 떨어질 뻔 했잖아, 이 남자야.

여울은 주책맞게 일렁이는 눈빛을 서둘러 정리했다. 그 모습을 정색하고 지켜보던 하언은 느닷없는 실웃음을 터트렸다.

"아, 역시 너한테는 화를 못 내겠어."

"네, 네?"

"너 다음번엔 그따위로 귀엽게 태어나지 마."

안 그래도 섹시하게 올라가있는 입술에서 엄청난 말이 연달아 폭죽처럼 터져 나왔다.

여울은 그의 한 마디 한 마디가 꼭 북채처럼 심장을 때리는 것 같아 숨도 못 쉴 지경이다.

"길거리에서 낯부끄러운 말 하지 마요!"

"왜. 듣기 싫어?"

"아니, 듣기 싫은 건 아니고!"

"지금 못 하게 하면 평생 안 할 건데, 그래도 하지 말까?"

"누가 평생이래요? 그냥 아직 마음의 준비가 안 됐으니까……!"

심하게 동요하는 그녀의 모습은 가만히 구경하고 있기에도 사랑스러웠다. 그 얼굴을 가만히 바라보던 하언은 천천히 허리를 숙여 입술을 그녀의 귓가로 가져왔다.

그리고 조용한 고백을 속삭였다.

"좋아해. 도유현도 참을 수 있을 만큼."

유현을 얼마나 싫어하는지는 모르겠으나, 나를 얼마나 좋아하는지는 알겠다. 이 남자가 흘려보낸 진심은 거리를 채운 소음들보다 크고 선명하게 들려온다.

이윽고 그의 숨결이 떠나가고 그의 손길이 부드럽게 다가왔다. 머리카락을 간질이는 손끝은 여울의 심장까지도 달아오르게 만들었다.

그녀는 당장이라도 달려들어 그에게 안기고 싶은 충동을 가까스로 참아냈다.

날이 갈수록 그의 한 마디 한 마디에 휘둘리는 내 마음.

이렇게 대책 없이 좋아져도 될지 모르겠다, 정말.

* * *

도 회장조차 저택에 머물러 있는 일요일 낮.

2층 욕실에서 샤워를 마치고 나온 하언의 눈에 무언가가 걸려들었다.

계단 근처에서 올라오지도, 내려가지도 못하며 방문 앞을 서성이는 장신의 여자는 다름 아닌 도혜수였다.

"너 거기서 뭐해."

"악! 깜짝이야!"

하언이 날카로운 음성으로 묻자, 혜수는 화들짝 놀란 기색을 감추지 못했다.

의심을 안 가질 수가 없을 만큼 수상한 모습에 하언의 눈썹이 더욱 사납게 올라갔다.

"안 비켜?"

"지, 지나가던 중이거든? 내쫓지 않아도 내려갈 거야!"

"그럼 내려가. 내 방 쳐다보지 말고."

"치, 방에 꿀단지라도 숨겨둔 것처럼 구네."

혜수는 예민하게 반응하는 하언을 흘겨보며 1층 쪽으로 급히 발길을 돌렸다.

하언은 그 뒷모습을 저승사자처럼 서슬 퍼런 시선으로 지켜보았고 그녀의 정수리 끝까지 사라지고 나서야 제 방으로 향했다.

"하언 씨, 나 머리 괜찮은가 봐 줘요."

문을 열자마자 머리를 높게 틀어 올려 묶은 여울이 그를 반겼다.

날이 서있던 하언의 눈동자가 그녀의 예쁜 목선을 보자마자 온화하게 풀어졌다.

"목이 얇네."

"머리 묶인 거 봐달라니까 무슨 소리야."

"예뻐."

"뭐가 예뻐. 목이? 아니면 머리가?"

여울은 애매모호한 하언의 반응을 캐물었다.

하언은 한 발짝씩 그녀를 향해 다가섰고 이내 손에 닿을 거리가 되자 그녀의 이마 위로 입술을 맞춰왔다.

쪽—

"전부."

짧은 대답이 나긋하게 새어나오자 여울의 체온이 순식간에 달아올랐다.

분명 예전엔 이런 이미지가 아니었는데 어째서 날이 갈수록 달콤하게 능글맞아지는지 모르겠다.

"하언 씨, 연애 안 해봤다는 거 뻥이죠?"

여울은 그의 감촉이 남아있는 이마를 매만지며 의심스러운 눈초리로 하언을 올려다보았다.

그녀의 질투를 좋아하는 하언의 입꼬리가 장난기를 머금은 채 휘어졌다.

"안 했어. 하지만 못 하진 않아."

"안 해봤다면서 연애를 잘하는지 못하는지 어떻게 알아."

"니가 넘어온 것만 봐도 알 수 있지 않나?"

반박할 수 없는 말이었지만 자신감 넘치는 하언의 태도는 왠지 모르게 얄미웠다. 여울은 감정이 숨겨지지 않는 눈빛을 하언에게서 거두고 괜히 입술을 삐죽였다.

"하여간. 능구렁이가 따로 없다니까."

하언은 그 모습이 마냥 귀엽게만 보이는지 가벼운 웃음을 흘려보냈다. 그리고 애정이 가득 담긴 손길로 그녀의 뺨을 쓰다듬으려 했는데.

쿵—

계단 쪽에서 갑작스럽게 들려온 인기척이 하언의 신경을 곤두세웠다.

큰 소음은 아니었지만 아까 전 혜수의 수상쩍은 행동을 기억하고 있는 하언은 그냥 넘어갈 수 없었다.

"잠깐만."

"응? 왜 그래?"

하언은 아무것도 모르는 여울을 뒤로한 채 문 앞으로 걸음을 옮겼다. 문고리를 붙잡는 그의 표정은 방금 전과 달리 한기가 가득했다.

그는 2층 복도로 나서기가 무섭게 문을 닫았고, 때마침 바닥에 떨어진 휴대폰을 줍던 혜수를 어렵지 않게 발견해냈다.

"야, 도혜수."

등골이 오싹해질 정도로 사나운 음성. 바짝 긴장한 혜수의 시선이 곧바로 하언에게 따라붙었다.

"너 왜 자꾸 여기서 얼쩡거려?"

"난 그냥 지나……."

"그냥 지나가던 길이었다는 개소리하지 마. 아까도 거기 있었잖아."

하언은 변명조차 불가능하도록 퇴로를 미리 차단해 두었다.

혜수는 잠시 당황하는 듯 보였지만 이내 움츠렸던 어깨를 의식적으로 펴고 당차게 대꾸했다.

"내 집에서 내가 어디에 있든 무슨 상관이야?"

"이 집구석 어디에 처박혀 있든 별 상관없어. 그런데 그 위치가 왜 하필 내 방 앞이냐고."

"아, 그러니까 그게……."

"대체 뭘 원하는 건데."

끝도 없는 추궁은 혜수의 숨통을 조여들게 만들었다.

그녀가 바라는 건 수제 쿠키를 대신 만들어줄 여울의 손이었으나 솔직하게 말한다고 해서 하언이 순순히 여울을 내어줄 리가 만무했다.

혜수는 인정사정없는 도하언에게서 여울을 빼낼 방법을 필사적으로 궁리했다.

바로 그 때.

"도 이사님. 거기 계신가요?"

하언을 찾는 도 회장 직속비서의 목소리가 1층에서부터 들려왔다. 혜수에게 내리꽂혀있던 하언의 신경이 소리가 나는 쪽으로 어긋났다.

"뭐야."

"회장님이 찾으십니다."

"무슨 일로."

"정확한 사안은 모르겠지만 급한 용건이라고 하십니다. 괜찮으시다면 서둘러 주시겠습니까?"

하언이 거절하기 힘든 호출이 내려졌다. 하늘이 도운 기적적인 타이밍이었다.

기회를 얻은 혜수의 눈이 반짝 빛을 되찾았다.

"그, 그래. 아빠가 찾는다고 얘기해 주러 왔어."

"……."

"사람을 자꾸 쎄려보기만 하니까 할 말도 제대로 못 하겠잖아. 급한 일이라니까 얼른 내려가 봐."

하언은 신경질적으로 그를 재촉하는 혜수를 탐탁지 않은 눈으로 쳐다보았다. 그건 전혀 신뢰하는 느낌이 아니었지만 그렇다고 해서 계속 버티고 있을 수도 없었다.

결국 하언은 신경질 가득한 표정으로 계단을 따라 내려갔다. 그러다 문득 걸음을 멈추고 가만히 서있는 혜수를 매섭게 다그쳤다.

"뭐해. 안 내려오고."

"어? 갈 거야. 갈 거야."

용건은 아직 끝나지 않았으나 그녀는 별다른 저항 없이 순순히 하언의 뒤를 따랐다.

저 경비견 같은 인간에게 여울을 부리려는 계획을 들켰다간 뼈도 못 추릴 게 분명했다.

"회장님은 응접실에 계십니다."

1층에서 대기 중이던 비서는 하언이 내려오자마자 그의 발길을 이끌었다. 다행히도 응접실은 혜수의 방으로 가는 길과 반대 방향이었다.

혜수는 하언의 눈치를 살피며 제 방을 향해 걸어가다가, 하언이 코너를 돌기가 무섭게 계단 쪽으로 다시 돌아섰다.

장신의 키가 무색할 만큼 민첩하게 계단을 올라, 하언 때문에 근처도 가지 못했던 문고리를 붙잡아 벌컥 열어젖히자.

"야! 차여울!"

"엄마!"

방 한가운데 서있던 여울이 화들짝 놀라 뒤를 돌았다. 두 눈이 휘둥그레진 그녀는 한 마리 토끼가 따로 없었다.

"나와!"

"네?"

"갈 데가 있으니까 얼른 나오라고!"

대뜸 꺼내진 명령은 단번에 알아듣기 힘들었다.

그래서 초조한 기색이 역력한 혜수의 얼굴만 물끄러미 바라보고 있으려니, 혜수가 성큼성큼 다가와 그녀를 붙잡았다.

억, 소리도 나지 않을 만큼 갑작스럽고 억센 손길이었다.

"지금 어디로……."

"쉿, 휴대폰 챙겼냐?"

"예? 아, 아니요."

"잘했어. 그냥 놓고 가자."

혜수는 부연 설명 없이 곧바로 여울을 끌어당겼다.

"어머! 혜수야! 개랑 어디 가니?!"

"바빠! 나중에 설명할게, 엄마!"

저택을 나서는 두 사람을 발견한 켈리 박이 놀란 기색을 띠고 물었지만 그녀의 걸음은 그저 다급하기만 했다.

목적지도 모른 채 붙잡혀 가는 여울의 입장에서는 납치와 다름없는 상황.

제 앞날을 알지 못하는 여울의 눈동자에 불안한 기색이 어렸다.

"왔구나."

응접실에 들어서자마자 들려오는 목소리는 하언의 기분을 단번에 불쾌하게 만들었다.

그 심기를 굳이 숨기고 싶지 않았던 하언은 그의 맞은편 소파에 앉으며 표정을 굳혔다. 그러고는 날 선 첫마디를 내뱉었다.

"제게 하실 말씀이 있다고 들었습니다. 회사 일이라면 회사에서 듣고 싶은데요."

"회사 얘기는 맞지만 일에 관한 건 아니다. 굳이 따지자면 집안일에 가깝지."

도 회장은 하언을 타이르듯 부드럽게 말했다. 하지만 그 말을 들은 하언은 노골적인 비웃음을 흘려보냈다.

"별일이네요. 작은아버지께서 제게 집안 얘기를 다 꺼내시고."

"이게 그렇게 특별한 일이니?"

"특별한 일이 아니라 이상한 일이죠. 그동안 저는 이 집안과 전혀 상관없는 존재 아니었습니까?"

날카롭게 따져 묻는 하언은 도 회장의 말을 호락호락하게 받아들일 기세가 아니었다.

그러나 도 회장은 조금도 기분 나빠하지 않고 여유로운 미소만 지어 보였다. 그건 마치 기만과 비슷해서, 하언의 심기만 더욱 사나워졌다.

"다음 주 금요일에 있을 옵타티움 창립기념일 파티, 기억하고 있니?"

그렇게 팽팽한 분위기 속에서 도 회장이 꺼내놓는 말은 공식적인 행사에 대한 이야기였다.

매년 찾아오는 창립기념일 파티에 대해선 하언도 당연히 알고 있었지만 그는 어떠한 반응도 보이지 않았다. 굳이 그 얘기를 언급하는 도 회장의 의도를 짐작할 수 없기 때문이었다.

하지만 도 회장은 하언의 대답을 기대하지도 않았던 듯, 제 할 말을 이어나갔다.

"너도 알다시피 그 자리는 옵타티움과 관련된 정재계 인사들이 모두 참석하는 자리란다. 설아 쪽 기업도 예외는 아니지."

"……."

"아마 불편한 상황을 피할 수는 없을 게다. 그건 어디까지나 니가 저지른 일에 대한 책임이라고 봐야 해."

"그래서, 그 사람들 앞에 머리 숙일 준비라도 해 두라는 말씀이십니까."

질책과 비슷한 도 회장의 말에 하언의 눈빛이 날카로워졌다. 도 회장은 고개를 천천히 가로저으며 하언이 끊어놓았던 뒷말을 이었다.

"각오 정도는 해 두어도 좋을 것 같구나. 지금 넌 여자 때문에 결혼을 파한 입장이니 말이다."

사실 누가 파했는지 따질 필요도 없을 만큼 처음부터 일그러져 있던 정혼이었다. 두 사람 모두 서로에게 진심이 없었고 품은 감정이라곤 악의와 기만이 전부였다.

그러니 유설아에게는 일말의 죄책감조차 가지고 있지 않았지만, 그들의 결혼이 중요한 계약과 마찬가지였던 만큼 하언도 그리 떳떳한 입장은 아니었다.

그 사실을 충분히 인지하고 있는 하언의 입술이 아무 대꾸 없이 굳게 닫혔다.

"그래서 말이다, 이번 창립기념일 파티에 여울이와 동행하는 건 어떻겠니?"

순간, 고요한 침묵을 뚫고 여울의 이름이 흘러나왔다. 하언의 눈동자가 더욱 짙은 한기로 물들었다.

"그게 무슨 말씀이십니까."

"너도 알다시피 설아는 종잡을 수가 없는 아이잖니. 중대한 행사를 기회로 삼아 우리 집안을 욕보이진 않을까 불안하구나."

"……."

"그래서 나는 그 자리를 빌려, 너희 두 사람을 공식적으로 인정해 주고 싶다. 그래야 너희가 더욱 떳떳한 위치에 설 수 있을 게 아니냐."

나직한 목소리로 건네진 제안은 이성적으로 충분히 납득 가능한 내용이었다.

그러나 하언은 그 제안을 한 사람이 도 회장이라는 사실 때문에 흔쾌히 받아들일 수 없었다.

지금껏 제 욕망을 위해 하언을 이용해왔던 사람이니만큼, 이 얘기 속에도 겉으로 보이지 않는 시꺼먼 속내가 숨어있을 게 뻔했다.

"그 사람을 유설아 방패막이로 사용하라는 뜻인가요?"

하언은 차가운 말투로 도 회장에게 되물었다. 도 회장은 조금도 동요하지 않았고 오히려 여유로운 미소를 띤 채 대꾸했다.

"방패막이라…… 그건 너무 인정사정없이 들리지 않니?"

"다른 뜻으로 해석될 여지가 전혀 없습니다. 저를 위하는 척 말씀 하셔도 결국엔 작은아버지의 뜻을 이루는 데 이바지하겠죠."

"……."

"계속 속아주기에는 제가 너무 커 버렸습니다."

단호한 말을 마친 하언은 앉아있던 소파에서 일어났다. 도 회장의 가라앉은 시선이 그를 따랐다.

"제 여자는 그런 시궁창 같은 자리에 끌어들이지 않을 겁니다."

그러나 하언은 미련 없는 한마디를 끝으로, 그에게서 등을 돌려 버렸다. 멀어지는 뒷모습에선 더 이상 다가오지 말라는 경고마저 느껴졌다.

"생각은 해 보거라. 이건 어디까지나 너를 위한 조언이니까 말이야."

하언이 응접실을 빠져나가기 직전, 도 회장은 태연한 목소리로 그를 달랬다. 물론 하언에게선 아무런 대꾸도 돌아오지 않았으나 그는 딱히 거슬려 하는 눈치가 아니었다.

철컥—

머지않아 굳게 닫혀버린 문은 살벌한 두 사람 사이를 철저히 갈라놓았다.

도 회장은 하언의 발걸음이 흐려지고 난 후에야 멀찍이 서있던 비서를 호명해 심상치 않은 명령을 내렸다.

"유설아에게 전해. 하언이는 원하는 대로 움직일 것 같으니 걱정하지 말라고."

그리 말하는 도 회장의 악의는 그 어떤 때보다 색이 짙었다. 하언은 이런 그를 그토록 경계했으나, 도 회장에게는 그 경계심마저도 이용 가치 있는 도구일 뿐이었다.

"그러게, 내 말에 복종했으면 좋았을 것을……."

그는 안타까움이 담긴 혼잣말을 흘려보냈지만 정작 두 눈동자에 담겨 있는 감정은 희열이었다.

매년 돌아오는 옵타티움의 창립 기념일 행사.

올해는 그 어느 때보다 아름다운 광경이 펼쳐질 거란 확신이 들었다.

혜수의 빨간 스포츠카 안.

"저기…… 아가씨, 우리 어디 가는 건가요?"

잔뜩 주눅 든 여울이 조심스러운 목소리로 물었다.

그러자 정면만 바라보고 있던 혜수는 대뜸 미간을 좁혔고 신경질을 가득 담아 대답했다.

"내비에 찍힌 거 보면 몰라? 베이킹 스튜디오 가잖아."

"네, 그건 아는데 거길 왜…….''

"아, 답답해. 베이킹 스튜디오에서 베이킹 말고 할 게 뭐 있냐."

그러니까 내가 왜 너랑 같이 거길 가서 베이킹을 하고 있어야 하냐고!

여울은 버럭 소리를 내지르고 싶은 마음을 가까스로 참아냈다. 어차피 여기서 더 캐물어봤자 분위기만 더욱 험악해질 게 분명했다.

여울은 초조한 한숨을 내쉬고 차창 밖으로 시선을 돌렸다. 움츠러들어 있었던 그녀의 어깨가 겨우 풀어졌다.

"야."

하지만 혜수는 그 순간을 놓치지 않고, 불친절한 말투로 여울을 불렀다. 여울의 얼굴이 다시금 겁에 질렸다.

"네, 네?"

"너 베이킹 할 줄 아냐?"

"베이킹…… 조, 조금은 할 줄 알아요."

"그럼 됐어. 강사 초빙했으니까 잘 배워 놔라. 난 태어나서 주방에서 본 적이 없어서 설명해 줘도 못 알아듣는단 말이야."

혜수의 뜻대로 베이킹을 배운 순간부터 여울은 그녀의 전속 파티쉐가 될 게 뻔했다.

그건 생각만 해도 귀찮은 일이었으나 여울은 단호하게 거절할 용기가 없었다.

"베이킹은 왜요? 남자 친구 주려고요?"

그래서 별로 궁금하지 않은 질문만 넌지시 던져놓으니, 혜수의 두 뺨이 급격히 빨개졌다.

"나, 남자 친구는 아니고! 그냥 아는 오빠야, 아는 오빠!"

그녀답지 않게 수줍음 가득한 목소리, 당황하는 시선.

눈치 빠른 여울은 단번에 알아차렸다.

천하의 도혜수가 순정 만화에나 나올 법한 아기자기한 짝사랑에 빠졌다는 것을.

그러나 혜수의 연애사가 궁금하지도, 거기에 관심이 있지도 않던 여울은 영혼 없는 대답만 늘어놓았다.

"아, 그렇구나. 수제 쿠키 같은 거 선물해 주면 좋죠."

"그래? 곧바로 나한테 반하려나?"

"호감 정도는 생기지 않을까 싶은데요."

"좋았어! 이번 달 내로 꼭 손에 넣어야지!"

혜수는 방금 전의 사나움을 찾아볼 수도 없을 만큼 기뻐 보였다. 그건 몹시 낯선 모습이었으나 잡아먹을 것처럼 굴던 때보다는 나았다.

이 분위기를 유지해 보기로 결심한 여울은 별로 궁금하지도 않은 짝사랑 상대에 대해 계속해서 대화를 이끌어나가기로 했다.

"소개 받으신 거예요?"

"응. 소개팅. 그런데 내가 먼저 반해서 소개시켜 달라고 졸랐어."

"아아, 되게 괜찮은 사람인가 보네요."

"당연하지. 니 인생에선 구경하기도 힘든 부류일걸? 직업이 판사거든."

"판사라……."

"판사복 입었을 땐 되게 격식 있어 보이는데, 평소 모습은 피어싱 때문인지 되게 자유분방해 보여. 그 차이가 엄청 섹시해."

그런데 들으면 들을수록 묘하게 누군가를 떠오르게 만드는 것이.

"게다가 나이도 서른밖에 안 됐는데 서울중앙지법에서 근무한다? 얼마나 머리가 좋은지 상상이나 가냐?"

꼭 같은 집에서 28년 동안 살아온 차 모씨를 떠올리게 하는데…….

"호, 혹시 그분 이름이 뭔가요?"

여울은 몰려오는 불안함을 애써 외면하며 혜수에게 물었다. 그러자 수줍음 가득한 표정과 함께 들려온 혜수의 대답은 그야말로 청천벽력이었다.

"차시울."

말도 안 돼. 말도 안 돼. 말도 안 돼.

"절대 안 돼! 감히 누굴 넘봐!"

여울의 외침이 혜수의 빨간 스포츠카 안을 쩌렁쩌렁하게 메웠다.

최근 고모네 식구들과의 일로 인해 한창 가족애가 폭발하고 있는 그녀는 절대 친오빠를 혜수에게 넘겨주고 싶지 않았다.

그러나 그 마음을 드러내기엔 때와 장소가 영 좋지 않았다.

"……뭐?"

혜수가 살벌한 목소리로 되물었다. 처음 만났을 때보다 더한 한기가 여울의 등골을 훑고 지나갔다.

뒤늦게 정신을 차린 여울은 서둘러 상황을 수습해보려 했다.

"아, 그게 그러니까……."

"너 지금 내 주제에 그런 사람을 왜 넘보냐는 거야?"

"예? 아, 아니요! 그런 뜻이 아니고……!"

"딱 그 말인데, 뭐."

"서, 설마요! 아가씨가 빠지는 구석이 어디 있어요!"

"하, 얘 은근슬쩍 말 바꾸는 거 봐."

하지만 혜수의 안색은 그리 좋아지지 않았다. 운전대를 잡은 손에 꽉 힘이 들어간 걸 보면 당장이라도 갓길에 차를 멈춰 세우고 주먹을 휘두를 기세였다.

여울은 잠시 그녀의 짝사랑 상대가 자신의 오빠라는 사실을 밝혀버릴까, 고민했다.

그러나 아무리 생각해봐도 득이 될 게 없었다. 우선 그녀의 집안 자체가 시울의 존재를 알리기에 위험했고, 여울을 못 잡아먹어 안달인 혜수는 연애를 도와달라며 더욱 귀찮게 굴 터였다.

'게다가 결정적으로 난 도혜수가 오빠랑 잘 안 됐으면 좋겠단 말이야. 아주 뻥! 차여버렸으면 좋겠어.'

여울은 필사적으로 머릴 굴려 그럴싸한 해명을 생각해냈다.

"저…… 제 말은 그, 그런 사람이 왜 아가씨를 넘보냐구요! 누굴 붙여놔도 아가씨가 훨씬 더 아까우니까!"

"뭐?"

"생각해 보면 그렇잖아요! 아가씨는 서구형 체형에 얼굴도 예쁘장하고 집안도 좋고!"

"……."

"어떤 남자를 붙여놔도 아가씨가 훨씬 아까워요! 그 사람은 머리만 좋지 철도 없고, 매사에 장난질에다가…… 아, 물론 그런 건 잘 모르지만."

어쩌다 보니 혜수가 알려준 것보다 상세한 정보가 흘러나오긴 했지만 변명이 잘 먹히고 있는지 혜수의 눈빛이 한결 온화해지기 시작했다.

"흐음, 그래? 내가 더 아깝단 말이지?"

여울은 전혀 수긍하고 싶지 않았지만 살기 위해 열심히 고개를 끄덕였다.

"당연하죠!"

"그럼 사귀는 것도 충분히 가능하겠네."

기어코 만족스러운 대답을 얻어낸 혜수는 어깨를 으쓱해 보이고는 핸들을 느슨히 고쳐 잡았다. 시울과의 로맨스를 꿈꾸며 싱글벙글 웃는 그녀의 표정은 여울의 복장을 터트리기 일보직전이었다.

"그 오빠 얘기 더 해 줄까?"

그러나 그 속내를 알 리 없는 혜수는 여울이 이미 잘 알고 있는 사람에 대한 얘기를 계속 이어나가고 싶어 했다.

"예?"

"시울이 오빠 눈이 꼭 장난기 많은 새끼 고양이처럼 생겼거든? 그래서 마주치고 있으면 홀려 들어가는 기분이야."

"아아……."

"마성의 남자를 뭐라고 그러더라? 아! 옴므파탈! 그렇게나 매력적이라는 클레오파트라도 우리 오빠 앞에선 맥을 못 추릴걸!"

저 사람이 얘기하는 게 정녕 차시울이 맞는지, 혹시 다른 차시울을 좋아하는 건 아닌지 의심스러울 정도로 터무니없는 설명이 이어졌다.

여울은 그녀의 말을 한 귀로 흘려들으며 돌아가는 상황에 대해 진지하게 고민했다. 대체 오빠가 어떻게 도혜수를 만난 건지 모르겠다. 혼자서 뭘 하고 돌아다니는 건지도 모르겠다.

온 동네 여자들을 다 꼬시고 다닌 역사야 같이 살았던 만큼 익히 알고 있었지만 도혜수만큼은 건드리지 말았어야 한다고 생각한다.

아무래도 차시울 때문에 인생 다 망치게 생겼다.

"너 오늘 있는 솜씨, 없는 솜씨 다 발휘해야 한다. 알았어?"

시울에 대한 원망을 삼켜내고 있는 여울에게 혜수가 엄포를 놓듯 말했다.

잔심부름을 떠맡는 건 원래부터 싫었지만 이번엔 이 모든 게 차시울을 위한 거라 생각하니 더더욱 하기 싫었다.

하지만 어쩔 수 있나. 일단은 들어줄 수밖에.

"하아…… 알았습니다."

여울은 지친 대답을 하며 마음속으로 다짐했다.

무슨 수를 써서든, 어떤 짓을 해서든, 차시울과 도혜수의 사랑만큼은 필사적으로 막아내겠다고.

인생을 통틀어 여자가 끊이질 않았던 시울이지만 그녀들을 진심으로 받아들이는 모습은 단 한 번도 본 적이 없다.

혜수 혼자 상처 받고 나가떨어지지만 않아도 다행이라고 생각한다.

그 사실을 깨닫고 나니 여울은 한결 마음이 놓이는 듯 했다.

오빠의 쓰레기 같은 연애관이 처음으로 고마워졌다.

"형, 그게 무슨 말이에요? 여울이한테 다른 남자가 생겼다뇨?"

여울의 집 현관문.

강태는 충격 받은 얼굴로 들고 온 과자선물세트를 떨어트렸다.

그를 그렇게 만든 장본인과 다름없는 시울은 난처하다는 듯 머리카락을 흩트렸고 무책임한 통보를 이어나갔다.

"어쩌다 보니 그렇게 됐어. 그 사람한테 아주 푹 빠져버렸는지, 아무리 설득해도 넘어오질 않더라."

물론 시울은 여울에게 강태 얘기를 꺼낸 적도, 그녀의 마음을 돌리려 노력한 적도 없었다.

그러나 솔직하게 털어놓기엔 그동안 강태가 기울여온 노고가 너무나도 컸다. 본인 출근도 바쁠 텐데 새벽같이 집으로 찾아와 아침밥을 차려준 건 물론이고 그동안 시울의 야식을 사다 바치느라 쓴

돈만 해도 몇십만 원은 될 테니까.

"그럴 리가…… 여울이는 나밖에 없는데……."

실의에 빠진 강태는 흐린 혼잣말과 함께 고개를 절레절레 저었다.

하지만 애초부터 여울과 강태를 다시 이어줄 생각이 없었던 시울은 미리 준비해둔 위로 멘트를 넌지시 꺼내놓았다.

"너도 알다시피 사랑은 변하는 거야. 영원히 사귈 것 같은 커플도 다 때가 되면 깨지고 박살나고 그러잖아."

"그래도 다시 잘되게 도와주겠다고 하셨잖아요."

"그러려고 했지. 하지만 결정권은 어디까지나 여울이한테 있는 걸 어떡해."

도와주겠다고 할 땐 언제고, 천연덕스럽게 발뺌하는 시울은 제삼자가 따로 없었다.

강태는 그런 그에게 적지 않은 서운함을 느꼈으나 먼저 다른 여자와 결혼해 버린 건 본인이었으니 뭐라 반박하지 못했다.

지금 이 순간, 그가 할 수 있는 건 새로운 연인이 생겨버린 그녀와의 추억을 가만히 되짚어 보는 일뿐.

처음 대화를 나눠본 날의 빗소리부터, 그에게만 향해 있던 잔잔한 눈웃음, 이별하던 날의 매서운 손끝, 마지막으로 마주한 얼굴에 담긴 뿌리 깊은 원망까지…….

다시 돌아가지 못할 시간들이 주마등처럼 스쳐 지나갔다. 어떤 말로도 표현할 수 없는 그리움이 가슴 깊숙한 곳에서부터 복받쳐 올랐다. 그땐 몰랐지만 우린 정말 잘 어울리는 한 쌍의 잉꼬였구나.

"정말…… 여울이를 다시 되찾을 수 있는 방법은 없는 거예요?"

강태는 미련이 잔뜩 묻은 목소리로 물었다. 시울은 그런 그를 동정 어린 시선으로 바라보며 고개를 끄덕였다.

"안타깝게도 타임머신은 아직 발명되지 않았단다, 얘야."

순간 강태의 눈동자가 그렁그렁해지기 시작했다. 그는 잠시 고개를 떨어뜨린 채 흐린 숨만 내쉬었고 이내 무너지듯 자리에 주저앉았다.

언뜻 보면 슬픈 로맨스 영화의 남자 주인공이 따로 없었다.

"너무 속상해하진 마. 시작 뒤엔 당연히 끝이 오는 법 아니겠어?"

시울은 그의 곁에 무릎을 굽혀 앉으며 또 한 번 위로의 말을 건넸다.

그건 강태를 달래주는 것처럼 비쳤지만 사실은 바닥에 떨어진 과자선물세트를 은근슬쩍 챙겨두려는 시도였다.

하지만 강태는 시울의 손이 과자 박스에 닿기도 전에 별안간 그의 품 안으로 달려들어 끌어안겼다.

"형! 이제 전 어쩌면 좋죠?! 으허어엉!"

"어머나…… 너 우니?"

곧이어 터지는 다 큰 남자의 울음보.

당황한 시울은 옷깃이 축축해지는 걸 느끼면서도 그를 떼어내지 못했다. 슬퍼할 줄은 알았는데 이렇게 통곡할 줄은 미처 몰랐다.

"으허어엉. 여울아아."

"강태야, 진정해."

"형, 여울이가 너무 보고 싶어요. 으허어엉."

"내 옷에 콧물 묻잖아."

사랑스러운 내 동생은 왜 이런 모자란 친구를 8년이나 사귄 걸까.

시울은 여울의 형편없는 안목에 새삼 감탄하며 강태의 등을 쓸어 내렸다. 원래 같았으면 대성통곡을 하는 강태를 깐죽깐죽 놀리고도 남았으나, 모든 일의 원흉이 본인이다 보니 최선을 다해 웃음을 참는 중이었다.

강태가 시울의 품에서 얼굴을 떼어낸 건 그로부터 30분가량이 지난 후였다.

"형, 어차피 사랑은 변하는 거라고 했죠?"

그리 묻는 강태의 눈은 퉁퉁 부어있었다. 눈 뜨고는 봐줄 수 없을 만큼 짠한 몰골이었다. 시울은 그의 눈코입 자국이 선명한 티셔츠를 흔들어 말리며 되는 대로 대답했다.

"당연하지. 사람 마음은 언젠가 다 변해."

"시작이 있으면 끝이 있는 것도 확실하죠?"

"물어 뭐하니. 그게 세상의 이치인걸."

"……알았어요. 그럼 됐어요."

곧바로 대답하는 강태의 목소리는 어쩐지 결의에 차있었다.

그는 앉은 자리에서 벌떡 일어섰고 다시 주섬주섬 신발을 주워 신었다. 더 이상 시울의 하인 노릇을 하지 않아도 되니, 제 집으로 돌아가려는 모양이었다.

"도움이 못 되어서 미안해. 형아가 너 많이 사랑하는 거 알지?"

시울은 장난스러운 손하트와 함께 떠나려는 강태를 배웅했다.

하지만 강태는 조금의 웃음기도 없이 문고리를 붙잡았다. 그러고 나서 꺼내놓는 목소리는 굉장히 단호했다.

"형, 내 인연은 여울이밖에 없다고 생각해요."

"응?"

"그러니까 사랑이 변하는 것도, 끝을 맞이하는 것도 그 남자일 겁니다."

"……."

"그 뭐냐…… 무섭게 생긴 사람."

무섭게 생긴 사람이라면…… 혹시 도하언?

"안녕히 계세요. 조만간 다시 봐요."

의미심장한 멘트를 끝으로 강태는 시울의 집을 나섰다. 그가 괜한 미련을 부리는 거라고 생각한 시울은 닫힌 현관문을 바라보며 혀를 찼다.

"쯧쯧, 둘이 잘 안 되더라도 너한테는 안 갈 텐데."

하지만 어차피 남 일이니 동정도 잠시.

시울은 콧노래를 흥얼거리며 강태가 놔두고 간 과자선물세트를 집어 들었다.

며칠 동안 걱정했던 강태와의 관계를 깨끗이 정리한 지금, 그는 이 과자를 안주 삼아 홀로 맥주파티라도 열 예정이었다. 그때.

"여기요! 여기! 평창동 가는 콜택시 제가 불렀어요!"

도저히 무시하지 못할 강태의 외침이 아파트 단지에 쩌렁쩌렁 울렸다. 평창동이라면 여울이 얹혀살고 있는 곳이자 하언의 대저택이 위치한 곳이었다.

"뭐야, 쟤 거기 안 사는데……."

불안함을 느낀 시울의 눈동자가 파르르 떨려오기 시작했다.

아까까지만 해도 비장한 표정의 강태는 그저 우습게 느껴질 뿐이었으나, 다시 생각해 보니 그건 큰일을 앞둔 투사의 모습과 다름없었다.

"설마!"

불안해진 시울은 과자를 내팽개치고 뒤늦게 현관문을 박차고 나갔다.

강태가 어떻게 그 집 주소를 아는지는 잘 모르겠지만 그가 가려는 목적지가 하언의 저택일 가능성이 높은 이 순간.

시울은 무슨 수를 써서든 그의 발길을 멈춰 세워야 했다.

화난 모습이 세상에서 가장 살벌한 도하언에게 물려 죽고 싶지 않다면.

차여울이 없어졌다. 아무래도 도혜수가 빼돌린 것 같다.

이 두 가지 사실만으로도 하언의 가슴 속엔 어마어마한 분노가 몰아쳤다.

방 앞을 수상쩍게 얼쩡거렸을 때부터 무슨 꿍꿍이가 있겠다 싶었는데, 도 회장과 얘기하는 그 잠깐 새에 납치해버리라곤 상상조차 못했다.

'도혜수 이 미친⋯⋯.'

하언은 쏟아져 나오려는 욕설을 간신히 참아내고 혜수에게 전화를 걸었다. 이걸로 벌써 오십 통째였다.

뚜루루루— 뚜루루루—

하지만 이번에도 하언이 들을 수 있는 건 끝없이 반복되는 통화

연결음뿐.

결국 하언은 신경질적으로 전화를 끊고 차 키를 찾아 들었다. 도혜수가 어디 처박혀 있을지는 모르지만 어차피 지구상 어딘가에는 있을 테니, 이 잡듯이 뒤져서 반드시 찾아낼 생각이었다.

방문을 열고 1층으로 내려가자, 마침 계단으로 다가오던 유현이 정면에서 그를 반겼다.

"하언아, 안……."

"도혜수 어디 있냐."

"어?"

"정신 나간 니 동생 어디 있냐고."

평소에도 사근사근하진 않았지만 오늘따라 하언의 분위기는 유독 살벌했다. 뭔가 혜수와 심상찮은 일이 생겼다는 걸 직감한 유현이 걱정스러운 기색으로 물었다.

"모르겠는데…… 혜수는 왜?"

"만나서 장례 치러 주려고."

"장례?"

"오늘부터 니 동생은 없다고 생각해라."

하언은 단호한 협박과 함께 걸음을 재촉했다.

유현의 시선이 그의 성난 뒤통수를 따라 움직였지만 그는 뒤도 돌아보지 않고 현관문 잠금장치를 열었다.

쾅—!

휘몰아치는 분노만큼이나 거칠게 닫힌 현관문은 정원을 지키고 있던 경호원들의 어깨마저 움츠리게 만들었다.

"도 이사님, 어디 가십니까?"

도 회장의 비서실장이 하언에게 다가와 물었다. 하언은 매서운 눈빛으로 그를 노려보았고 낮게 으르렁거리듯 대답했다.

"니가 알아서 뭐하게."

"예?"

"나한테 신경 끄고 니 할 일이나 똑바로 해."

평소의 하언이라면 아무리 도 회장의 측근이라 할지라도, 회사 관계자인 이상 개인적인 감정을 드러내지 않았을 거다.

그러나 오늘만큼은 도저히 이성을 다잡을 수 없었다. 그의 고삐와 다름없던 사람을 잃어버렸으니 이대로 날뛰다가 사람이라도 안 해치면 다행이었다.

그때.

"도하언 씨가 제 이름을 아는지 모르겠는데…… 아, 여울이 전 남친이라고 하면 알 거예요!"

저택 대문 너머에서 익숙한 목소리가 들려왔다. 여울과 함께 지내는 이 공간에 절대로 모습을 드러내선 안 될 사람이었다.

"……계강태?"

하언은 바짝 날이 선 목소리로 그의 이름을 내뱉었다. 그러자 이미 한계점을 찍은 줄 알았던 분노가 한 단계 더 치솟아 올랐다.

다른 여자와 결혼식까지 올려놓고서 무슨 낯짝으로 집 앞까지 찾아온 건지, 하언의 상식으로는 도무지 이해가 되지 않았다.

"저 새끼는 왜 저러고 있어?"

하언은 곁에 있던 비서를 매섭게 추궁했다. 살벌한 그의 분위기에 이미 주눅이 들어있던 비서는 떨리는 목소리로 대답했다.

"아, 그게…… 아까부터 도 이사님을 만나고 싶다고 해서……."

"무슨 용건으로."

"확실하진 않지만 얼핏 들은 바로는 차여울 아가씨를 데리러 오셨다고 했습니다."

아, 그럼 너도 도혜수랑 같은 짓을 저지르려는 모양이구나. 건드리지 말아야 할 사람을 냅다 붙들고 내빼려는 짓.

별안간 하언의 두 주먹이 불끈 쥐어졌다. 대문을 향해 나아가는 그의 뒷모습은 등골이 오싹해질 만큼 살벌했다.

"어, 어쩌려고 그러십니까! 도 이사님!"

차마 하언을 대놓고 뜯어말릴 수 없었던 비서는 다급한 목소리로 물었다. 그러자 곧바로 돌아오는 하언의 대답은 무척이나 간단했다.

"이 세상 하직시켜주려고."

휴화산과 다름없던 하언이 마침내 활화산으로 거듭났다. 곧이어 분출될 울분은 그 규모를 상상하기도 힘들 만큼 거대할 게 분명했다.

"여울아! 나 왔어! 여울아!"

바람 앞의 촛불처럼 위태로운 제 운명을 미처 알아채지 못한 강태는 계속해서 그녀의 이름을 불러댔다. 그 소란의 현장에서.

끼이익─

드디어 굳게 닫혀있던 대문이 열렸다. 짙은 살기를 띤 채 모습을 드러낸 하언은 검투장에 들어선 한 마리 맹수를 연상케 했다.

"도, 도 이사님……."

"아! 도하언 씨! 나와 주셨네요!"

겁에 질린 사람들 가운데 유일하게 그를 반겨주는 건 아이러니하게도 계강태뿐이었다.

하지만 하언은 그의 말을 와그작와그작 씹어버리고 낮은 목소리로 으르렁거렸다.

"너, 목숨이 두 개쯤은 되나 봐?"

"네, 네?"

"죽을라고 여길 오네."

하언은 본격적인 협박과 함께 강태에게 다가왔다.

강태는 그때까지도 상황을 파악하지 못한 채 멀뚱히 서있었지만, 주변 경호원들은 겁에 질린 표정으로 하언을 붙잡았다.

"도, 도 이사님! 진정하세요!"

"저희가 당장 돌려보내겠습니다!"

"비켜. 저 모가지를 확……."

그렇게 한 여자를 사이에 두고 일방적인 피바람이 몰아치기 직전.

"사랑하는 매제! 진정하게!"

저 멀리 골목 끝에서부터 다급한 고함이 들려왔다. 온 힘을 다해 뛰어오는 그는 존재 자체가 화를 불러일으키는 또 다른 인물, 차시울이었다.

"……저 새끼는 또 뭐야?"

"매제! 주먹에 힘 빼! 내가 다 설명할 테니까!"

"시울이 형? 여긴 어떻게 알고……."

"계강태 넌 물어뜯기고 싶지 않으면 뒤로 물러나 있어!"

경기 직전의 검투장에 도착한 시울은 강태의 앞을 가로막고 멈춰

섰다. 그러고는 조련사가 맹수를 진정시키듯 활짝 펼친 손바닥을 내밀었다.

"일단, 라마즈 호흡법을 하면서 마음을 진정시키자. 쓰읍 후우. 쓰읍 후우."

"쓰읍 후우. 쓰읍 후우."

"하아…… 강태야, 니가 따라하면 어떡해. 그냥 넌 가만히 있어."

"예? 아, 네! 근데 여기는 어쩐 일이세요?"

"너 때문에 왔지, 왜 왔겠어! 너 진짜 형아 속상하게 할래?!"

"형…… 이렇게 도와주시러 오실 줄은 몰랐는데 감동이에요."

"닥쳐! 그런 거 아니니까 감동받지 마!"

정신 나간 것들이 정신 나간 소리를 온 동네방네 다 울려 퍼지도록 지껄이고 있다. 남의 집 앞에서 아주 지랄이 풍년이다, 진짜.

번화가와 떨어진 곳에 위치한 조용한 카페.

한 여자의 전 남자 친구, 현 남자 친구, 그리고 친오빠가 모여 앉아 있는 테이블은 시베리아 벌판을 방불케 했다. 물론 그 한기를 조성하는 사람은 단 한 사람, 폭발 직전의 도하언이었다.

마주한 시선에서는 한기가 몰아쳤고 꾹 다문 입술에서는 거센 분노가 뿜어져 나왔다. 팔짱을 낀 채 의자에 삐딱하게 기대앉은 포즈는 감히 무슨 얘기를 붙일 수도 없게 만들었다.

"표, 표정 좀 풀어주면 안 될까?"

팽팽한 긴장감을 뚫고 넌지시 말문을 연 건 시울이었다.

하언은 대답을 하는 대신 그를 노려보았다. 당장이라도 피해버리고 싶은 살기가 시울의 등골을 서늘하게 만들었다.

"형, 제 걱정은 하지 말아요. 저 의외로 기죽지 않아요."

"응?"

"형이 같이 있어주는 것만 해도 든든한걸요."

이 와중에도 강태는 시울이 같은 편이라고 굳게 믿고 있었다. 덕분에 더욱 면목이 없어진 시울은 하언의 눈치를 살피며 속삭였다.

"강태야, 형이랑 오래토록 같이 있고 싶다면 입을 좀 다물고 있는게 어때?"

"예? 하지만 저는 도하언 씨한테 할 말이······."

"그러니까 그 할 말이라는 것 좀 잠깐 넣어두라고. 너 때문에 오늘 내 목숨이 아작 나게 생겼잖아."

전전긍긍하는 시울의 태도가 의아해진 강태는 조심스럽게 하언을 살폈다. 메두사가 남자였다면 저런 모습이었을까. 아주 잠깐만 시선이 맞닿았을 뿐인데 온몸이 **빳빳**하게 굳었다.

하지만 아무리 겁이 나도 주눅들 수 없는 오늘. 강태는 허리를 바짝 세우고 억지스럽게 당당한 목소리를 냈다.

"도하언 씨. 지금 여기는 제가 제 발로 찾아온 거니까 우리 형님한테 뭐라고 하지 마세요."

또 다시 붙은 '우리'라는 호칭에, 잠잠하던 하언의 입술이 마침내 열렸다.

"나이가 스물여덟이면 주제 파악 할 때 되지 않았나?"

"네, 네?"

"지금 넌 차여울이랑 아무런 관련이 없는 사람이야. 그러니까 헛소리 지껄이려거든 이쯤에서 꺼져."

그 말은 여기서 더 신경을 거슬리게 하면 가만 안 두겠다는 엄포와 같았다. 평소의 강태라면 혹시라도 맞을까 봐 무서워서 순순히 돌아서겠지만, 오늘의 강태는 이미 어떠한 해코지도 감당하겠다는 각오가 되어있는 상태였다.

"헛소리가 아니라 진지하게 말씀드리러 온 거예요."

"……."

"저는 8년의 인연을 이렇게 허무하게 끝내고 싶지 않아요. 그러니까 여울이랑 한 번만 대화할 수 있는 기회를 주세요."

"너 결혼하지 않았냐?"

"아직은 혼인신고 전이에요."

"그래서, 식까지 치른 결혼을 무르겠다고? 그게 말이 된다고 생각해?"

그리 말하는 하언의 입가에 비웃음이 어렸다.

그러나 그를 마주한 강태는 오히려 당당한 기색을 띠고 대답했다.

"도하언 씨라고 해서 다를 거 있나요?"

"뭐?"

"다른 여자랑 결혼식 올리는 날 파혼 선언하셨잖아요."

아…… 맞다. 그랬었지.

잊고 있었던 여울과의 첫 만남이 하언의 발목을 잡았다. 어느새 서로의 존재가 익숙해져서 까먹고 있었지만 하언과 여울은 사실 결혼식까지 파투내고 파혼을 선언했던 막장 커플이었다.

더 이상 강태를 질책할 수 없게 되어버린 하언은 노골적으로 미간을 구겼다. 그리고 보다 위협적인 목소리를 흘려보냈다.

"어디서 동급 취급을 하려 들어. 너는 차여울을 버리고 다른 여자를 선택했고 나는 차여울 하나 위해서 모든 것을 포기했어."

"……"

"8년의 인연이고 뭐고, 그 결과 지금 그 여자 곁에 머물러 있는 건 나야."

현재를 중시하는 하언은 과거에 매달리는 강태를 날카롭게 지적했다. 강태는 그 말에 살짝 움츠러드는 듯했지만 곧 침착한 태도로 반박했다.

"아무리 그래도 시간이라는 건 무시할 수 없어요."

"……"

"그렇죠? 시울이 형?"

그러고는 난데없는 되물음을 시울에게 던졌다. 두 사람 사이에서 숨죽이고 앉아있던 시울의 얼굴에 당황감이 어렸다.

"어, 어?"

"함께 해온 시간하고 지금 이 순간의 흔들리는 감정, 둘 중에 어떤 게 더 중요하다고 생각해요?"

그건 곧 도하언과 계강태 둘 중 하나를 선택하라는 뜻이었다.

시울은 하언이 이 말도 안 되는 질문에 태클을 걸어주길 바랐으나, 하언 역시도 대답을 기다리는 것처럼 시울을 바라보았다.

나더러 뭘 어쩌라는 거야. 내 동생이 이렇게 인기 많았던 적은 처음이라서 나 지금 약간 당황스럽단 말이야.

"대답해 주세요. 형."

강태는 쉽사리 입을 열지 못하는 시울을 재촉했다.

어리버리한 강태와 기가 센 하언, 두 사람 다 그의 마음에 차진 않았지만 시울은 이 순간 가장 합리적인 대답을 생각해냈다.

비록 여울이를 버리긴 했어도 그동안 착실히 시종 노릇을 해온 강태가 가엾긴 하지만, 여울이는 어디까지나 도하언의 도움이 절실한 상황이니까…….

"지, 지금 여울이가 좋아하는 사람이 낫지 않을까?"

시울은 조심스럽게 하언의 편을 들어주었다.

당연한 결과라 생각한 하언은 코웃음을 쳤으나 강태는 급속도로 울적한 표정을 지어 보였다.

"그럼 왜 도와준다고 했어요?"

"으, 응?"

"지금의 감정이 중요하면 제가 매달리려고 했을 때 단호하게 돌려보냈어야죠. 그때는 어떻게든 잘되게끔 도와주신다고 했잖아요……."

"아, 그게…….."

"형, 설마 여울이가 없는 동안 살림 맡아줄 사람 필요해서 절 이용한 거예요?"

눈치 없는 강태가 드디어 시울의 속내를 파악해냈다.

그동안 강태를 있는 대로 부려먹고 뜯어먹었던 시울은 차마 그 사실을 곧바로 인정할 면목이 없었다.

그래서 강태와 맞닿은 눈동자만 떨고 있으니.

"남 탓 하지 마. 8년 동안 쌓은 시간을 갖다 버린 건 너잖아."

"그래도……."

"인연 끝난 거 알았으면 어린애처럼 징징거리지 말고, 집에 가서 단 거나 처먹고 잠이나 퍼 자."

하언은 사나운 말투로 강태를 몰아붙였다.

이미 허물어진 가슴을 깊숙이 후벼 파는 매정한 멘트였다.

강태의 눈가가 다시 젖어들 기미를 보이기 시작했다.

"알아요. 내가 다 망친 거…… 그런데 포기가 안 되는 걸 어떡해요."

울먹이는 그의 음성에는 미련한 후회가 가득했다.

그건 너무나도 초라하게 비춰져서 시울은 저도 모르게 여동생을 버린 남자에게 죄책감을 갖고 말았다. 그래서 뒤늦은 사과를 건네 기 위해 강태의 등으로 손을 뻗은 그 순간.

"계강태."

하언이 강태의 이름을 넌지시 불렀다. 테이블 위로 떨어졌던 강 태의 고개가 다시 위로 들어 올려졌다.

하지만 이어지는 하언의 한마디는 강태가 외면해오던 현실을 실 감해버리게 만들었다.

여전히 매정하기는 해도 더 이상 차갑지는 않은 도하언의 눈빛.

그 눈을 마주해버린 강태는 어떠한 반박도 하지 못했다.

아직 뒤숭숭한 마음만 다급히 추스를 뿐.

고된 베이킹을 마치고 돌아온 저택.

"야, 너 손재주 괜찮다?"

막 주차를 끝내고 차고를 빠져나온 혜수가 웬일로 칭찬을 건넸다. 그녀는 품에 한 아름 안겨있는 여울 표 수제 쿠키가 몹시도 마음에 든 모양이었다.

하루 종일 반죽과 고군분투한 여울은 지친 기색을 띠고 대답했다.

"아하하. 마음에 들어 해서 다행이네요."

그녀의 웃음엔 조금도 영혼이 없었지만 혜수는 조금도 개의치 않았다.

"내가 준 사진이랑 모양이 완벽하게 똑같아서 놀랐어. 그 정도 퀄리티는 기대 안 했는데 꽤 쓸 만하네."

당연히 똑같겠지. 그 사진 속에 있는 것도 내가 만들었으니까.

여울은 사납게 되받아치고 싶은 걸 가까스로 참아냈다.

어차피 지금 받은 이 모든 수모는 오빠와의 인연을 끊어놓는 것으로 훼방을 놓을 참이었다. 그 때.

"헐, 저기 도하언이다."

별안간 겁에 질린 혜수가 서둘러 여울의 뒤로 큰 몸을 숨겼다. 그녀의 눈동자를 따라 고개를 돌린 여울은 어렵지 않게 하언의 모습을 발견했다.

대문을 열고 들어서는 하언은 누가 봐도 심기가 안 좋아 보였다.

이유는 굳이 유추해낼 필요도 없었다. 혜수는 그의 눈을 피해 서둘러 차고 옆으로 몸을 숨겼다.

"미치겠다. 걸리면 진짜 제대로 죽을 텐데…… 아! 니가 가서 대신 해명해 주면 되겠다!"

"네, 네? 해명이요?"

"응! 얼른 가서 나랑 재밌게 놀고 온 거라고 말해!"

그 거짓말은 하는 즉시 들켜서 도하언의 심기만 건드려 놓을 게 뻔했다.

하지만 거절했다가는 괜한 오해만 살 것 같아서 그녀는 되는 대로 고개를 끄덕였다. 만족스러운 대답을 얻은 혜수는 차고 뒤로 더욱 완벽하게 몸을 숨겼다.

"……차여울?"

때마침 하언이 멀뚱히 서있던 여울을 발견했다. 그녀에게로 다가오면서도 성난 눈빛으로 주위를 둘러보는 그는 혜수를 찾고 있는 게 분명했다.

"도혜수는 어디 있어."

아니나 다를까. 그는 여울의 앞에 도착하자마자 혜수의 위치부터 추궁했다. 오늘 하루 종일 그녀에게 시달렸던 여울은 모든 만행을 당장이라도 일러바치고 싶었지만 그랬다간 근처에 숨어있는 혜수에게 나중에라도 해코지 당할 게 뻔했다.

결국 그녀는 일러바치는 일을 뒤로 미루고 우선은 혜수를 감싸줄 수밖에 없었다.

"별일 없었어요. 그냥 뭐 만드는 것 좀 도와 달라 그래서 같이 나갔다 왔어."

"뭘 도와달라고 했는데."

"가, 간단한 베이킹?"

"걘 손이 없어 뭐가 없어. 간단한 거면 지가 하지 왜 너한테……!"

"진정해. 진정해."

여울은 높아지려는 하언의 언성을 애써 진정시켰다.

이 순간 뒤편에서 모든 상황을 훔쳐보고 있을 혜수에게 최선을 다했음을 어필하려는 행동이었다. 그래야 나중에 모든 사실을 전해 들은 하언이 그녀를 응징하더라도 여울을 원망하지 못하지.

"진정하게 생겼어? 도혜수도 그렇고, 그 덜떨어진 그 새끼도 그렇고, 니 주변만 날파리처럼 얼씬거리고 있잖아."

하지만 그 속내를 알지 못하는 하언은 까칠하게 대꾸했다. 여울은 또 한 번 그를 달래보려다가 문득 의아하다는 듯 되물었다.

"응? 덜떨어진 놈?"

"뭐?"

"오늘 또 누가 나 찾아왔어요?"

찾아왔었다. 그것도 무려 계강태와 차시울이.

하지만 그는 굳이 솔직해지지 않기로 했다. 계강태가 말했던 대로 8년이라는 시간은 너무나도 길어서, 아무리 정나미가 떨어졌다고 해도 찾아왔었다는 소식엔 신경이 쓰일 게 분명했다.

"……아무것도 아니야. 이쪽도 별일 없었어."

하언은 잔뜩 구겼던 인상을 의식적으로 풀어내며 대답을 얼버무렸다. 그리고 한참을 찾아 헤맸던 여울을 물끄러미 내려다보았다. 그저 시선만 마주치고 있을 뿐인데 이상하게 심장박동이 빨라졌다.

고양이를 닮은 예쁜 눈 때문일까. 아니면 도톰하게 부풀어 오른 빨간 입술 때문일까. 확실한 건 아무리 최악이었던 기분도 그녀로 인해 들떠 오른다는 사실이었다.

"정말 별일 없었어?"

하언은 어느새 누그러진 눈빛을 띤 채 여울의 머리를 쓰다듬었다. 여울은 고개를 끄덕이며 아무렇지 않게 대답했다.

"별일이랄 게 있을 리 있나."

"도혜수가 짜증나게 군 건 아니고?"

"당연히 짜증나게…… 안 굴었지. 꽤, 괜찮아."

"그래도 도혜수한테 전해. 내 눈앞에 띄기만 해보라고."

"띄면 어떻게 할 건데?"

"짜증나게 굴 거야. 내가 짜증났던 만큼."

그리 엄포를 놓는 하언은 오늘따라 더욱 듬직해 보였다. 이 남자 곁에 있으면 어떤 위기가 들이닥쳐도 괜찮을 것만 같았다.

빙긋 미소를 지으며 하언을 올려다본 여울은, 도혜수가 어딘가에서 보고 있든 말든 넓은 그의 품 안에 쏙 안겨들었다.

"고마워."

"뭐가."

"항상 날 지키려고 애써줘서."

늘 가지고 있긴 했지만 자주 드러내지는 않았던 마음.

그 마음을 고이 전해 받은 하언이 부드럽게 웃었다. 아까 전 보았던 화난 기색은 말끔하게 사라진 채였다.

떨어져있을 땐 조그마한 일에도 흥분할 만큼 예민해지지만 함께 있을 땐 어떤 시련도 잊을 수 있을 만큼 편안해진다. 그걸로도 우리가 계속 같이 있어야 할 이유는 충분하다고 생각한다.

"차여울."

하언은 나직한 목소리로 여울을 불렀다.

그녀는 대답 대신 고개를 들어 올려 하언을 바라보았다. 그녀의 밝은 눈동자에 그의 얼굴이 비쳐 들어왔다.

"그동안 누구랑 얼마나 연애했는지는 상관없어."

"……."

"어차피 너의 곁에 가장 오래 남아있을 사람은 나니까."

얼굴을 가까이 마주한 상태에서 들려온 하언의 고백은 꼭 프러포
즈처럼 들렸다. 여울의 숨이 달아오르다 못해 금방이라도 멎어버릴
것처럼 가빠졌다.

"아이, 몰라."

수줍어진 여울은 강태에게조차 부리지 않았던 앙탈과 함께 그의
품에 얼굴을 파묻었다. 이 장면을 보고 있을 혜수는 경악스러운 표
정으로 닭살이라고 욕을 할 게 뻔했다.

하지만 내가 좋은 걸 어떡해. 영원히 이 사람에게 사랑받을 수만
있다면 기꺼이 닭이 되어주지, 뭐!

시울의 집 근처, 작은 술집.

"여울이 얼굴도 못 보고 그냥 왔네……."

소주 두 잔에 볼이 불긋하게 달아오른 강태가 입술을 비죽 내밀었
다. 8년 동안의 인연에게 매달려보려 했지만 시도조차 못 하고 물러
나 버린 오늘. 강태는 아직도 여울을 생각하며 슬퍼하는 중이었다.

"그래도 여울이는 행복하겠죠?"

강태는 마주 앉은 시울에게 우울한 표정으로 물었다. 시울은 실
없는 미소를 지어 보였고, 그의 빈 잔을 채워주며 대답했다.

"글쎄. 행복이라는 건 어디까지나 그 애가 느끼는 거니까."

"대답이 뭐 그래요……."

"그래도 니 생각에 불행해하진 않을 거라고 확신해. 미련은 너한테만 남아있을걸?"

시울의 말은 가차 없이 냉정했다. 하지만 그는 조금도 반박할 수 없었다. 아직 여울과 제대로 대화해본 건 아니지만, 그녀는 함께 해온 시간들이 무색할 만큼 잘 지내고 있을 것만 같았다.

지금 그녀를 사랑해주는 사람 앞에서 구차하고 찌질한 미련을 드러냈을 때, 그 남자는 분노를 거두고 입가에 미소를 머금었다.

그리고 질척이는 강태에게 군더더기 없이 깔끔한 한마디를 건넸다.

'그러니까 그렇게 예쁜 여자를 왜 놓쳐.'

그 말은 어떠한 질책보다 강렬하게 강태의 가슴에 꽂혀 들어왔다. 도무지 떨어지질 않을 것 같던 미련도 말끔하게 사라져버리는 듯했다.

'그러게. 나는 그렇게나 사랑스러운 사람을 왜 놓쳤을까.'

처음으로 스스로에게 반문해본 강태는 머지않아 정답을 찾아냈다. 그런 사람을 붙잡아두기엔 내가 너무 부족한 사람이었다.

나에게는 감히 상상할 수도 없을 만큼 커다란 행운이 8년 동안이나 머물러 있었는데, 바보 같이 멀리 떠나버리고 난 후에야 그 사실을 깨달았다.

그러니 이렇게 홀로 남아서 다 끝난 시간들만 붙잡고 청승 떨고 있지.

"형, 이런 생각조차 주제넘게 들릴 수도 있지만…… 그래도 왠지 안심이 되요."

"뭐가?"

"그 사람은 나보다 더 여울이를 사랑해 줄 것 같거든요."

그리 말하는 강태의 얼굴은 한결 후련해 보였다.

시울은 동생이 8년 간 어떤 연애를 했는지 전혀 알지 못했지만 뭐든 지금보다는 못했을 것 같아서 고개를 끄덕였다.

"나도 그렇게 생각해. 어쩌다 진심이 되어 버렸는지는 모르겠다만."

물론 하언과 얽히는 순간 따라올 수많은 위기들에 대해서 짐작하고는 있다. 여울은 분명 위험한 공간에 머물러 있고, 오빠로서 억지로라도 끌어내는 게 맞는 행동일지도 모른다.

그러나 오늘 만난 새로운 예비 매제는 그 어떤 위기도 막아줄 수 있을 만큼 강인해 보였으니.

그는 동생의 안목을 믿어 보기로 했다.

그러다 안 되겠다 싶으면 내가 처리해 주면 되지! 나도 여울이 지키는 거 하나는 자신 있으니까!

"그런데 형, 정말로 저 이용해먹은 거였어요?"

"어, 어?"

"저를 노예처럼 부려먹으려고 거짓말로 도와주겠다고 했죠? 그렇죠?"

"아, 그게……."

"형이 제일 나빠."

겨우 상황을 모면하나 싶었는데 갑작스러운 강태의 원망이 쏟아졌다. 잠시 당황하던 시울은 이내 장난기 어린 미소를 머금었고, 뻔뻔하게 대꾸했다.

"노예라니! 나는 널 친동생처럼 생각한단다!"

"형 같은 사람 동생 되기 싫어요!"

"그럼 누나라고 불러!"

"예?! 그게 말이 된다고 생각해요?!"

미련이 가신 남자의 얼굴은 여전히 구겨져있긴 했으나, 더 이상 비참해 보이진 않았다. 탁하기만 했던 8년간의 추억이 이제야 제 빛을 되찾은 느낌이었다.

[니가 좋아하는 레스토랑 예약해놨어. 5시에 봐.]

유현은 설아가 보낸 문자를 다시 한 번 확인했다. 그리고 거울 속 자신의 모습을 물끄러미 바라보았다.

평소에는 꺼내보지도 않는 화려한 패턴의 정장, 걸리적거리는 액세서리, 코끝이 찡해서 그다지 선호하지 않는 진한 장미향 향수.

몸에 걸친 것 중 어느 하나도 유현이 좋아하는 건 없었다.

하지만 그로써 유현은 긴장했던 마음을 내려놓았다. 그녀는 내가 싫어하는 걸 좋아하는 사람이니 하나도 마음에 들지 않는 오늘의 모습은 그녀의 눈에 완벽하게 비춰질 게 분명했다.

끼이익—

문을 열고 방을 나선 유현은 1층으로 조심스러운 발걸음을 옮겼다. 어쩐지 익숙한 향기가 느껴진다 했더니, 코너를 도는 순간 곧바로 다가오던 여울과 마주쳤다.

"어? 마침 유현 씨 찾으러 가고 있었는데."

"저를요?"

"네. 지금 집에 아무도 없거든요. 그러니까 같이 저녁 먹으려고 했는데…… 어디 나가나 보네요?"

"아……."

여울은 화려하게 차려입은 유현의 모습을 훑어보았다. 평소의 수수함을 찾아볼 수 없는 그는 확실히 낯설게 느껴졌다.

"으흠, 유현 씨는 얼굴이 예뻐서 이런 디자인도 잘 어울리는구나."

"아, 그런가요?"

"응응. 그런데 역시 원래 유현 씨 스타일이 좋아요. 훨씬 편해 보이거든요."

그녀는 항상 누군가 해 주길 바랐던 말을 먼저 꺼내 준다.

그래 달라고 눈치를 준 적도 없었는데, 꼭 사람의 마음을 훤히 들여다보기라도 하는 것처럼.

유현은 그녀의 그런 점이 좋아서 자꾸만 마음이 송두리째 흔들린다. 언제나 의식하지 않으려 애써 보지만 이럴 때마다 동요하게 되는 건 어쩔 수 없다.

"아! 그러고 보니 데이트 가려고 이렇게 차려 입었나 보구나!"

여울은 뒤늦게 깨달았다는 듯 손뼉을 치며 말했다.

유현은 문득 거짓말을 하고 싶어졌으나 들키면 상황만 이상해질 것 같아서 고개를 끄덕였다.

"설아 만나러 가요."

밝히고 싶지 않은 대답을 하는 유현의 기분은 그리 즐겁지 않았다. 하지만 여울은 개의치 않는 얼굴로 혼잣말을 중얼거렸다.

"맞아, 그 여자가 유현 씨 애인이었지. 너무 안 어울려서 그런가 자꾸 까먹네."

"……."

"앗, 너무 안 어울린다는 얘기는 실례인가?!"

유현은 토끼 같은 그녀의 눈을 물끄러미 바라보며 살짝 고개를 저었다. 그러고는 부드러운 목소리로 물었다.

"저녁 먹으려고 했어요?"

"네, 유현 씨랑 같이 먹을 줄 알고 오랜만에 오므라이스 솜씨 좀 발휘했거든요."

"……."

"그런데 괜찮아요. 나 혼자 두 그릇 먹을 수 있어요."

여울은 씩씩하게 대답했지만 유현은 그 말을 들은 순간부터 전혀 괜찮지 않아졌다.

그녀가 자신을 위해서 준비했다는 오므라이스는 유현이 좋아하는 레스토랑의 코스 요리보다 더욱 탐이 났다.

하지만 설아와 만나기로 한 때까지 남은 시간은 겨우 30분 남짓.

"저는……."

유현이 해야 할 대답은 정해져 있었다.

저는 약속 시간 때문에 지금 나가봐야 해요. 같이 못 먹어 줘서 미안하고 준비해 줘서 고마워요.

그러나 입술이 움직여지질 않았다. 할 말이 목구멍을 넘어오지 못하고 가슴에 얹혀 있는 기분이었다.

"저는 약속까지 아직 두 시간 남았어요."

"예?"

"저녁식사 하려고 만나는 건 아니니까 밥 같이 먹어요."

결국 한참 동안 망설인 끝에 뱉어낸 말은 절대 해선 안 될 대답이었다. 잠시 수습이 가능하긴 할까, 고민해봤지만 그의 걸음은 이미 여울을 향해 움직이는 중이었다.

"그래요? 잘됐다! 그럼 같이 먹고 가요!"

여울은 함께 있어 주기로 한 그를 기쁘게 반겼다.

그 안에 설렘이나 수줍음은 없었다. 그러나 유현의 심장 박동은 고백이라도 받은 것처럼 점차 빨라지기 시작했다.

그녀를 보면 왜 이렇게 동요하는지는 모르겠다.

설아에게 둘러댈 변명조차 없는 지금, 어째서 불안함보다 이 시간에 대한 기대감이 더욱 크게 다가오는지도 모르겠다.

사실 이런 감정을 설명할 단어가 어렴풋이 떠오르긴 하지만 유현은 그것을 애써 외면해보기로 했다.

그저 혼자 밥 먹을 뻔했던 유현을 챙겨줬던 그녀이니까, 나도 그날의 보답을 하고 싶은 것뿐이라고 괜한 고집을 부렸다. 어차피 얼마 뒤에 절실하게 깨달을 마음. 미뤄봤자 소용은 없겠지만.

"도혜수? 걔가 누구더라?"

서울중앙지방법원 남자 화장실.

막 양치질을 끝낸 시울이 칫솔을 헹구며 물었다. 그의 법원 동기 대호는 그런 그를 한심하다는 듯 바라보며 곱지 않은 말투로 나무랐다.

"너랑 얼마 전에 소개팅했던 애잖아. 벌써 까맣게 잊어버렸냐?"

"아, 그랬나? 주변에 혜수가 너무 많아서 말이야."

"어쨌든 같이 점심 먹자고 연락 왔어. 이미 여기 앞에서 기다리는 모양이다."

"잘 먹고 와. 오면서 나 초콜릿 하나만 사다주고."

시울은 대호의 말을 제3자처럼 흘려들었다. 그 태도가 답답해진 대호는 저도 모르게 버럭 언성을 높였다.

"걔가 나랑 먹고 싶어서 왔겠냐?! 너 보러 온 거잖아!"

평소에는 귀신같이 눈치가 빠르면서 이럴 때만 모르는 척하는 시울은 분명 혜수를 외면하려는 게 뻔했다.

물론 그녀와의 관계를 이어가고 말고는 어디까지나 시울의 자유이지만, 문제는 아직까지 미련을 못 버린 혜수의 마음이었다.

대호는 소개팅까지 주선해 줬는데도 불구하고 시울을 더 만나게 해달라고 매달리는 혜수를 도무지 감당할 수가 없다.

"차시울, 거절할 때 하더라도 걔 앞에서 똑바로 얘기해."

"뭘 얘기해?"

"너는 잘해볼 마음 없으니까 괜한 욕심은 접어두라고."

대호는 진지한 기색을 띠고 시울에게 말했다. 그러자 시울은 여우같은 눈꼬리를 휘어 보이며 대호의 어깨를 두어 번 토닥였다.

"오오, 그 멘트 좋다. 가서 그렇게 전해 줘."

"그걸 말이라고 하냐! 니가 직접 말하라고!"

"싫어. 나는 너랑 다르게 마음이 여려서 모진 말 못 한단 말이야."

"웃기고 앉아있네."

그리 말하는 시울은 시종일관 장난치는 것처럼 보였다.

하지만 그게 바로 타인을 차단하는 시울만의 방식이라는 걸 아는 대호는 속이 뒤집어질 지경이었다.

매정해도 이렇게 매정할 수가 없었다.

그때, 대호의 주머니에 들어있던 휴대폰이 요란하게 울었다.

다급히 휴대폰 액정을 들어 발신자를 확인해보니 호랑이도 제 말 하면 나타난다고, 지금 가장 피하고 싶은 '도혜수'의 이름 석 자가 선명하게 떠올라있었다.

"미치겠네. 도혜수한테 전화 왔잖아."

"빨리 나오라고 재촉하는 전화야?"

"그래. 이 새끼야. 다 너 때문이잖아."

"흐음……."

시울은 난처해하는 대호의 얼굴을 물끄러미 내려다보았다. 귀찮게 하는 사람은 가뿐히 무시해 버리면 될 텐데, 왜 이리 겁쟁이처럼 구는지 이해할 수가 없었다.

누가 보면 대단한 집 딸내미라도 되는 줄 알겠네.

"휴, 어쩔 수 없이 내가 나서야 하나."

결국 짧은 한숨과 함께 시울은 그의 손에서 휴대폰을 빼앗아들었다. 직접 나서는 건 대호도 원하는 바였지만 시울의 입가에 어린 의미심장한 미소가 어쩐지 불안하게 느껴졌다.

"야, 너 심한 소리는 하면 안 된다. 알았지?"

대호는 그에게 절절한 표정으로 부탁했다. 그러나 시울은 들은 체도 없이 통화 버튼을 눌렀다.

"여보세요? 혜수니?"

―시, 시울이 오빠?!

"응, 그래. 나야. 지금 법원 앞이라는 소리 들었어."

―아, 네! 저 이 근처에 볼 일이 있어서 들렀다가, 점심이라도 같이 먹으려고…….

"그랬구나. 그런데 이걸 어쩌지? 내가 건강검진 때문에 오늘 하루 종일 금식이거든."

물론 그건 새빨간 거짓말이었다. 방금 전에 간식으로 슈크림 빵 두 개를 쓱싹 해치운 시울을 아는 대호는 너무하다는 듯 눈을 흘겼다.

―아…… 오늘 금식이었구나.

"응. 안타깝게 됐네. 모처럼 여기까지 왔는데 대호랑 맛있게 먹어. 그럼 안녕."

아쉬움 담긴 멘트와 달리 시울의 작별 인사는 빛보다 빨랐다. 바보도 알아먹을 수 있을 만큼 적나라한 거절의 표현이었다.

그러나 애초부터 시울의 마음을 기대하지 않고 있던 혜수는 물러나지 않았다.

어차피 오늘 해야 할 일은 점심을 같이 먹는 게 아니라 주말 동안 만든 수제쿠키를 전해주는 일이었다.

그녀는 미련을 드러내는 대신 억지로 씩씩한 목소리를 내뱉었다.

―저, 점심식사가 안 되면 잠깐 나와서 얼굴이라도 봐주세요!

"응?"

―오빠한테 줄 선물이 있거든요!

나 너 좋아하잖아 175

줄곧 흥미 없어 하던 시울이 선물이라는 단어에 반응했다.

"……선물?"

오는 선물 마다하지 않고 가는 선물 붙잡는 시울의 눈동자에 반짝 빛이 어렸다.

서울중앙지방법원 주차장.

"오빠!"

다시 봐도 화려한 빨간 스포츠카 앞에서 혜수가 반갑게 손을 흔들었다. 시울은 누구에게나 지어 보이는 가식적인 미소와 함께 영혼 없는 인사를 건넸다.

"어어, 반가워."

그러면서 열심히 찾고 있는 건 그녀가 사왔다는 선물이었다. 품에 커다란 바구니 같은 게 안겨있기는 한데, 혹시 과일 바구니인가?

"싫다면서 선물은 왜 받냐? 쓰레기 같으니라고."

시울의 뒤를 따르던 대호는 조그마한 목소리로 속삭였다. 시울은 능글맞게 웃으며 뻔뻔한 대답을 꺼내놓았다.

"뭐 어때. 이왕이면 진짜 쓰레기처럼 구는 쪽이 미련도 안 생기지 않겠어?"

그냥 선물이 탐났던 것뿐이면서.

대호는 기가 차다는 표정으로 코웃음을 쳤다. 문득 제 여동생이 차시울 같은 남자를 만날까 봐 오소소 소름이 돋아났다.

"일도 힘들 텐데 금식까지 해야 해서 어떡해요? 많이 힘들죠?"

그러나 그 시커먼 속내를 알 리 없는 혜수는 코앞으로 다가온 시울을 심히 걱정했다.

아까까지만 해도 멀쩡하던 시울은 괜히 기운 없는 눈빛을 띠고 힘없이 대답했다.

"아니야. 겨우 하루 굶는 건데 뭐……."

"그래도 밥을……."

"그나저나 나한테 주겠다는 선물은?"

혜수의 말을 끊어버리고 선물부터 찾는 시울의 태도는 충분히 정이 떨어질 만했다.

하지만 얼마나 콩깍지가 두껍게 씌었는지, 자존심 센 혜수는 인상조차 구기지 않고 품에 안은 바구니를 내밀었다.

"아, 제 취미가 베이킹이라서요! 쿠키를 만들어왔어요!"

"쿠키?"

"맛있을지는 모르지만 한번 드셔보세요."

그 광경을 옆에서 관전하고 있던 대호는 속으로 긴 한숨을 내쉬었다.

화장실에서부터 여기까지 나오는 동안 시울이 기대했던 선물은 말도 안 될 만큼 값비싼 물건들뿐. 아무리 생각해도 수제쿠키는 그의 성에 차지 않을 게 분명했다.

"이야, 고생했네. 모양도 되게 예쁘게 됐다!"

대호는 분명 대놓고 코웃음을 칠 시울을 대신해 격한 리액션을 선보였다. 그리고 허공에 멈춰있는 수제쿠키 바구니를 받아주려 손을 뻗었는데.

"쿠키 좋아하는데…… 고마워."

시울의 진심 어린 목소리가 흘러나왔다. 바구니를 향해 뻗는 손은 어쩐지 조심스러웠다.

"마음에 드세요?"

혜수는 돌연 차분해진 그에게 넌지시 떠물었다.

그러자 시울은 일렁이는 시선으로 바구니 안 쿠키들을 내려 보다가 천천히 고개를 끄덕였다. 그의 얼굴에 어린 건 평소의 장난기가 아닌 기쁨이었다.

"동생이 자주 만들어주던 쿠키랑 모양이 비슷해."

"그, 그래요?"

"응. 냄새도 그렇고…… 이거 니가 만든 거야?"

시울은 진지한 목소리로 혜수에게 물어왔다. 혜수는 순간적으로 고개를 저을 뻔했지만 이내 정신을 되찾고 거짓말을 내뱉었다.

"당연하죠! 이래봬도 베이킹 스튜디오 오래 다녔어요!"

그 말을 들은 시울의 미소가 더욱 깊어졌다.

"와, 그렇구나. 갑자기 우리 여울이 생각나서 기분 좋네."

순간 들려온 믿기지 않는 이름 하나.

"……여울?"

"응?"

"혹시 차여울?"

놀란 혜수가 떨리는 눈빛으로 되물었다. 그녀의 입에서 나온 동생의 이름에 시울의 얼굴에 의아함이 어렸다.

"어? 내 동생을 어떻게 알아?"

그제야 혜수는 자신의 비극적인 현실을 깨달았다.

차여울. 차시울. 어쩐지 비슷한 이름에 완벽하게 똑같은 얼굴.

왜 진작 눈치 채지 못했을까. 내 사랑은 이미 망해버렸다는 것을.

아무 일도 일어나지 않았던 짧은 식사였다.

'맛은 괜찮아요?'

'네. 맛있어요. 여울 씨 요리 잘하네요.'

'우리 오빠가 이쪽으로 워낙 재능이 없거든요. 그래서 살기 위해 배웠죠.'

소소한 대화를 주고받기는 했지만 그 이상은 없었다.

그녀는 주로 최근에 본 재미있는 동영상이나 흥미로운 사건에 대해서 이야기했고, 유현은 이미 알고 있었어도 처음 듣는 것처럼 반응해주었다.

그럴수록 그녀의 입술이 더욱 신나게 움직였으니까.

'아, 너무 떠들었나? 지금 시간이 몇 시에요?'

'일곱 시 다 되어가요.'

'어머! 유현 씨 약속 늦겠다! 어떡해!'

'괜찮은데…….'

'괜찮기는! 얼른 일어나요! 유설아 씨가 나한테 엄청 화내기 전에!'

단조로웠던 시간에 비해 끝은 굉장히 아쉽게 느껴졌다.

여울은 유현을 재촉하며 먼저 식탁에서 일어났다. 분주히 그릇을 정리하는 그녀의 손엔 조금의 미련도 없었다.

'빈 접시는 놔두면 다른 분들이 치워주실 거예요.'

뒤따라 자리에서 일어난 유현은 그녀에게 손을 뻗었다. 차가운 손가락 끝에 따듯한 그녀의 손등이 만져졌다.

'아…… 미안해요.'

순간 자신도 모르게 내뱉은 사과는 유현을 당황하게 만들었다.

'응? 뭐가 미안해?'

여울은 떨리는 눈빛을 띤 유현에게 물었다. 물론 유현은 아무런 대답도 하지 못했다.

무엇이 그녀의 눈동자도 똑바로 마주하지 못하게 만드는지, 유현은 그때까지도 고집스럽게 외면하는 중이었으니까.

그리고 지금 이 순간.

"심각한 일이라도 있었던 거야? 표정이 안 좋아."

회사에 문제가 생겼다는 성의 없는 거짓말을 그대로 믿은 설아는 유현의 뺨을 쓰다듬으며 그를 걱정하고 있다.

유현은 스테이크 위로 내려앉았던 시선을 들어 올렸고, 말없이 그녀의 얼굴을 마주했다.

늘 보아왔던 단아한 이목구비가 어쩐지 마음을 차갑게 만들었다. 유현은 그녀의 손을 붙잡아 내렸고, 입꼬리를 애써 들어 올렸다.

"잘 해결하고 왔어. 걱정하지 않아도 돼."

목소리는 다행히도 평소와 다를 바 없이 부드러웠지만, 설아는 그 안에서도 이질감을 찾아냈다.

분명 눈동자는 나를 향하고 있는데 자꾸만 다른 곳을 바라보고 있는 것 같다. 요즘 따라 멀게만 느껴지는 그는 이제 더 이상 나의 손 안에 잡혀있지 않은 것 같다.

"식사가 별로 입에 안 맞나 보네. 평소보다도 못 넘기는 걸 보면."

설아는 테이블 위에 내려놓았던 포크를 다시 집어 들었다. 굳어 있는 그녀의 입꼬리는 지금 이 상황이 탐탁지 않다는 뜻이었다.

유현은 잘라놓은 스테이크 조각을 억지로 입에 넣었고 천천히 씹어 삼켰다.

"……맛있어."

그리고 진심 없는 대답을 나직이 꺼내놓으니 그녀가 살짝 웃었다.

"그래야지. 내가 널 위해 특별 주문해놓은 디너인데."

그 대답을 듣는 순간, 갑작스레 조여오는 숨통은 유현의 눈앞까지 캄캄하게 만들었다.

그는 억지로 숨을 들이켰고 겨우 내쉬었다. 조그맣게 생겨난 틈새 사이로 뜨거운 감정이 막을 새도 없이 솟구쳐 나왔다. 지금껏 계속 넘실거리고 있었지만 계속 모르는 척해보려고 했는데.

'난 유현 씨가 좋은 사람이라고 생각해요.'

이젠 한계에 다다랐다.

'역시 원래 유현 씨 스타일이 좋아요.'

'훨씬 편해 보이거든요.'

이명처럼 귓가를 맴도는 그녀의 목소리에 마음이 자꾸만 반응해 버린다. 아까 손이 닿았을 때도 그랬다. 갑자기 빨라지는 심장박동 때문에 유현은 정신을 차릴 수 없을 지경이었다.

달아오른 체온 때문에 이성이 아득해진 유현은 그대로 그녀의 손을 잡아버릴 뻔했다. 휘몰아치는 욕망은 그조차도 놀랄 만큼 강렬하게 타오르고 있었다.

'아…… 미안해요.'

본능적으로 나와 버린 사과. 그건 유현에게 고백과 다름없었다. 하고 싶은 많은 말들이 그 한 마디 안에 고스란히 녹아있었으니까.

"유현아, 너……."

"……."

"눈물 떨어졌어."

"어?"

있잖아요, 여울 씨.

"울어?"

"아……."

"정말 무슨 일 있는 거야?"

나는 당신에게 눈길도 줘선 안 되는 사람인데, 자꾸만 당신의 그림자만 쫓게 돼요. 다가가는 나의 걸음이 당신을 위험하게 만들 거라는 걸 잘 아는데, 자꾸만 곁에 머물러 있고 싶어져요.

"미안……."

나 이제 어떡해요. 계속 참으려고 노력해 봤지만 더 이상은 안 될 것 같아요.

"도유현."

"미안해……."

미안해요. 난 지금 당신이 미치도록 보고 싶어요.

8장
오늘 밤, 끝까지 가자

"예? 지금 갑자기 집으로 가라구요?"

둥그런 달이 떠오른 밤, 영문 모를 소리를 들은 여울이 눈썹을 구기며 되물었다. 이미 여울의 짐들을 챙겨주고 있던 하언은 다시 한번 피치 못할 사정을 설명했다.

"창립기념일 행사 때문에 1박 2일 동안 집을 비워야 해. 그 사이에 너 혼자 있다가 무슨 일이라도 당하면 어떡할래."

"그래도 이건 너무 갑작스럽지! 미리 말을 해 주든가!"

집에 보내 준다고 하면 분명 좋아할 줄 알았는데, 여울의 반응은 예상외로 부정적이었다.

하언은 그런 그녀를 이해하지 못하고 의아한 눈빛을 건넸다.

"집에 가는 거 싫어?"

"싫은 게 아니라 뒷일이 무서운 거예요. 지금 이 시간에 갑자기 집에 가겠다고 하면 이 집 어른들이 날 뭐라고 생각하겠어요?"

"그걸 니가 왜 신경 써."

"당연히 신경 쓰이지! 뒷감당은 내가 하니까!"

그리 대답하는 여울은 난처한 기색이 역력했다. 아무래도 하언이 지켜 주지 못하는 시간 동안 켈리 박이 해코지라도 할까 두려운 모양이었다.

하언은 잠시 그녀에게서 시선을 거두고 짐 가방을 물끄러미 내려다보았다. 들어오는 것도, 나가는 것도 그럴싸한 명분이 필요한 지금. 그는 여울의 입장을 지켜 주면서 그녀를 내보낼 수 있는 방법을 필사적으로 생각해야 했다.

"아…… 이것 참 일부러 사고라도 쳐서 쫓겨나야 하나."

그때 여울이 볼멘소리로 중얼거렸다. 그건 되는 대로 뱉어낸 헛소리였지만 하언의 귀에는 제법 괜찮은 묘안처럼 들려왔다.

"괜찮네. 쫓아내는 거."

"네?"

"내가 쫓아내서 나간 거면 니 잘못은 아니잖아."

그거야 그렇다만…… 어떻게 쫓아낼 건데?

되물어볼 새도 없이 하언은 그녀의 짐가방을 마저 챙겼다. 그리고는 여울에게 진지한 목소리로 말했다.

"지금부터 가장 화난 순간을 떠올려."

"화난 순간이요?"

"어. 생각만 해도 짜증이 솟구치는 순간 없어?"

당연히 있었다.

예를 들면 고모네 집이 시울을 괴롭혀왔다는 사실을 뒤늦게 깨닫게 되었을 때.

여울은 아직도 그때만 생각하면 피가 거꾸로 솟는 기분이었다.

"생각했어요. 그다음엔?"

"나한테 화내."

"도하언 씨한테? 왜요?"

"그래야 본격적으로 싸울 거 아니야."

도무지 알아들을 수 없는 하언의 요구는 여울을 당혹스럽게 만들었다. 그러나 하언은 더 이상의 설명 없이 제 방문을 열었고 1층의 동태를 살폈다. 또렷하진 않지만 간간히 들려오는 목소리의 주인은 분명 켈리 박이었다.

"저기요, 저는 지금 도하언 씨가 대체 뭘 하려는 건지 모르겠어요."

여울은 미간을 좁히며 속삭였다. 그러자 하언은 짧게 숨을 들이마셨고.

"차여울! 니가 지금 제정신이야?!"

갑작스러운 언성과 함께 내뱉었다. 난데없는 그의 성질에 여울의 눈동자가 파르르 떨려 왔다.

"……어?"

"꼴도 보기 싫어! 당장 나가!"

"에에엥?"

순발력이 뛰어나지 못한 여울은 예상치 못한 하언의 연기를 곧바로 받아쳐 주지 못했다.

그래서 커다란 두 눈만 꿈뻑이고 서 있자니 켈리 박의 발소리가 계단을 향해 가까워졌다.

"아우, 시끄러! 쟤들은 또 왜 난리야!"

"……."

"소란 피울 거면 나가서 피울 것이지! 도하언 저놈 성질머리 하고는!"

켈리 박의 성질이 단번에 날카로워졌다. 그러나 대상은 여울이 아닌 먼저 소리를 지른 하언이었다.

그제야 하언의 의도를 깨달은 여울은 속삭이듯 물었다.

"아아, 혹시 싸우는 척하면서 내보내 주려는 거예요?"

하언의 고개가 두어 번 끄덕여졌다. 그는 살짝 흐트러진 그녀의 앞머리를 정리해 주었고 다시 한 번 거짓된 분노에 찬 연기를 선보였다.

"눈치 없이 굴 거면 눈은 왜 달고 다녀! 다 때려치워!"

그 거친 목소리와 다정한 손길은 너무나도 상반돼서 여울은 자꾸만 웃음이 터져 나왔다.

"푸흡…… 지, 지금 하언 씨가 얼마나 미쳐 보이는지 알기나 해요?!"

여울은 반쯤 진심을 담아 하언의 대사를 받아치기 시작했다.

"뭐? 미쳤다고? 그게 나한테 할 말……!"

"할 말?"

"아, 잠깐. 웃겨서……."

하지만 이번엔 뒤따라 웃음이 터져 버린 하언이 대사를 다 끝맺지 못하고 고개를 숙였다. 흔들리는 그의 어깨를 보니 몰입시켰던 감정은 이미 흐트러진 듯했다.

"사람이 말을 시작했으면 똑바로 끝내야지!"

"……."

"왜 말을 못해! 말을!"

"아아…… 그만."

신이 난 여울은 하언보다 목소리를 높여 그를 다그쳤다.

하언은 그 후로도 한참 동안 웃기만 하더니 겨우 진정을 시키고 멘트를 이어 나갔다.

"자꾸 맞춰 주기만 하니까 내가 우스워 보여?"

"……."

"나도 너 같은 거 필요 없어!"

이 상황극에서 가장 핵심적인 대사를 마친 하언은 몇 번의 심호흡 끝에 표정을 정돈했다. 그리고 여울의 가방을 든 채 성큼성큼 계단을 내려갔다.

이번엔 켈리 박 앞에서 보여주기 식 싸움을 벌이려는 모양이었다.

그 뒤를 따르며 여울은 필사적으로 화난 기억들을 되새기기 시작했다.

이제 본격적으로 켈리 박 앞에서 연기를 해야 하는 지금, 혹시라도 아까처럼 웃음이 터져 나오면 큰일이었다.

"너희 싸우니?!"

다행히도 목소리만으로는 제법 심각해 보였는지, 켈리 박은 여울과 하언을 보자마자 날카롭게 따져 물었다.

하지만 그는 켈리 박의 말을 가볍게 무시한 채, 여울의 가방을 현관 쪽으로 내동댕이쳐버렸다.

"나가. 당장."

그리 명령하는 그는 진심으로 내쫓는 사람처럼 살벌했다.

"어떻게…… 나한테 그런 말을……."

덩달아 감정을 잡은 그녀의 연기는 누가 봐도 여우주연상 감이었다. 두 사람을 바라보던 켈리 박은 혀를 쯧쯧 차며 그들을 나무랐다.

"그렇게 죽고 못 살더니 지금은 왜 저 난리야?!"

"하언 씨가 먼저……!"

"시끄럽게 굴지 말고 차라리 나가서 싸워!"

드디어 켈리 박의 입에서 나가라는 말이 튀어나왔다.

그 말에 동조하듯 여울을 차갑게 외면하는 하언의 눈빛은 정말 쫓겨나는 듯한 분위기를 조성해 주었다. 여울은 그렁그렁한 눈으로 자신의 짐 가방을 내려다보다가 힘없는 대답을 꺼내놓았다.

"모두들 너무하시네요……."

"……."

"알았어요. 제가 그렇게나 눈엣가시 같다면 기꺼이 사라져드릴게요."

좋아. 이제 나는 집에 갈 수 있어. 이게 대체 얼마 만이야!

신이 난 여울은 자꾸만 올라가는 입꼬리를 진정시키고 짐 가방을 품에 안았다. 곧장 현관문 잠금장치를 서둘러 열려고 하던 그 순간.

"도하언! 우리 새언니한테 무슨 짓이냐!"

예상치 못한 인물이 상황극에 불쑥 끼어들어 훼방을 놓았다.

"……새언니?"

"엄마는 나가라는 말을 어쩜 그렇게 쉽게 해?! 새언니한테 팥쥐 엄마처럼 심술을 부려야겠어?!"

"혜, 혜수야. 너 지금 누구 편을 드는 거니?"

"누구 편이긴 누구 편이야! 난 우리 새언니 편이지!"

지금까지 보여 줬던 행동거지와 180도 다른 모습으로 여울의 곁에 선 그녀.

"도혜수 미쳤어?"

"미친 건 오빠야. 언니, 괜찮아요? 다친 곳은 없어요?"

지금까지 들려줬던 말본새와 180도 다른 공손함을 띠고 여울을 대하는 그녀.

"아, 아가씨 왜 그러세요. 갑자기."

"어머, 언니! 말 편히 하세요! 절 친동생처럼 여기시고!"

"예, 예?!"

하필 이 타이밍에 난데없이 개과천선한 이 집의 맹수, 도혜수였다.

신우 그룹의 임원회의.

"유설아 대표, 내일 옵타티움 창립기념회인 건 알고 있나?"

신우 그룹의 총수이자 설아의 아버지인 유명현 회장이 낮은 목소리로 질문했다.

설아는 조금도 흔들리지 않는 눈빛을 띠고 차분히 대답했다.

"알고 있습니다. 참석할 예정이구요."

그러자 유 회장의 표정은 한층 더 어두워졌다.

완벽주의자인 그는 집안끼리 멍석을 깔아 준 결혼까지 제대로 해 내지 못하는 설아가 못 미더웠다.

"참석해서 뭘 어쩌자는 거지? 집안을 더 우스운 꼴로 만들 생각이냐?"

유 회장의 날카로운 말에 다른 임원진들은 잔뜩 긴장한 기색을 내비쳤다. 다른 누구보다 제 친딸인 설아에게 더욱 엄격한 유 회장의 성격을 잘 알고 있기 때문이었다.

"우스운 꼴이라니요. 그런 걱정은 붙들어 매셔도 됩니다. 회장님."

"어째서?"

"이미 하언 씨와 얘기는 잘 됐으니까요."

그러나 이어지는 설아의 말은 긍정적인 반응을 이끌어내기에 충분했다. 탐탁지 않았던 유 회장의 얼굴에는 오랜만에 그녀에 대한 기대감이 어렸다.

"도하언이 다시 마음을 돌린 게냐?"

설아는 그가 꺼낸 질문에 저도 모르게 웃음을 터트릴 뻔했다.

애초에 존재하지조차 않았기에 돌릴 수도 없었던 마음, 그녀가 할 수 있는 것은 아무것도 없었다.

심지어 지금의 도하언은 거짓 연애에 푹 빠져 진심을 품고 있으니, 상황은 더욱 안 좋게 흘러가고 있었지만.

"네. 그럼요."

설아는 당당한 표정으로 거짓을 고했다. 유 회장의 차가운 얼굴에 만족스러움이 가득 찼다.

"생각보다 일이 커지니까 도하언도 이성이 돌아온 모양이구나."

"그럼요, 회장님도 아시다시피 우리의 결혼은 개인적인 문제가 아니잖아요. 하언 씨는 옵타티움의 대주주들의 눈이 무서워서라도 함부로 파기 못 해요."

"그 정도 상황파악은 할 줄 아는 놈이라 다행이네."

"네, 그래서 하언 씨도 더 이상 저와의 결혼을 거부하지 않고 있긴 한데……."

설아는 의식적으로 심란한 표정을 지어 보았다. 유 회장은 의미심장한 그녀의 반응이 초조했는지, 이어질 말을 재촉했다.

"그런데 뭐. 문제라도 있는 건가?"

"아직 그 여자가 떨어지질 않고 있어요. 먹잇감을 문 피라냐처럼 딱 붙어서 하언 씨를 흔들어 놓네요."

그 말은 백 퍼센트 거짓말이 아니라고 생각한다. 실제로 하언의 곁에 있는 여울은 얼음처럼 차가웠던 그의 마음을 녹여 버렸으니까.

"당연한 이치야. 근본 없는 그 여자에게 도하언은 백마 탄 왕자님과 다름없겠지."

"……."

"하지만 내가 나설 생각은 없다. 어차피 이건 우리 쪽이 손해 보면서 하는 결혼이야. 구질구질한 내연녀 처리까지 도맡을 필요는 없지."

그건 설아도 이미 예상했던 대답이었다. 옵타티움이 아니더라도 그보다 더 좋은 혼인 자리는 얼마든지 존재했다.

하지만 회사의 사정과 상관없이 설아는 꼭 옵타티움과 이어져야만 했다. 요즘 들어 더욱 멀어지는 그를 붙잡기 위해서라도 그녀는 반드시 그곳에 속해야만 했다.

"저도 그렇게 생각합니다, 회장님."

그 목표를 이루기 위해 설아는 한 발짝 뒤로 물러섰다.

"물론 하언 씨도 그렇게 생각하는지, 이번 창립 기념일 행사 때는 혼자 참석하겠다고 하더군요."

그리고 유 회장은 알아채지 못할 덫을 놓았다. 가라앉았던 유 회장의 눈빛에 다시금 예리한 날이 섰다.

"말씀드렸다시피 하언 씨도 이젠 자신의 위치를 직시하기 시작했어요. 그 여자가 왜 옵타티움의 사람이 될 수 없는지도 누구보다 잘 알고요."

"……."

"그러니 회장님 얼굴에 먹칠할 일은 절대 일어나지 않을 겁니다. 걱정은 접어 두세요."

설아의 확신 어린 대답은 의심 많은 유 회장조차 안심하게 만들었다. 유 회장은 굳어 있던 입꼬리를 들어 올렸고 이내 기만 어린 목소리를 내뱉었다.

"그렇다면 나도 보고 싶구나. 도하언이 우리 그룹 앞에 순순히 무릎을 꿇는 모습 말이야……."

말을 마친 유 회장은 오른손으로 탁상을 두어 번 두드렸다. 회의실 문 앞을 지키고 서 있던 그의 직속 비서가 곧바로 그의 곁에 다가왔다.

"회장님, 말씀하십시오."

"옵타티움 창립기념일 행사에 불참 의사는 전달했나?"

"네, 초대 받은 즉시 진행했습니다."

"번복해. 내일 나를 포함한 신우 그룹의 고위 인사들이 참석할 예정이라고."

머지않아 꺼내지는 유명현 회장의 명령은 또 다른 피바람을 예고했다. 원하는 대로 움직여 주는 그의 모습에 설아는 흐린 비웃음을 입가에 머금었다. 그러나 그 모습을 놓치지 않고 포착한 유 회장은 권위적인 태도로 싸늘한 경고를 했다.

"내일 도하언에게 처신 똑바로 하라고 전해라."

"……."

"너에게도, 도하언에게도 이건 마지막 기회야."

설아에게 마지막 기회란 곧 버려질 위기라는 뜻과 같았다. 하지만 설아는 오히려 더 담담하게 대답했다.

"알겠습니다, 회장님."

내일 도하언이 순순히 무릎을 꿇든, 다시 한 번 그녀의 얼굴에 먹칠을 하든. 결국엔 모두 계획대로 이루어지고 말 테니까.

짝사랑 중인 남자의 동생이 그토록 못 잡아먹어서 안달이었던 새언니라는 걸 깨달은 순간.

혜수는 인생에서 가장 큰 절망에 빠졌다. 그동안 그의 마음을 얻기 위해 해왔던 모든 일들이 전부 물거품처럼 사라져버리는 듯 했다.

여울에게 모든 걸 털어놓고 용서를 구할까. 아니면 시울에게 미리 해명을 해 둘까.

혼란에 빠진 혜수는 며칠 간 식음을 거의 전폐한 채 방 안에 처박혀 온갖 고민을 했다.

'아, 괜히 머리 썼다가 더 꼬이면 어떡해.'

하지만 그녀는 의외로 영악하지 못한 성격이었다. 결국 마땅한 해결책을 찾지 못한 혜수는 단순하게 생각해버리기로 했다.

그동안 그의 여동생에게 각종 실수를 저질렀다면, 이제부터는 그 모든 걸 만회하기 위해서라도 최선을 다해 잘해주면 되는 문제였다.

"도하언 너 우리 언니한테 못되게 굴지 마!"

"쟤가 돌았나⋯⋯."

그러나 갑작스러운 그녀의 태도변화는 모두를 당황케 했다.

지금 하고 있는 싸움이 여울을 자연스럽게 집으로 보내기 위한 상황극이니만큼 같은 편을 들어주는 혜수가 반갑지도 않았다.

하언은 잠시 혜수의 속마음을 넘거짚어 보았다. 하지만 아무리 생각해도 미쳤다는 것밖에 떠오르는 답이 없어서, 그의 심기만 더욱 험악해져 버렸다.

"언니, 여기 서 있지 말고 내 방으로 가요!"

"으, 응?"

그때, 혜수가 별안간 여울을 다시 집 안으로 이끌기 시작했다. 하언은 단번에 그 걸음을 가로막았고 여울을 붙잡은 혜수의 손길을 단호하게 뿌리쳤다.

"이게 뭐하는 짓이야."

"뭐하는 짓이긴! 불쌍한 우리 언니 지켜 주려고 한다!"

"니가 왜."

"왜냐니! 몰라서 물어?! 다들 우리 언니만 못 잡아먹어서 안달이잖아!"

그러니까 평소엔 그렇게나 괴롭혀대더니 왜 하필 지금 나서냐고!

하언은 버럭 내지르고 싶은 고함을 가까스로 참아 냈다. 표면적으로는 여울과 싸우는 것처럼 보여야 하는 이상, 그는 여울을 감싸는 어떠한 행동도 할 수 없었다.

그는 혜수의 몸을 켈리 박 쪽으로 밀어냈고 여울을 다시 현관문 앞까지 몰아세웠다.

"차여울, 나와서 얘기해."

그건 여울도 원하는 바였다. 혜수가 다시 끼어들기 전에 무작정 신발부터 구겨 신은 여울은 하언이 열어 준 현관문 틈새로 부리나케 몸을 빼냈다.

"언니! 어디 가세요! 언니!"

혜수는 부리나케 떠나는 여울을 보며 소리를 질러댔지만 다행히도 켈리 박은 그녀를 붙잡았다.

"아유, 얘가 왜 이래! 정말!"

"좀 봐 봐! 엄마는 새언니가 불쌍하지도 않아?!"

"혜수야! 너 뭐 잘못 먹었니?!"

그래, 아무래도 쟤는 뭘 단단히 잘못 먹은 것 같다. 그렇지 않은 이상 갑자기 태도가 돌변할 리가 없잖아.

여울은 켈리 박의 다그침에 가슴 깊이 동감하며 하언의 뒤를 따랐다. 하언은 넓은 정원을 가로질러 경호원들이 포진해 있는 대문 앞에 다다를 때까지 아무 말도 하지 않았고, 정말로 심하게 싸운 척 냉랭한 분위기를 이어나갔다.

하지만 저택에서 벗어나 집안사람들의 시선이 닿지 않는 골목 끝으로 다다르자마자.

"차여울, 팔 봐 봐."

"응?"

"도혜수가 꽉 잡았었잖아. 안 아팠어?"

여울에게 내려앉은 하언의 눈빛은 급속도로 다정해진다.

아까 전과 지금의 온도차를 비교해보자면 도하언의 연기력은 그야말로 원로배우가 따로 없었다.

"난 괜찮아요. 그나저나 아가씨는 왜 저런대?"

여울은 상황극을 망칠 뻔했던 혜수를 떠올리며 물었다.

혹시 여울을 괴롭히는 새로운 방법일까, 고민해 봤지만 그렇다고 보기엔 눈빛이 너무나도 진지했다.

"미쳤나 보지. 아니면 어디 홀렸거나."

어디에 홀렸다라…….

문득 여울의 뇌리에 혜수의 짝사랑 상대 시울이 스쳐 지나갔다.

이제 보니 시울에게 홀려 있는 그녀는 여울이 시울의 여동생이라는 사실을 눈치챈 듯했다. 하지만 나는 내색한 적도 없는데 어떻게 안 거지? 혹시 차시울이 나불거렸나?

"모범택시 불렀으니까 곧 올 거야."

여울이 심각한 고민에 빠진 사이, 핸드폰을 만지작거리고 있던 하언이 말했다. 그를 올려다보는 여울의 눈동자에 아쉬움이 맺혔다.

"흐응, 그럼 우리 내일모레나 돼서 보는 거예요?"

"아마도."

"헤어지는 마당에 하나도 안 아쉬워 보이네."

"아직 안 헤어져. 너희 집 앞까지 같이 갈 거거든."

하언은 빼죽이는 여울의 입술을 가볍게 꼬집었다. 장난스러운 손 끝에는 그녀를 사랑스럽게 보는 하언의 감정이 가득 담겨 있었다.

"도혜수는 걱정 마. 그 미친 짓 당장 그만두게 할게."

그건 달라진 혜수 때문에 불안해할 여울을 달래기 위한 말이었지 만 여울은 이미 모든 걱정을 내려놓은 지 오래였다.

출구라곤 찾을 수 없는 현실도, 칠흑같이 어두운 앞날도, 도하언 과 함께라면 이상하게 두렵지가 않았다.

"콜택시 올 때까지 몇 분 남았어요?"

여울은 오늘따라 존재 자체가 빛이 나는 하언에게 넌지시 물었 다. 그 말이 끝나기가 무섭게 하언은 휴대폰 액정으로 눈동자를 끌 어내렸다.

"한 3분 정도."

그러자 여울의 입술 새로 '으흥'하는 엉큼한 웃음이 샜다. 하언의 시선이 의미심장한 그녀와 다시 마주했다.

"왜."

"아니, 그냥……."

"그냥 뭐."

"뽀뽀하기엔 너무 짧은 시간인가 해서."

그리 대답하며 장난기 어린 눈초리를 휘어 보이는 여울은 마치 꼬리 아홉 달린 여우 같았다.

하언은 저도 모르게 픽 웃음을 흘렸고, 여울의 몸을 천천히 가로

등 밑으로 밀어붙였다. 그러고는 가까운 거리에 있는 그녀의 귓가에 달콤한 목소리를 흘려보냈다.

"뽀뽀하기엔 너무 길지."

"그래?"

"어, 키스면 모를까."

그 한 마디가 끝나자마자 흑심뿐인 두 입술은 진하게 맞붙었다. 오고가는 숨결은 부드러웠지만 본능을 자극하는 혀끝은 깊고 농염했다.

여울은 두 팔로 매달리듯 그의 어깨를 끌어안았고 조금 더 솔직하게 감정을 보챘다.

'날 사랑해 줘요.'

굳이 입 밖으로 꺼내지 않아도 들려오는 그녀의 속삭임. 그걸 똑똑히 전해 들은 하언은 잠시 입술을 떨어트리고 그녀를 내려다보았다.

사랑스러운 두 눈을 마주하자마자 안 그래도 거세게 뛰던 심장이 폭발할 듯 요동치기 시작했다.

하지만 하언은 당장이라도 꺼내놓고 싶은 진심을 애써 삼켜 냈다.

태어나서 누군가에게 처음으로 건네는 사랑한다는 말은 지금보다 멋진 곳에서 지금보다 당당하게 꺼내놓고 싶었다.

"차여울."

"……응?"

"조금 더 가까이 와."

그래서 절절한 고백 대신 뜨겁게 달구어진 입술만 또 한 번 가져가자, 여울은 능숙하고도 달콤하게 그를 머금었다.

상처로 얼룩진 기억들마저 사르르 녹아버리는 이 시간.

두 뺨을 붉게 물들인 너는 마치 잘 익은 복숭아 같다. 그래서 자꾸만 크게 한 입 베어 물어 삼켜 버리고 싶다는 생각이 든다.

이게 대체 얼마 만에 돌아오게 된 집인지. 현관문을 열자마자 진하게 풍겨오는 냄새는 평소 여울이 그리워하던 냄새였다.

"차시울! 차시울 너 어디 있냐!"

하지만 여울은 신발을 벗기가 무섭게 시울의 이름부터 부르짖었다. 그녀의 얼굴엔 분노에 찬 기색이 가득했다.

"엇, 여울이야?"

난데없는 고함에 놀란 시울이 앞치마를 두른 채 부엌 쪽에서부터 후다닥 달려 나왔다. 그는 주인을 기다리던 강아지처럼 격하게 그녀를 반겼지만 여울은 그를 마주치자마자 사나운 목소리로 다그쳤다.

"너 밖에서 대체 무슨 짓을 하고 돌아다니는 거야!"

"갑자기 뭐야. 내가 무슨 짓을 해."

"무슨 짓을 했냐니! 많고 많은 여자들 중에 하필 도혜수랑 얽혀놓고 뭐가 어쩌고저쩌?"

"으응? 도혜수? 니가 걜 어떻게 알아?"

그리 묻는 시울은 아무것도 모르겠다는 표정이었다. 그게 시치미를 떠는 것처럼 보였던 여울은 매운 손으로 그의 등을 찰싹이며 대답했다.

"걔가! 내! 시누이다! 이 새끼야!"

느낌표 하나당 한 대씩.

영문도 모른 채 총 네 대를 속수무책으로 얻어맞던 시울의 언성이 버럭 높아졌다.

"아! 아파! 대체 무슨 말을 하는 거야!"

"도하언! 도혜수! 뭐 집히는 것도 없더냐?!"

"뭐어? 집히는 거라니 그게 뭐⋯⋯!"

하지만 돌아가는 상황을 깨닫는 데까지는 그리 오래 걸리지 않았다. 그는 며칠 전 대화하던 중에 혜수가 흘려보낸 동생의 이름을 기억해냈고, 여울을 어떻게 아느냐고 캐묻자 바람같이 사라졌던 혜수를 떠올렸다.

요즘 여러 가지 일로 워낙 정신이 없어서 잊고 있었는데, 그날의 혜수는 확실히 어딘지 모르게 수상했다.

"아아⋯⋯ 혹시 도혜수랑 도하언이랑 남매 사이야?"

시울은 넌지시 물었고 여울은 성질을 내듯 대답했다.

"친남매면 차라리 낫지! 무려 작은집 식구 막내딸이다!"

"아하, 어쩐지 스포츠카부터 새끈하더라니."

"이제 니가 무슨 짓을 저질렀는지 감이 오냐!"

여울은 뒤늦게 사태를 파악한 시울을 원망스럽게 노려보았다.

혜수의 짝사랑은 제3자처럼 접근해서 비밀스레 끊어놓을 생각이었는데, 시울과의 관계가 들통나버리는 바람에 앞으로 귀찮은 일만 늘어나게 생겼다.

하지만 시울은 꼬여버린 인연을 들어놓고서도 대수롭지 않다는 듯 대꾸했다.

"그런데 난 딱히 별짓 안 했어."

"별짓 안 하긴 무슨!"

"진짜야. 친구가 등 떠밀어서 만나보긴 했는데, 그 뒤로 연락한 적은 한 번도 없단 말이야."

시울은 격분한 여울을 향해 적극적으로 해명했다. 그러나 여울은 전혀 못 미덥다는 눈빛을 띠고 날카롭게 되물었다.

"그렇게 별 사이 아닌 여자가 너한테 쿠키를 선물해 주겠다고 하루 종일 설치냐?!"

지금도 부엌 한편에 놓여 있는 도혜수의 선물. 여울도 그 존재를 알고 있다는 사실에 시울의 머릿속이 복잡해졌다.

"잠깐만. 그건 또 어떻게 알아?"

"왜 모르겠어! 도혜수가 날 붙잡고 주말 내내 그것만 만들게 했는데!"

아, 어쩐지 맛이나 모양이 완벽하게 똑같더라니. 그 애가 내 동생을 주말 내내 부려먹었나 보구나.

물론 혜수에게 조금의 관심도 없는 시울이었지만 상황이 이쯤 되니 입장이 난처해지는 건 어쩔 수 없었다.

아무리 그는 잘될 마음이 없다고 해도 혜수가 호감을 가지고 있는 이상 연락은 계속 오기 마련이었다.

"무슨 상황인지는 알았어. 혜수는 오빠가 책임지고 정리할게."

시울은 격분하는 여울을 부드러운 목소리로 달랬다.

하지만 그가 뭘 하는 게 믿음직스럽지는 않았던 여울은 까칠하게 쏘아붙였다.

"어떻게 정리할 건데! 걔 성격이 얼마나 괴팍한 줄 알아?!"

"우리 여울이가 오빠를 잘 모르는구나? 나 둘러대는 거 하나는 진짜 자신 있는데."

"니가 행여나……."

"정말이야. 너한테 피해 안 가게 깔끔히 정리할 테니까 걱정 마."

시울은 불안해하는 여울을 위해 재차 확신을 주었다.

생각해 보니 거짓말과 남의 뒤통수치는 건 타의 추종을 불허하는 나의 오빠. 이 인간미 없는 놈이 직접 나서 준다면 급한 불은 어느 정도 끌 수 있을 터였다.

여울은 불신이 가득했던 눈동자를 거두고 시울에게 물었다.

"뭐라고 할 건데."

그러자 시울은 '으흥'하는 가벼운 웃음소리를 흘려보내더니 여전히 장난기 어린 목소리로 대답했다.

"뭘 뭐라고 해. 우리 여울이가 너 만나지 말래! 사랑하지만 안녕! 이라고 해야지."

"아, 진짜! 차시울!"

"아하하하. 농담이야, 농담! 알아서 잘 얘기한다니까."

이 상황에도 장난치기 바쁜 시울의 모습은 역시나 신뢰감이 들지 않았다. 여울은 분위기 파악 못 하는 그를 씩씩거리며 바라보다가 멱살을 붙잡고 강한 어조로 엄포를 놓았다.

"너 내일 당장 걔 만나서 똑바로 얘기해! 알았어?!"

하지만 시울은 시종일관 진지함이라곤 전혀 없는 목소리로 말했다.

"오빠 내일 집에 안 들어오는데요."

"뭐, 뭐어?! 왜!"

"현규랑 클럽 가기로 했어. 예전에 뭐 부탁한 게 있어서 칵테일 쏴야 되거든."

"은혜 갚는 척하지 마! 그냥 니가 놀고 싶은 거면서!"

여울은 지금 속이 터지는데 시울은 마냥 마음 편해 보인다.

일상이 위기로 뒤덮인 여울은 친구와 만나서 놀 수 있는 여유를 가진 시울이 진심으로 부러워졌다.

*　　　*　　　*

창립 기념일 파티 당일.

세련된 스리피스 정장을 차려입은 하언은 거울 속 제 모습을 마지막으로 점검했다.

아침 일찍부터 샵에 들러 머리부터 발끝까지 완벽하게 세팅했던 만큼 평소보다 화려하고 고급스러운 그의 차림새.

하지만 표정에 어린 긴장감은 어쩔 수 없었다. 그는 파혼선언 이후 처음으로 유설아 쪽 사람들과 대면하는 게 꺼림칙스럽다.

"뭐 어때. 쌍욕을 하든 말든."

하언은 스멀스멀 피어오르는 불안감을 애써 달래기 위해 혼잣말을 뱉어냈다. 그러고서 손목시계를 확인하니 시간은 어느덧 파티장으로 출발해야 할 때가 다 되어 있었다.

하언은 재킷 안주머니 속에서 휴대폰을 꺼내 들었다. 밝은 액정화면에는 그의 충직한 직속비서로부터 온 부재중 전화가 찍혀 있었다.

"벌써 대기 중인가 보네."

하언은 와이셔츠의 소매를 추스르고 서둘러 걸음을 떼어 냈다.

오늘 행사에서 대표로 읽을 기념사는 미리 비서에게 맡겨 두었으니 더 이상 준비할 것도 없었다.

그러나 문고리를 잡으려는 순간, 그는 잠시 손을 멈칫하고 침대 옆 선반 쪽으로 고개를 돌렸다. 요즘 들어 도통 챙겨 다니지 않았던 신경안정제가 문득 떠올라서였다.

원래는 중요한 자리를 앞두고 있을 때마다 의식적으로 집어삼켰던 약인데, 어느 날부터인가 찾지 않게 되었다. 생각해 보면 마음을 좀먹던 불안감도 최근 들어서는 느껴 본 적이 없다.

그 이유가 무엇일까, 잠시 되짚어보니 생각나는 사람은 단 한 명. 외로운 나의 곁을 지켜 준 차여울이란 여자.

아무래도 넌 내 인생의 마침표인가 보다. 니가 내게 온 이후로 모든 것이 완성된 기분이다.

때마침 대문 앞에 차를 세워 둔 비서가 재촉 전화를 걸어왔다.

하언은 휴대폰 통화버튼을 누르며 멈춰 두었던 손길을 다시 움직였다.

"어, 지금 나가."

그와 연결되자마자 꺼내놓는 하언의 목소리엔 웃음기가 어려 있었다. 지금까지의 창립기념일 파티는 몇 차례 겪어보았지만 이렇게 웃으며 출발하는 건 처음이었다.

어쩐지 오늘은 무슨 일이 생겨나도 괜찮을 거라는 확신이 든다.

비록 너는 지금 내 곁에서 잠시 떨어져 있지만 우리는 여전히 가까이에 붙어 있는 것 같다.

　같은 시각. 도 회장의 서재.
　끼이이익— 쿵.
　서재 구석 쪽에서 낡은 찬장을 닫는 소리가 나더니, 이내 도 회장의 직속비서가 서류봉투 하나를 들고 나타났다.
　파티를 앞두고 어느 때보다 화려하게 차려입은 유현은 그 서류를 물끄러미 바라보았다. 안에 무엇이 들어 있는지는 짐작조차 가지 않았지만, 가슴엔 본능적인 불안감이 요동쳤다.
　"회장님. 저에게 주실 물건이라는 게……."
　"재촉하지 마라. 니가 직접 열어보면 알 거 아니냐."
　그와 마주 선 도 회장은 옅게 흔들리는 유현의 눈동자를 차갑게 외면했다. 그 사이 바로 앞까지 다가온 비서는 유현에게 서류봉투를 내밀었다. 그걸 건네받는 그의 손에는 유독 핏기가 없었다.
　"행사가 시작되기 전에 한 번 읽어 두거라."
　"네?"
　"공식적인 석상에선 작은 실수조차 용납되지 않을 테니 말이다."
　도 회장의 엄중하게 흘려보낸 말은 유현이 쉽게 받아들일 수 없는 것이었다.
　그동안 유현은 옵타티움의 모든 행사에 참여만 했을 뿐, 공식적인 석상에서 무슨 일을 도맡은 적은 없었다. 그건 장차 옵타티움을 이어받을 후계자 도하언의 몫이었고, 유현은 그 권한을 넘봐서도 가로채서도 안 됐다.

그러니 행사가 시작된다고 해도 나에게는 작은 실수를 할 기회조차 주어지지 않을 텐데…….

"너에게 처음이자 마지막으로 주어지는 기회라 생각하고, 똑바로 해냈으면 좋겠구나."

도 회장의 입에서 나온 기회라는 단어가 유독 두렵게 들린다. 그 말이 끝나기가 무섭게 돌아서는 그의 등은 어느 때보다도 잔혹하게 느껴진다.

철컥—

도 회장과 비서가 사라진 서재. 망설이던 유현은 떨리는 손끝으로 봉투 속 서류를 꺼내보았다. 까만 글씨가 빼곡히 인쇄되어 있는 A4용지가 다섯 장 남짓 딸려 나왔다.

유현은 긴장한 시선으로 맨 첫 장에 적힌 제목을 읽어 내려갔다.

"제42회 옵타티움 창립 기념일 행사 기념사……."

그리고 더 이상 말을 잇지 못했다. 그의 손에 들려 있는 이 기념사를 읽는 건 다름 아닌 하언의 역할이었으니까.

유현은 이걸 도 회장에게서 넘겨받을 자격도, 남몰래 연습해 둘 권한도 없는 사람이었다.

"이걸 왜 나한테……."

파르르 떨리던 유현의 눈동자가 첫 문단에 머물렀다. 읽고 싶지는 않았는데 쓰여 있는 내용은 너무나도 끔찍해서 뇌리에 선명히 박혀버리고 말았다.

[도하언 이사로 인해 잠시 소란이 있었던 점, 대신 사과드립니다. 지금의 도하언 이사는 심신이 불안정한 상태이니, 창립 기념사는 제

가 진행하도록 하겠습니다. 귀빈 여러분들의 양해를 부탁드립니다.]

무슨 소란이 터질 것이라는 전제하에 쓰인 기념사.

그건 행사를 위한 것이 아니었다. 누군가가 처참하게 무너트리고 난 후 흐트러진 상황을 수습하기 위해 쳐야 할 대사일 뿐.

'나에게는 대체 무슨 역할이 주어진 걸까.'

불안에 휩싸인 유현의 호흡이 거칠어졌다. 그는 손에 들린 기념사를 바닥에 떨어트렸고, 하얗게 질린 얼굴을 감싸 쥐었다.

이 순간에도 흘러가고 있는 1분 1초는 점점 하언의 숨통을 조여 올 것이다.

오늘 아침까지만 해도 기념사를 소리 내서 낭독해 보던 하언은 저에게 닥칠 비극을 상상도 못 하고 있을 것이라 확신한다.

"아……."

강제로 미래를 내다보게 된 유현은 흐린 신음을 흘렸다.

그는 잠시 도 회장의 검은 마수를 막을 방법을 강구해봤지만 그의 계획을 알지 못해서 어떠한 대책도 떠올리지 못했다.

그러니 결국 유현이 할 수 있는 일은 하언의 곁에 머무르며 소란스러워질 수 있는 상황을 진정시키는 것뿐.

비록 누군가에게 밝히는 즉시 지뢰처럼 터져 버리는 하언이지만 오늘만큼은 제발 아무런 사고 없이 넘어가 주기를 바란다.

언제나 패기 넘쳐서 부러운 너의 모습도 오늘 하루만 죽은 시체가 되어 잠잠하기를 바란다.

"정말 오랜만입니다. 이제야 대표님을 뵙는군요."

"반갑습니다. 그동안 무탈하게 잘 지내셨습니까?"

눈부신 샹들리에 아래에서 이뤄지는 옵타티움의 창립 기념일 행사. 매스컴에서 중요하게 다뤄지는 인물들이 포진해 있는 이 자리는 중세시대 왕족들의 연회를 방불케 했다.

그들은 서로 마주칠 때마다 가식적인 인사를 주고받았고 조금의 진심도 없는 칭찬을 남발했다.

이런 분위기는 솔직한 하언에게 늘 가시방석이었지만, 이때만큼은 그조차도 내색하지 못하고 억지 미소를 유지해야 했다.

"아, 도 이사님! 거기 계셨군요!"

덕분에 곧 입꼬리에 경련이 일어날 지경인 하언에게 달갑지 않은 얼굴이 다가왔다. 현재 큰 계약을 앞두고 한창 실랑이 중인 기업체의 대표였다.

상대하기 싫을수록 적극적으로 나서서 조금이라도 빨리 대화를 끝마쳐야 하는 법. 그는 저도 모르게 드러낼 뻔했던 싫은 기색을 숨기고 먼저 살가운 악수를 건넸다.

"안녕하십니까, 대표님. 바쁘신 와중에 참석해 주셔서 감사합니다."

"아닙니다. 초대받은 저희가 황송하죠. 음식이 화려해서 놀랐습니다. 하하하."

"귀빈들을 모시는 자리인 만큼 신경 많이 썼습니다. 기쁜 마음으로 즐겨주시길 바랍니다. 그럼 이만."

인사를 나누자마자 하언은 그에게서 미련 없이 등을 돌리려 했다.

하지만 원래부터 수다스러운 성격의 대표는 끊어질 뻔했던 대화를 억지로 이어 붙였다.

"최근에 저희 쪽에서 제안 드린 조건은 살펴보셨는지요?"

주제는 역시나 실랑이 중인 계약 건이었다. 억지로 올라가 있던 하언의 입꼬리가 살짝 가라앉았다.

"살펴보긴 했습니다만 내부회의는 아직입니다. 조만간 공식적인 답변을 드리도록 하겠습니다."

"답변이야 늘 기다리긴 하지만 도 이사님의 성격을 아니까 왠지 불안합니다."

"……."

"장기적인 목표를 함께 추구하기에는 조금 급한 면이 없지 않아 있으신 듯해서 말입니다, 하하하."

어색한 웃음으로 떼우고 있긴 하지만 그는 분명 하언을 비난하는 중이었다. 그걸 눈치챈 하언의 심기가 날카로워졌다. 어느새 표정이 어두워진 하언은 차갑게 굳은 얼굴로 대표를 내려다보았다.

"지금 그 말은 혹시……."

"안녕하십니까. 이 대표님. 얼마 전 저희 회사에 찾아오셨을 때 인사드렸는데, 기억나시나요?"

"아아! 도유현 상무님! 이것 참 오랜만입니다!"

하지만 입술을 떼기가 무섭게, 멀찍이 떨어져 있던 유현이 다가 와 대화에 끼어들었다. 하언의 예리한 눈초리가 대표에게 반가운 인사를 건네는 유현에게로 따라붙었다.

"자제분들 입시 결과가 좋다는 소식은 들었습니다. 축하드립니다."

"아이고, 어떻게 전해 들으셨는지는 몰라도 소문이 거기까지 퍼졌나 보군요!"

"그럼요. 저번에 보여주신 사진도 자제분들 이목구비가 예뻐서 아직 기억하고 있는 걸요."

"하하하! 이렇게나 인물이 출중한 도 상무님께 인정을 받으니 더욱 기분이 좋군요!"

상냥한 목소리로 자제들의 안부를 묻는 유현은 사람을 다루는 데 있어서는 하언보다 능숙했다. 그건 하언 역시도 잘 아는 사실이었지만 그렇다고 해서 그가 이런 식으로 나선 적은 처음이었다.

하언은 오늘따라 이질적으로 느껴지는 유현의 모습에 저도 모르게 미간을 좁혔다.

"아, 저기 제이기획 한지성 대표님도 오셨군요. 오랜만에 뵙는 분이니 따로 인사 좀 드려야겠습니다. 오늘 만나서 반가웠습니다, 도 상무님."

때마침 유현과 얘기를 나누고 있던 대표가 자리를 떴고, 하언은 그를 추궁할 기회를 얻었다. 하지만 유현은 그가 무슨 말을 꺼내기도 전에 나직이 말했다.

"사람들한테 날카롭게 굴지 마."

"뭐?"

"소란이라도 일어나면…… 큰일이잖아."

이유를 알 수 없는 충고 때문에 안 그래도 예민해져 있던 하언의 심기가 더욱 뒤숭숭해졌다.

"니가 무슨 상관이야."

"시비 거는 거 아니야, 부탁하는 거야."

"그러니까 니가 왜 그런 부탁을 하는데."

"그야……."

무언가를 말하려던 유현의 입술이 닫혔다. 도 회장에게 받은 기념사에 대해 얘기하고 싶은 마음은 굴뚝같았지만 섣불리 꺼냈다간 간신히 울분을 억누르고 있는 하언만 터트려놓을 게 뻔했다.

"……별 의미는 없어. 공식 석상이니까 조심하면 좋잖아."

결국 유현은 되는 대로 변명을 늘어놓고는 하언의 곁에서 발길을 떼어 냈다. 하언은 멀어지는 그를 불쾌한 시선으로 바라보았으나 별 대꾸는 하지 못했다. 유현의 말대로 지금 이 자리는 날카로워질 얘기도 둥글게 넘겨버려야만 하는 자리였다.

하언은 흐트러졌던 표정을 다시 정돈하고 정면으로 시선을 고정시켰다. 사람들로 가득 찬 넓은 홀 중앙으로부터 가장 마주치고 싶지 않았던 얼굴들이 속속들이 비쳐 들어왔다.

"오, 설아야. 어서 오너라."

"초대해 주셔서 감사합니다. 회장님."

"유 회장님도 오셨군요. 바쁘신 와중에 참석해 주셔서 감사드립니다."

천하의 도 회장을 마중 나가게 만든 유설아와 유명현 회장의 존재감은 수많은 귀빈들 중에서 단연 돋보였다.

하지만 그들이 등장함과 동시에 하언의 낯빛은 급격히 어두워지기 시작했다. 이번 파혼극으로 인해 관계가 헝클어진 그들은 이제 원수와 다름없는 사이였다.

"그 일 이후 처음 뵙습니다."

"이번 일에 대해선 다시 한 번 사죄드리지요. 심려를 끼쳐드려 죄송할 따름입니다."

"도 이사에 대해서는 분노보다 실망감이 크게 느껴지더군요. 아시다시피 혼인이라는 게 아이들 소꿉장난이 아니지 않습니까."

"네, 백번 옳은 말씀입니다."

아니나 다를까. 유 회장은 도 회장을 마주하자마자 하언이 파기해 버린 설아와의 결혼문제부터 꺼내놓았다.

그 주제가 달갑지 않았던 하언은 그냥 애먼 곳으로 고개를 돌려 버렸다. 한 공간에 있는 이상 대면은 피할 수 없겠지만, 아직은 두 사람을 상대할 마음의 준비가 되어 있지 않았다.

하지만 그때.

"뒤늦게라도 도 이사가 마음을 다잡아서 얼마나 다행인지 모릅니다."

이어지는 유 회장의 말은 하언의 신경을 사로잡기에 충분했다.

"아버지도 참 이미 잘 해결된 일인데 다시 들춰내서 무엇하겠어요. 회장님만 난처해지시게."

"벌써부터 도 회장님의 입장까지 생각해 주는 걸 보니 이제 이 집안사람 다 되었구나."

"저는 하언 씨가 제 곁에 돌아와 준 거로 만족해요. 앞으로 부부가 될 사이인데, 과거의 허물쯤이야 덮어 둬야죠."

대화가 이어지면 이어질수록 유설아의 계략은 선명하게 드러났고 그 안의 악의 또한 분명하게 느껴졌다. 심상치 않은 전개를 눈치챈 하언의 눈동자가 다시 그들에게로 따라붙었다.

"아, 하언 씨!"

그러자 기다렸다는 듯 하언에게 기쁜 인사를 건네는 설아는 오늘따라 조금 이상하다.

"조금 늦어서 미안해요. 많이 기다렸어요?"

생전 내뱉은 적 없던 다정한 물음도.

"오늘따라 정장이 더 잘 어울리네요. 역시 내 말대로 하언 씨는 블랙이 가장 근사해 보여."

전혀 영문 모를 말만 내뱉으며 팔짱을 끼는 손길도.

"유설아……."

"왜, 할 말이라도 있어?"

꼭 그를 사랑하는 여자처럼 보여, 온몸에 소름이 끼친다.

"……지금 뭐 하는 거지?"

하언의 낮은 음성이 짙은 경고성을 띤 채 흘러나왔다.

순간 주변 사람들의 분위기는 하언을 따라 경직되었지만 설아는 입가에 가벼운 웃음기를 띨 뿐이었다.

"왜? 우리가 이러면 안 될 사이라도 돼?"

그리 말하는 설아는 여전히 하언을 애정 어린 시선으로 바라보고 있다. 하언의 눈동자가 점차 혼란으로 물들어 갔다.

"설아야, 하언이가 부담스러워하는 것 같구나."

"뭐, 어떻습니까. 곧 다시 부부가 될 사이인데."

도 회장은 하언의 입장을 생각해 주는 것처럼 굴었지만 유 회장이 꺼내놓은 결혼 얘기에는 아무런 반박도 하지 않았다.

하언은 전혀 신뢰할 수 없는 그에게서 눈길을 돌리고 다시 설아를 내려다보았다. 그리고 매정한 손길로 밀착된 그녀의 몸을 떼어 냈다. 둘 사이의 균열을 읽어낸 유 회장의 표정에 불쾌함이 어렸다.

"이곳은 옵타티움 창립 42주년을 축하하는 자리입니다. 이미 끝난 인연을 이어 붙여보려는 시도를 할 장소로는 맞지 않는 것 같군요."

하언은 담담한 태도로 설아와 유 회장을 비난했다.

그 말에 유 회장은 입꼬리를 싸늘하게 굳히며 하언을 나무랐다.

"이미 끝난 인연은 우리 설아 말고 그 내연녀한테 붙여야 하는 단어 아닌가?"

"……."

"설마 아직까지 미련을 갖고 있는 건 아닐 거라고 믿네."

분명 하언과 여울은 꽤 오래전에 도 회장의 허락까지 받은 사이인데, 왜 유 회장은 아무것도 모르는 사람처럼 말하고 있는지.

수상한 낌새를 느낀 하언은 의심스러운 눈초리로 설아를 마주했다. 낯선 미소가 얹혀 있던 그녀의 얼굴은 어느 틈엔가 하언 못지않은 혼란이 어려 있었다.

"하언 씨, 그런 거 아니죠? 그 사람은 정리하겠다고 했잖아요……."

유설아가 애원하듯이 묻는다. 전혀 하지도 않은 말에 대해.

"지금 무슨 소릴 하는 거야. 정리된 건 우리 관계 아니었나?"

하언은 미간을 좁힌 채 사실대로 대답했지만 주위를 둘러싼 사람들의 시선은 급속도로 차가워졌다.

이 순간 그는 꼭 잘못된 사랑 때문에 한 여자의 심장을 난도질하는 가해자처럼 비쳐 보인다.

"하언 씨, 이런 자리에서 어떻게 그런 말을⋯⋯."

하언에게 내쳐졌던 설아의 손이 파르르 떨려 왔다. 늘 메말라 있던 그녀의 눈에는 가식적인 눈물까지 어려 있었다. 돌아가는 상황이 갑갑했던 하언은 보다 언성을 높여 그녀의 연극을 멈추려 했다.

"당장 같잖은 연기 집어치⋯⋯."

하지만 말문이 열리자마자, 설아의 손바닥은 긴 호를 그리며 내리꽂혔다. 종착지는 당연히 핏기마저 사라진 하언의 뺨이었다.

짜악—

"아⋯⋯."

불꽃처럼 터친 고통보다, 악의에 대한 분노보다.

애먼 곳으로 틀어진 눈동자에 비친 사람들의 적대적인 시선이 하언의 의식을 잡아먹었다.

"아직 근본 없는 여자에게 휘둘리고 있는 모양이군."

"쯧쯧, 한 기업을 이끌어 갈 후계자가 저 꼴이라니. 한심하기도 하지."

손을 쓸 새도 없이 무대 위 악역이 되어 버린 하언은 지금 관객들의 미움을 한몸에 받고 있다.

꼭 20년 전, 모두가 사라지고 혼자 남게 되어 었던 그날처럼.

'하필 후계자만 살아남은 거야? 차라리 아무런 권한도 없는 첫째 말고, 저 애가 사라졌어야 했는데.'

'앞으로 일이 복잡해지게 생겼어. 괜한 목숨이 따라붙었으니 말이야.'

아주 오래전, 겨우 눈을 떴던 병실에서 희미한 정신으로 엿들었

오늘 밤, 끝까지 가자 215

던 대화가 리플레이 된다. 끔찍한 그때의 감정들이 다시금 하언의 이성을 혼란스럽게 만든다.

"나쁜 자식⋯⋯."

얼어붙은 공기 속에서 울음기 섞인 설아의 원망이 흘러나왔다. 머지않아 빠른 속도로 행사장을 빠져나가는 하이힐 소리는 해명할 기회마저도 앗아가 버렸다.

"도하언 이사. 오늘 이 공식적인 자리에 나를 초대한 이유가 사람들 앞에서 망신을 주기 위해서인가?"

빠져나갈 구멍이 없는 함정 속에 던져진 유 회장의 목소리는 분노로 일그러져 있었다. 하언은 짧은 심호흡과 함께 밀려드는 불안감을 외면했고, 애써 담담한 표정으로 그를 마주했다.

"파혼에 대한 얘기는 진작 끝났는데, 대체 무슨 말씀이십니까."

이 상황을 전혀 납득하지 못한 하언의 대답에 유 회장의 언성이 대뜸 높아졌다.

"끝난 얘기를 다시 시작한 게 자네 아닌가!"

"다시 시작한 적 없습니다."

"그럼 설아가 자존심도 내팽개치고 일방적으로 붙잡고 있다는 말이냐!"

"아니요, 원하는 걸 얻기 위해서 지금 회장님께 개수작을 부리는 중이겠지요."

"뭐, 뭐?"

흥분한 유 회장을 상대하는 하언은 한 치의 물러섬도 없었다.

"하언아, 그만하거라."

그때, 상황을 지켜보고 있던 도 회장이 일촉즉발의 하언을 엄중한 목소리로 멈춰 세웠다.

"공식 석상에서 이 무슨 소란이냐. 귀한 손님들 앞에서 목소리를 높이는 건 무례한 처사 같구나."

"……."

이 자리가 어떤 자리인지를 생각한다면 주최자로서 당연히 해야 비난이었다.

그 사실을 충분히 인지하고 있는 하언은 평소의 반항심조차 접어 두고 순순히 입술을 닫았다. 지금은 맞은 빰의 수치를 되갚아주는 것보다 유설아가 빚어놓은 오해를 이성적으로 수습하는 것이 가장 중요했다.

"죄송합니다, 유 회장님. 현재 도하언 이사는 과거에 겪었던 큰 사고 때문에 정서적으로 불안정한 상태입니다."

하지만 유 회장에게로 몸을 돌려세운 유 회장이.

"일가족이 함께 타고 있던 차 안에서 전부 죽었으니, 작은 불안에도 발작하듯 경계하는 것도 무리는 아니지요."

그들의 존재에 대해 꺼내는 순간.

하언의 이성은 무너져 내리기 시작한다. 그들은 멀쩡하던 하언도 죽음의 늪으로 끌고 들어가는 사람들이라서, 하언은 절대 약해지지 않아야 할 이때에 하염없이 휘둘리고 만다.

"……지금 무슨 말씀을 하시는 겁니까."

하언은 흐려진 목소리로 물었다. 일렁이는 눈빛은 하언이 얼마나 동요하고 있는지 충분히 드러내 주는 증거였다.

그런 하언을 충분히 인지하고 있는 도 회장은 이질감 어린 손길로 하언의 어깨를 쓰다듬었다.

"하언아, 마음을 추스르거라. 그날의 교통사고는 벌써 20년이나 지난 일이잖니."

그리고 꺼내놓는 이야기는 하언에게만큼은 잔혹한 공격과 다름없었다.

"혼자 살아남은 사람의 마음이 얼마나 고통스러운지는 알고 있다."

"……."

"하지만 그래도 나는 니가 굳세졌으면 좋겠구나."

"그만……."

"돌아가신 부모님과 하나뿐인 너의 형도 천국에서 그걸 원하고 있을 게다."

"그만해……."

그날의 교통사고.

혼자 살아남은 사람.

돌아가신 부모님.

하나뿐인 나의 형.

도 회장은 하언이 죽음의 공포를 느끼게 만드는 단어만 연달아 언급한다. 그때마다 하언은 심장이 멈출 것만 같은 불안증에 휩싸인다. 마치 누군가 숨통을 조르고 온갖 저주를 퍼붓는 것만 같다.

"당장 그 입 다물어……."

"하언아……."

"내 이름도 부르지 말고 입 닥치라고!"

하언은 어떻게든 이 덫에서 빠져나가기 위해 필사적으로 발버둥을 쳤다. 하지만 그 모습은 다른 사람들의 눈에 미련한 패악질로 비칠 뿐이었다.

"허, 이것 참. 정신을 놔 버렸나 보군……."

"저렇게 나약한 줄은 몰랐는데, 조만간 옵타티움 재정비 좀 들어가게 생겼네."

어느덧 하언의 주위엔 비난 가득한 웅성거림만이 가득해졌다.

"하아, 하아, 하아……."

숨을 몰아쉬던 하언은 본능적으로 안주머니에 손을 넣었다. 하지만 오늘 아침 일부러 두고 나온 진정제는 늘 있던 그 자리에 있을 리가 만무했다.

"아아……."

남은 것은 절망뿐인 상황.

자신을 에워싸고 있는 수많은 사람들 중 그를 따뜻하게 바라보는 사람은 한 명도 없었다. 이제 익숙해질 대로 익숙해진 줄 알았는데, 하언은 지금 처음 상처받던 그 날처럼 극심하게 아파하고 있다.

'도망쳐야 해.'

그래서는 안 된다는 걸 누구보다 잘 알고 있지만.

'죽기 전에 이곳에서 도망쳐야 해.'

하언은 자꾸만 젖어드는 시선을 바닥으로 떨궈버리고 힘겹게 발걸음을 움직였다.

목적지는 단 한 곳.

잔뜩 지쳐 있는 내 몸을 편히 눕힐 수 있는 유일한 장소, 나를 해치지 않을 거라 확신하는 단 한 사람의 품.

나는 지금 너에게로 가야겠어.

모든 기억들을 잊고 편해질 수 있도록, 너의 곁에서 잠시 동안만 쉬고 싶어.

"아, 그러셨습니까? 어쩐지 이번 시즌엔······."

"도 상무님. 말씀 중에 죄송하지만 급한 일이 생겼습니다."

행사장 입구에서 사람들을 상대하고 있던 유현에게 도 회장의 직속비서가 다가왔다.

유현은 대화 중이던 상대에게 고개를 숙이며 양해를 구했고 다급해 보이는 비서를 향해 몸을 돌렸다.

"무슨 일이시죠?"

그리고 나서 차분한 목소리로 용건을 물으니, 잔뜩 경직된 비서의 대답이 곧바로 돌아왔다.

"상무님께서 나서 주셔야 할 때가 온 것 같습니다."

"제가 나서야 할 때라니요?"

"도하언 대표이사님께서 지나치게 흥분해 버리신 바람에······."

"혹시······ 하언이가 무슨 문제라도 일으켰나요?"

비서는 설명을 미처 끝나지도 않았지만 유현은 단번에 상황을 예측할 수 있었다. 비서는 잠시 난처한 듯 대답을 망설이다가 이내 고개를 끄덕였다.

"아무래도 공황장애가 다시 시작된 것 같습니다. 현재 그분은 더 이상 공식적인 행사를 진행하실 수 없는 상태입니다."

순간 유현의 눈빛이 급속도로 떨려오기 시작했다.

서재에서 기념사를 넘겨받던 순간부터 느낌이 안 좋다 싶었는데, 그가 우려했던 상황은 기어이 터져 버린 모양이었다.

"대체 무슨 일이…… 아니, 그보다 지금 하언이 어디 있어요?"

"아, 그게…… 이미 행사장을 빠져나가 버리셔서……."

"어디로 갔는지 알 수 있을까요? 제가 따라가 볼게요."

눈앞이 캄캄해진 유현은 다그치듯 비서를 재촉했다. 하언의 폭주가 이미 예견되어 있었던 지금, 그를 진정시킬 수 있는 사람은 유현밖에 없었다.

"도유현 상무! 거기 있었나, 자네!"

하지만 때마침 행사장 쪽에서부터 들려온 목소리는 유현의 두 발을 얼어붙게 만들었다.

옵타티움에서 막대한 영향력을 행사하고 있는 대주주 무리였다.

평소 유현에게 관심조차 두지 않았던 그들은 오늘따라 유현의 곁으로 피라냐 떼처럼 모여든다.

대체 얼마나 큰 난동이 벌어졌던 건지, 그들의 얼굴엔 난처한 기색이 역력하다.

"곧이어 기념사가 시작될 거라네. 문제가 생겨서 자네가 도하언 이사 대신 단상에 올라야 할 것 같아."

"……예?"

"어쩐 일인지는 몰라도 혼자서 발작하듯이 난동을 부리지 뭔가. 도 이사 때문에 옵타티움 명예까지 위태로워지게 생겼어."

일러바치듯 행사장의 상황을 고하는 대주주들은 분명 하언을 비난하는 중이었다. 바로 어제까지만 해도 하언의 말이라면 무조건 귀를 기울였던 자들인데, 지금은 전혀 탐탁지 않다는 듯한 태도였다.

"아…… 우선은 제가 도하언 이사와 대화를 해 보겠습니다. 이 행사는 도 이사가 가장 많은 수고를 해 줬으니까요."

그 반응이 불안하게 느껴졌던 유현은 잔뜩 예민해진 그들을 가라앉히려 애썼다. 하지만 그 말이 끝나기가 무섭게 흘러나온 도 회장 직속비서의 말은 그의 등골을 싸늘하게 만들었다.

"도 상무님이 계셔서 다행입니다. 도 회장님께서 신뢰하시는 이유가 있었군요."

"지금 그게 무슨……."

단 한 번도 그 사람은 나를 신뢰한 적이 없었는데. 그건 이제껏 그를 보필해 온 직속비서가 누구보다 잘 알 텐데.

유현은 이 순간 누구보다 신뢰할 만한 사람이 된다. 그 역할은 누군가 억지로 맡겨놓은 배역처럼 불편하고 꺼림칙하다.

"도하언 이사와 달리 도유현 상무는 침착한 면이 있지."

"그럼요. 매사에 신중해서 무슨 결정을 내리든 신뢰가 가지 않습니까."

근거 없는 얘길 바로잡을 새도 없이 대주주들은 동조하기 시작했다. 그동안 유현에게 어떠한 것도 기대하지 않았으면서, 그들은 마치 집단 최면이라도 걸린 양 기억을 날조하는 중이었다.

그제야 유현의 눈에도 어렴풋이 보이는 도 회장의 의도는 그동안의 모든 것을 바꿔놓기에 충분했다.

손을 쓰지 못할 만큼 단단히 뒤틀려 버린 시간.

아무래도 나는 그 사람의 무기로 사용되려는 모양이다.

강제로 겨누어진 총구의 끝엔 누가 서 있는지 너무나도 확연해서, 나의 등골엔 지독한 한기가 서린다.

서울 외곽 여울의 아파트.

"아, 어떻게 된 게 청소를 해도 해도 끝이 없냐."

오랜만에 집으로 돌아온 여울은 그동안 밀린 청소를 하느라 굉장히 분주했다.

뒷 베란다를 가득 메운 일회용 용기들부터 화장실에 수북이 쌓여 있는 담배꽁초들까지. 여울이 없는 동안 시울 혼자 얼마나 방탕한 생활을 하며 지냈는지, 쓰레기만 봐도 알 수 있었다.

제발 혼자서도 삼시 세끼 잘 챙겨 먹고, 와이셔츠도 잘 다려 입고 다니면 좋겠는데, 왜 차시울은 선천적인 게으름뱅이인 건지.

시울을 챙길 수 있는 시간은 고작 하룻밤뿐이었다.

비록 오늘 그는 친구 핑계를 대며 클럽외박을 감행했지만 여울은 집에 가만히 박혀서 쉴 새 없이 살림살이를 정비해야 했다.

"차시울 올해는 꼭 담배 끊게 해야 되는데. 폐암 걸려서 먼저 죽기만 해 봐, 아주."

여울은 금세 빵빵해진 쓰레기봉투를 야무지게 묶으며 쉴 새 없이 툴툴거렸다.

쿵쿵—

바로 그때, 현관문에서 힘없는 노크 소리가 들려왔다. 여울은 쓰레기봉투를 잡으려다 말고 현관 쪽으로 고개를 틀어 물었다.

"누구세요?"

그녀의 목소리는 복도까지 충분히 전달될 만큼 컸으나 밖에서는 아무런 대답도 들려오지 않았다.

고개를 갸웃하던 여울은 인터폰 화면을 통해 뒤늦게 방문객의 얼굴을 확인했다. 키가 큰 남자의 실루엣이 조잡한 화질로 어렴풋이 드러났다.

"뭐야, 택배 아저씨인가."

쿵쿵—

때마침 현관문의 노크 소리가 한 번 더 반복되었다. 아까보다 훨씬 힘을 잃은 상태였다. 이상한 낌새를 느낀 여울은 현관 앞으로 조심스레 다가갔다.

"저기요, 누구신데 말씀이 없으세요?"

"……."

"대답을 해야 문을 열어드리죠!"

아무리 재촉해 봐도 대꾸가 없는 방문객은 확실히 택배 기사나 경비원의 느낌은 아니었다.

그녀는 잠시 숨조차 멈춘 채 현관문 가까이로 가만히 귀를 가져다 댔다. 복도의 고요한 정적 사이로 금방이라도 꺼질 듯한 음성이 흐리게 들려왔다.

"……울."

"응?"

"차여울……."

겨우 알아듣게 된 말은 다름 아닌 그녀의 이름이었다.

여울은 자신을 애타게 부르는 사람이 누구인지, 목소리만으로 파악할 수 있었다.

하지만 애써 부정했다. 오늘 중요한 기업 행사가 있다고 했던 그는 지금쯤 호텔 연회장에서 수많은 사람들을 상대하고 있어야만 했다.

"차여울……."

"……."

"여울아……."

그런데 끊임없이 나를 찾는 이 음성은 왜 자꾸만 당신을 떠올리게 하는지. 내 머릿속에 비치는 당신은 왜 다 무너져 버린 꼴로 서 있는 건지.

"하, 하언 씨!"

결국 여울은 그 사람의 이름을 외쳐 부르며 다급히 현관문을 열었다.

문틈 새로 들어오는 복도의 노란 불빛 아래, 이제까지 중 가장 지쳐 보이는 그 남자의 모습이 여울의 시선을 사로잡았다.

"하언 씨, 이게 어떻게 된……."

"……줘."

"예?"

"안아 줘……."

하언은 모든 기력을 잃어버린 채 중얼거리며 현관으로 몸을 들인다. 그리고 그녀에게 매달리듯 쓰러져 버린다.

땀에 잔뜩 젖은 그는 감히 무슨 일이 있었는지 묻지도 못할 정도로 힘겨워하고 있다. 여울은 조심스레 손을 뻗어 그의 넓은 등을 감쌌고 불규칙한 그의 호흡을 따라 천천히 쓸어내렸다.

"하언 씨, 괜찮아."

"……."

"이제 괜찮아. 편히 쉬어."

아무것도 모르면서 다 아는 척 건네는 위로.

귓가에 들려오는 그의 숨소리가 점차 작아지는가 싶더니 곧 차분해졌다. 뜨거운 그의 체온은 꼭 상처 입은 채 버려진 짐승 같아서, 여울의 마음도 함께 쓰려 왔다.

"이상으로…… 기념사를 마치겠습니다. 남은 시간 동안 즐거운 대화 나누시길 바랍니다."

무슨 정신으로 주어진 대사를 마무리 지었는지. 처음으로 단상에 서서 내려다본 풍경이 어떤 모습이었는지.

유현은 하나도 기억하지 못했다. 그저 박수갈채를 보내는 사람들을 향해 기계적인 인사를 건네고, 웃음기 없는 얼굴로 퇴장할 뿐.

"도 상무님, 정말 최고였습니다. 전혀 떨지 않으시던 걸요?"

도 회장의 직속비서는 그런 유현을 붙잡고 호들갑을 떨었다.

그러나 유현은 어떠한 대답도 하지 않고 발걸음을 옮겼다. 지금의 칭찬은 모두 유현이 아닌 대주주들의 귀에 들어가길 바라며 꺼내진 것일 게 분명했다.

"아, 도 상무! 기념사 잘 들었네!"

그 때 마침, 한 데 모여 이야기를 나누고 있던 대주주들이 유현에

게로 다가왔다. 유현을 바라보는 그들의 시선엔 전에 없던 흐뭇함
이 한 가득 어려 있었다.

"도하언 대표이사의 빈자리를 더할 나위 없이 잘 메워 줬더구만."

"도 이사는 그 불같은 성미 때문에 늘 시한폭탄처럼 불안했는데,
자네는 침착하고 안정적이었어."

다른 사람의 자리를 빼앗아 버린 자가 무슨 낯짝으로 칭찬을 받
아들일 수 있을까.

"잠시…… 머리를 식히고 오겠습니다."

하언의 입지를 좁혀놨다는 죄책감에 사로잡힌 유현은 가벼운 목
례 후 행사장 밖을 향해 발걸음을 움직였다.

그는 이대로 혼자 숨을 돌릴 수 있는 곳으로 숨어 혼란스러운 감
정을 정리할 생각이었다.

그러나 무겁게 닫힌 문을 열고 로비로 빠져나간 순간.

"유현아."

도 회장의 목소리가 평소보다 부드러운 느낌으로 흘러나왔다. 힘
없는 유현의 눈동자가 그에게로 틀어지며 옅게 떨렸다.

"아버지……."

"오늘 너의 모습은 기대한 것 이상이었다."

"……."

"그래, 매번 올려다만 보던 자리에 직접 서본 소감이 어떻더냐."

그리 묻는 도 회장은 아주 오랜만에 유현을 바라보며 웃었다.

무슨 대답을 기대하는지는 알고 있다. 하지만 그의 바람과 달리,
유현은 단상 위에서 이대로 사라져 버리고 싶다는 생각뿐이었다.

유현은 나약해질 것만 같은 눈빛을 숨기기 위해 고개를 숙였고 담담한 목소리로 대답했다.

"잘 모르겠습니다. 중요한 순서가 무사히 끝나서 다행이라는 생각뿐입니다."

그건 도 회장이 좋아하지 않는 우유부단한 태도였다.

그러나 기대 이상으로 좋은 반응을 이끌어낸 유현에게 안도한 도 회장은 너그러운 손길로 그의 어깨를 쓸어내렸다.

"이제는 긴장을 풀어도 괜찮아."

"……."

"조만간 더 큰 그림을 그려 보자꾸나. 너와 나 둘이서 말이야."

너와 나 둘이서.

언젠가 양아버지에게 인정받게 되면 꼭 듣고 싶었던 말.

상상으로만 짐작해 왔던 이 순간이 이렇게나 절망스러울 줄은 몰랐다. 유현은 도 회장이 드러낸 만족감에 질식해 버리기 일보 직전이다.

"……잠시 실례하겠습니다. 머리가 어지러워서요."

어떤 반응도 내비치지 않던 유현은 겨우 유약한 목소리를 흘려보냈다. 도 회장의 말에 어떤 반응도 내비치지 않고 회피하는 중이었다.

도 회장은 그제야 유현에게 얹어 두었던 무거운 손을 거두고 온화한 대답을 꺼내놓았다.

"그래, 조금 쉬다 오너라. 오늘 밤엔 새롭게 인사를 올려야 할 사람이 많을 것 같으니까."

유현은 도 회장을 향해 예를 갖춘 인사를 올린 뒤 느린 걸음을 마저 움직였다. 거사를 성공적으로 치른 사람이라고 볼 수 없을 만큼 메말라 있는 표정이었다.

도 회장은 그런 그를 물끄러미 지켜보다가, 그의 뒷모습이 시야에서 사라지고 나서야 실망 어린 혼잣말을 읊조렸다.

"……여전히 약해 빠졌군. 천성은 어쩔 수 없나."

"회장님, 여기 계셨군요."

그때, 도 회장의 뒤편에서부터 짙게 깔린 여자의 목소리가 들려왔다. 그의 바로 옆까지 다가와 고요히 멈춰 서는 사람은 다름 아닌 하언을 궁지에 몰아넣고 사라졌던 설아였다.

"유현 씨가 도하언의 역할을 완벽하게 수행했다는 얘기 들었어요. 제가 깔아둔 도화선에 불이 잘 붙었었나 보죠?"

설아는 차가운 눈동자를 빛내며 도 회장에게 물었다.

도 회장은 천천히 고개를 끄덕였고 옵타티움의 새 역사를 만들어 낼 동지와 만족스러운 결과를 나누었다.

"붙었고말고. 대주주들이 유현이의 능력을 새롭게 평가하는 분위기더구나. 앞으로 거대한 지각변동이 일어날 게다."

그 대답을 들은 설아의 입가에 짙은 웃음기가 배어들었다. 늘 고요하기만 했던 그녀의 시선에선 광기에 가까운 희열이 느껴졌다.

"하언 씨만 안타깝게 되었네요. 그러게 그 성질머리 좀 진작 고치라니까."

설아는 조금의 진심도 담겨 있지 않은 동정을 내뱉었다. 그러자 도 회장은 옅은 비웃음과 함께 의미심장한 말을 넌지시 꺼내 놓았다.

"너와 하언이의 인연은 이걸로 완벽하게 끝나버렸구나. 이제부터 실질적인 권력은 점차 내 아들에게로 넘어갈 텐데……."

"……."

"그때가 되면 우리 유현이를 잘 부탁한다, 설아야."

짐작만 하고 있었던 도 회장의 의도가 확실해지는 순간, 설아의 심장은 미친 듯이 뛰기 시작한다.

늘 떠나갈 것처럼 굴던 그 사람은 드디어 공식적인 위치에서 나와 함께하게 되었다.

"역시 알고 계셨죠? 저와 유현 씨의 관계."

설아는 기쁨을 감추지 못한 표정으로 도 회장에게 물었다.

그녀의 로맨스는 애초부터 도 회장의 각본대로 진행된 연극이었지만, 그는 이 사실을 숨겨 두기로 했다. 원래 인연이란 우연이 겹쳐져서 완성되었다고 믿게끔 해야 가치를 지니는 게 되는 법이니.

"어떻게 모를 수 있겠니. 유현이가 널 그렇게 애틋한 눈으로 바라보는데."

도 회장의 거짓말은 너무나도 달콤해서 설아의 이성마저 마비시켰다. 독기만 가득했던 그녀의 얼굴엔 꼭 첫사랑을 이룬 소녀 같은 홍조가 어렸다.

언제나 빈껍데기처럼만 여겨졌는데, 다행히도 다른 이는 너에게서 사랑을 발견했다고 한다. 깜깜해서 보이지도 않았던 너의 마음은 그래도 나에게 향해 있었나 보다.

드디어 닿게 된 너와 나의 인연.

아직 넌 우리에게 찾아온 희망에 대해서 정확히 모르겠지만, 이 소식을 전해 듣게 된다면 분명 나만큼 기뻐할 거라 확신한다.

우린 날짜를 셀 수도 없을 만큼 오랜 시간동안, 서로를 간절하게 원해왔던 사이이니까.

'하언아.'

몽롱한 의식 속에 다정한 음성이 스며들었다.

피로에 젖은 하언은 미동조차 하지 않았지만 온기가 서린 손길은 그의 몸을 가볍게 흔들었다.

'하언아, 아침 식사 준비됐는데 계속 침대에 누워만 있을 거야?'

그제야 하언은 무거운 눈꺼풀을 들어 올리고, 자신을 깨운 사람의 얼굴을 확인한다. 선한 눈매가 유독 인상적인 여자가 단번에 그의 시선을 사로잡았다.

'드디어 일어났네. 푹 잤어?'

항상 곁에 있었던 사람인데 오늘따라 아주 오랜만에 만나는 듯한 착각이 든다. 하언은 일렁이는 눈빛으로 그녀를 물끄러미 바라보다가, 조심스럽게 입술을 움직인다.

"……응. 엄마는?"

그러자 그녀는 하언의 머리카락을 쓸어 넘겨주며 장난기 가득한 대답을 했다.

'엄마는 조금밖에 못 잤지. 우리 잠꾸러기가 좋아하는 카레 만드느라고.'

그녀는 서른 살이나 먹은 성인 남자를 꼭 열 살짜리 어린아이처럼 대한다. 하지만 어쩐지 그게 당연하게 느껴졌던 하언은 픽, 실웃음을 흘려보냈다.

"잠꾸러기 아니야. 잠은 형이 더 많이 자잖아."

그 말이 끝나기가 무섭게 스티커가 덕지덕지 붙은 방문이 벌컥 열렸다.

'도하언! 일어났냐!'

요란한 등장만큼이나 요란한 아침 인사를 건네는 사람은 반달 모양의 눈초리가 생기 넘쳐 보이는 꼬마 아이였다. 하언은 자신의 이름을 막 불러 대는 그 아이를 살짝 찡그린 눈으로 내려다보았다.

그리고 여자를 대할 때와 사뭇 다른 분위기를 띠고 물었다.

"아, 내 아이스크림 먹었지."

'응? 그게 갑자기 무슨 소리야?'

"입 옆에 초코 아이스크림 묻혀놓고 시치미 떼지 마."

'뭐? 진짜?'

아이는 당황한 표정으로 입가를 문질렀다. 깨끗하던 그의 소매에 범죄의 흔적이 그대로 묻어 나왔다.

'에이, 안 들킬 수 있었는데 아깝네.'

아이는 죄책감이 전혀 느껴지지 않는 혼잣말을 내뱉었고, 이내 성난 하언을 보며 배시시 웃었다.

'내려가서 밥 먹자! 아빠가 하나도 안 남긴 사람한테 선물 준대!'

"선물이고 뭐고 형 진짜……."

'알았어, 알았어! 만약 그 선물이 아이스크림이면 너 줄게! 됐지?!'

되긴 뭐가 돼. 왜 선물을 받을 사람이 당연히 너라고 생각하는데?

하언은 따져 물으려 했으나 투닥거리는 두 사람을 지켜보던 여자는 엄한 말투로 그들을 다그쳤다.

'둘 다 아침부터 뭐하는 거야. 괜한 말싸움 시작하지 말고 얼른 식탁으로 가서 앉아.'

그녀는 아직 침대를 벗어나지 못한 하언을 억지로 일으켜 세웠다. 하언은 그 손길을 제힘으로 뿌리칠 수 있었지만, 저항 한 번 하지 않고 순순히 끌려 나왔다. 어차피 하언은 죽었다가 깨어나도 이기지 못할 상대였다.

그렇게 따듯한 색감의 나무 바닥을 따라 부엌으로 향하는 길.

거실에 다다르자 성숙한 머스크 향이 어렴풋이 코끝을 스쳤다. 하언이 가장 의지하는 사람이자 온 마음을 다해 동경하는 사람의 냄새였다.

하언은 두 눈에 생기를 가득 띤 채 향기가 전해지는 방향으로 시선을 두었다.

'아들, 일어났어?'

그와 눈을 마주치자마자 기다렸다는 듯 묻는 그 사람은 하언과 똑 닮은 이목구비를 지니고 있었다.

"……아빠."

하언은 서늘하지만 다정한 그 사람의 눈매를 참 좋아한다.

'오늘은 더 잘생겨 보이네. 어디 하나 흠잡을 구석이 없네. 그렇지 않아, 여보?'

낮지만 부드러운 그 사람의 목소리도 참 좋아한다.

'어유, 너희 아빠도 참. 어제 너랑 판박이라는 소리 듣고 와서부터 계속 저러신다.'

'아니야, 난 원래 우리 아들 되게 잘생겼다고 생각했어. 우리 아들도 거울 볼 때마다 맨날 느끼지 않아?'

듣기 좋은 칭찬과 함께 머리를 쓰다듬어 주는 손길도 좋고, 항상 하언을 이름 대신 '우리 아들'이라는 호칭으로 불러 주는 것도 좋다.

형처럼 특출난 재능도, 관심 분야도 없는 하언은, 그저 세상에서 가장 멋진 그 사람을 닮고 싶다는 생각뿐이다.

'아빠 나는?'

'우리 첫째 아드님은 엄마 닮아서 예쁘지요. 그리고 엄마 닮아서 그림도 잘 그리잖아.'

'맞아. 그래서 좋아. 나는 아빠보다 엄마를 더 사랑하거든.'

'하하하, 잔인하기도 해라. 자! 그럼 빨리 니가 제일 사랑하는 엄마표 아침밥 먹으러 가자!'

그 사람은 자신에게 매달리는 어린아이를 부드럽게 붙잡았다.

그리고 아직도 멍하니 그를 바라보고 있는 하언에게 남은 손을 내밀었다. 시원한 입매를 따라 얹혀 있는 미소는 보는 사람마저도 기분 좋아지게 만들었다.

'우리 아들도 아빠 손잡아.'

"……."

'자, 어서.'

하지만 하언은 그 손을 쉽사리 잡지 못했다.

분명 가장 좋아하는 사람의 따뜻한 손길인데, 간절한 마음과는 달리 마주 닿기가 망설여졌다.

"……안 돼요."

왜냐하면 그들이 향하려는 식탁에는 의자가 세 개밖에 없었으니까.

나는 지금 저기에 누구의 의자가 없는 건지 너무나도 잘 알 것 같아요. 자리에 앉지 못한 사람이 얼마나 외로워지게 될지, 이미 겪어본 사람처럼 생생하게 느껴져요.

그러니까 그냥 아무 데도 가지 말고 여기에 함께 머물러줬으면 좋겠는데…….

"아빠……."

'……'

"보고 싶어요……."

이미 존재하지 않는 당신을 붙잡을 수 있는 방법은 없겠죠.

'뭐야, 좋은 꿈이라도 꿨어? 오늘따라 우리 아들 되게 신났네.'

"아빠……."

'응? 어떻게 알았어! 오늘 아침 메뉴 카레인 거!'

"아빠…… 너무 많이 보고 싶어요……."

내가 기억하고 있는 말밖에 하지 못하는 당신은 나의 애원을 들을 수조차 없겠죠.

"한 번만 더 볼 수 있었으면 좋겠어요. 더 욕심도 안 낼 테니까 정말 딱 한 번만……."

그래도 지금 이 순간이 꿈이라서 다행이에요.

내가 하염없이 울기만 해도, 당신은 가장 동경했던 그 다정한 모습으로 웃어주니까.

꿈에서 깨어나면 나는 당신을 잊고 싶어 할 거예요. 당신은 처음부터 없었던 사람처럼 여기려 들 거예요.

그래도 너무 미워하지 말고 다시 찾아와 줘요.

나는 아직까지도 철없던 열 살 때에 그대로 멈춰 있어서, 가끔 본심과 다르게 엇나가는 행동만 하거든요.

아직 나는 당신들을 정말 많이 사랑하니까, 꼭 내일 밤도 잊혀지지 않게 내 꿈속으로…….

"……찾아와 줘요."

굳게 닫혀 있던 하언의 입술 새로 푹 잠긴 목소리가 새어 나왔다.

침대 머리맡에 앉아 시울의 와이셔츠를 다리고 있던 여울의 눈이 휘둥그레졌다.

"응? 하언 씨 깼어요?"

그녀는 다리미를 세워 두고 시체처럼 누워 있던 하언의 상태를 살펴보았다.

어젯밤, 당장이라도 쓰러질 거 같은 모습으로 찾아와 시울의 침대에서 죽은 듯 잠들었던 하언은 드디어 15시간 만에 기적적으로 눈을 떴다.

"……차여울?"

하언은 흐린 시야에 들어오는 그녀를 단번에 알아보았다. 여전히 기운이라고는 하나도 없었지만 그래도 마주한 눈동자는 어제처럼 위태롭지 않았다.

"자꾸 잠꼬대로 뭘 찾는 거야?"

"어?"

"보물 사냥 나가는 꿈이라도 꿨어?"

여울은 겨우 의식을 되찾은 그에게 너스레를 떨었다.

사실 그가 쓰러져 있는 동안 엄청난 걱정에 휩싸여 있었던 그녀이지만, 막상 하언의 앞에선 그런 흔적조차 없었다.

"꿈?"

하언은 여울의 질문에 잠시 머릿속을 뒤적여보다가 이내 천천히 고개를 저었다. 무언가 끔찍한 악몽을 꾼 것 같은데 내용은 전혀 생각나지 않았다.

"아무것도…… 그나저나 여긴 어디야."

하언은 뒤늦게 낯선 방안을 살피며 물었다. 그러자 여울은 기가 차다는 듯 헛웃음을 쳤고 담담한 목소리로 대답했다.

"우리 오빠 방이요. 어제 침대에 눕혀놓자마자 잠들었잖아요."

"내가?"

"그럼 하언 씨 말고 침대에 누워 있는 사람이 또 누가 있어?"

여울의 말을 들은 하언은 잠시 혼란에 빠졌다.

어젠 분명 옵타티움 창립기념행사를 진행하고 있었는데, 어쩌다 이곳으로 찾아오게 됐는지 모를 일이었다.

하지만 삭제되었던 기억이 돌아오는 데까지는 그리 많은 시간이 필요하지 않았다.

'당장 그 입 다물어…….'

'하언아…….'

'내 이름도 부르지 말고 입 닥치라고!'

'허, 이것 참. 정신을 놔 버렸나 보군…….'

주마등처럼 스쳐 지나가는 어제의 지옥 같은 시간들.

모든 상황을 되새긴 하언은 흐린 신음을 흘려보냈다. 심상치 않은 그의 반응에 여울의 눈빛이 살짝 떨려 왔다.

"저…… 하언 씨."

"……."

"어제 무슨 일 있었던 거예요?"

여울은 밤새도록 품고 있었던 질문을 조심스레 꺼내놓았다. 그러나 하언은 그녀의 눈만 마주하고 있을 뿐 속 시원히 대답해 주지 않았다.

그녀에게 털어놓는 건 어렵지 않았으나 어제의 일들은 하언의 머릿속에서도 깔끔하게 정리하기 힘들었다.

"아무 일도 없었어."

"거짓말. 아무 일도 없었다는 사람이 그 꼴을 하고 들어와?"

"사람 상대하느라 피곤해서 그래."

결국 하언은 여울에게 서툰 거짓말만 꺼내놓았다.

여울은 전혀 믿을 수 없다는 눈빛으로 하언을 바라보았지만 고맙게도 더 이상 캐묻지는 않았다.

"말해 주기 싫으면 말아요. 그건 그렇고 몸 상태는 어때요? 어제 많이 아파 보이던데."

"괜찮아."

"하언 씨 말은 믿을 수가 있어야지."

"정말 괜찮다고. 그렇게 미심쩍으면 확인해 보든가."

까칠하게 대답한 하언은 미열이 남아 있는 손을 뻗어 여울을 제 쪽으로 끌어당겼다.

강압적이진 않았지만 여울은 어쩐지 그 손길을 뿌리칠 수 없었다. 그래서 맥없이 그의 가슴팍 위로 몸을 포개놓자 하언은 가벼운 웃음을 흘렸다.

"난 힘 별로 안 줬는데 니가 안기네."

"이 남자가 지금 뭐라는 거야."

"내가 그렇게 좋아?"

"자꾸 능글맞게 굴면 다신 안 안아 준다."

그건 안 된다는 듯 하언의 팔에 더욱 힘이 들어갔다. 빈틈없이 밀착된 가슴에선 쿵쿵대는 심장박동이 고스란히 전해졌다.

여울은 따듯한 그의 품에 발그레한 볼을 딱 붙이고 평온한 혼잣말을 중얼거렸다.

"이왕 나온 거 며칠 더 집에 있고 싶었는데……."

"그래?"

"응. 그런데 하언 씨가 못 견디고 와 버렸으니까 다시 돌아가야지, 뭐. 너무 사랑받는 것도 참 귀찮은 일이네."

여울의 툴툴거림은 불만이라기보단 그녀 없인 하루도 버티지 못하는 하언을 놀리기 위한 것이었다.

하지만 그 말을 들은 하언은 생각이 많아졌다. 어제 참담히 무너진 그에게는 사실 지금 당장 그녀와 함께 돌아갈 곳이 없었다.

고집스럽게 붙어있던 저택도, 모든 걸 잊고 일에 몰두했던 회사도, 이젠 쫓겨나지 않으면 다행인 적들의 소굴일 뿐이었다.

하언은 천장만 물끄러미 바라보고 누워 있다가 부드러운 손길로 여울의 등을 쓸어내렸다.

"어디 가고 싶은 나라 없어?"

그러고 나서 묻는 질문은 의미도 맥락도 없어 보였다. 짧게 고민하던 여울은 되는 대로 대답했다.

"흐음, 가고 싶은 나라라……."

"……."

"일본. 나 지금 타코야끼 먹고 싶어."

그 얘길 듣자마자 하언은 머리맡에 있는 휴대폰을 들어 올렸다.

여울의 뒤통수에서 버튼 누르는 소리가 들려오는 걸 보니, 물어볼 땐 언제고 별다른 리액션은 해 주지 않을 모양이었다.

그래서 여울도 그 주제로 대화를 이어가지 않고 흥미마저 떨어트렸는데.

"예약 끝. 두 시간 뒤에 출발하는 비행기야."

갑자기 터져 나온 하언의 말은 곧이곧대로 받아들이기 어려웠다.

똑바로 들었지만 제대로 이해하지 못한 여울은 의아한 눈동자를 동그랗게 뜨며 되물었다.

"응? 뭐가 두 시간 뒤에 출발해?"

"우리 일본여행. 전부 가서 새로 산다고 생각하고 몸만 챙겨."

이게 뭔 자다가 봉창 두드리는 소리야. 잘 누워있다가 일본은 얼어죽을 놈의 일본……

……이냐고 생각한지 정확히 세 시간 삼십 분 후.

"하언 씨."

"어."

"여기 정말……."

얼떨떨한 표정의 그녀는 수도 없이 건넸던 같은 질문을 또다시 하고 말았다.

"우리 지금 정말 일본에 있는 거 맞아?"

이 충동적인 여행을 전광석화의 속도로 진행시킨 하언은 오사카 공항에 놓인 관광책자들을 챙겨 들며 무심히 대답했다.

"응. 타코야끼 그거부터 먹으러 갈까?"

"정말? 정말 일본이야?"

"그렇다니까. 왜 자꾸 똑같은 것만 묻는 건데."

왜 묻냐니, 그거야 타코야끼 하나 먹겠다고 일본에 온 이 사치스러움이 믿기지 않아서 그러지.

"미쳤어! 미쳤어! 나 왜 일본에 떨어져 있는 건데!"

"아, 내 귀청."

"진짜 몸만 와서 어떡해?! 나 지금 여권이랑 휴대폰밖에 없단 말이야!"

여울은 대책 없이 그녀를 끌고 온 하언을 소란스레 다그쳤다.

평소 여행을 떠나기 전 만반의 준비를 하는 타입인 여울은 이렇게 무턱대고 출발부터 한 게 처음이었다.

그러자 갑작스럽게 해외 출장을 떠날 일이 많았던 하언은 그저 태연하기만 한 표정으로 재킷 안주머니에 손을 넣었다. 머지않아 그가 비장하게 꺼내드는 건 일반인들 사이에서 전설처럼 전해 내려오던 한도 없는 블랙카드였다.

"괜찮아. 난 가진 게 돈밖에 없어."

언제 들어도 참 재수 없지만 인정해줄 수밖에 없는 말. 그의 당당함에 넋을 놓아 버린 여울은 기가 찬 표정으로 엄지를 치켜들었다.

"그래, 참 멋지다."

"뭐야. 그 반응."

"우리 하언 씨는 대책이랑 재수만 없는 줄 알았는데, 이제 보니까 카드에 한도도 없구나!"

고개를 절레절레 저으며 박수까지 짝짝짝 치는 그녀는 하언을 비꼬는 중인 게 분명했다. 하언은 살짝 미간을 구긴 채, 두 손바닥으로 여울의 양 볼을 문질 거렸다.

"여행은 원래 갑자기 떠나야 재미있어."

"으으으. 화장 지워진다, 으으으."

"넌 그냥 아무 생각 없이 즐기기만 해. 뒷바라지는 내가 해줄게."

여울이 마음껏 즐기는 동안 뒷바라지를 해주겠다는 하언의 자세는 제법 바람직했다. 이젠 뭐든 될 대로 되라 싶어진 여울은 근심 많던 입꼬리를 씨익 올려 보이며 가볍게 한숨을 돌렸다.

"좋아, 그렇다면 제대로 놀아주지. 우선 여기 온 목적대로 타코야 끼부터 먹으러 갑시다!"

하언은 갑자기 밝아진 그녀가 귀여운지 슬쩍 따라 웃다가, 도톰한 그녀의 입술에 쪽, 입을 맞추었다.

"어머! 사람들 많은 데서 뭐하는 짓이야!"

"일본에서도 내 거라고 표시해두는 짓."

공항 한 복판에서 이뤄진 프렌치 키스를 신호탄 삼아 본격적으로 시작된 둘만의 첫 여행.

믿기지 않아서 기대감조차 느낄 수 없었던 마음에 이제야 설렘이인다. 맞잡은 손을 따라 두근대는 감정이 그대로 전해지는 것만 같다.

"너 정말 잘 먹는다."

오사카에서 가장 맛있기로 소문난 타코야끼 가게.

타코야끼 스물네 개 중 스무 개를 해치워버린 여울에게 하언이 진심 어린 감탄사를 내뱉었다. 그게 자신을 놀리는 중이라는 걸 정확히 알고 있는 여울은 뾰로통한 표정으로 툴툴거렸다.

"먹는 양 가지고 뭐라 하지 좀 마요."

"뭐라 하는 게 아니라 신기해하는 거야."

"신기해하지도 말아 줄래요? 하언 씨 입이 너무 짧은 거라니까."

그리 말하는 목소리는 당당했지만, 그녀의 뺨은 유독 붉었다. 순식간에 텅 빈 접시가 머쓱하기는 한 모양이었다.

다른 무엇보다 수줍어하는 그녀의 모습을 가장 좋아하는 하언은 부드럽게 미소 지으며 말했다.

"모자라면 더 시켜도 돼."

"됐어요. 그걸로 또 얼마나 놀려 먹으려고."

"안 놀릴게. 약속."

그러고선 커다란 손바닥을 그녀의 앞으로 슬쩍 내밀었다. 전혀 믿음직스럽지는 않지만 여울은 둥글게 휘어진 그의 눈초리가 좋아서 순순히 그 손을 맞잡아 주었다.

"이제 기분 좀 나아진 모양이네? 장난도 치고."

여울은 일본에 도착한 후로도 줄곧 힘이 없었던 하언을 의식하며 물었다. 순간 하언의 눈동자가 잠깐 떨리는가 싶더니, 이내 평소의 도도함을 되찾았다.

"기분은 원래 좋았어."

"아닌 것 같은데."

"정말이야. 기분 안 좋으면 여행을 왜 왔겠어."

"뭐, 그럼 말고."

대답은 그렇게 했지만 여울은 그 말을 전혀 믿지 않는 중이었다. 그러나 더 이상 깊이 파고들지는 않았다.

이번에도 명확한 이유를 설명해 주지 않고 둘러대는 걸 보면 아직 속내를 털어놓고 싶지 않은 게 분명했다.

'그래도 계속 찌르다 보면 언젠가는 솔직하게 털어놓겠지.'

여울은 밀려드는 궁금증을 또 한 번 접어 두고, 테이블 위의 관광지도를 펼쳐 들었다. 하언은 그녀와 같은 곳으로 시선을 내려두었다.

"흠, 타코야끼는 먹었고. 이제 어딜 가면 좋을까나……."

"다음 목적지 고르는 거야?"

"응. 난 일본은 잘 모르는데, 혹시 하언 씨가 아는 명소 중에 괜찮은 곳 없어요?"

여울은 업무 때문이라도 일본에 많이 와 봤을 것 같은 하언에게 질문을 던졌다. 그러자 하언은 자리에서 몸부터 일으키며 대답했다.

"명소는 모르겠고 괜찮은 호텔은 알아."

"괜찮은 호텔은 당일 예약 힘들지 않아요?"

"예약이 잘 됐으니까 리무진을 보냈겠지."

"리무진이라니? 그런 게 어디에……."

여울은 타코야끼 가게 밖으로 슬쩍 시선을 돌렸다.

그러자 햇빛 아래 매끈한 빛을 내는 기다란 차가 단번에 그녀의 시선을 사로잡았다. 영화 속에서만 보던 그 유명한 리무진이 틀림없었다.

"어머, 언제 예약했대?"

"아까 니가 타코야끼 먹을 때."

"나 리무진 실물로는 처음 봐. 저거 타고 호텔 가는 거예요?"

"어, 승차감 괜찮아서 멀미는 안 할 거야."

멀미가 심한 여울을 위한 스케일 큰 그의 배려는 그녀의 마음을 따듯하게 만들었다.

하언을 만난 뒤 여러 가지로 힘든 일도 많이 생겼지만 그래도 호사란 호사는 다 누려보는 듯했다.

"하언 씨 정말 뒷바라지 한번 제대로 하는구나!"

잔뜩 신이 난 여울은 밝은 표정으로 그를 따라 몸을 일으켰다. 그리고 하언보다 한발 앞서 리무진 앞으로 달려나갔다. 그녀를 알아본 호텔리어가 공손한 인사와 함께 차 문을 열어 주었다.

"아, 아리가또고자이마스!"

여울은 일본어로 서툰 감사를 표현하고 내부를 살펴보았다.

푹신한 'ㄷ'자형 소파와 각종 음료, 그리고 간편하게 집어먹을 수 있는 음식들은 마치 작은 파티룸을 연상케 했다.

"하언 씨! 우리 호텔 가기 전에 이거 타고 드라이브하자!"

여울은 초롱초롱한 눈빛으로 하언을 돌아보며 말했다.

하지만 그는 곧바로 대답해 주는 대신 호텔리어에게 일본어로 무언가를 질문했다.

"근처에 신경 정신과가 있습니까?"

"저 흰색 건물 앞에 있습니다. 들렀다 갈까요?"

"아뇨, 혼자 다녀오겠습니다. 그녀를 부탁합니다."

그들의 대화를 알아들을 수 없었던 여울의 얼굴에는 아직 기대감이 잔뜩 어려 있었다. 그러나 말을 마친 하언이 막상 그녀에게 꺼내 놓은 말은 전혀 뜻밖이었다.

"먼저 호텔에 가 있어."

"나 혼자? 하언 씨는 어디 가게."

"난 잠깐 들를 데가 있어. 오래 걸리진 않을 거야."

"그럼 나도 같이 가. 혹시 못 들어가는 곳이면 밖에서 기다릴게."

여울은 타국에서만큼은 그와 떨어지고 싶지 않은지 그의 손을 꼬옥 붙잡았다. 하언은 그런 그녀를 가만히 눈을 맞추었고 잡히지 않은 손으로 그녀의 머리를 쓰다듬어 주었다.

그러나 그 다정한 손길은 어쩐지 그녀를 억지로 떼어놓기 위한 것처럼 느껴져서 조금도 기분이 좋지 않았다. 오히려 마음만 불안하게 만들 뿐.

"들어가서 쉬고 있어. 금방 들어갈게."

"그래도……."

"그때까지 나랑 놀러 가고 싶은 곳 다 표시해 놔. 니가 좋아하는 코스로 드라이브하게."

아니나 다를까. 하언은 기어이 여울의 손을 놓아 버렸다. 그녀를 달래는 그의 눈빛은 어딘지 모르게 가라앉아 있어서 여울은 여기서 더 이상 떼를 쓸 수도 없었다. 결국 체념해 버린 그녀는 걱정스러운 눈빛을 띤 채 하언을 올려다보았다.

"혹시 무슨 일 생겨서 가는 거예요?"

또 한 번 그가 감추고 있는 비밀을 찔러보는 질문.

"생기긴 무슨 일이 생겨. 아무 일 없다니까."

돌아오는 하언의 답변은 여전히 회피성이 짙었다.

아무 일도 없는데 왜 그녀만 남겨 두고 가려는 건지 물어봤자 설명조차 제대로 못 할 거면서.

이번에도 여울이 알아낼 수 있는 건 아무것도 없었다. 그는 분명히 힘들어하고 있는데 이유를 모르는 그녀는 어떠한 힘도 되어 주지 못한다. 그건 생각보다 훨씬 괴로운 일이었다.

"저…… 하언 씨."

그래서 이젠 집착하듯 캐물어서라도 어제 그가 겪었던 하루에 대해 알아내 보려 했는데.

"이따 봐."

첫 마디를 꺼내기도 전에 그는 짧은 인사를 건넨 뒤 그녀의 몸을 리무진 안으로 떠밀었다. 아마도 그는 대답하기 싫은 질문이 꺼내질 거라는 걸 미리 알아채 버린 모양이었다.

"한 시간 안에는 와야 돼요. 한 시간 지나면 엄청 걱정할 거예요."

결국 하언의 지친 손길을 뿌리치지 못한 여울은 홀로 차에 오르며 마지막으로 그를 보챘다.

하언은 가벼운 미소와 함께 고개를 끄덕였지만, 여울의 눈엔 그 모습이 더욱 위태로워 보였다.

아무래도 그는 어제부로 고장이 나 버린 것 같다.

누군가에게 내던져졌는지, 이미 삐걱대고 있던 한 부분이 결국 문제를 일으킨 건지는 몰라도.

중요한 무언가가 망가졌다는 건 확실하다.

차 문이 닫히자마자 여울은 운전석 쪽으로 바짝 몸을 붙였다.

"Can you speak English?"

"Sure, What can I do for you?"

그리고서 영어로 건네는 부탁은 은밀하고도 조심스러웠다.

"Please follow him."

알려 주지 않는다면 직접 알아내야겠다.

멀어지는 당신의 뒷모습이 저리도 힘겨워 보이는 이유를.

옵타티움 본사, 임원 회의실. 말끔한 정장을 차려입은 유현은 도 회장의 수하들에 둘러싸인 채 긴장한 발걸음을 움직이고 있었다.

'오늘 오후 네 시에 주주 임시총회가 열린다.'

'너도 반드시 참석하거라.'

오늘 아침, 본사로 향하는 차 안에서 도 회장은 그에게 명령을 내렸고, 유현에게는 거부할 자격이 없었다.

그래서 일단은 이렇게 맥없이 끌려가고는 있으나 회의실과 가까워지면 가까워질수록 유현의 마음은 무거워졌다. 긴급히 열린 임시총회에서 도마 위에 오르게 될 사람을 알 것 같았기 때문이었다.

신우그룹의 심기를 건드린 것도 모자라 옵타티움의 공식행사에서 모습을 감춰 버린 도하언.

그는 오늘 분명 자신도 모르는 새에 뿌리 채 흔들려 버릴 것이다. 그동안 온 힘을 다해 쌓아놨던 입지가 한순간에 무너지지만 않아도 다행이었다.

'어떻게든 수습할 수 있지 않을까.'

유현은 잠시 고민해 보았으나 뚜렷한 해결책은 떠오르지 않았다.

애초부터 아무런 권한도 없었던 그는 점점 최악으로 치닫는 사태를 멈추지도 못했고 하언이 돌아올 때까지 붙잡아 두지도 못했다.

그저 누군가 하언을 깎아내릴 때, 시키지도 않은 해명을 몇 마디 던져 주기나 할 뿐.

"이곳입니다. 들어가시죠. 상무님."

복잡한 머리를 추스를 새도 없이 도 회장의 직속비서는 무거운 회의실 문 앞에 유현을 세워 두었다.

그리고 굳게 닫혀 있던 천천히 문을 열어젖혔다. 따뜻한 실내온도와는 무관하게 그의 온몸엔 소름 끼치는 한기가 휘몰아쳤다.

"도유현 상무, 이제 왔구나."

하지만 그와 달리 도 회장은 전에 없던 살가운 기색을 띠고 유현을 맞이했다. 그 인사말에 함께 자리를 지키고 있던 대주주들의 눈동자가 유현에게로 내리꽂혔다.

그들의 시선에서도 이전엔 비치지 않았던 반가움이 맺혀 있는 건 마찬가지였다. 어제 창립기념회에서 갑작스레 생겨났던 유현에 대한 환상이 아직까지 깨지지 않은 모양이었다.

"안녕하십니까. 늦어서 죄송합니다."

"아니다, 널 부르기 전에 긴히 결정 내려야 할 문제가 있어서 일부러 한 시간 늦게 불렀어. 우선 자리에 앉거라."

도 회장은 친히 손을 뻗어 유현을 빈자리로 안내했다. 한 걸음, 한 걸음, 움직일 때마다 마주하기 불편한 눈빛들은 그를 따라 이동했다.

유현은 소리 없이 의자를 빼냈고 조심스레 몸을 앉혔다.

그리고 굳은 시선을 정면으로 두니 도 회장의 메마른 목소리가 그의 앞에 꺼내졌다.

"어제의 일에 대해선 너도 잘 알고 있을게다. 도하언 이사의 행동이 회사 품위를 얼마나 훼손시켰는지에 대해선 설명도 필요 없지."

"……."

"그래서 임시총회를 열었고, 모두의 의견을 취합해 보았다. 그 결과…… 아무래도 도하언 이사는 이 회사를 이끌어 나갈 자격이 충분치 않다는 결론이 내려졌어."

"……."

"여기에 대해 이의가 있니?"

도 회장은 이미 예견하고 있던 얘기를 꺼내며 유현의 의견을 물었다. 평소의 유현이라면 어떻게든 도 회장의 심기에 맞춰 대답했을 테지만 이번엔 상황이 많이 달랐다.

동조하는 순간 어떤 사태가 벌어질지 뻔히 알고 있는 그는 도저히 꼭두각시처럼 고개만 끄덕이고 있을 수 없다.

"알고는 있습니다. 도하언 이사의 행동이 지나치게 감정적이었다는 것 역시 인정하는 부분입니다."

"……."

"하지만 이번 실수 하나로 그의 모든 자질을 의심하는 건 무리라고 판단됩니다."

"흐음……."

원치 않은 대답이 들려오자 도 회장의 눈빛은 급속도로 냉각되기 시작했다.

그러나 유현은 말을 멈추지 않았다. 씨알도 안 먹힐 소리일지라도 최선을 다해 볼 생각이었다.

"그동안 도 이사가 이뤄 낸 사업 성과와 회사 성장에 기여한 바도 고려해 주셨으면 합니다. 도 이사의 업무능력이 누구보다 정확하고 뛰어나다는 건 여기 계신 분들 모두 잘 알고 계시지 않습니까?"

유현은 그의 말을 듣고 있지 않을 게 분명한 도 회장 대신 대주주들의 얼굴을 한 명 한 명 마주했다.

그러나 그들은 일제히 유현의 시선을 피했다. 평소엔 무조건 하언의 편이었던 그들조차 마음속에 확정해 둔 답이 있는 듯했다.

그때.

"역시 도 상무의 인성은 알아줘야 합니다. 도하언 이사가 이만큼의 이해심만 있었어도 신뢰를 잃진 않았을 텐데 말이죠."

한 대주주가 유현을 향해 난데없는 칭찬을 건넸다. 그 말을 필두로 다른 사람들의 칭찬도 한마디씩 덧붙여졌다.

"도하언 이사가 매사에 모든 일을 강제로 밀어붙이는 스타일이라면, 도유현 상무는 부드러운 카리스마로 회사의 주축이 되어왔습니다."

"맞습니다. 얼마 전엔 도하언 이사가 추진했던 프로젝트보다 도 상무의 프로젝트가 더 좋은 성과를 이끌어냈지요."

"제 말이 그 말입니다. 도 이사는 처음부터 권력을 가져선 안 되는 인간형이었습니다."

그리고 그들의 대화는 점차 하언을 향한 칼날로 변질되어 간다.

"독재의 끝은 패망이라는 건 지금까지의 역사 속에서도 확연히 드러나지 않았습니까?"

하언은 지금까지 단 한 번도 무언가를 온전히 쥐어본 적이 없는데, 오히려 모든 것을 홀로 거머쥐려는 독재자는 그들의 눈앞에 있는 도 회장이었는데.

전혀 다른 해석에 너도나도 동조하는 그들은 단체로 최면술에 걸린 것만 같다. 유현의 시선이 당황으로 물들었다. 그러나 반대로, 잠시 굳었던 도 회장의 얼굴엔 온화함이 감돌기 시작했다.

바로 이런 반응을 원했다는 표정이었다.

"다른 분들의 의견이 이러하니 저로서도 어쩔 도리가 없군요."

"……."

"유현아, 나도 하언이의 능력을 높이 평가한다만 이 자리는 임시총회인 만큼 다수의 의견이 중요하다고 생각한다. 그러니……."

도 회장의 시선이 유현을 날카롭게 노린다. 그 안에선 미간을 겨눈 총구처럼 짙은 살기가 느껴진다.

"도하언 대표이사의 권한을 도유현 상무에게로 양도하고, 도유현 대표이사와 신우그룹 유설아 양의 정혼을 신속히 진행한다."

"회장님……."

"그것이 이번 임시총회에서 내려진 결정이다."

장전된 총알이 유현의 이성을 관통하는 데까지는 몇 초도 걸리지 않았다. 순간 유현의 이성은 아득히 사라지고 호흡은 금방이라도 끊어질 것처럼 가빠진다.

"마음의 준비를 단단히 해 두는 게 좋겠구나."

도 회장은 사형선고나 다름없는 마지막 한 마디를 건넸다.

정말 막다른 길까지 몰려버린 지금. 그야말로 모든 것이 산산조각 나버린 유현은 가벼운 고갯짓조차 하지 못했다.

더 거대한 지옥문이 열리기 전에 모든 것을 끊어내야겠다는 생각만 반복할 뿐.

철컥―

오사카의 5성급 호텔 VIP룸. 화려한 야경이 한눈에 들어오는 그 고급스러운 공간에 현관문이 열렸다 닫히는 소리가 들렸다.

바 근처를 서성이던 여울은 기척이 들리는 쪽으로 시선을 옮겼고, 지친 걸음으로 들어서는 하언을 발견했다.

금방 돌아오겠다는 사람이 3시간이 지나서야 겨우 나타난 지금. 그를 바라보는 여울의 표정은 그리 밝지 못했다.

"차여울……."

하언은 그런 그녀를 보자마자 낮은 목소리로 이름부터 불렀고.

"미안해. 생각보다 일이 늦게 끝났어."

모든 설명을 잘라 먹은 사과부터 했다.

그러나 여울은 아무런 대꾸도 하지 않았다. 그녀의 차분한 눈동자는 하언의 얼굴에만 고요하게 머물러 있었다. 그 눈을 가만히 마주하고 있던 하언은 그녀를 달래 주기 위한 말들을 덧붙였다.

"그래도 지금 일곱 시밖에 안 됐으니까 시간은 많아. ……리무진 대기시켜 놨으니까 나가서 야경 보자."

"……."

"괜찮은 레스토랑에서 저녁도 먹고, 쇼핑도 하고……."

"하언 씨."

그때, 별안간 여울이 가라앉은 목소리로 하언의 이름을 불렀다. 하언은 잠시 마른침을 삼키며 뜸을 들이다가 겨우 짧은 대답을 했다.

"왜?"

아무렇지 않은 척하고는 있지만 그의 낯빛은 이미 흐리다. 시간이 지날수록 그가 지닌 그늘의 길이는 길어지고 짙어진다.

여울은 심상치 않은 하언에게로 가까이 다가섰다.

하언은 그 모습이 마치 자신을 책망하러 오는 것처럼 보여서 시선을 발끝으로 떨어트리고 말았다.

"많이 힘들어요?"

그런 그에게 여울이 묻는 말은 조심스러운 걱정이었다.

하언은 늘 그래 왔듯 고개를 저었다. 어차피 혼자 헤쳐 나가야 할 일이니 괜한 걱정은 끼치고 싶지 않다는 생각에서였다. 그러나 여울은 그를 더욱 깊은 눈빛으로 들여다보며 마저 물어 왔다.

"지금 나 때문에 힘든 내색도 제대로 못 하는 거예요?"

"……."

"내가 하언 씨를 못 미덥게 여길까 봐?"

"……."

굳게 닫힌 그의 입술은 긍정과 다름없었다.

여울은 잠시 흐린 한숨을 내쉬었고 발끝을 향해 떨어진 그의 고개로 작은 손을 뻗었다. 뺨에 닿은 그녀의 손길은 단단한 고집마저 녹여버릴 만큼 부드러웠다.

"내가 여기 있는데 자꾸 어딜 찾아다니는 거예요."

"……."

"의사보다 내가 더 열심히 하언 씨 얘기 들어 줄 수 있는데……."

그 뒤에 건네지는 여울의 위로는 하언을 끝내 당황스럽게 만들었다. 나약한 부분을 어떻게든 감춰 두고 싶었던 하언의 눈빛이 파르르 떨려 왔다.

"그걸 어떻게……."

그는 되물어보려 했으나 여울은 갑작스러운 고백으로 뒷말을 가로막았다.

"난 하언 씨의 모든 것을 좋아해요."

"……."

"그러니까 내 앞에선 힘들게 버티지 않아도 돼."

쓰라린 상처를 떠안아 줄 것 같은 눈빛. 얼어붙은 마음을 따듯이 데워줄 것 같은 숨결. 앞으로도 영원히 곁에 있어 줄 것만 같은 존재감.

이 순간 그녀에게서 느껴지는 모든 것들은 하언을 짓누르고 있던 외로움을 끌어안아 주기에 충분하다. 지금껏 무거운 짐들을 혼자 떠안고 살아왔던 하언은 이제야 숨통이 트이는 기분이다.

"하아……."

하언은 꾹 닫아 두었던 입술 새로 깊은 한숨을 내쉬었고, 차분히 가라앉은 시선으로 여울을 마주 보았다.

점점 시야가 흐려지는 걸 보니 아무래도 나는 지금 울고 있나 보다.

누군가의 앞에서, 20년 만에 처음으로.

지친 그의 눈가에 고인 투명한 눈물이 서러움의 무게를 견디지 못하고 밑으로 굴러 떨어졌다.

나약한 모습을 보이고 싶지는 않았는데. 혼자서도 잘 견뎌내고 싶었는데. 내가 나약해진 건지, 아니면 애초부터 이겨 내지 못할 시련이었던 건지.

"나는……."

하언은 무슨 변명이라도 덧붙이려 입술을 열었다. 그러나 울음기는 이미 목소리까지 번져 있어서 어떤 말도 꺼낼 수가 없었다.

"……힘들어."

결국 새어 나온 한 마디는 멀쩡한 척 꾸며보려는 거짓말이 아닌 위로를 갈구하는 진심이었다.

그동안 어떤 상황에서든 홀로 견디는 것밖에 할 수 없었던 하언은 여울의 앞에서야 상처 입은 마음을 드러내 보인다.

"그 사람들 얼굴이 계속 떠올라. 그래서 도망쳐왔는데 그 사람들에 대한 기억이 사라지질 않아."

"……."

"그때마다 더 이상 살고 싶지 않아서 미칠 것 같아. 가장 형편없는 생각이라는 건 아는데……."

"……."

"정말…… 이대로 죽어버리고 싶다."

지금 하는 말들이 세상에서 가장 무책임한 소리라는 건 알고 있다. 하지만 이미 버티기를 포기해 버린 그는 멈추지 않고 솟구치는 감정을 쏟아 내기로 한다.

비록 그녀가 실망할 지라도 어쩔 수 없다. 20년 동안이나 고통을 견디고 있던 하언의 마음은 어제부로 다 허물어져 버렸다.

"하아……."

그런 하언을 물끄러미 바라보던 여울은 무거운 한숨을 흘려보냈다. 많은 감정이 스며든 숨소리였다.

면목이 없어진 하언은 고개를 떨어트렸다.

"미안해."

"……."

"이런 말해서."

그리고 대책 없는 사과만 고요히 흘려보내자.

"가족들이 많이 보고 싶어요?"

여울은 전혀 예상치 못했던 질문을 던졌다.

"……뭐?"

당황한 하언의 눈동자가 다시 그녀를 향해 들어 올려졌다.

"하언 씨는 지금 죽고 싶어 하는 게 아니야. 그냥 사랑하는 사람들이 죽을 만큼 보고 싶은 거지."

"……."

"아마 그분들이 어딘가에 살아계셨다면, 하언 씨는 죽고 싶다는 애기 말고 집에 가고 싶다는 얘길 했을걸?"

별 소용없는 위로나 약한 자신에 대한 책망 정도는 예상하고 있었지만 이런 식의 해석이 돌아올 줄은 꿈에도 생각지 못했다.

그러나 아니라고 반박하기에는 그의 마음이 이미 수긍해 버렸다.

그래, 보고 싶어.

나는 이제 살아서는 보지 못할 그 사람들이.

온 힘을 다해 닮고 싶었던 그 사람이.

"응…… 너무 많이 보고 싶어……."

애써 외면하고 있었던 진심은 결국 하언의 입에서 새어 나왔다. 여울은 그의 물기 어린 속눈썹으로 조심스레 손을 뻗어 젖은 뺨을 닦아 주었다.

"알아. 나도 그래."

"……."

"나도 우리 가족이 정말 많이 보고 싶어."

여울이 하언에게 건넨 말은 위로도 책망도 아닌 공감이었다.

누군가에겐 항상 곁에 있는 존재였겠지만 하언의 인생에서는 단 한 번도 나타나지 않았던, 나의 아픔을 진심으로 이해해 주는 사람.

"아……."

그 존재를 확인한 순간 하언의 눈물은 더욱 격해지기 시작했다. 그는 여울의 작은 몸을 있는 힘껏 품에 안아 넣었고, 그녀의 따뜻한 목덜미에 얼굴을 파묻었다.

그리고 지금까지 얼마나 힘든 시간을 보냈는지 알려 주기라도 하듯 하염없이 울었다.

울음소리를 꾸역꾸역 욱여넣고 있었던 목이 다 쉬어버릴 때까지.

"잘 견뎠어."

"으으……."

"정말 수고했어, 하언 씨."

하언이 토해 내는 고통은 여울의 마음에도 고스란히 전해졌다. 하지만 그녀는 그를 따라 슬퍼하지 않았다.

지금 내 품은 세상 어디에서도 쉬지 못했던 당신이 마음 편히 무너질 수 있는 장소이니까.

오늘은 내가 당신을 지켜 줄게.

여태껏 당신이 나의 방공호가 되어 주었던 것처럼.

아픔이 모두 가라앉을 때까지 내가 당신을 달래 줄게.

해가 다 저물어버린 오사카에서의 밤.

"이제 좀 속 시원해졌어요?"

붉어진 눈가로 침대에 앉아 있는 하언에게 여울이 물었다.

하언은 마른침을 삼키다가, 따가운 목에 살짝 인상을 찡그리다가, 이전보다 훨씬 담담해진 목소리로 대답했다.

"괜찮아. 이제야 정말."

여울은 곧바로 대꾸하지 않고 잠시 동안 하언의 숨소리에 귀 기울였다. 아까 전과 달리 편안하게 가라앉은 호흡이 들려왔다.

"봐 봐, 의사선생님보다 내가 더 잘 달래 줄 수 있다니까."

한결 마음이 놓인 여울은 어깨를 으쓱이며 말했다. 하언은 살짝 입꼬리를 들어 올렸고 앞에 선 그녀에게 얼굴을 기댔다.

"……잠 온다."

"원래 울고 나면 피곤해져. 잠깐 누워 있어요."

"나 씻지도 않았어."

"하루쯤 안 씻으면 어때."

여울은 그의 어깨를 붙잡고 천천히 뒤로 밀어냈다. 푹신한 호텔 침대 위에 구겨진 정장 차림의 하언이 그대로 널브러졌다.

"덮치게?"

"뭔 소리야."

"야해."

"하언 씨 기분 좋아졌구나? 장난도 치고."

여울은 예전처럼 능글맞아진 하언을 가뿐히 상대했다. 그녀를 보는 하언의 입술 새로 실웃음이 터져 나왔다.

"이리 와."

그는 비어 있는 제 옆자리를 손바닥으로 톡톡 두드렸고 나른한 숨을 내쉬었다. 그에게서 느껴지는 온도는 오늘따라 유독 높았다.

어쩐지 부끄러워진 여울은 괜히 손사래를 치며 거절했다.

"싫어요. 거기가 어디라고 누워."

그러자 하언의 눈빛엔 전에 없던 애절함이 맺힌다. 그 모습은 꼭 안아달라고 보채는 강아지 같다.

"여기 너 말고 누굴 눕혀."

"으, 응?"

"너 밖에 못 오는 자리니까 와서 구경이라도 해."

울고 난 직후여서인지, 오늘따라 더욱 나른한 그의 목소리는 여울의 이성을 혼미하게 만들었다.

여울은 오늘 큰일이 날 것만 같다는 생각을 하면서도, 못 이기는 척 걸음을 움직였다. 가까워질수록 짙어지는 그의 머스크 향에 그녀의 가슴이 반응하듯 두근거렸다.

"하여간, 애처럼 조르기는."

여울은 괜한 핀잔과 함께 하언의 팔에 머리를 두었고 가까운 거리에서 그와 눈을 마주했다.

언제 봐도 서늘한 눈매였으나 세상에서 가장 다정한 시선이었다.

여울은 그런 그가 너무나도 좋아서 수줍게 두 뺨을 물들였다.

바로 그때.

"……사랑해."

하언의 입술 사이로 준비 못 한 한 마디가 툭 떨어졌다. 너무나도 갑작스러운 고백에, 그녀는 똑똑히 들어놓고도 다시 되물었다.

"네? 뭐라고요?"

그러자 하언은 그녀 머리맡에 두었던 팔을 빼냈고 그녀의 몸 위로 덮쳐 올랐다. 화들짝 놀란 여울의 얼굴에 그가 만든 그늘이 커다랗게 드리워졌다.

"사랑한다고."

속눈썹까지 닿을 만큼 가까워진 그가 또 한 번의 고백을 건넸다. 뜨거운 그의 숨결이 입술을 간질이자 여울의 심장박동은 미친 듯이 빨라지기 시작했다.

쿵쿵쿵쿵, 이 소리는 아마 하언에게도 들릴 게 분명하다. 왜냐하면 이 순간 그녀 역시 비슷한 크기의 심장박동을 듣고 있으니까.

한동안 근처에만 머물러있던 하언의 입술이 그녀의 입술과 깊이 맞부딪쳤다. 지금껏 셀 수 없이 해본 키스였지만, 혀끝은 오늘따라 유독 관능적이었다.

하언은 숨이 뜨겁게 달아오를 때쯤 살짝 입술을 떼어 냈고 조금 전의 입맞춤보다 짜릿한 질문을 던졌다.

"너는 나 사랑해?"

"갑자기 무슨……."

"날 사랑하냐고 물었어."

그는 대답을 재촉하며 여울의 목덜미로 입술을 옮겼다.

마치 피를 갈구하는 뱀파이어처럼 하언은 그녀의 하얀 목을 집요하게 파고들었다. 순간 온몸에 끼쳐 오르는 전율을 느낀 여울은 본능을 담아 고개를 끄덕였다.

"목소리로 들려줘."

"아, 잠깐만……."

"얼른."

"사, 사랑해요."

마지못해 꺼내진 것처럼 들리는 고백이었지만 여울은 어느 때보다 진심이었다. 숨이 멎을 것처럼 가슴을 벅차게 만드는 이 감정은 사랑이라는 단어로 밖에 표현되지 않는다.

원하는 대답을 받아 낸 하언은 피식, 입꼬리를 들어 올렸고.

"응, 나도 사랑해."

부드러운 목소리로 화답하며 다시 그녀에게로 입술을 가져왔다. 피부를 스치는 그의 숨결은 여울의 몸을 기분 좋게 데워놓았다.

그녀는 설레는 향기가 새어 나오는 하언을 두 팔로 끌어안으려 했다. 그러나 때마침 두 팔에 힘을 주고 상체를 일으켜 앉은 하언은 입고 있던 까만 정장재킷을 벗어던진다.

떠날 줄 모르는 그의 눈동자는 폭발하는 욕망을 담고 있다.

"나 오늘 선을 넘을 것 같은데……."

"……."

"싫으면 날 때려. 당장 멈출게."

얇고 하얀 와이셔츠는 그의 몸을 상상하게 만들었다.

꿀꺽, 마른침을 삼킨 여울은 떨리는 목소리로 물었다.

"싫, 싫지 않으면?"

그러자 이 밤, 눈부시도록 아름다운 그 남자의 입꼬리는 요염하게 비틀려 올라간다.

"나를 더 꽉 끌어안아."

"……."

"마음 놓고 끝까지 가보게."

그 말이 들려오자, 여울은 저도 모르게 하언의 허리를 꽉 끌어안아버렸다. 다시 그녀의 위로 덮쳐 오른 하언은 본능대로 그녀를 탐하기 시작했다.

하언의 뜨거운 입술이 가장 먼저 괴롭히는 곳은 여울의 하얀 목덜미였다. 세상 어떤 디저트보다 달콤한 맛을 내는 그의 혀가 피부에 닿자, 여울은 더 이상 참지 못하고 신음소리를 흘려보내고 말았다.

"아……."

하언은 그 소리를 신호탄 삼아 제 와이셔츠 단추를 하나하나 풀어내기 시작했다. 벗겨져나가는 그의 옷가지는 머지않아 근육 잡힌 몸을 적나라하게 드러냈다. 여울은 그의 템포에 맞춰 옷을 벗기 위해 잠시 하언의 몸을 밀어내려했다.

"하언 씨, 잠깐 티셔츠 좀……."

하지만 그녀의 손은 제 티셔츠 끝자락에 향하기도 전에 하언의 손에 포박당했다. 그리고선 평소보다 붉어진 입술을 움직여 야릇한 한 마디를 흘려보냈다.

"내가……."

"……응?"

"내가 할게. 넌 가만히 있어."

그 말이 실천으로 옮겨지는 데까지는 오래 걸리지 않았다. 그는 곧바로 다시 입을 맞춰오며 뜨거운 손을 여울의 티셔츠 안으로 집어넣어 버렸으니까.

하언은 가장 먼저 잘록하게 들어간 여울의 허리를 매만졌다. 처음으로 느껴보는 그녀의 살결은 상상했던 것보다 훨씬 더 부드럽고 따듯했다.

좀 더 본능대로 움직이기로 한 하언은 두 손을 위로 옮겼고, 서슴없이 브래지어 안을 탐하기 시작했다. 그녀의 가슴을 감싸 쥐는 손길은 견디기 힘들 정도로 뜨거웠다.

"하아……."

결국 참지 못한 여울이 달아오를 대로 달아오른 숨을 뱉어냈다. 그러자 하언은 잠시 입술을 떼어내고 달콤한 목소리로 물었다.

"무섭진 않아?"

"하언 씨가 왜 무서워?"

"나랑 이럴 거라고는 생각도 못 했을 거 아니야."

그렇게 따지자면 하언과의 모든 순간들이 여울에게는 생각지도 못했던 사건의 연속이었다.

당황스러웠던 첫 만남도, 벼락치듯 갑작스레 시작된 동거도, 꿈에도 상상 못 했던 달콤한 연애도. 여울은 단 한 번도 상상조차 해본 적이 없었다.

하지만 그 모든 사건들이 지금의 행복을 이루고 있으니, 여울은 앞으로도 하언이 만들어주는 뜻밖의 상황들을 두려워하지 않을 것이다. 이제부턴 하염없는 기대감만 가져보려 한다.

"하언 씨, 살짝만 뒤로 가 봐."

하언의 몸을 살짝 밀어낸 여울은, 제 손으로 옷가지들을 벗어내기 시작했다. 그 광경을 지켜보던 하언은 마른침을 삼켰다.

"보기만 할 거야?"

여울은 두 손으로 수줍게 가슴을 가리고 있으면서도 도발적인 질문을 던졌다. 그 말에 하언은 어떤 대답도 없이 뜨거워지는 중앙부를 느끼며 바지 벨트를 풀었다.

머지않아 전부 소중한 사람 앞에 적나라하게 드러난 두 사람의 몸은 같은 온도를 띠고 있었다.

하언과 여울은 누가 먼저랄 것도 없이 깊은 입맞춤을 나누었고, 다급한 손길로 서로의 살결을 쓰다듬었다. 폭주하는 욕망을 채우기 힘주어 상대의 몸을 끌어안았으나 그럴수록 갈증은 더욱 심해져갔다.

애만 태우는 것도 지친 하언은 여울을 넓은 가슴에 가둔 채 한계에 다다 본능을 밀어붙였다.

"아……!"

그녀의 입술에서 터져나오는 신음. 그건 하언의 이성을 전부 앗아버리기에 충분했다. 여울을 대할 때만큼은 자상하던 하언은 두 팔에 보다 힘을 불어넣어 그녀를 품었다.

그의 허리는 천천히 움직였으나 여울의 심장은 미친 듯이 빨리 요동쳤다. 끊임없이 전해지는 흥분감에, 여울은 저도 모르게 입술을 꽉 깨물었다.

그 모습을 본 하언은 격한 움직임과 대비되는 부드러운 키스를 건넸고, 잠시 입술을 떨어뜨린 채 달콤한 목소릴 흘렸다.

"차여울."

그가 부르는 이름은 그 누구에게 들었던 이름보다 예쁘게 들렸다.

"……사랑해."

그래서 여울은 지금 이 순간 건네받는 흔하디흔한 고백이 몹시도 특별하게 느껴졌다. 화답 대신 멀어진 그의 목덜미를 격하게 끌어당길 만큼.

서로가 서로로 인해 타오르던 밤이었다.

끊임없이 이름을 부르고, 온기를 갈구하던 두 사람은 온몸이 땀에 젖어들고 나서야 지친 몸을 끌어안은 채 잠이 들었다.

그리고 하늘에 푸른빛이 스며들기 시작한 새벽.

맨몸을 스치는 쌀쌀함에 눈을 뜬 하언은 가장 먼저 품 안에 머물러있는 그 사람의 얼굴은 확인한다. 새근새근 자고 있는 그녀는 어젯밤 일들이 꿈이 아니었음을 말해 주고 있다.

"차여울."

하언은 아직까지 잠겨 있는 목소리로 여울의 이름을 불렀다. 물론 깊은 잠에 빠진 그녀는 대답해 줄 리 만무했다.

"차여울, 자?"

하언은 한 번 더 물으며 여울의 매끈한 미간을 톡톡 두드렸다.

그러자 살짝 찡그려지는 그녀의 눈썹은 실웃음을 짓게 할 만큼 귀엽다. 이러려고 이곳에 데려온 건 아니지만 짐승 같은 욕망이 불쑥 고개를 내민다. 하지만 그는 그녀에게로 웅큼한 손길을 뻗는 대신 하얀 이불을 폭신하게 덮어주는 쪽을 택했다.

"으음……."

보드라운 촉감이 마음에 들었는지, 여울은 달콤한 신음을 내며 이불을 턱 끝까지 끌어올렸다.

"원래 이렇게 예뻤나……."

하언은 여울의 긴 속눈썹을 들여다보며 스스로에게 물었다.

하지만 그게 아니라는 건 금방 깨달을 수 있었다. 낯설었던 시절의 그녀는 분명 작은 몸뚱이에 사나운 성질을 가진 치와와 같은 여자였다. 그런데 언제부터 이렇게 사랑스러워졌을까.

깊이 생각할 필요도 없이 정답은 너무 뻔했다.

이런 말을 들으면 자신감이 과하다며 핀잔을 들을지 모르지만, 아무래도 내가 널 온 마음 다해 사랑해 준 덕분인 것 같다.

내가 좋아하는 너의 표정, 내가 좋아하는 너의 목소리, 그리고 내가 좋아하는 너의 눈빛. 이 모든 건 나에게서 하염없이 사랑받을 때 가장 선명하게 드러나거든.

"차여울."

"……."

"앞으로도 나한테 사랑 받고 살아."

하언은 일방적인 고백을 건네며 여울의 미간을 한 번 더 건드렸다.

"으으응……."

여울은 다소 신경질적인 반응을 보였지만 하언은 그마저도 좋은지 조금 더 짙은 웃음기를 머금었다.

그러고선 침대에서 몸을 일으켜 긴 호텔가운을 찾아 걸쳤다. 새벽빛 아래 드러난 그의 뒷모습은 더 이상 어제처럼 나약하지 않았다.

하언은 벗어 두었던 재킷 속에서 휴대폰을 꺼냈고 창립기념행사 이후로 줄곧 외면하고 있던 메시지들을 읽어 내려갔다.

[이사님 어디십니까. 제발 연락 부탁드립니다.]

아직 아무것도 모르는 하언의 직속비서의 애타는 문자. 그 뒤로 숱한 부재중 전화가 도착해 있었다. 발신자는 전부 도유현이었다.

단 한 통도 받지는 않았지만 어차피 내용은 불 보듯 뻔했다.

창립기념일 당일, 하언이 흥분할까 유독 노심초사하던 그는 어쩌면 이미 모든 사태를 짐작하고 있었을지도 모르겠다.

"도유현…… 지금쯤 내 자리에 앉아 있겠네."

생각이 거기까지 미치자, 하언의 눈빛에 예전처럼 서늘한 날이 서렸다. 여울 덕에 이성을 되찾은 그는 현재 누구와 맞닥뜨리더라도 지지 않을 자신이 있었다. 그는 휴대폰을 고쳐 쥐었고 가장 많은 연락을 주고받는 번호를 눌렀다.

뚜르르르— 뚜르르르—

─……도, 도 이사님?!

한참 이른 새벽이지만 기다렸다는 듯 터져 나오는 직속비서의 목소리는 굉장히 긴박했다.

하언이 직접 엄선해서 곁에 둔 그는 회사 내에서 유일하게 믿을 만한 인물이었다. 그러나 그런 소중한 존재를 실컷 맘고생 시킨 하언은 무심한 목소리로 대답했다.

"안 자고 뭐하나. 내일 출근 안 하게?"

─도 이사님이야말로 출근도 안 하시고 왜 이제야 연락하시는 겁니까! 오늘 회사에서 무슨 사단이 벌어진 줄 아십니까!

"아마도 알걸."

─아마도 안다니요! 임시총회가 열렸는데 아마도 안다는 게 무슨 말씀이세요!

비서는 복장이 터진다는 듯 한껏 언성을 높였다. 하지만 정작 하언은 조금의 불안한 기색도 없이 가볍게 물었다.

"왜, 날 끌어내리기라도 하겠대?"

─그, 그걸 어떻게…….

비서는 잠시 다그침을 멈추고 이내 긴 한숨을 흘려보낸다. 그 안에는 하언에 대한 걱정이 한가득이었다.

그러나 하언은 그럴수록 여유롭게 대꾸했다.

"오늘 일어난 일은 아무것도 신경 쓰지 마."

그리고 단호한 목소리를 이어 붙였다.

"어차피 내일 당장 내 손으로 원상복구 시켜놓을 거니까."

벌어진 사고에 비해서 터무니없이 쉽게 꺼내진 호언장담.

하지만 왜 이 무모한 상사에게서 영문 모를 신뢰감이 드는지, 비서 입장에서는 참 알다가도 모를 일이었다.

오사카에 도착한 지 24시간도 안 되어서 다시 몸을 실은 비행기.

"타코야끼 때문에 오긴 했는데, 정말 그거 하나만 깔끔하게 먹고 가네."

이륙을 준비하던 여울은 창밖으로 내다보며 혼잣말을 중얼거렸다. 하언과의 첫 여행이 허무하게 끝나 아쉽다는 표정이었다.

그 마음을 알면서도 한시바삐 귀국해야만 하는 하언은 나직한 목소리로 말했다.

"이번 건 여행에 넣지 마."

"그럼 해외까지 나들이 온 건가?"

"아니, 그냥 너 데리고 도망친 거야. 물론 하루 만에 돌아가고는 있지만……."

점차 흐려지는 말끝에는 미안한 감정이 잔뜩 서려 있었다. 이륙장을 구경하던 여울은 하언에게로 눈동자를 돌렸고 장난기 가득한 말투로 어깃장을 냈다.

"싫은데? 이걸 우리의 허무한 첫 여행으로 기억할 건데?"

"왜."

"으흥, 알면서."

그리 말하며 하언의 옆구리를 콕 찌르는 여울은 꽤나 능글맞은 눈빛을 하고 있었다. 뒤늦게 불타올랐던 어젯밤을 떠올린 하언이 당황한 기색으로 얼굴을 붉혔다.

"비행기에서 무슨 소릴 하는 거야."

"어머, 하언 씨답지 않게 부끄러워하는 거야?"

"안 부끄러워. 민망한 거지."

"이거 봐, 나 하언 씨 흉내도 낼 수 있어. 싫으면 때려! 좋으면 매달려!"

"내가 언제 그렇게 말했어."

"이것보다 더 이글이글 타오르는 목소리로 말했거든요? 온몸이 간지럽더라."

평소엔 사소한 애정 표현에도 낯 뜨거워하던 여울이었지만 오늘만큼은 특별히 먼저 하언을 짓궂게 괴롭혔다. 지난밤 겨우 단단해졌던 하언의 마음이 다시금 무너질까 걱정되어서였다.

그 속내를 충분히 알고 있는 하언은 신경질을 내는 대신 피식 실웃음을 터트렸다. 그러고는 보다 무게감 있는 목소리를 나직이 꺼내놓았다.

"차여울, 너 때문에 나쁜 버릇 들었으니까 책임져."

"무슨 나쁜 버릇?"

"이제 너 없이 못 살 것 같아."

지금까지 늘 그래왔던 것처럼 느닷없이 꺼내진 하언의 고백.

그건 작정하고 뻔뻔해지기로 한 여울조차 동요하게 만들었다. 그녀의 얼굴이 그와 같은 빛으로 수줍게 물들었다.

"어디 안 가요. 계속 하언 씨 옆에 붙어서 사랑받고 살 거야."

그 말은 얼핏 하언에게 건네는 고백처럼 들려왔지만 그녀 스스로에게 건네는 다짐이기도 했다.

여울은 그녀의 손길에 안정을 되찾는 이 남자를. 쉽게 변하지 않는 사랑을 건네줄 것 같은 이 남자를.

계약과 상관없이 언제까지고 지켜줄 생각이다.

"그래, 그럼 됐어."

하언은 그녀의 대답이 마음에 들었는지 씨익 웃어 보였다. 매끄러운 그의 입꼬리가 섹시함을 더했다.

그는 여울의 작은 손을 맞잡았고 보다 차분한 목소리로 말했다.

"오늘은 내가 바로 회사에 가야 할 것 같으니까 우선 너희 집으로 돌아가."

"그럼 내일 하언 씨가 나 데리러 올 거예요?"

"어, 갈게. 그리고 돌아가면……."

"……."

"우리도 서둘러서 파혼하자."

달콤한 분위기와 맞지 않는 이별의 얘기였다.

전혀 예상치 못한 전개에 여울은 눈동자에 의아함이 어렸다.

"그게 무슨 말이에요? 파혼이라니?"

"이 결혼은 어차피 계약으로 묶인 가짜 결혼이잖아. 상황이 더 위험해지기 전에 끝을 내야지."

"그거야 그렇지만……."

진실 없이 시작된 관계는 서둘러 끝내는 것이 정답이었다. 게다가 하언조차 혼란스러워할 만큼 위험한 상황이라면 여울은 한시라도 빨리 발을 빼내야 했다. 그러나 그녀는 차마 고개를 끄덕일 수 없었다.

"애초부터 내가 끌어들인 거니까 넌 내가 책임지고 되돌려놓을

게. 내 파혼극에 엮이기 전으로."

그의 파혼극에 엮이기 전의 삶.

그건 분명 지금과 비교도 안 될 만큼 편안한 나날들이었으나 단한 사람, 하언이 존재하지 않았다. 여울은 지금으로써 그가 없는 시간을 상상해볼 수도 없다.

마음이 복잡해진 여울은 조심스럽게 되물어보려 했다. 이젠 내가 없이 못 살 것 같다면서, 날 정리하면 혼자 어쩔 생각이냐고.

하지만 하언은 그녀의 말문이 열리기도 저에 속내를 알아챘는지 따뜻하게 그녀의 손을 맞잡아주며 말을 이었다.

"모든 게 다 정리될 때까진 연애하는 걸로 버텨."

"……."

"다 끝나면 제대로 결혼하자."

"웅? 제대로…… 뭐?"

8년의 연인 강태에게도 받아본 적 없던 프러포즈가 도하언의 입에서 나왔다. 삽시간에 얼어붙었던 여울의 감정은 그로 인해 순식간에 녹아내려 버린다.

아무래도 그저 두근거릴 뿐이었던 감정은 그새 몰라보게 깊어졌나 보다. 그의 사소한 말 한마디에 천국과 지옥이 결정되고 있으니.

"지금 나한테 결혼하자고 그랬어요?"

"어. 그랬어."

"뭐야, 프러포즈 이런 식으로 대충 받고 싶지 않아."

왠지 너무 휘둘린 것 같아 억울해진 여울은 마음에도 없는 말을 툴툴거렸다. 그러자 하언은 평소처럼 능글맞은 미소를 띤 채 무심하게 대꾸했다.

"프러포즈 아닌데. 미리 찜해 두는 거지."

웃음기 번진 그의 얼굴은 마치 장난기 많은 소년 같았다. 어젯밤의 슬픔은 흔적도 찾아볼 수가 없었고 눈물을 떨구던 나약한 모습과는 아주 거리가 멀었다.

그것만으로도 일본에서 보낸 하루는 충분한 가치가 있었다.

어차피 지친 마음을 쉬게 하기 위한 여행이었으니, 아무것도 구경하지 못했더라도 당신이 행복해졌다면 만족한다.

여울은 하언에게 잡혀 있던 손에 은근한 힘을 불어넣었다. 언제나 그녀를 기분 좋게 데워주는 그의 온기가 피부 깊숙이 와 닿았다.

"알았어. 제대로 된 프러포즈는 그때 가서 기대할게."

하언이 가장 좋아하는 눈웃음과 함께 건네진 대답.

그는 가볍게 고개를 끄덕이곤 좌석에 편히 등을 기댔다.

길게 들이마시는 숨 안에 포근한 향기가 섞여 들어왔다. 언제까지고 함께 머물러있을 것 같은 좋은 향기였다.

9장
난간 너머의 도피처

신우그룹 근처 호텔 스카이라운지.

네크라인이 돋보이는 원피스를 깔끔하게 차려입은 설아가 하얀 대리석 바닥을 따라 걸어 들어왔다. 평소보다 짙은 화장에 진한 장미 향을 풍기는 그녀는 모두의 시선을 사로잡을 만큼 아름다운 모습이었다.

그래서 다른 날들보다 더욱 자신감에 차오른 오늘, 그 사람은 타이밍 좋게 먼저 점심 약속을 청해 왔다.

용건은 자세히 말해 주지 않았지만 설아는 쉽게 예측할 수 있었다. 그는 앞으로 본격적으로 진행될 우리들의 결혼에 대해 얘기하고 싶은 게 분명했다.

"유설아 님 되십니까?"

"네, 맞아요."

"도유현 님이 기다리고 계신 곳으로 안내해드리겠습니다. 따라오시죠."

때마침 그녀를 기다리고 있던 웨이터가 그녀를 이끌었다. 도시의 전경이 한눈에 보이는 자리가 아닌 가장 구석진 곳에 위치한 은밀한 룸이었다. 설아는 이미 단정한 머리를 한 번 더 매만졌고 웨이터가 룸의 문을 열기를 기다렸다.

드륵―

그리고 양옆으로 열린 유리문 사이로 언제 봐도 매력적인 그의 얼굴이 비쳐 들어왔다. 하얀 피부와 수려한 이목구비는 화려하게 치장하면 할수록 돋보이는 법인데, 오늘의 그는 단조롭게 느껴질 정도로 수수한 차림이었다.

"오늘 회사 안 갔어?"

설아는 반가운 인사 대신 뼈가 있는 질문을 던졌다.

하지만 유현은 그 말엔 대답조차 않고 그녀의 눈만 물끄러미 마주 보았다. 일말의 이질감을 찾아낸 설아는 더 이상 아무 말도 하지 않고 그의 맞은편에 자릴 잡았다.

평소엔 잘 빚어놓은 도자기 인형처럼 무미건조하던 그의 동공이 옅게 떨려 왔다.

그는 마른침을 삼키며 목소리를 정돈했고.

"설아야, 너한테 꼭 해야 하는 말이 있어."

이미 다 알고 있는 말을 각오하듯 내뱉었다.

설아는 고개조차 끄덕이지 않고 이어질 목소리를 기다렸다.

"많이 미안한 얘기야. 이해까진 바라지도 않아."

"······."

"그래도 이게 내 진심이니까····· 외면하지만 말아 줘."

본론을 꺼내기 전에 이렇게까지 부탁하는 걸 보면 기쁜 소식은 아닐 게 분명했다. 하지만 설아는 아무것도 눈치채지 못한 사람처럼 그를 향해 빙긋 미소 지었다.

"뜸 들이지 말고 편하게 말해. 듣고 있으니까."

그래도 유현은 섣불리 입술을 떼지 못하다가, 침묵이 어색해질 때쯤이 되어서야 조심스러운 목소리를 흘려보낸다.

"나는 너랑 결혼하지 못할 것 같아."

그건 설아가 미처 염두에 두지 못했던 잔인한 고백이었다. 심상찮은 분위기 속에서도 애써 올라가 있던 설아의 입꼬리가 차갑게 굳어버렸다.

"······그게 갑자기 무슨 소리야?"

그녀의 되물음에 유현은 보다 진지한 눈빛을 띠고 말을 이어 나갔다.

"우리 인연은 처음부터 전부 다 거짓이었어. 너에게 다가간 것도 아버지의 명령이었고, 지금까지 너와 함께한 이유도 아버지의 뜻을 따르기 위해서였어."

"······."

"미안해, 설아야······ 나는 널 사랑한 적이 단 한 번도 없어."

13년이 다 되어 가는 시간 동안 꾹꾹 참아왔던 진심.

꺼내기는 어려웠으나 막상 시작하니 막힘은 없었다. 오히려 거짓말로 사랑을 속삭일 때보다 마음은 후련해지는 기분이었다.

이 순간 유현은 자신이 내뱉는 한 마디 한 마디가 그녀를 상처 입힐 거라는 걸 누구보다 잘 알고 있다.

그러나 멈출 수 있는 방법은 없었다.

"이런 내가 무책임하고 비겁하다는 건 알아. 용서 같은 건 기대도 안 해."

"……."

"그러니까 이제라도 이런 나한테 휘둘리지 말고 널 사랑해 주는 사람을 찾아 가."

조금이라도 더 여지없이 이별을 말할 뿐.

"그만."

낮게 깔린 목소리가 떠나라는 유현의 말을 가로막았다.

언제나 그를 향하고 있던 설아의 눈빛은 어느새 테이블 위로 떨어진 상태였다.

그녀는 잠시 입술을 질끈 깨물었고 깊은 한숨을 내뱉었다. 그러고선 다시 고갤 들어 올려 유현의 눈동자를 직시한 채 물었다.

"갑자기 왜 그런 소리를 해?"

"갑자기 하는 말이 아니야. 한 번도 털어놓지 못했을 뿐이야."

"그건 일아, 그런데 왜 이제 와서……."

그녀는 무언가를 물어보려 했지만 차마 말을 맺지 못했다. 목이 메는 건 아니었다. 싸늘한 그녀의 눈가는 건조하기만 했으니까.

유현은 혹시라도 마음이 약해질까 싶어 그녀를 따라 고개를 떨구었다. 한동안의 정적 뒤에 차분하게 가라앉은 설아의 목소리가 이어졌다.

"혹시 말이야……."

"……."

"내가 전부 못 들은 척해 주면 계속 사랑하는 척, 연기해 줄 자신
있어?"

모든 것이 거짓이었던 인연임에도 불구하고 새어 나온 부질없는
미련. 그걸 받아주기엔 너무나도 지쳐버린 유현은 단호하게 고개를
저었다.

"아니. 더 이상은 못 하겠어."

"……알았어."

설아의 수긍은 의외로 간단하게 떨어졌다.

그녀는 유현이 미리 주문해 둔 커피가 나오기도 전에 자리에서
일어났고, 둘을 가둬두었던 유리문을 열어젖혔다. 그 매정한 뒷모
습은 그간 꿈에서만 반복해 왔던 이별을 실감 나게 만들었다.

"설아야."

유현은 그녀가 완전히 떠나버리기 전, 마지막으로 그녀의 이름을
불렀다. 여전히 눈물 날만큼 따듯하고 부드러운 목소리였다.

"미안했어."

하지만 들려오는 내용은 잔혹한 사과밖에 없었다. 그녀는 잠시
문을 붙잡은 손에 힘을 더하다가 이내 담담한 어조로 대답했다.

"미안해할 필요 없어."

"……."

"오히려 내가 미안하지."

얼굴이 보이지 않아 감정까지 확인해 보지 못했다. 그러나 더 이상 붙잡지는 않았으니 그것으로 만족스러운 결과였다.

물론 아직 감당해야 할 뒷감당이 산더미처럼 많이 쌓여 있지만 충분히 벗어날 수 있다고 생각한다. 이 지옥 같은 집착의 굴레에서 벗어난 것 자체가 그에게는 구원이고 천국이었으니까.

"하아……."

하지만 유현이 편안한 숨을 내쉬던 그 시각.

뚜르르르— 뚜르르르—

호텔 스카이라운지에서 엘리베이터를 기다리며, 설아는 누군가에게로 전화를 걸었다. 발신자는 목줄이 끊어진 그 사람을 가둬 놓을 거대한 벽과 같은 존재였다.

—그래, 설아야.

머지않아 휴대폰 너머로 새어 나온 목소리는 소름 끼칠 만큼 무미건조했다.

그래서 아군인 게 더욱 다행이라 느껴지는 그 사람에게 설아는 넌지시 묻는다.

"도 회장님, 지금 시간 되시나요? 긴히 드릴 부탁이 있는데……."

감정은 없어도 늘 원하는 대로 움직여주던 꼭두각시가 사람 노릇을 하려 하고 있다.

한 번도 날 사랑한 적이 없다는 건 애초부터 알고 있었지만 스스로 자각하고 이별을 얘기할 줄은 몰랐다.

물론 그동안 억지로 붙잡혀 있어 준 세월을 생각하면 불쌍하기도 하지만…….

하필 지금 넌 내 손 안에 들어오기 직전이다.

그래서 난 너에게 감정을 불어넣어 준 그 존재를 도저히 용서할 수 없다.

옵타티움 제1 회의실.

중대한 프로젝트 건으로 열띤 회의가 이뤄질 그곳에.

쾅―!

요란하게 문이 열리는 소리와 함께 뜻밖의 인물이 등장했다.

"세, 세상에나……."

"아니, 저분이 여길 왜……."

존재 자체만으로 모든 이들을 당황하게 만들어 버리는 사람. 하지만 그 누구도 감히 밀어내지 못하는 사람.

"표정들이 왜들 그러십니까. 못 볼 사람 봤습니까?"

바로 창립기념일에 난동을 부리며 행사장을 빠져나갔던 도하언이었다.

"도 이사님, 소식 못 들으셨습니까?"

"무슨 소식이요."

"그게…… 어제부로……."

함께 프로젝트를 진행하던 부장은 무언가를 말하려 했지만 끝내 전하지 못하고 뒷얘기를 얼버무렸다.

그건 충분히 의미심장했으나 하언은 되묻지 않았다. 일본에서 귀국하자마자 회사로 직행한 그는 어차피 돌아가는 상황을 비서로부터 전해 들은 후였다.

겨우 이틀 자리를 비웠을 뿐인데 그의 자리는 흔적도 없이 사라졌고 그의 권한 역시 대폭 줄어들었다. 아무리 공식적인 행사에서 문제를 일으켰다지만 이것은 분명 부당하기 짝이 없는 처사였다.

게다가 하언이 지금껏 열심히 이끌어 온 프로젝트들 역시 호시탐탐 승진의 기회를 노리던 하이에나들에게 인수인계될 처지.

그가 참석한 이 자리 역시 그런 프로젝트 중 하나였지만.

"인사는 생략하고 회의 시작하죠."

하언은 아무것도 모르는 척, 자리에 앉았다. 어느 누구도 그의 앞길을 가로막지 못할 정도로 위엄 있는 태도였다.

"큼큼! 저기…… 도하언 이사님?"

그때, 회의실의 중앙 자리에 앉아 있던 전무이사가 하언을 불렀다. 그 안에 묘하게 돋쳐 있는 가시가 거슬렸던 하언은 까칠한 눈빛을 띠고 대답했다.

"네. 말씀하세요. 하 전무님."

"아직 소식을 못 전해 들으셨나 본데, 이 프로젝트는 더 이상 도 이사님의 것이 아닙니다."

"……"

"회장님께서 직접 제게 넘겨주시겠다고 말씀하셨거든요."

노 회장의 지지를 받고 있는 자의 어깨는 하늘 높은 줄 모르고 치솟아 있었다. 하언의 입술 새로 실소를 터트렸고, 기만 가득한 목소리로 되물었다.

"정식으로 인수인계 받으셨습니까?"

"예?"

"공식적인 절차를 거쳐 그 자리에 앉아 계시는 거냐고 물었습니다."

하언이 자리를 비운 건 겨우 이틀.

복잡한 프로젝트의 권한을 하나하나 조율하여 넘기기에는 턱없이 부족한 시간이었다.

그걸 뻔히 알고 있는 하언은 자신이 무늬만 대표이사라는 걸 알고 우습게 여기려는 전무를 매서운 눈빛으로 노려보았다.

"그, 그런 건 아니지만 이미 얘기는 다……."

"그런 것도 아니라면 더 얘기할 필요 없겠네요."

"……"

"당장 나가시죠. 자꾸 신경 거슬리게 하지 말고."

미워하는 사람들 사이에서 살아남는 건 이제 이골이 난 하언이었다. 불청객 취급하는 시선은 어지간해선 의식되지도 않았다.

이깟 회사에는 미련도 없고 애초부터 이곳에서 못 벗어나서 안달이었지만.

쫓겨나듯 나가는 건 미치도록 싫었다. 훗날 목숨이 다한 뒤, 그 사람을 만날 면목이 없어질 테니까.

"허참……."

하 전무는 헛웃음을 치면서도 자리에서 일어났다. 문으로 다가갈수록 점점 빨라지는 걸음걸이를 보니 아직은 하언과 맞서기가 두려운 모양이었다.

회의실은 순식간에 하언으로 인해 긴장 상태가 되었다.

도무지 저항할 마음조차 들지 않게 만드는 당당한 권위. 그건 역시 하언만이 뿜어낼 수 있는 아우라였다.

하언은 빔 프로젝터 화면 쪽으로 의자를 빙 돌렸고, 사무적인 목소리로 말했다.

"진행사항 보고 시작하세요."

"예, 예!"

이 상태로 얼마나 버틸 수 있을지는 모르겠지만 크게 문제 될 것은 없다. 언제 나약하게 굴었었냐는 듯, 그는 이대로 제 자리를 사수할 작정이다.

믿기지 않는 일이 일어났다.

[강남역 근처 카페에서 봐. 자리 잡고 연락할게.]

썸이 진행되고 있다고 볼 수도 없을 정도로 무관심하던 시울이 먼저 약속을 청하는 기적 같은 일이었다.

아직까지 어안이 벙벙했던 혜수는 카페로 쉬이 들어가지 못하고 파우더 팩트를 꺼내 들었다.

최근에 꾸준히 여동생 컨셉을 밀고 있는 만큼 최대한 과하지 않게 풋풋한 느낌을 살린 메이크업은 그럭저럭 봐줄만 했다.

"그래도 너무 쌩얼 같은가?"

하지만 몹시 초조했던 혜수는 자꾸만 얼굴에서 아쉬운 부분을 찾아냈다.

이래서 너무 잘생긴 남자는 만나지 말라고들 하나보다. 얼굴을 마주봐야 할 때마다 엄청 부담스럽잖아.

그때, 핸드백에 넣어 두었던 휴대폰이 요란하게 울었다.

혜수는 발신자를 확인해 보려 했으나 그럴 새도 없이 카페 유리
창으로 휴대폰을 귀에 댄 시울과 눈이 마주쳤다.

티 없이 맑은 웃음을 온 얼굴에 퍼트린 채 살랑살랑 손을 흔드는
그는 오늘따라 유독 기분이 좋아보였다.

"아! 지금 들어갈게요!"

혜수는 그에게 들리지도 않을 대답을 하고 씩씩하게 유리문을 열
었다. 카페에 흐르는 달콤한 음악부터 은은한 커피 향까지, 그녀를
둘러싼 환경들은 충분히 로맨틱한 분위기였다.

'혹시 오늘 데이트하고 싶어서 불렀나?'

혜수는 벅차는 기대감을 숨기지 못하고 잔뜩 얼굴을 붉혔다. 가
까워진 그녀를 제대로 확인한 시울이 살가운 첫 마디를 건넸다.

"와, 어제 술 되게 많이 마셨나보다."

"네?"

"너무 과음하지 마. 간에 해로워."

그건 분명 그녀의 홍조에 대한 오해였다. 그러나 혜수는 그 뒤에
어린 시울의 눈웃음 때문에 반박도 하지 못했다.

"저…… 오빠, 식사는 하셨어요?"

혜수는 조심스럽게 물으며 그의 맞은편에 앉았다.

그러자 시울은 테이블 위에 놓인 카페모카를 단숨에 원샷한 뒤
군더더기 없는 대답을 했다.

"이따 법원 동기랑 먹기로 했어. 너한테 할 말이 그렇게 길진 않
아서."

"할 말이요?"

시울에게 용건이 있다는 말에 혜수의 어깨가 바짝 움츠러들었다. 우린 애초부터 아무 사이도 아니었으니 사랑을 속삭여줄 리는 없겠지만, 그래도 그의 표정을 보니 나쁜 소식을 전할 것 같지는 않았다.

혜수는 일렁이는 눈빛을 띤 채 그에게 물었다.

"말씀하세요. 오빠."

시울은 팔꿈치를 테이블 위로 올려놓았고, 그녀에게로 바짝 고개를 숙이며 말했다.

"있잖아, 우리 더 이상 아는 오빠동생으로 지내지 말자."

익숙한 이 대사.

이건 드라마 속에서 남자주인공이 여자주인공에게 정식으로 고백할 때 쓰는 서두였다. 아마도 그는 이 흐지부지한 관계를 본격적인 썸으로 이끌 모양이었다.

"그러면요?"

"그러면이라니?"

"그러면 저랑 무슨 사이가 되고 싶은 건데요?"

혜수는 기대감이 가득 차오른 얼굴로 슬쩍 떠보았다. 시울은 그녀의 질문을 곰곰이 생각하다가 곧바로 대답했다.

"아는 오빠동생이 아니면 뭐겠어."

조금 더! 오빠 조금 너 용기를 내시 다가와 줘요!

"그냥 모르는 사람인 거지, 뭐."

"예, 예?"

잘 나가고 있다고 생각했는데 그의 고백은 전혀 예상치 못했던 전개로 튀어버렸다.

'모르는 사람'이라는 잔인한 단어를 뱉어놓고서도 시울의 얼굴엔 살랑살랑 봄바람 같은 미소가 가득했다.

'내가 잘못들은 걸 거야. 아니면 워낙 장난기 많은 사람이니까 농담을 한 걸지도 몰라.'

혜수는 단번에 비보를 받아들이지 못하고 애써 마음을 정리했다.

"하하하, 역시 오빠는 재밌는 사람이네요."

그래서 너털웃음을 지으며 은근슬쩍 넘겨보려고 하자.

"그래? 인연이 재밌게 끝나서 다행이네. 그럼 잘 살아. 안녕!"

시울은 명랑한 인사와 함께 자리에서 일어나 버렸다. 그와 얼굴을 마주한지 2분도 채 되지 않아 벌어진 비극적인 참사였다.

"오, 오빠!"

"응?"

"진짜 가려고요?!"

현실을 받아들이지 못한 혜수는 자존심이고 뭐고 그의 팔을 덥석 붙잡고 늘어졌다.

동그란 시울의 눈동자가 그녀에게로 물끄러미 내려앉았다.

"왜? 마지막으로 할 말 있어?"

"이, 있어요! 할 말! 혹시 차여울…… 아니, 여울이 언니 때문에 그러는 거예요?"

"응."

"여울이 언니가 나랑 엮이지 말래요?"

"응."

"왜?! 내가 괴롭혀서?!"

"너 여울이 괴롭혔었어?"

아차. 이 사실까지는 몰랐던 모양이구나.

"아니요…… 그게 아니라……."

"와, 그런 건 진작 알려 줬어야지. 난 우리 여울이 괴롭히는 애들은 상종도 안 한단 말이야."

시울은 자신에게 매달린 혜수의 손을 은근한 힘으로 떼어 냈다. 그리고 절망에 빠진 그녀를 똑바로 마주한 채 더욱 매정해진 한 마디를 건넸다.

"그럼 아까 인사 번복할게. 여울이 보다는 잘 살지 마. 안녕!"

이번의 안녕은 아까의 안녕보다 훨씬 더 가뿐했다. 순간 그녀 머릿속에서는 뒤늦은 석고대죄라도 올릴까 했지만 어차피 진심으로 비춰지지도 않을 터였다.

혜수는 금방이라도 울 것만 같은 눈빛으로 멀어지는 그의 뒷모습을 하염없이 지켜보았다. 이럴 줄 알았으면 너무 나대지 말 걸 그랬다. 심보라도 곱게 쓸 걸 그랬다.

저 오빠가 차여울 때문에 인연을 끊어야 한다고 말하는 걸 보면, 걔도 내 마음을 알고 있다는 뜻일 텐데.

이제 창피해서 얼굴 어떻게 보냐.

"하아…… 진짜 미치고 팔짝 뛰겠네."

혜수는 한숨 섞인 한탄을 조용히 내뱉었다.

딸랑, 마침 들려오는 카페 유리문의 종소리는 짝사랑의 끝을 알리는 것만 같아서 그녀는 참을 수 없이 울적해졌다.

지구가 오늘 확 멸망해버렸으면 좋겠다.

            *   *   *

참새가 짹짹 지저귀는 아침.

"여울아, 너 용돈 없어도 돼? 요즘 도하언네 집에 붙어 있느라 번역 일도 제대로 못 했잖아."

출근 준비로 분주하던 시울이 지갑을 뒤적이며 다가왔다. 여울은 고개를 도리도리 저었고 다 챙겨 둔 가방의 지퍼를 닫았다.

"난 오빠랑 달리 저축해 둔 돈 있어서 괜찮아. 용돈 주는 대신 통장에 넣어둬."

"괜찮으면 말아라. 오늘 돈까스 사 먹어야지."

"뒷말은 안 듣는구나? 저축 좀 하라니까?"

말투는 핀잔이었지만 내용은 걱정이었다.

그러나 최근 들어 돈 걱정이 사라진 시울은 지갑에 있는 몇 만 원을 어떻게 써야 할까, 행복한 고민을 시작했다.

"아, 그리고 후식도 먹을 거야. 법원 근처에 카페가 생겼는데 거기 모카가 진짜 맛있거든."

"신났네, 아주. 씀씀이만 작아졌지 돈 쓰는 건 아직도 좋아하네."

"참! 마카롱도 사야지! 머리 쓰려면 단 거 많이 먹는 게 좋으니까!"

어휴, 저러다 언젠가는 철들겠지.

낮은 한숨을 내쉬며 가방을 들쳐 멘 여울은 신이 난 시울에게 신신당부를 했다.

"와이셔츠 다려 둔 거 옷장에 걸어 놨어. 앞으로 오빠 혼자 다림

질하려고 하지 말고 세탁소에 맡겨."

"내가 애야? 그 정도는 알아서 해."

"맞다. 그리고 반찬은 냉장고 넣어놨으니까 배달 음식은……."

"예, 예. 알았습니다."

시울은 기나긴 잔소리가 듣기 싫은지 그녀의 등을 신발장 쪽으로 떠밀었다.

하지만 며칠 전, 오랜만에 집 청소를 하면서 시울이 얼마나 대충대충 살고 있는지 깨달아 버린 그녀는 쉽사리 발을 떼어 내질 못했다.

"또 담배 좀 끊어!"

그래서 가장 걱정하는 바를 성질대로 소리치니 시울은 손수 현관문을 열어 주며 그녀를 재촉했다.

"밖에서 도하언 기다리고 있다면서! 안 서둘러도 돼?!"

아, 맞다. 단지 앞에 도하언 도착했다고 했지.

새삼 정신을 차린 여울은 서둘러 현관을 빠져나갔다. 바로 위층에 있던 엘리베이터는 버튼을 누르자마자 금세 도착했다.

여울은 서둘러 그 안으로 몸을 실었고 마지막 인사를 내뱉었다.

"나 조만간 아예 집으로 들어올 거야! 그러니까 조금만 더 기다려!"

현관문을 붙잡은 시울이 이마 위로 바짝 손을 붙여 경례를 했다.

"예! 수고하십쇼!"

하여간 한 순간이라도 진지하게 굴면 온몸에 두드러기라도 돋아나나. 매사에 장난스러워서 영 신뢰가 안 가네.

그렇게 걱정을 한 아름 안고 아파트 단지 앞으로 걸어 나오는 길.

빵빵—!

30분 째 같은 자리에서 대기 중이던 까만색 세단이 그녀의 등장과 동시에 클랙슨을 울렸다.

요란스럽게 굴기엔 아직 이른 시간이었기에 여울은 서둘러 하언의 차로 발길을 재촉했다.

"나 보고 싶어서 뛰어온 건가?"

그녀가 조수석 문을 열기가 무섭게 하언이 꺼내놓는 질문은 참 능글맞았다. 여울은 대답 대신 미소로 화답하며 차 안으로 몸을 들였다.

겨우 하룻밤 떨어져 있었을 뿐인데 코끝을 스치는 그의 머스크 향은 유달리 반가웠다.

"여덟 시까지 온다면서 왜 벌써 왔어?"

"너 조금이라도 더 빨리 나오라고."

"내가 엄청 보고 싶었구나?"

"그런가 보지."

"아, 어제 회사에서 일은 잘 끝냈어요?"

여울은 애정 어린 인사 끝에 그녀가 함께 해 주지 못했던 어제에 대해 물었다.

회사에서 하언은 자정이 넘도록 일이 아닌 전쟁을 치러야 했었지만, 굳이 그녀에게는 낱낱이 고하고 싶지 않았다.

훗날 그 혼자 마음고생이 심했다는 걸 알면 그녀는 섭섭해 할 게 분명했다. 그러나 어차피 어느 누구도 도와줄 수 없는 문제였다.

"회사 일이야 늘 완벽하게 끝내. 넌 어제 잘 잤어?"

하언은 뻔한 대답과 함께 그녀의 안부를 물었다. 여울은 고개를 끄덕였고 등에 메고 있던 가방을 품에 안아 들었다.

"그럼. 꿈도 안 꾸고 푹…… 응? 이게 뭐지?"

그러다 가방 뒷주머니에 아슬아슬하게 꽂혀 있던 봉투를 뒤늦게 발견했다.

'사랑하는 여울이에게♡'

마지막에 붙은 하트까지 정갈하게 적힌 글씨는 초등학교 시절 한석봉 상까지 받았던 차시울의 것이었다.

"왜. 뭐 있어?"

하언은 시동을 걸려다 말고 봉투 안을 살피는 여울에게 관심을 두었다. 그녀의 얇은 손가락이 조심스럽게 빼내드는 건 오만 원 짜리 지폐 두 장과 짧은 문구가 적힌 카드 하나였다.

[니가 의심하던 썸녀는 오빠가 어제부로 정리했다! 마음 놓고 오빠를 사랑하렴!]

언뜻 보기에는 새로운 남자 친구의 메시지였다. 그러나 여울은 단번에 알아차릴 수 있었다.

그녀가 그토록 걱정했던 도혜수와의 관계를 나름대로 깔끔히 정리했다는 뜻이라는 걸.

"참나, 하여간 말은 참 안 들어. 용돈 필요 없다니까…….'

핀잔을 내뱉는 여울의 입가에 빙긋 미소가 얹혔다.

이번에도 장난스럽기 그지없지만, 그래도 이럴 땐 동생의 걱정을 덜어 주려 노력하는 영락없는 오빠의 모습이었다.

하지만 남매의 우애를 이해할 리 없는 하언은 대뜸 인상을 구겼다.

"어떤 놈이야."

"응?"

"뭔데 너한테 썸녀를 정리했다는 소리를 해?"

뜻하지 않은 의심.

해명이야 이 편지의 발신인이 시울이라고 말하면 될 테지만, 어쩐지 짓궂게 굴고 싶어진 여울은 의미심장한 대답을 흘렸다.

"그냥…… 아는 오빠 정도?"

"오빠? 지금 오빠라고 했어?"

"응. 나보다 두 살 많거든."

"나도 너보다 두 살 많은데 나한테는 오빠라고 안 하잖아."

"에이, 뭐 그런 게 중요한가?"

"중요해. 그러니까 당장 누군지 말해."

하언은 약이 오를 대로 올랐는지 엄포를 놓듯 말했다. 요 근래에는 들어 본 적 없는 사나운 말투였다.

그래도 여울은 그저 웃는 낯으로 어깃장을 낸다.

"싫어."

"왜."

"나는 하언 씨가 질투하는 모습에 설레거든."

여울의 손가락이 찡그려진 하언의 미간을 톡 건드렸다. 실컷 동요했던 하언은 그제야 오빠의 정체를 깨달았다.

"그거 차시울이지."

"빙고."

"아, 뭐야. 차시울이나 차여울이나 쓸데없는 걸로 사람 약 올리는 건 똑같네."

툴툴거리고는 있지만 하언의 눈빛은 순식간에 누그러져 있었다. 여울은 속마음이 훤히 비치는 이 남자가 너무나도 귀여워서 자꾸만 마음이 싱글벙글 해진다.

평창동 저택.

"혜수야, 왜 그래! 응? 혜수야!"

켈리 박의 애타는 목소리가 집 안을 가득 메웠다.

어제 잔뜩 들떠서 외출했다가 죽상이 된 뒤로 제 방에서 나오지 않는 혜수 때문이었다.

엄마의 걱정이야 혜수도 모르는 건 아니었지만 그녀는 도무지 대답을 할 수 없었다. 진정될 만하면 다시금 터져 버리는 울음은 계속 그칠 줄을 모르고 있다.

"흐어어엉…… 팽!"

혜수는 이미 시뻘게진 코를 대차게 풀며 휴대폰을 들었다. 그리고 넓은 인맥이 산더미처럼 저장된 전화번호부를 눌렀다.

어제부터 수백 번은 시도해봤지만 차마 지울 용기가 나지 않았던 시울의 번호가 기다렸다는 듯 액정 위로 떠올랐다.

이젠 완전히 끝난 인연이라 미련이 늘어나기 전에 지워야하는데, 어째서 손끝은 머리를 따라 주지 않는 건지.

사실 단 한 번도 손에 넣어본 적 없는 인연이라 이렇게 울고불고 짜는 것 자체가 오버스러운 일이었다.

하지만 혜수는 오랜만에 찾아온 짝사랑을 제 실수로 날려 버린 것 같아서 너무나 서럽다.

"아니야. 매달려서 뭐해. 이제 연락도 못 할 번호 확 지워 버려야지."

한참을 훌쩍거리던 혜수는 힘겹게 마음을 다잡았다. 그리고 다시 한 번 시울의 번호를 눌러 완전히 삭제해 버리려는데.

"아휴, 이렇게나 복잡스러운 와중에 차여울 저 계집애도 돌아왔네."

켈리 박의 불평 가득한 목소리가 혜수의 귀를 사로잡았다. 혜수가 알고 있는 사람들 중 유일한 시울의 최측근이었다.

하지만 혜수가 한 공간에 머물고 있다는 사실을 알 리 없는 여울은 커다란 가방을 안은 채 씩씩하게 저택 안으로 들어섰다.

"안녕하세요. 작은어머님."

"아니. 전혀 안녕하지 못해. 나는 너처럼 싸돌아다닐 마음의 여유가 없거든."

켈리 박은 조금도 반겨 주지 않았지만 이제 이런 생활도 얼마 남지 않았다. 하언이 이곳에서 빼내 주기만 한다면 남보다 못한 사이와 다름 없었다.

여울은 매사에 시비조인 켈리 박에게 어색하게 웃어 주고는 2층으로 발걸음을 옮겼다. 정식으로 눌러 앉아도 된다고 허락은 받아 놨지 입장이 입장인지라 몹시도 조심스러운 모습이었다.

그러나 바로 그때, 계단 근처에 위치한 방문이 요란한 소리와 함께 열렸다. 그 안에서 튀어나온 사람은 다름 아닌 두 눈이 토끼처럼 빨개진 도혜수였다.

"어머! 혜수야! 이제 방에서 나오네! 대체 무슨 일인 거야!"

혜수를 애타게 기다리고 있던 켈리 박은 호들갑을 떨며 그녀의 뺨을 매만지려 했다. 하지만 그 손길을 그녀답지 않게 팩! 내쳐버린 혜수는 여울을 노려보았다.

그러고는 귀를 의심할 만한 제안을 던졌다.

"언니…… 나 어제 대차게 차였는데……."

"……."

"같이 술 마셔 줄래요?"

"으, 응?"

신우그룹, 대표실.

"지, 지금 그 말…… 진심이에요?"

권위적인 설아의 시선 앞에 한 남자가 놀란 기색을 감추지 못하고 되물었다.

요즘 들어 마음고생을 심하게 하는 탓에 꺼칠한 수염조차 제대로 깎지 못한 그는 다름 아닌 여울의 사촌 최재형이었다.

설아는 가식적인 미소를 입가에 머금은 채 대답했다.

"제가 농담하려고 바쁜 시간 내어 줄 사람으로 보여요?"

"아니요! 아니요! 그런 뜻이 아니라……."

"제가 드린 제안은 선부 진심으로 하는 말이니까 괜한 의심 말고 진지하게 생각해 봐요."

"……."

"그 사람 때문에 인생이 망가졌는데 복수는 제대로 해 줘야 할 거 아냐."

설아의 말에 재형은 아무런 대답도 하지 않았지만 표정만큼은 크게 공감하고 있는 듯 보였다. 다리를 덜덜 떨며 마른 입술만 적시던 그는 이내 진짜 묻고 싶은 질문을 넌지시 던져 놓았다.

"차시울 그 새끼…… 만만하게 보여도 뒤에 엄청난 빽까지 있는 놈이에요."

"……."

"당신이 그 빽까지도 책임지고 막아줄 수 있단 소리입니까?"

그들의 대화 속에서 드러난 복수의 대상은 최근 재형의 집안을 상대로 막대한 손해배상을 청구한 차시울이었다.

집안이 풍비박산이 난 이유를 시울 탓으로 돌리고 있는 그는 아직도 본인의 잘못을 깨닫지 못하고 있는 중이었다.

설아는 그런 그를 향해 가볍게 고개를 끄덕였다.

"도하언 말씀이신가 본데, 걱정할 거 없어요. 어차피 지금은 죽도 밥도 아닌 처지거든요."

"……."

"최재형 씨가 해야 할 일은 지금 당장 차시울을 무고죄로 고소하는 것, 단 한 가지예요. 뒷일은 제가 알아서 할 테니 재형 씨는 저질러 주기만 하세요."

비록 단아한 외모에 여리여리한 체구였지만, 그녀에게서 느껴지는 위압감은 거친 맹수와 비슷했다. 어둠뿐인 현실에서 한 줄기 희망을 찾은 재형의 입가에 희열이 번졌다.

"오늘 절 구제해 주겠다는 전화를 받았을 때만 해도 반신반의했었습니다. 그런데 이 모든 게 사실이라니……."

"……."

"푸핫, 차시울이 그쪽한테 어마어마한 빚을 졌나 봐요! 생판 처음 보는 사람을 발 벗고 도와주겠다고 나서네!"

그리 말하는 재형은 안정을 되찾았는지, 소파 등받이에 편히 기대앉으며 한쪽 다리를 꼬았다. 그의 운동화 끝에 묻어 있던 흙이 유현이 선물해 준 하얀 테이블보를 더럽혔다.

설아는 기만이 가득한 눈빛으로 재형을 직시했고 아까와 달리 한 기가 도는 목소리를 내뱉었다.

"도와주는 게 아닙니다."

"응?"

"우연히 같은 걸 치우는 중인 거지."

일방적인 말을 마친 설아는 그와 마주 앉아 있던 자리에서 일어 났다. 그러고는 더 이상의 볼일은 없다는 듯 등을 돌리며 작별 인사 를 건넸다.

"난동이나 제대로 벌이세요. 일 그르쳤다가는 최재형 씨가 전부 덮어쓰게 될 겁니다."

그건 분명 무서운 협박이었지만 재형은 킬킬 웃어댈 뿐이었다.

"푸하하, 걱정 붙들어 매요! 내가 어디가 깽판 쳐 놓는 거 하나는 자신 있으니까!"

재형은 이 순간을 기적이라 믿고 있다. 그래서 마음 놓고 차시울 의 목을 졸라볼 생각이다.

"진짜 두고 봐요. 내가 세상에서 가장 요란한 맞고소를 보여주죠."

노예가 감히 해방을 외쳤던 그날의 치욕을 전부 다 되갚을 때까지.

어쩌다가 일이 이렇게 되어 버렸는지 모르겠다.

하언은 오전 중에 처리할 일이 있다며 회사로 떠났고, 여울은 먼저 저택으로 돌아와 하루 종일 그의 방에 숨어 있을 생각이었다.

하지만 친오빠에게 차인 시누이가 오열하며 그녀를 붙잡은 탓에.

"언니는 소주파예요, 맥주파예요?"

"나, 나는 맥주…… 맥주 마실게요."

"그냥 말 편하게 놔요. 여기요! 소주 두 병, 맥주 두 병 주세요!"

지금은 강남 번화가의 한 고깃집에 와 있다.

대낮에 술을 한 병도 아니고 두 병씩이나 시키는 그녀는 거하게 한판 벌일 예정인가 보다.

"아가씨는 의외로 평범한 술 먹네요? 하언 씨는 저번에 비싼 양주 시키던데."

같이 있기는 하지만 마땅히 할 말이 없었던 여울은 쓸데없는 질문부터 던졌다. 그러자 혜수는 기본 반찬으로 나온 깍두기를 아삭거리며 대답했다.

"오빠들은 회사에서 접대할 일이 많으니까 보통 고급 바로 가는데, 난 친구들이랑 술 마실 일밖에 없으니까 대충 마셔요."

"아하."

"비싼 술에 무슨 의미가 있어. 그냥 취하기만 하면 되는 거지."

늘 머리부터 발끝까지 요란한 스타일만 고집하길래 노는 것도 화려하게 놀 줄 알았는데, 혜수는 의외로 소박하고 털털한 취향을 가지고 있었다.

이제 보니 그녀에게서 느껴지는 화려함은 켈리 박에게서 느껴지는 사치스러움과 느낌이 많이 달랐다.

"언니, 물."

"예, 예."

"두 손으로 안 받아도 돼요."

"네? 아……."

물론 그래 봤자 그녀에 대한 두려움이 사라지지는 않았지만.

그 뒤로 찾아온 건 어색한 침묵이었다. 여울은 필사적으로 얘깃거리를 찾아보았으나, 혜수에게는 하고 싶은 말도 궁금한 질문도 없었다.

그래서 한도 끝도 없이 민망해지기만 할 때쯤.

"여기 삼겹살 2인분이랑 술 나왔습니다."

다행히도 종업원이 그들의 테이블로 서빙을 왔다. 고기를 본 여울의 얼굴에 반가운 빛이 돌았다.

"네, 감사합니다."

"아가씨! 제가 구울게요!"

"응? 아니야, 내가 할게."

"아니에요. 집게 이리 주세요."

가만히 넋 놓고 앉아 있는 게 너무나도 불편했던 여울은 고기 굽는 역할을 악착같이 사수했다. 빨리 구워서 빨리 먹이고 최대한 짧은 시간 내에 이 자리를 파투 내는 것이 여울의 목표였다.

그러나 혜수는 여울의 행동을 배려로 받아들였는지, 붉은 눈가를 다시금 일렁이기 시작했다.

"언니 정말 다정한 성격이네요."

"네?"

"싫어하더라도 어떤 사람인지는 자세히 알아보고 싫어할걸……."

조금 전까지도 오열하다 나온 혜수는 눈물이 참 쉽게 떨어졌다. 당황한 여울은 황급히 티슈를 뽑아 건네며 그녀를 달랬다.

"아니에요! 아니에요! 어떻게 보면 평화롭던 가정에 제가 끼어든 셈인데 미움받을 만하죠!"

"거짓말. 언니도 짜증 많이 났으면서."

"저는 괜찮아요! 그러니까 뚝!"

여울은 그녀 때문에 억울하고 분했던 기억을 모두 내려놓고 마음에도 없는 위로를 던졌다. 울고 있는 도혜수는 화내는 도혜수보다 훨씬 더 불편하고 까다로웠다. 여울은 그런 그녀를 위해 소주병을 집어 들었고 작은 잔에 술을 반쯤 채워 내밀었다.

"우선 한잔 하면서 마음 좀 달래요."

그건 여울의 인생에 오점으로 남을 만큼 잘못된 처사였다.

받은 술잔을 단숨에 들이킨 혜수는 여울에게서 소주병을 뺏어 한 잔 더 따라 원샷하더니.

"캬!"

"좀 개운해졌어요?"

"네! 차시울 생각나고 좋네요!"

"예, 예?"

여울의 친오빠 얘기를 본격적으로 꺼내기 시작했다.

주제가 본격적으로 차시울이 되어 버리자 여울은 난처한 기색을

난간 너머의 도피처 301

숨기지 못하고 동공을 떨었다.

그러나 한 번 풀려버린 이야기보따리는 별로 듣고 싶지 않은 차 시울의 매력포인트부터 줄줄이 쏟아 냈다.

"언니 웃는 걸 잘 못 봐서 언니도 갖고 있는지는 잘 모르겠는 데…… 그거 알아요? 시울이 오빠 사막여우처럼 웃는 거?"

"아니요. 잘 모르겠는데요."

"처음엔 그 사진 보고 완전 반했어요. 내가 좋아하는 스타일은 아 닌데 막 홀려 들어가더라고."

"아하, 그랬군요."

"그리고 판사 모드일 때랑 양아치 모드일 때랑 갭이 크잖아요. 그 게 얼마나 섹시한데."

혜수가 하는 칭찬들은 친동생이 전혀 공감해 줄 수 없는 얘기들 뿐이었다. 특히 '섹시'를 언급하는 부분에선 두 귀를 틀어막고 싶을 정도였다.

"그리고 목소리도 사탕처럼 달콤해."

"사, 사탕이요?"

"나긋나긋하면서도 장난기 있잖아요. 소년과 남자의 중간단계라 고나 할까!"

"아하……."

"머리부터 발끝까지 특별한 점들투성이에요. 보이지가 않아서 그 렇지 아마 그 오빠가 내쉬는 숨도 남들보다는 특별할 거야."

끝도 없이 이어지는 시울 찬양은 가만히 뒀다간 날 새도록 계속 될 모양이었다. 인내심의 한계를 느낀 여울은 다 구워진 고기를 혜수의 앞접시에 놓아주며 처음으로 그녀의 말을 끊었다.

"우리 오빠 좋아하지 마요."

생각보다 단호한 목소리에 혜수의 눈동자에 의아함이 맺혔다.

"응?"

"나랑 아가씨 관계도 관계지만, 애초에 누군가한테 마음을 줄 만큼 애정 넘치는 사람이 아니에요. 워낙 인기가 많아서 그런가. 지금까지 여자한테 진지했던 적이 단 한 번도 없었어."

"……."

"그런 사람한테 뭔가 기대하거나 혼자 희망을 품고 기다리는 건 시간 낭비라고 생각해요."

그리 말하는 여울의 눈빛은 담백하고도 냉정했다. 혜수는 그녀를 물끄러미 바라보다가 깊은 한숨을 내쉬었다.

그게 불만의 표현이라고 생각한 여울은 그녀의 낯빛을 은근슬쩍 살폈다. 워낙 불같은 성격의 소유자라 잘 나가다가도 버럭 화를 낼 가능성이 농후했다.

"와아, 언니 되게 돌직구 날리는 스타일이구나."

그러나 이어지는 혜수의 반응은 예상외로 담담했다.

"하긴 뭐, 이럴 땐 듣기 좋은 말보다 냉정한 충고가 낫지. 마음 정리하기 편하니까."

"……."

"사실은 중간에서 얘기 좀 잘 해 달라고 부탁하고 싶었는데, 그렇게 단호하게 말하니까 말문도 못 열겠다."

여전히 혜수의 눈은 실연의 슬픔에 젖어 있었지만 처음보다는 훨씬 개운해진 상태였다. 그건 여울이 보기에도 질질 짜며 술을 찾을 때보다 보기 좋았다.

"남자 잊는 데는 술보단 밥이 최고예요. 얼른 먹어."

여울은 얼마 전 실연을 당했던 선배로서 조언을 건네며, 잘 익은 고기를 몇 점 더 혜수의 앞접시에 올려 주었다. 그러자 혜수는 소주 잔 대신 젓가락을 들었고 가볍게 고개를 숙였다.

"고마워요, 언니."

"뭐가?"

"나 아직까지 미울 텐데 같이 따라 나와 줘서. 사실 혼자 집에만 처박혀 있기 싫었거든요."

"안 그랬으면 또 나한테 소리 질렀을 거잖아."

"이제 안 그런다니까?"

어느새 두 사람의 분위기는 만나기만 하면 폭풍이 휘몰아칠 때보다 훨씬 편안해져 있었다.

비록 오빠에게 손을 뻗치려 하는 것부터 마음에 안 드는 혜수였지만, 생각해 보면 그녀도 누구에게나 살랑거리는 친오빠에게 휘둘려버린 가엾은 여자였다.

그래서 그동안의 미움은 반쯤 거둬볼까 고민하고 있던 그때.

"근데요, 언니. 얘기가 나와서 말인데, 내 주변에서 애정이라곤 찾아볼 수 없는 사람이 바로 도하언이거든요."

"응?"

"그 인간은 어때요? 언니 지치게 만들지 않아요?"

혜수가 장난스러운 눈빛으로 질문을 던졌다. 난데없는 도하언에

대한 얘기에 여울의 얼굴이 순식간에 당황감에 젖었다.

"여, 여기서 왜 갑자기 하언 씨 얘기가 나와요?"

"궁금해서 그래. 궁금해서. 도하언이랑 결혼하는 여자는 고생길이 훤하겠다, 라고 생각한 게 한두 번이 아니거든."

그건 하언이 늘 못 잡아먹어서 안달인 혜수라면 충분히 가질 법한 생각이었다. 되짚어보면 여울도 한때 천상천하 유아독존 도하언에게 매번 분노하던 시절이 있었다.

"처음엔 확실히 비호감이었어요."

"역시 그럴 줄 알았어."

"그런데 그 사람에 대해서 알면 알수록 새로운 매력들이 눈에 들어오더라구요."

"……."

"은근히 다정하고, 세심하고, 책임감도 강하고. 그리고 무엇보다 어린애처럼 정말 순수한 사람이에요."

여울은 그동안 하언으로 인해 설레었던 순간들을 떠올리며 차분하게 대답했다. 혜수의 표정은 잠시 친오빠의 매력포인트를 듣던 여울의 표정과 비슷해졌으나 잠깐 고개를 갸우뚱하더니 머지않아 이해했다는 듯 천천히 끄덕거렸다.

"감은 안 오지만 뭔지 알 것 같긴 해요. 도하언이 원래 자기 사람한테만 잘해 주는 스타일이거든."

혜수의 입에서 나온 '자기 사람'이라는 단어.

그 말은 여울의 마음을 들뜨게 만들었다. 아무래도 난 세상 혼자 산다는 도하언에게 포함된 유일한 자기 사람인가 보다.

왜냐하면 나한테는 매일 같이 꿀 떨어지게 잘해 주잖아.

하언을 떠올리는 여울의 두 뺨엔 버릇처럼 홍조가 얹혔다. 혜수는 그걸 부럽다는 눈빛으로 바라보다가 고기를 입에 집어넣으며 대답했다.

"오빠 꼬시는 건 실패했으니까 아쉬운 대로 이제부턴 언니를 꼬셔야겠다."

"네?"

"괜찮다 싶으면 넘어와 줘요. 혹시 알아? 첫인상은 더러워도 알면 알수록 진국인 게 도 씨 집안사람들 특징일지."

혜수의 입꼬리에도 가벼운 미소가 얹혔다.

처음으로 보는 그녀의 웃는 얼굴은 하언과 많이 닮아 있었다. 은근슬쩍 미운 마음이 누그러지게.

"뭐, 그건 두고 봐야지 알겠네."

아직까지는 호감보단 비호감이 더 큰 혜수이지만 여울은 굳이 거부하지 않았다.

정말 그녀 말대로 알면 알수록 괜찮아 보일지 모를 일이니.

퍼억ㅡ! 퍽ㅡ!

고통을 동반한 타격음이 서재를 가득 메웠다.

단단한 골프채가 여린 몸뚱이에 내리꽂힐 때마다 다 죽어 가는 숨결은 맥없이 흘러나왔다.

처음엔 비명조차 내지르지 못할 만큼 아팠는데, 이젠 그런 것도 느끼지 못하겠다. 온몸의 신경이 전부 죽어 버린 건지, 아니면 고통에 익숙해져 버린 건지.

확실한 건 흐린 시야에 비치는 검붉은 핏자국들이 모두 유현의 것이라는 사실이었다. 그는 원래 가지고 있었던 멍 자국들이 다 아물기도 전에, 또다시 고통을 참아내야 했다.

"이 새끼가! 감히! 누굴 망치려 들어!"

거칠게 소리를 지르는 도 회장은 평소보다 격앙된 상태였다.

그 이유는 너무나도 당연했다.

드디어 하언을 지지하던 대주주들의 마음까지 회유하는 데 성공했건만, 유현은 다 된 밥에 재를 뿌리기로 작정했는지 설아에게 이별을 통보해 버렸다.

마지막 순간에 와서 저지른 납득하지 못할 짓이었다. 도 회장은 평소엔 시키는 모든 일을 묵묵히 감당해내던 그가 갑자기 왜 이러는지 이해할 수가 없었다.

그래서 여느 때처럼 원하는 대답이 나올 때까지 내리치고는 있는데.

"대답해!"

"……."

"고집부리지 말고 똑바로 대답하라고!"

오늘의 유현은 입술조차 도 회장의 뜻대로 움직이지 않는다. 죽은 시체처럼 쓰러져 모진 매질을 버티며 반항하고 있다.

"하아, 하아…… 좋아, 계속 그렇게 나온다 이거냐."

결국 매질도 지쳐버린 도 회장은 신경질적으로 골프채를 내던졌다. 그리고 탁상 위에 놓여 있던 위스키를 병째 벌컥벌컥 들이켰다.

알코올 냄새가 독해지면 독해질수록 그의 눈은 보다 짙은 광기에 사로잡혔다.

"아무래도 내가 어떤 사람인지 아직 모르는 것 같구나."

"……."

"그러니까 이렇게 버티면 해결될 거라는 어리석은 생각을 하지. 안 그래?"

도 회장은 비틀거리는 걸음으로 유현에게 다가갔다. 도망칠 유현은 다가오는 발소리를 들으면서도 죽은 듯 널브러져 있을 뿐이었다.

도 회장은 그런 유현의 머리채를 거칠게 붙잡아 끌어올렸고, 강제로 들여 올려진 얼굴을 똑바로 직시한 채 물었다.

"마지막으로 묻겠다. 유설아와의 관계, 수습할 거지?"

"……."

"대답해! 수습하겠다고!"

피에 젖은 유현은 가까스로 눈꺼풀을 치켜들었다. 다 터진 그의 입술이 미세하게 움직이며 신음 같은 목소리를 냈다.

"못…… 하겠습니다."

"하, 이 새끼가……."

"이 자리에서 죽는 한이 있어도…… 못 하겠습니다……."

어차피 삶에 커다란 미련도 없었다.

겨우 감정을 품게 된 사람을 영영 못 보는 건 아쉽지만, 어차피 내가 욕심낼 수도 없는 사랑이었으니 단념하는 건 쉽다.

그러니 이 자리에서 사라져 버리는 게 도 회장의 야망에 이용되는 것보다 백배 천배 낫다고 생각한다.

전에 없던 유현의 단호한 태도에, 도 회장의 눈동자가 격하게 흔들리기 시작했다. 그는 처음으로 제 뜻대로 움직이지 않는 유현을 격하게 원망하는 중이었다.

"난 원하는 건 다 내 손 안에 넣어! 원래 주인을 없애 버려서라도 꼭 내가 가져야 해!"

결국 높아져 버린 언성.

"그렇게 겨우 손에 넣었는데, 겨우 네깟 놈이 그걸 방해해?!"

이어지는 말은 의미심장했다. 물론 그 소름 끼치는 속뜻을 유현은 되새길 정신도 없었지만.

도 회장은 휘어잡았던 유현의 머리카락을 내팽개치듯 내려놓았다. 그는 위스키병을 다시 입에 가져다 대었지만 어느새 술은 모두 동이 나 있었다.

"저 개 같은 새끼!"

그는 욕설과 함께 위스키병을 유현 쪽으로 집어 던졌다. 병은 아슬아슬하게 유현의 머리에서 빗나가 요란하게 부서져 버렸다.

도 회장은 그러고 나서도 분을 참지 못하겠는지, 서재의 책들과 장식품들을 죄다 바닥으로 던지듯 떨궈놓기 시작했다. 요란한 소리는 분명 거실까지 전달될 터였지만 찾아와주는 사람은 아무도 없었다.

그렇게 한동안 몰아치던 폭풍이 지나가고, 도 회장의 거친 숨만 서재에 남을 때쯤.

"하아…… 죽어도 별 상관없는 목숨은 나도 흥미 없어. 지키고 싶어서 발버둥 치는 걸 없애 버려야 일이 재밌어지지."

도 회장의 입에서 서늘한 협박이 흘러나왔다.

"니가 저지른 죗값은 모두 그 아이에게 책임을 묻도록 하마. 고의든 고의가 아니든, 어쨌든 넌 그 아이로 인해 엉망이 되어 버렸으니 말이야."

"……."

"지키려고 용을 써봤자 결국엔 잃게 될 거야. 쥐도 새도 모르게 숨통을 끊어 버릴 거거든."

이어지는 말들은 유현의 머릿속에 누군가를 떠오르게 만들었다. 지금껏 반응 없던 유현의 텅 빈 시선이 미세하게 일렁였다.

"아버지……."

유현은 만신창이가 된 몸을 일으키려 했다. 하지만 도 회장은 그의 어깨를 구둣발로 짓밟았고, 비열한 미소를 입가에 머금었다.

"이미 해 봤는데, 두 번째라고 해서 어려울 거 있겠니."

유현을 내려다보며 내뱉은 살기 어린 목소리.

그제야 유현의 얼굴에서도 감정이 비쳐 나오기 시작했다. 뺨을 타고 흐르는 눈물은 이마에서부터 떨어지는 핏물과 뒤섞여 새빨간 절망이 된다.

"아버지…… 제발……."

유현은 들리지도 않을 목소리로 애원해 보았으나 끝을 맺지는 못했다. 이제야 도 회장의 얼굴에 번진 희열은 유현이 더욱 비참해지길 바라는 것이 분명했다.

"전부 다 네 탓이다."

"……."

"내가 만들어 놓은 자리에서 감히 발버둥 치려고 했으니까."

도 회장은 혼란에 빠진 유현에게 모든 죗값을 뒤집어씌웠다.

유현은 그저 단 하루라도 사람답게 살고 싶었을 뿐이었지만, 그의 말에 반박할 수는 없었다.

애초부터 존재하지 않았던 출구를 찾으려 했던 것부터가 잘못이었을지 모른다고 생각할 뿐.

뭘 했다고 시간이 이렇게 흘러 버린 건지.

고깃집에서 나오고 나서 기분전환 겸 쇼핑 좀 따라다녔을 뿐인데 하늘엔 벌써 노을이 깔려 있었다.

"언니! 우리 커피 마시고 들어갈까?"

넉살 좋은 혜수는 여울에게 팔짱을 끼며 물었다.

그런 그녀가 아직 불편하면서도 예전처럼 거부감 느껴지지는 않았던 여울은 살짝 고민했다.

"글쎄요. 저번에 하언 씨랑 갔던 카페에 라떼 먹으러 가고 싶긴 한데……."

하지만 오전 중에 돌아오겠다고 말했던 하언이 여울의 뇌리를 스쳤다. 지금쯤 집에서 연락도 되지 않는 여울을 기다리고 있을 텐데, 더 늦었다가는 자신보다 혜수가 더 큰일이었다.

"오늘 말고 내일 가요."

부정적인 여울의 대답에 혜수은 아쉽다는 표정을 지어 보였다.

"왜? 내가 불편해서 그래요?"

"아가씨가 마냥 편한 건 아닌데, 일단 오늘은 짐 정리해야 돼서 그래요."

"그럼 내일도 나랑 시간 보내 줄 거예요?"

"글쎄, 작은어머님이 딱히 시키는 일 없으면?"

"그건 걱정 마! 내가 책임지고 못 그러게 할게!"

혜수와의 관계가 좋아지니 좋은 일이 하나 생겼다.

기꺼이 켈리 박의 횡포까지도 막아주겠다는 그녀는 하언보다 훨씬 효과적이고 마음 편한 보호막이었다.

"그렇게만 해 준다면 내일 커피 내가 사지, 뭐. 오빠한테 용돈도 받았는데."

"시율 씨?!"

"아, 아니다. 그 인간 이름은 꺼내지 말아야지."

"하아…… 나도 이젠 더 이상 반응하지 말아야 하는데."

이런저런 이야기를 나누며 걷다 보니 어느새 대문 앞이었다. 여울은 다른 때보다 훨씬 표정으로 초인종을 누르려 했다.

바로 그때.

"둘이 많이 친해졌나 보네. 어디 다녀오는 길이야?"

등 뒤에서 소름이 돋아나게 만드는 목소리가 들렸다. 고갤 돌려 보니 검은 페라리에 타고 있는 설아가 여울의 시선에 곧바로 걸려 들어왔다.

"유설아……?"

결코 좋은 기운을 내뿜는 여자는 아니었기에 여울의 표정은 삽시간에 굳어버렸다. 그러나 혜수는 설아가 마냥 반가운지, 손까지 흔들며 그녀의 페라리 곁으로 다가갔다.

"어머! 언니! 무슨 일이야?"

"만날 사람이 있어서 들렀어."

"만날 사람 누구? 혹시……."

딱 거기까지 말한 혜수의 낯빛이 불안한 기색을 띠었다.

이제 막 여울과 사이가 좋아지려 하고 있는데 만약 설아가 하언을 찾아온 거라면 어떻게 대처해야 할지가 고민이었다.

그러나 설아는 가볍게 고개를 저었고 전혀 예상치 못했던 사람을 호명했다.

"아니, 차여울."

"아, 그렇구나! 난 또!"

눈치가 모자란 혜수는 다행이라는 표정으로 여울을 돌아보았다.

하지만 제 이름을 들은 여울의 얼굴은 전혀 밝지 못했다. 바로 예전에 들었던 그녀의 협박을 똑똑히 기억하고 있기 때문이었다.

'차여울. 주제도 모르고 저 안에 기어들어간 것까지는 봐줄게.'

'그런데 건드려도 되는 것과 건드려선 안 되는 것 정도는 구별하는 게 좋을 거야. 남은 인생 똑바로 살고 싶으면.'

그녀가 바라는 것은 단 한 가지, 그 사람을 건드리지 않는 것뿐이었다. 여울은 짧은 시간 동안 유현에게 오해 살 만한 행동을 했는지에 대해 되새겼다. 허나, 마음에 걸리는 것은 전혀 없었다.

지금껏 유현을 좋은 친구로만 대했던 그녀는 하늘 우러러 부끄러움 한 점 없이 깨끗했다.

당당해진 여울은 잔뜩 힘을 준 목소리로 설아에게 말했다.

"나는 유설아 씨랑 할 얘기 없어요. 설아 씨한테 듣고 싶은 얘기는 더더욱 없구요."

"니 의사는 별로 중요한 게 아니야. 시간 끌지 말고 타지그래?"

"막무가내로 굴지 말아요. 나 만나고 싶으면 하언 씨랑 같이 약속 잡아요."

그 대답은 여울이 할 수 있는 최선의 대답이었다고 생각한다. 유설아가 무슨 용건으로 불렀든지 간에, 하언이 곁에 함께 있다면 함부로 수작을 부리지는 못할 테니까.

그러나 설아의 입가에 맺히는 건 기만 가득한 비웃음이었다.

"도하언을 끼는 건 상관없는데…… 그렇게 대책 없이 키워놔도 괜찮겠어?"

"……."

"여기가 누구 직장인지, 잘 알면서."

그러면서 꺼내 드는 건 노란 서류 봉투였다. 내용물은 확인할 수 없지만 그 위에 적힌 까만 글씨는 정확히 읽혀지고 말았다.

'서울중앙지방법원.'

"저, 저긴……."

시울을 떠올린 여울의 낯빛이 하얗게 질렸다. 그녀는 유설아의 도마 위에 올려진 시울이 어떤 꼴이 되어 버릴지 상상하기조차 두려워졌다.

"허튼짓하지 말고 타. 조용히 해결 볼 수 있는 마지막 기회야."

설아는 한 번 더 엄포를 놓듯 명령했고 여울은 더 이상 거부하지 못했다.

"어, 언니. 어디 가요? 하언이 오빠도 안 왔는데……."

억지스레 발걸음을 옮기는 여울을 혜수가 붙잡았다. 그녀는 급격히 분위기가 안 좋아진 여울을 그냥 보낼 수 없는 모양이었다.

하지만 여울은 혜수의 손을 조심스레 떼어 놓고 단호한 어조로 말했다.

"내가 누굴 만나고 있는지 하언 씨한테는 말하지 마세요."

"응?"

뜻을 이해할 수 없는 부탁.

'서울중앙지방법원'이라고 인쇄된 봉투를 똑똑히 기억하고 있는 혜수의 눈이 여울 못지않게 불안해졌다.

평창동 저택 근처의 와인바.

"이 안에 뭐가 들어 있을 것 같아?"

새빨간 와인 한 잔으로 목을 축인 설아가 낮게 깔린 목소리로 물었다. 여울은 떨리는 눈동자로 테이블 위 노란 봉투를 내려다보았고 흐린 한숨을 내쉬었다.

마음 같아서는 당장이라도 내용물을 뜯어 확인해 보고 싶은데, 차마 용기가 나지 않는 지금. 그녀는 자꾸만 흔들리려 하는 정신을 다잡고 있는 것도 벅찼다.

"뭐가 들어 있든지 간에 우리 오빠한테 해가 되는 거겠죠."

그리 대답하는 여울의 눈빛에는 경계심이 가득했다.

설아는 붉은 립스틱을 덧바른 입술을 비틀어 올리며 전혀 생각지도 못한 이름 하나를 꺼내놓았다.

"최재형이 너희 오빠 상대로 고소장 제출하기로 했어."

"최……재형? 지금 최재형이라 그랬어요?"

"있는 힘을 다해서 차시울 면상에 먹칠을 해 보겠대. 난 그걸 전폭적으로 지지해 줄 계획이고."

"이게 무슨……."

"자세한 사항은 차차 알게 될 테니까 미리 스포일러 할 필요는 없을 것 같고…… 더 궁금한 사항 있어?"

소름 끼치는 말을 내뱉는 설아의 표정은 그저 태연했다.

한 사람을 절망으로 끌고 들어가는 중이면서, 일말의 양심조차 없는 듯 보였다.

반면 재형의 존재를 듣자마자 이성을 유지할 수 없게 되어 버린 여울은 테이블을 내리치며 언성을 높였다.

"그게 대체 무슨 헛소리야! 그 새끼가 뭐 잘한 게 있다고 우리 오빠를 고소해!"

"잘한 게 없으면 잘못한 걸 지워 버리면 되지. 그럼 적어도 무고죄로는 성립되잖아."

"하, 뭐?"

"혹시 도하언을 믿고 있다면 관둬. 오늘부로 도하언 멋대로 갖다 붙였던 차시울 쪽 법무팀은 회장님이 끊어내기로 했으니까."

설아가 저지르는 모든 일들은 악감정이 없다면 하지 않았을 악행이었다. 하지만 문제는 그녀가 여울에게 악감정을 가질만한 일이 전혀 없다는 것이었다.

분에 찬 여울은 당장이라도 설아의 멱살을 잡아 비틀고 싶었지만, 섣부른 행동은 주변에게 폐만 끼칠 것이라는 걸 누구보다 잘 알고 있었다.

그녀는 점점 가빠져오는 숨부터 골랐고, 기를 쓰고 차분한 목소리를 냈다.

"왜…… 대체 뭐 때문에 그러는 거야?"

하지만 점점 붉어지는 눈가는 숨길 수 없었다. 여울에게 시율은 아픈 손가락들 중에서도 가장 아픈 손가락이라서, 오빠의 목에 칼날이 겨누어졌다는 사실만으로도 미칠 것만 같다.

그녀의 혼란스러운 모습은 설아를 기쁘게 만들었다.

"내가 말하지 않았나? 건드리지 말아야 할 사람은 손도 대지 않는 게 신상에 좋을 거라고."

웃음기 어린 그녀의 대답에 여울은 곧바로 반박했다.

"아무도 건드린 적 없어."

"없어?"

"그래, 없어!"

떳떳한 부정은 '도유현'을 정확히 떠올리고 있기에 가능했다. 여울은 모든 걸 걸고 유현에게 이성적으로 다가섰던 적이 없다.

하지만 그녀의 대답은 설아에게 애초부터 중요한 것이 아니었다. 그 사람이 눈앞에 있는 차여울에게 마음을 빼앗겨버렸다는 것은 이미 겉으로 드러나 버린 사실이니까.

"그럼 니가 그 사람한테 직접 물어보면 되겠네."

"뭐?"

"그 사람, 이래 봬도 이번이 첫사랑이라서 마음이 있는지 없는지 정도는 쉽게 티가 나거든."

설아는 확신에 찬 여울에게 의미 모를 말을 건넸다. 그리고 주머니

속에서 휴대폰을 꺼내 들었다. 버튼을 몇 번 누르자 통화연결음이 들려오는 걸 보니 그녀는 누군가에게 전화를 거는 게 분명했다.

여울은 그때까지만 해도 아무런 의심이 없었다.

그저 설아가 무슨 오해를 했을 거라고, 유현이 제대로 해명을 해준다면 더 이상 시울도 건드리지 않을 거라고 생각했다.

"유현 씨, 전화 안 받네? 무슨 일이라도 생겼나 봐."

하지만 그녀의 전화를 피하는 수신자가 다름 아닌 유현이라는 사실을 깨닫고.

"나 지금 차여울이랑 같이 있어. 딱 보기 좋을 만큼 망가트려서 돌려보낼 생각이거든."

날카로운 낚싯바늘 같은 그녀의 말이 내뱉어지고 나서부터.

"혹시 몰라서 하는 말인데 모든 건 유현 씨 때문이야. 날 원망하지 말고 유현 씨의 말도 안 되는 욕심을 원망해."

"지금 뭐하는 거야……."

여울의 마음은 급격히 무거워지기 시작했다.

그녀는 지금 자신이 어쩌지도 못한 사이에 생겨났을지 모를 누군가의 감정을 걱정하고 있다.

"그럼…… 기대하고 있어."

여울이 불안한 눈빛을 파르르 떨고 있는 사이, 설아는 나쁜 인사와 함께 그에게 남길 음성메시지를 끝마쳤다.

설아의 입꼬리는 여전히 들어 올려져 있었지만 시선에서 느껴지는 분위기는 지독히도 싸늘했다.

"자, 이제 내가 상석에 앉혀줬으니까 넌 두 눈 똑바로 확인해."

"······뭐?"

"도유현이 어떤 표정으로 널 바라보는지."

그리 말하는 설아는 이미 결과를 내다보고 있는 사람처럼 단호했다. 그녀에게 어려 있는 건 다름 아닌 뿌리 깊은 원망이었다.

"아마 조만간 넌 내 앞에서 무릎 꿇고 빌게 될걸."

"······."

"그 사람이 널 사랑하게 만들어서 미안하다고."

불그스름하던 하늘에 까만 밤이 내려앉았다.

지옥 같았던 추궁의 시간에서 겨우 벗어난 여울은 지친 표정으로 골목을 걸었다.

처음엔 마치 다른 세상에 떨어졌던 것처럼 낯설기만 했던 고급 주택가. 하지만 어느덧 그녀의 두 발은 아무런 정신이 없어도 대저택을 향해 가고 있다. 현재의 심정과 달리 걸음은 규칙적이고 차분했다.

'전부 다 유현 씨 탓이야.'

'날 원망하지 말고 유현 씨의 말도 안 되는 욕심을 원망해.'

여울은 끊임없이 떠오르는 설아의 목소리를 되새겼다.

자신이 아닌 유현 스스로를 원망하라고 했던 그녀의 말.

그 얘길 꺼내지던 순간 얼음 같은 눈동자가 여울과 정확히 마주쳤던 걸 보면, 그녀는 여울에게도 똑똑히 알려주고 싶어 했던 것 같다.

터져 버리면 모든 것이 끝장날 최악의 폭탄에 불을 붙인 사람이 누구인지를.

하지만 여울은 아직까지도 애써 부정하는 중이었다.

자신에게 건네진 그 사람의 손길은 이해할 수 없을 만큼 친절했지만.

'제가 실수한 거예요!'

'제가 도와주려다가 깨트렸어요. 죄송합니다, 어머니.'

자신 대신 낭떠러지로 떨어졌던 그 사람의 모습은 무척이나 애틋했지만.

'그 일은 잊어도 돼요.'

'그래도……'

'약속했잖아요. 낭떠러지 끝까지 몰렸을 땐 내가 대신 떨어져 주겠다고.'

여울은 끝까지 모른 척했다. 억지로 웃어 보이던 그의 눈빛이 무언가를 꾹꾹 억눌러 참고 있는 사람처럼 보였어도, 그것은 사랑이 아닐 것이라 스스로를 세뇌시켰다.

그래야 언제까지고 곁에 함께 있어 주고 싶은 그를 원망하지 않을 수 있을 테니까.

바로 그때,

"……여울 씨?"

저 멀리 골목 끝에서 여울의 머릿속을 가득 채우고 있던 사람의 목소리가 들려왔다. 매일 같이 마음을 설레게 만드는 하언도 아니었고, 뭘 하고 있든지 신경 쓰이게 만드는 시울도 아니었다.

"여울 씨……!"

절박한 목소리로 이름을 부르며 다가오는 그는 단 한 번도 그녀의 가슴속에서 어떠한 의미가 되어본 적이 없었던 유현이었다.

"후우……."

여울은 심호흡을 하며 마음을 다잡았다. 여울은 뜻밖의 시련을 몰고 온 유현에게 아무런 내색도 하지 않을 생각이었다.

그러나 어느새 바로 앞까지 가까워진 유현은 절대 태연하게 대할 수 없는 모습이었다. 어디서 누구한테 무슨 일로 인해 상처받고 온 건지. 얼굴이든 몸이든 여기저기 멍들고 찢겨진 몰골을 하고.

"……괜찮아요?"

그는 여울의 안부를 묻는다. 전혀 괜찮지 않은 건 본인이면서.

"유현 씨, 얼굴이 왜 또……."

"다친 곳은 없어요?"

"왜 또 그 모양이에요……."

"무슨 일…… 무슨 일이라도 생긴 건……."

실핏줄이 터진 그의 눈이 멀쩡하기만 한 여울의 몸을 훑어보았다. 설아의 가짜 협박을 그대로 믿어 버린 그는 다 무너져가는 폐허처럼 황폐하기 그지없었다.

하지만 여울은 동요하지 않았다.

마음이 약한 사람이라서 유설아의 거짓말에 속수무책으로 휘둘렸을 거라고. 원래부터 선한 사람이라서 여울을 이렇게나 걱정해 주는 거라고, 그녀는 억지로 결론을 내렸다.

목소리를 가다듬은 여울은 담담한 어조로 대답했다.

"전화 때문에 그러는 거라면 아무 일 없으니까 안심해요."

"그래도……."

"해코지당한 것도 없고, 걱정할 만한 일도 안 생겼어요."

"……."

"유설아 씨가 괜히 으름장 놓은 거예요. 그 여자 성격 알면서 바보같이 속아 넘어가면 어떡해."

마주한 유현의 눈빛은 마음이 약하고 선한 탓이라고 치부해 버리기에는 너무나도 간절했다.

그러나 여울은 미소까진 띤 채 새어 나오는 그의 감정을 모르는 척했다. 순간, 위태롭게 흔들리던 유현의 눈에서 서글픈 눈물이 뚝뚝 떨어져 내렸다.

"미안해요……."

그 뒤에 이어지는 건 가슴을 먹먹하게 만드는 유현의 사과였다.

벌써 이성이 돌이킬 수 없을 정도로 무너져 버렸는지, 그는 맥없이 젖어드는 얼굴을 닦아낼 생각도 하지 않는다.

"왜 그래요……."

"아……."

"유현 씨야말로 무슨 일이 생긴 거예요?"

그리 묻는 여울의 목소리는 어느새 불안해져 있었다. 금방이라도 넘쳐흐를 듯한 유현의 감정 때문이었다.

아직은 확인해볼 용기가 없는데 첫사랑도 해본 적이 없다던 그의 마음은 너무나도 투명하다. 그래서 아무리 외면하고 싶어도 외면하지 못할 것만 같다.

"대체 무슨 일이길래……."

여울은 결국 더 이상 유현을 마주하지 못하고 고갤 떨구어버렸다.

그때, 상처로 얼룩진 손길이 조심스럽게 와 닿았다.

등 뒤로 넘어가 이내 품 안 깊숙이 여울의 몸을 끌어안는 두 팔은 어느 때보다 애절했다.

"유현 씨……?"

놀란 여울은 떨리는 목소리로 그의 이름을 불렀다. 하지만 유현은 고장 난 기계처럼 꺼질 듯이 흐린 호흡과 함께 같은 말만 반복한다.

"미안해요……."

"……."

"정말…… 내가 정말 미안해요……."

그는 간절하게 용서를 구했지만 여울은 감히 뭐가 미안하냐고 물어볼 수 없었다. 유설아에게 전혀 뜻하지 않은 원망을 사버린 오늘, 유현은 결코 잘못했다는 말을 꺼내서는 안 될 사람이었다.

"유현 씨……."

혹시 날 사랑해요?

여울은 혀끝에 맺힌 질문을 가까스로 삼켜냈다. 이미 다 드러나 버린 감정에 대해 묻는 것은 불필요한 일이었다. 대신 그녀는 무너져가는 그를 향해 애절하지만 단호한 목소리를 꺼내놓는다.

"그러지 마요……."

"……."

"나한테…… 미안할 짓, 하지 마요……."

누군가의 가슴에는 단두대의 칼날이 되어 버릴 잔인한 부탁.

그걸 들은 유현은 아무런 대답도 하지 않았다.

아니, 아무런 대답도 하지 못했다. 마음이 그녀의 부탁을 들어줄 수 있을 만큼 제 뜻대로 움직였더라면, 상황이 여기까지 흘러올 일도 없었기에.

*　　　*　　　*

그녀의 상태가 조금 이상해졌다.

"차여울, 오늘 먹고 싶은 거 없어?"

"딱히…… 그건 왜요?"

"퇴근하고 같이 외식이나 할까 해서."

"괜찮아요. 별로 입맛이 없어요."

애써 미소를 지어 보이며 그녀답지 않은 대답을 하는 여울은 확실히 생기가 없어졌다. 하언은 어제 말도 없이 외출했다가 늦은 시간이 되어서야 돌아온 여울을 추궁했었다.

'어디 갔다가 이제 와. 전화는 왜 안 받고.'

'아…… 연락했었어요?'

'당연히 했지. 무슨 일 있어? 표정이 왜 그래.'

'아무 일도…… 아무 일도 없어요. 괜찮아요.'

물론 그녀는 자세히 설명해 주지 않았다. 괜찮다는 그 말은 조금도 믿음직스럽지 않았다.

하지만 계속 물어보기에는 그녀의 어깨가 너무 지쳐 보여서 하언은 후련하지 못한 마음을 단념해야 했다. 하룻밤 푹 자고나서 기분이 나아지면 그때 다시 물어봐야지, 하고.

"그럼 오늘 일찍 들어올게. 드라이브라도 하러가자."

"아니요, 오늘은 그냥 방에서 쉴래요."

"······."

"그러니까 하언 씨도 무리하지 말고 할 일 다 끝내고 들어와요."

그러나 여울의 낯빛은 아침이 밝아도 여전히 어두웠다. 깊은 그늘이 드리워진 얼굴은 아무리 봐도 커다란 수심이 가득했다.

감추려하면 할수록 더 알 수 없어지는 그녀의 마음.

"우선은······ 알았어."

하언은 가라앉은 대답과 함께 가죽 가방을 들쳐 멨다. 그는 제 방 앞으로 다가섰고 문고리를 돌리기 전 여울을 물끄러미 바라보았다.

'잘 다녀와요! 나 심심해지기 전에 퇴근하고!'

이맘때쯤이면 건네지곤 했던 배웅은 들려오지 않았다.

기운 없는 표정으로 가만히 서 있는 여울의 얼굴만 안 그래도 무거운 발걸음을 붙잡을 뿐.

"다녀올게."

결국 하언은 짧은 인사와 함께 방을 나섰다. 우울한 그녀를 남겨두고 닫아야 하는 문은 유독 무겁게 느껴졌다.

그렇게 천근만근인 발걸음을 이끌고 1층으로 내려가는데.

"오빠······!"

복도에서 오매불망 하언을 기다리고 있던 혜수가 아는 체를 했다. 달갑지 않은 얼굴을 정면으로 마주한 하언의 인상이 급격히 구겨졌다.

"비켜."

"사람이 부르는데 대뜸 '비켜'가 뭐냐? 그러지 말고 할 말 있으니까, 잠깐 나랑 얘기 좀 해."

"너랑 할 얘기 없어."

"내가 있어. 이번엔 진짜 중요한 문제야."

평소라면 한 번에 튕겨져 나가던 그녀였는데 오늘은 왠지 집요했다.

감히 하언의 앞길까지 막아선 채 비장한 표정을 짓고 있는 혜수는 아무래도 받아주기 전까진 계속 실랑이를 이어 나갈 모양이었다.

하언은 짜증 가득한 한숨을 내쉬고는 무뚝뚝하게 대꾸했다.

"무슨 문제."

"어, 있잖아. 그게……."

"쓸데없는 소리면 가만 안 둔다."

그는 지금이라도 성질 긁지 말고 비키라는 의미에서 엄포를 놓았다. 하지만 혜수는 눈 하나 깜짝하지 않고 제 할 말을 시작했다.

"내가 말이야. 아주 친한 언니한테 생긴 안 좋은 일을 눈치채 버렸어. 그 언니는 말하지 말아달라고 신신당부를 하는데, 비밀을 지키기에는 너무 위험해 보여서 말이지."

"그래서 뭐."

"아무래도 그 언니를 도와줄 수 있는 사람한테만큼은 말을 해야겠어. 오빠가 생각해도 그러는 게 좋겠지?"

혜수는 하언의 동조를 구했지만 그는 여전히 어떠한 흥미도 없어 보였다. 혜수와 '아주 친한 언니'가 누군지 짐작조차 하지 못한 하언은 그녀의 몸을 제 앞에서 밀어내며 매정히 대답했다.

"그럼 가서 말해. 나한테 이러지 말고."

하지만 발걸음을 떼어 내기도 전에 혜수는 그의 팔을 붙잡았고 필사적인 목소리로 외쳤다.

"알았어! 말할 테니까 듣고 가!"

"뭐?"

"오빠가 나서줘야 할 것 같은 문제야!"

그제야 겨우 이해되기 시작한 혜수의 본론. 뒤늦게 여울을 떠올린 하언의 눈빛이 날카로워졌다.

"차여울 얘기라면 당장 말해."

드디어 밤새 멎지 않았던 코피가 드디어 멈추었다.

하루 종일 시체처럼 늘어져 있던 유현은 그제야 상처투성이인 몸을 일으켰다.

"아……."

조금만 움직여도 신음이 나올 정도로 그는 이미 성한 구석이 없었다. 그래서 다시 침대 위에 쓰러지고 싶은 마음이 간절해졌지만, 그래도 그에게는 꼭 해야 할 일이 있었다.

'그러지 마요…….'

'나한테…… 미안할 짓, 하지 마요…….'

어젯밤, 저도 모르게 껴안아버린 그녀가 간절하게 흘려보냈던 말.

유현은 그 말의 의미를 정확히 알고 있다. 그녀는 유현이 지닌 감정이 무엇인지 눈치채 버리고야 말았다.

사실 모두가 그랬다. 그가 가끔씩 벅차오르는 마음을 외면하고 있는 사이, 주변 사람들은 하나둘씩 유현의 마음을 경계하기 시작했다.

'지금 누구 얘길 하는 거야?'

예전에 난데없는 질문을 던졌던 설아도.

'너 차여울 좋아하냐.'

날카로운 목소리로 캐물었던 하언도, 여울에게 젖어 들어가는 유현이 훤히 보였던 거라 생각한다.

하지만 그때부터 사랑을 알았다고 하더라도 할 수 있는 건 없었을 거다. 애초부터 감정을 따라 무언가를 하려고 했던 적이 없었으니까.

그녀를 바라기는 했어도 욕심내지는 않았다. 그녀의 곁을 좋아하면서도 억지로 붙잡아 두지는 않았다.

그녀에게 손을 내밀긴 했어도 이 손을 맞잡아주는 것까지 기대하지 않았고, 그러다 도저히 못 참겠을 때 그녀 곁에 머무른 적은 있었지만 그녀도 같이 내 곁에 머물러 주기를 원하지는 않았다.

정말 나는 아무것도 한 게 없었다. 그저 조용히 꿈꾸기만 했을 뿐.

'전부 다 유현 씨 탓이야. 날 원망하지 말고 유현 씨의 말도 안 되는 욕심을 원망해.'

'전부 다 네 탓이다. 내가 만들어 놓은 자리에서 감히 발버둥 치려고 했으니까.'

하지만 그럼에도 불구하고 모든 죄가 나에게 있는 거라면, 잘못된 건 내 마음이 아니라 존재 자체일 지도 모르겠다.

잘 깎아놓은 꼭두각시 인형처럼 아무런 생각도, 아무런 감정도 느끼지 못하고 살았어야 했는데 발버둥 쳐보려 한 것부터가 큰 실수였다. 복잡한 머릿속이 거기까지 정리되자 할 수 있는 건 딱 한 가지뿐이었다.

'그러지 마요…….'

'나한테…… 미안할 짓, 하지 마요…….'

소중한 사람에게 두려움이 되지 않도록, 이쯤에서 존재자체를 지워 버리는 것.

마음을 정리한 그는 삐걱거리는 몸을 일으켜 세웠다.

문으로 움직이는 걸음은 느리고 무기력했다.

하지만 문고리를 붙잡는 그는 버릇 같은 미소를 머금고 있었다

옥상에 다다르는 동안 어느 누구도 목적지를 의심하지 못하게. 그는 필사적으로 절망을 숨겼다.

철컥, 문이 열리자 복도의 한기가 유현의 살갗을 스쳤다. 그리 차갑지도 않은데 아물지 않은 상처가 미치도록 쓰라렸다.

같은 시간, 여울이 머무는 방.

'잘한 게 없으면 잘못한 걸 지워 버리면 되지. 그럼 적어도 무고죄로는 성립되잖아.'

'그럼…… 기대하고 있어.'

소중한 사람을 노리는 설아의 협박은 여울의 머릿속에 생각보다 깊이 박혔다. 이미 무슨 일을 저질러도 이상하지 않을 여자라는 걸 알기에 다가올 불행은 그 크기를 가늠조차 할 수 없었다.

여울은 무슨 수를 써서든 그녀를 말리고 싶었지만 해결책은 떠오르지 않았다.

모든 잘못은 여울이 아닌 그 사람에게 있다는 말. 그 사람의 마음을 두 눈으로 똑똑히 확인해 보라는 말.

그 명령에 복종할 생각은 없었지만, 어젯밤 여울은 알아차리고야 말았다. 자신이 생각했던 것보다 깊고 짙었던 그의 감정을.

'미안해요…….'

'정말…… 내가 정말 미안해요…….'

절대 미안해선 안 될 그가 애타는 목소리로 사과를 하자, 그 여자가 걸어 놓은 주문이 발동되듯이 원망하게 되더라.

사람 마음이 뜻대로 되지 않는다는 건 알고 있지만, 그래도 더 이상 내게 마음을 주지 않았으면 좋겠다고 바라게 되더라.

밤새 고민하던 여울은 결론을 내렸다. 나 때문에 흔들리는 그 사람을 붙잡아 주기로.

물론 유설아가 좋은 사람이 아니라는 건 알고 있다. 그러나 그 여자를 다른 남자와 결혼시켜서라도 곁에 두고 싶어 했던 유현의 마음은 분명 사랑이었을 거라 생각한다.

하지만 그 마음이 나로 인해 변한 것이라면 되돌려놓을 책임은 있다. 물론 어떤 얘기를 어떻게 꺼내야 할 지는 아직 모르겠지만 어쨌든 해야할 말은 딱 하나.

'나에게 오지 말고, 지금이라도 그 사람에게 돌아가세요.'

"하아…….'

여울은 깊은 한숨을 내쉬었다.

그리고 방문 쪽으로 조심스러운 걸음을 옮기자 때마침 문 너머를 지나치는 발소리가 들려왔다. 숨까지 멈추고 귀를 기울여야 겨우 알아차릴 수 있는 조심스러운 기척은 유현의 것이 분명했다.

여울은 문득 처음 그와 나누었던 대화가 떠올랐다.

'도망쳐요.'

'……뭐?'

'지금이 마지막 기회일 지도 몰라. 내가 너라면 이대로 도망치겠어.'

그때는 그렇게 말하는 표정도, 목소리도 참 무서웠는데.

다시 돌이켜보니 그 사람은 울기 직전이었던 것 같다. 꼭 헤어 나오지 못할 덫에 이미 갇혀버린 사람처럼.

"후우."

여울은 짧은 심호흡과 함께 문을 열었다. 그리고 복도로 무거운 걸음을 내디뎌 멀어지는 유현의 뒷모습에 시선을 고정시켰다.

그녀는 머릿속으로 할 말을 정리했고 그의 이름을 부르려 숨을 들이마셨다.

그러나 곧바로 내뱉지는 못했다.

1층으로 내려가는 것이 아니라 위층으로 올라가기 위해 계단을 밟는 유현은 도저히 불러 세우지 못할 분위기를 띠고 있었다.

여울은 저도 모르게 숨을 죽이고 그의 뒤를 따랐다. 하염없이 이어지던 발소리는 맨 꼭대기 층의 옥상 문이 열림과 동시에 거짓말처럼 사라졌다.

이곳에 머무는 동안 한 번이라도 본 적이 있었던가. 제 방 이외의 공간에서 홀로 머물러 있는 유현의 모습을.

"유현 씨……?"

본능적인 불안감에 사로잡힌 여울은 빠른 속도로 계단을 올랐다. 도 회장의 집무실로 쓰이는 3층은 그녀가 마음껏 드나들 수 있는 공간이 아니었지만, 그런 것 따위 신경 쓸 겨를도 없었다.

여울은 유현의 발걸음이 향했던 쪽으로 복도를 내달렸다. 사치스러운 미술품들이 진열된 좁은 벽이 끝에 반쯤 열려 있는 옥상 문이 드디어 눈앞에 펼쳐졌다.

여울은 불안한 시선으로 문 너머의 광경을 확인했다.

태양열 집열판과 발전기들만 즐비한 그곳은 아무리 생각해도 일부러 찾아올 이유가 전혀 없어 보였다. 하지만 유현은 산책하듯 천천히 걸음을 옮긴다. 저택에서 가장 높은 곳에 위치한 난간을 향해.

규칙적으로 움직이는 그의 다리는 멈출 기미가 보이지 않았다.

쿵— 심장이 떨어지는 감각과 함께 아득해지는 정신.

"유, 유현…… 유현 씨……."

마음이 다급해진 여울은 그를 소리쳐 부르려 했으나 흘러나오는 목소리는 터무니없이 작았다.

이대로 있다간 그의 몸뚱이는 땅바닥으로 곤두박질 쳐버리고 말 텐데, 그녀의 입술은 간절한 이름 석 자를 함부로 뱉어내지 못했다.

감히 불러 세울 수 없는 사람이라면 직접 달려가서 붙잡아버리는 수밖에.

여울은 멈추지 않는 그를 향해 전속력으로 뛰기 시작했다.

10m 앞, 5m 앞, 3m 앞.

빠르게 가까워지는 기척을 뒤늦게 알아챈 유현은 여울이 단 한 걸음을 앞두고 있었을 때에야 겨우 몸을 틀었다.

"아……."

드디어 여울의 눈앞에 드러난 그 남자의 품.

여울은 위태로운 그곳을 향해 망설임 없이 뛰어들었다. 차가운 가슴에 닿은 그녀의 온기에 유현의 눈빛이 크게 흔들렸다.

　서울중앙지방법원. 주차장.

　압류당할 위기에 처해 있던 하얀 SUV를 끌고 나온 재형은 조수석에 놓여 있던 계란 한 판을 집어 들었다.

　갑작스럽게 나타난 구원자 덕분에 재기의 기회를 얻은 지금.

　그가 처음으로 부여받은 임무는 차시울 얼굴에 먹칠을 해놓는 것이었다. 최대한 보는 이들이 많으면 많을수록 좋았다. 그 자리가 난동이 일어나선 안 될 자리라면 더더욱 최고였다.

　그래서 골똘히 고민해본 결과, 축제를 열기에 딱 좋은 장소는 아무래도 시울의 직장밖에 없었다. 시울의 점심시간에 딱 맞춰 나온 재형은 그의 동료 앞에서 온갖 망신을 다 선사해 줄 계획이다.

　"진짜?! 정말 나 밥 사 줄 거야?!"

　때마침 법원의 중앙 계단 쪽에서 누구보다 요란한 놈의 목소리가 터져 나왔다.

　"미친놈아. 내가 언제 너한테 밥을 사준다고 했냐."

　"원래 데이트 신청한 사람이 대접하는 거잖아. 나 보고 싶어서 여기 온 거 아니었어?"

　"일 때문에 왔거든?"

　"하하하. 나 검사는 역시 아닌 척 튕기는 게 매력이라니까."

　대학 동창인 나현규 검사와 걸어 나오는 시울의 기분은 더할 나위 없이 좋아보였다. 그 행복한 얼굴을 두 눈으로 목격한 재형은 심사가 뒤틀려서 미쳐버릴 것만 같았다.

"저 새끼…… 우리 집안을 파탄 내놓고 웃음이 나오나 봐?"

주변에 사람도 많으니 이목을 끌기엔 지금이 딱이었다.

재형은 분노 가득한 혼잣말과 함께 계란판 뚜껑을 열었고, 시울에게 매서운 시선을 꽂아둔 채 운전석 문을 열었다.

이미 계획에 성공한 것처럼 소름 끼치는 쾌감이 그의 전신을 타고 흘렀다. 바로 그때,

"어딜 가시려고요."

"으, 응?"

"운전은 제가 할 테니 조수석 쪽으로 옮겨 타세요."

난생처음 보는 정장 차림의 남자 하나가 재형의 몸뚱이를 다시 차 안으로 구겨 넣었다. 손으로 되지 않자 발길질까지 서슴지 않는 그는 어이가 없어서 화도 안 날 만큼 막무가내였다.

결국 밖으로 나가기는커녕, 맥없이 조수석까지 밀려나버린 재형은 태연스레 운전석에 앉는 남자를 놀란 얼굴로 주시했다. 그가 고이 안고 있던 날계란들은 이미 품 안에서 터져 버려 엉망이 된 후였다.

"악! 이게 뭐야! 옷에 다 묻었잖아! 너 뭐하는 새끼야! 뭔데 내 차에 멋대로……!"

재형은 분에 찬 고함을 버럭버럭 내질렀다.

그러나 남자는 격한 발길질을 해대느라 삐뚤어졌던 뿔테를 고쳐 쓰며 뻔뻔한 목소리로 명령했다.

"안전벨트 착용하십쇼."

"뭐, 뭐?!"

"이사님 타자마자 출발할 거니까 얼른."

"출발은 무슨 출발을 해! 당장 안 꺼져?!"

인내심이 한계에 다다른 재형은 두 주먹을 불끈 쥐었다. 설아를 등에 업은 뒤로 무서울 게 없어진 그는 갑작스러운 불청객을 묵사발 내 버릴 생각이었다.

하지만 그 순간.

벌컥―!

열린 뒷좌석 문으로 소름 끼치는 한기가 밀려들어 왔다.

딱 한 번 맡아봤지만 뇌리에 깊숙이 각인되어 버린 머스크 향은 쳐다보기도 두려웠던 누군가를 떠오르게 만들었다.

"뭐, 뭐야……."

본능적인 공포감에 휩싸인 재형은 떨리는 시선으로 뒷좌석을 확인했다. 그러자 어느새 위엄 넘치는 포즈로 뒷좌석에 눌러앉은 그 남자는 거칠게 차 문을 닫으며 대답한다.

"차시울 매제다."

"어, 어억……."

"생각보다 살 만한가 봐. 내 얼굴도 금세 잊고."

잊을 리가 있나. 차 씨 남매가 고용한 흉포한 구세주를.

"너, 너는……."

너무 놀란 재형은 말도 제대로 잇지 못했다.

그 사이 하언의 직속비서는 날계란 범벅이 된 그의 몸에 안전벨트를 채워주었고, 차에 시동을 걸었다.

"이제 출발하겠습니다. 도 이사님."

"시간 없으니까 밟아."

"목적지는 그곳이죠?"

"어. 그곳이지."

그곳이 어딘지는 몰라도 분위기상 심상치 않은 공간임은 분명했다. 겁에 질린 재형은 이미 잠가버린 조수석 문을 붙잡고 필사적으로 악을 썼다.

"가긴 어딜 가! 나갈 거야! 그, 그 여자한테 가서 니들 전부 처리해달라고 할 줄 알아!"

그건 분명 협박이었으나 하언은 조용히 비웃음을 흘릴 뿐이었다.

"그럼 같이 가면 되겠네. 마침 나도 니 고용주 보러가는 길인데."

"뭐, 뭐?"

이젠 별거 아니라는 유설아의 말과 달리 하언에게서 느껴지는 기운은 여전히 강렬했다. 오히려 그 여자의 말만 믿었다가 괜히 더 심기만 건드려놓은 것 같아, 재형은 눈앞이 깜깜해지고 말았다.

신우그룹 유설아의 집무실. 공식적인 약속 없이는 외부인이 멋대로 들이닥칠 수 없는 이곳에 요란스러운 소동이 벌어졌다.

"유 대표님 허락도 없이 이러면 안 된다고요!"

"안 된다잖아! 놔! 이 새끼야!"

"내가 허락했으니까 다 떨어져. 귀찮게 들러붙지 말고."

"앗! 열지 마십쇼!"

직원들이 달려들어 필사적으로 뜯어말리든 말든, 재형이 가지 않겠다며 버티든 말든.

벌컥—!

우악스럽게 집무실 문을 열어젖힌 하언 때문이었다.

"노크 정도는 할 줄 알았더니, 하언 씨는 그 정도의 개념조차 없나보네."

곧 있을 회의의 안건을 확인하고 있던 설아는 그의 등장에 불쾌한 기색을 표했다. 하지만 그녀로 인해 이미 심기가 바닥까지 내려앉았던 하언은 사나운 목소리로 받아쳤다.

"니가 하는 짓을 보고 개념 타령을 해."

"내가 뭐?"

"아무데서나 그 추한 욕심 드러내지 말라고."

하언은 한 손으로 붙잡고 있던 재형의 목덜미를 집어던지듯 내려놓았다.

"악!"

외마디 비명과 함께 나동그라진 그는 한숨이 절로 나올 만큼 한심스러운 모습이었다.

"소란 피우는 건 자신 있다고 하더니, 기대 이하네요. 최재형 씨."

설아는 날계란을 뒤집어쓴 그를 차갑게 내려다보며 실망감을 감추지 못했다. 그 말을 들은 하언은 재형의 대답을 거칠게 가로챘다.

"거기가 어디라고 소란을 피워. 대가리를 달아났으면 그걸로 생각이라는 걸 좀 해."

순간 설아의 눈빛에 서슬 퍼런 날이 섰다.

그 시선을 마주하고 있는 하언은 조금의 흔들림도 없었다. 상황은 많이 변했으나, 더러운 성질만큼은 조금도 변하지 않은 채였다.

"하아…… 다들 저 남자 끌고 나가."

설아는 집무실 주변에 서 있던 경호원들에게 단호한 명령을 내렸다. 그녀의 무심한 손가락이 가리키는 건 불청객 하언이 아닌 함께 손을 잡았던 재형이었다.

"뭐, 뭐야! 내가 왜 나가! 유설아 씨! 지원을 끊겠다는 건 아니죠?! 그렇죠?!"

"……."

"아, 이것들이 갑자기 들이닥쳐서 어쩔 수 없었다고!"

당황한 재형은 맥없이 붙들려 나가면서도 필사적인 해명을 늘어놓았다. 그러나 설아는 듣는 체도 하지 않았다. 별다른 성과를 얻지 못한 자는 사람취급도 하지 않는 건 그녀의 성격이 그대로 묻어나는 처사였다.

"잠, 잠깐만! 유설아 씨! 유설아 씨!"

쾅—!

애타는 재형의 목소리를 끝으로 굳게 닫혀버린 문.

하언과 설아 둘만 남게 된 집무실은 피비린내 진동하는 검투장과 다름없었다. 서로를 향해 겨누어진 날카로운 적의는 금방이라도 상대의 숨통을 끊어 버릴 듯했다.

"겨우 저런 걸로 날 엿 먹일 생각을 했어?"

하언은 실소 섞인 질문과 함께 발걸음을 움직였다.

"그렇게까지 수준 낮게 굴 줄은 몰랐는데, 기분 더럽네."

하언은 설아가 앉아 있는 책상 앞에 우뚝 멈춰 섰다. 가까이서 마주한 그의 얼굴엔 어느 때보다 강렬한 경멸이 맺혀 있었다.

하언은 가만히 손을 뻗었고 그녀가 쥐고 있던 만년필을 빼앗아

들었다.

"날 가지고 노는 건 별 상관없는데, 내 사람들한테는 폐 끼치지 마."

그리고 책상에 펼쳐져 있던 하얀 서류 위로 힘주어 내리찍었다.

"……좋게 말로 할 때."

와작— 촉이 부서져 버린 만년필은 경고와 비슷했다. 설아의 악의가 여울에게까지 뻗어나가자, 그의 인내심은 단숨에 한계점까지 다다라 버린 모양이었다.

설아는 잉크로 엉망이 된 서류를 물끄러미 내려다보았고 천천히 하언의 눈동자가 도사리고 있는 곳까지 고개를 들었다. 똑바로 마주친 그녀의 시선엔 두려움은커녕 동요하는 기색조차 없었다.

"나는 널 가지고 노는 게 아니야. 너랑 차여울한텐 이제 흥미도, 관심도 없어."

낮게 흘러나온 설아의 대답은 하언을 더욱 날 서게 만들었다. 그는 노골적으로 인상을 구기며 매섭게 되물었다.

"그럼 무슨 판을 벌이고 싶어서 이 지랄인데."

그러자 그녀는 일말의 망설임도 없이 대답했다.

"도유현을 막는 중이야."

"……"

"니 여자가 그 사람한테 홀려들지 못하게."

온전히 밀착된 가슴에선 심장이 뛰는 소리가 들려왔다. 곧 끊어질 목숨이라고는 상상할 수 없을 만큼 빠르고 규칙적인 소리였다.

여울은 이 박동을 놓칠 수 없다는 듯, 유현의 몸을 더욱 깊숙이

끌어안았다. 정수리에 닿는 숨결은 평소와 달리 흐리고 유약했다.

"여울 씨……?"

그녀를 알아본 유현은 가늘게 떨리는 목소리로 물었다.

반기는 기색은 전혀 아니었다. 유현에게 차여울이란 여자는 이 세상에 남겨 둔 유일한 미련과 다름없어서, 목숨을 내버리러 가는 길목에선 결코 마주치고 싶지 않은 존재였다.

"여기 올라와서 뭐하려고 했어요?"

하지만 눈앞에 나타난 것도 모자라 품 안으로 들어와 버린 그녀는 나지막이 묻는다.

"설마 죽을 생각 하는 거예요?"

어디가 어떻게 되어 버렸는지, 이어지는 질문은 꼭 나를 붙잡는 것만 같다. 유현은 자꾸만 메어오는 목소리를 정리하려 조용히 숨을 들이마셨다.

"……아니요."

그리고 뻔히 들통 날 거짓말을 내뱉었다. 이 순간에서조차도 나약한 모습을 내비치지 않으려는 부질없는 오기였다.

"거짓말."

"……."

"내가 안 붙잡았으면 이대로 떨어졌을 거면서……."

원망 가득한 목소리를 흘려보내는 그녀는 역시나 유현에게 속지 않았다.

여울은 그를 껴안고 있던 두 팔을 느슨히 풀었고, 천천히 고갤 들었다. 늘 반짝이던 그녀의 눈동자는 어느새 축축하게 젖어 있었다.

그걸 물끄러미 바라보던 유현은 짧은 망설임 끝에 손을 뻗었다. 그의 손가락이 조심스레 눈가를 훑어 내리자, 고여 있던 눈물은 또르르 굴러 떨어졌다.

그제야 선명하게 보이는 유현의 얼굴은 숨을 쉬는 것조차 힘겨워 보일 정도로 수척해져 있었다.

대체 어디까지 내몰린 건지, 마주한 눈빛엔 전혀 생기가 없었다.

"왜 울어요……."

그런 그가 흐린 목소리로 여울을 달랬다. 순간 그에게 하려 했던 잔인한 말들은 전부 그녀의 죄책감으로 바뀌었다.

"내가 미안해요. 그러니까 울지 마요……."

늘 원망만 받고 살아왔던 터라 무조건 제 탓이라고 여기는 게 습관이 되어 버린 사람.

이런 사람에게 나는 잔인한 말을 하려고 했다. 더 이상 내몰릴 곳도 없어서 이 높은 난간을 찾았을 텐데, 그런 것도 모르면서 감히 원래 있던 자리로 돌아가라는 말을 준비했다.

"아니에요. 나한테 미안해하지 마요."

여울은 그리 대답하며 서둘러 눈물을 닦아 냈다. 약해질 대로 약해진 마음과 달리 새어 나오는 목소리는 단호했다.

"유현 씨가 힘들어할 땐 내가 도와줬어야 했는데, 무턱대고 밀어 내리려고만 해서 미안해."

"……."

"유현 씨가 제일 아플 텐데 모르는 척하려고 해서 미안해."

그녀는 유현의 눈을 똑바로 마주했고 벼르고 있던 나쁜 말 대신 당장 하고 싶은 간절한 진심을 꺼냈다.

"다 내가 잘못했으니까 더 이상 기댈 데가 없어서 죽으려는 거라면 그러지 마요……."

"……."

"힘들면 나한테 기대."

지옥 같은 나날에서 간절히 바라던 그 한 마디.

유현은 멋대로 요동치는 감정을 다잡기 위해 입술을 꽉 깨물었다. 이미 터져 있던 상처가 또 한 번 새빨갛게 물들었다.

"도유현을 막는 중이야."

"……."

"니 여자가 그 사람한테 홀려들지 못하게."

알 수 없는 말을 흘려보낸 설아의 입꼬리가 비틀려 올라갔다. 광기 어린 두 눈엔 며칠 새 더욱 강렬해진 집착이 서려 있었다.

"그거 듣던 중 제일 참신한 헛소리네."

하지만 하언은 그저 같잖다는 듯 비웃을 뿐이었다.

그녀가 진심으로 하는 말이라는 건 알고 있었으나 견제 대상이 여울인 이상 들어줄 가치조차 없었다.

"니가 도유현한테 사랑받지 못하는 건 일고 있어."

"……."

"그렇다고 해서 아무나 가져다 붙이면 안 되지. 누가 누구한테 홀려."

하언의 목소리는 웃음기 어린 입꼬리와 상반되게 싸늘했다. 조금도 흔들리지 않는 눈동자에선 여울에 대한 신뢰감까지 느껴졌다.

설아는 그런 하언에게 여유 가득한 반응을 내비쳤다.

"순진한 건지, 아니면 그냥 미련한 건지……."

그리고 앉아 있던 자리에서 일어섰다. 아래쪽으로 향해 있던 하언의 고개가 그녀의 시선을 따라 차츰 들어 올려졌다.

"하언 씨는 내가 언제부터 그 사람을 사랑하게 됐는지 알아?"

그런 뒤에 갑작스레 꺼내놓는 질문은 그 의도를 파악하기 힘들었다. 불길한 느낌에 사로잡힌 하언의 온도가 급격히 차가워졌다.

하지만 설아는 조금도 의식하지 않고 붉은 입술을 마저 움직였다.

"그 사람이 처음으로 죽을 고비를 넘겼을 때부터야."

"……."

"혜수도 미국으로 떠나버리고 세상천지에 도유현 혼자 남았을 때…… 누구보다 비참한 꼴을 엿보게 됐거든."

설아는 정확히 언제인지도 알 수 없을 만큼 오래된 밤을 똑똑히 기억하고 있다.

삭막하기 그지없는 고등학교 운동장에서, 그는 칼에 베인 상처가 선명한 손목을 붙잡은 채 그녀가 오기를 기다리고 있었다.

'도유현.'

'설아야…….'

'너 손목이 왜 그래?'

'그게…….'

'혹시 니가 이렇게 그었어?'

늦은 시간임에도 불구하고 그의 부름이라서 달려 나왔던 설아는 뚝뚝 떨어지는 피를 보자마자 다그치듯 물었다. 그러자 유현은 이미 푹 젖어 버린 얼굴을 조심스레 내저었다.

'아니. 그냥 베었어.'

'거짓말하지 마. 이런 상처가 어떻게 그냥……!'

'정말이야. 베였어…….'

같은 대답만 반복하는 그는 안쓰러울 만큼 겁에 질려 있었다.

심상치 않은 기운을 읽은 설아는 그의 몸 이곳저곳에 나있던 멍 자국들을 떠올리며 질문을 바꿨다.

'……누구한테.'

순간 그는 옅게 눈빛을 떨었고 들어주기 힘들 만큼 참혹한 고백을 했다.

'내가 그으려고 했는데…… 아버지한테 들켰어.'

'……뭐?'

'그래서 아버지가 대신 그었어.'

그때 마주친 그의 눈동자는 아직까지도 생각날 만큼 애처로웠다.

그는 세상에서 가장 비참한 운명을 지닌 사람의 모습을 하고 숨겨온 절망들을 전부 털어놓았다.

'나는 모질지 못해서 죽지도 못할 거래.'

'…….'

'나도 그렇게 생각해…… 내가 생각해도 난 죽지 못할 것 같아.'

그가 말하는 삶은 악몽보다 끔찍했다. 그는 설아의 앞에 그대로 무너져 내렸고, 한참 동안 흐느껴 울었다.

'무서워.'

'유현아……'

'정말 무서워서 미치겠어, 설아야……'

그 사람은 그녀보다 두 뼘이나 자란 키가 무색할 정도로 나약해 보였다. 그녀의 옷깃을 붙잡는 손끝은 너무나도 위태로워서 무엇부터 해 줘야할지 혼란스러웠다.

설아는 그의 앞에 무릎을 굽혀 앉았고 흐트러진 머리카락을 쓰다듬었다. 처음으로 와닿은 따듯한 손길에 그는 긴 한숨을 토해 냈다.

'내가 같이 있어 줄게. 힘들면 나한테 기대……'

그날 너에게 건넸던 말은 다짐과 비슷했다.

너도 그 약속을 잊진 않았을 거라고 생각한다.

하염없이 울기만 하던 너는 내가 건넨 한 마디에 옅은 미소를 지었으니까.

"나는 손을 내밀었고, 그 사람은 내 손을 붙잡았어. 그때까지만 해도 나는 내가 그 사람을 도와주는 건 줄 알았어."

"……"

"그런데 어느 순간부터 매달리는 건 나더라. 다시 나를 필요로 해 달라고, 다시 너의 세상에 나만 들어갈 수 있게 해 달라고……"

"……"

"지금은 너도 알다시피 내가 애원하고 있어."

평소 감정이라곤 없어보였던 설아의 눈빛에 짙은 미련이 배어들었다. 하언은 그제야 베일에 가려져 있던 그녀의 의도를 알아차렸다.

"동정심을 품는 순간 잡아먹혀."

그녀는 유현을 붙잡아 두려는 게 아니라 따라가려 하고 있다.

"그 사람의 세상이 되는 순간 내 세상은 사라져 버려."

그에게 어떠한 의미라도 될 수 있도록 보이지 않는 곳에서 발버둥 치고 있다.

"내가 쉬웠던 게 아니라고 생각해."

"……."

"쓸데없이 마음만 약해서 너의 파혼극에 동참해 준 차여울이라면 나보다 더 빨리, 더 깊이 홀려들 거야."

이어지는 설아의 말은 앞에서 했던 것과 비슷했지만, 더 이상 헛소리라고 생각되지 않았다. 한 번 동정했다가는 끝도 빨려 들어 갈 유현의 절망을 충분히 알고 있기 때문이다.

동요하는 그의 마음을 읽어낸 설아는 흐트러진 하언의 넥타이를 고쳐주었고 어떠한 협박보다 와 닿는 조언을 흘려보냈다.

"잡아먹히지 않도록 간수 잘해."

"……."

"그 사람이 죽을 고비에 처했어도…… 절대 손 내밀면 안 돼."

"힘들면 나한테 기대."

그녀의 작은 손이 유현의 눈앞에 펼쳐졌다. 굳이 붙잡아 보지 않아도 온기가 느껴지는 따스한 손이었다.

그러나 유현은 맞잡아 주지 않았다. 일렁이는 눈빛을 바닥으로 떨군 채 힘없는 숨소리만 흘려보낼 뿐.

"그러지 마요……."

이윽고 유현이 꺼내놓은 대답은 완강한 거절이었다. 한 발 물러나는 그의 걸음은 위태로운 난간과 가까워졌다.

"어차피 여울 씨가 도와줄 수 있는 건 없어요. 내가 힘을 내 본다고 해서 극복할 수 있는 문제도 아니에요."

"……."

"그러니까 나 같은 건 그냥 신경 쓰지 말아 줘요……."

그리 부탁하는 유현은 아직도 삶보다는 죽음이 더 가까웠다. 지금보다도 더 외로울 그곳이 유일한 탈출구라고 굳게 믿고 있는 모양이었다.

한도 끝도 없이 무너져 내리려는 그를 두고 볼 수가 없었던 여울은 불안함이 가득한 목소리로 되물었다.

"왜 자꾸 약한 소릴 해요……."

순간, 제 발끝을 향한 유현의 눈가에서 투명한 눈물이 맥없이 떨어졌다.

"이미 예전에 알아 버렸거든요."

"……."

"이곳에서 빠져나가봤자 내가 머무를 수 있는 곳은 없어요."

도움의 손길은 원하지 않는데 안식처는 간절히 필요하다. 어느 누구도 다가오지 말았으면 좋겠는데 외롭고 싶지는 않다.

모순된 그의 마음은 자신조차 제어하지 못하는 것이었다. 그래서 더욱 혼란스러운 감정은 유현을 하루가 달리 지치게 만들었다.

그러니 당신도 나를 따라 괜히 이 깊은 곳까지 가라앉지는 않았으면 좋겠는데.

"유현 씨."

여울은 그런 생각을 나무라듯 유현을 낮게 불렀다. 지친 기색 역력한 유현의 얼굴이 그녀의 시선과 맞닿는 곳까지 들어 올려졌다.

여울은 짧게 숨을 들이마셨고 단호한 목소리와 함께 내뱉었다.

"같이 찾아보자. 유현 씨가 머무를 수 있는 곳."

그리고 그가 거두어갔던 손을 붙잡았다. 밀어냈던 게 무색해질 만큼 다정한 손길에 놀란 유현의 눈동자가 사정없이 일렁였다.

"……네?"

"내 옆자리는 주인이 있어서 안 돼요. 하지만 유현 씨가 새 보금 자리를 찾을 때까지 숨을 곳 정도는 빌려줄게."

"……"

"갈 곳 없다고 죽으려 하지 말고 잠깐만 내 뒤에 숨어있어."

이어지는 말은 기적이라 여겨도 좋을 만큼 절실한 허락이었다. 세상 끝에서 만난 희망은 지독히도 달콤해서 모든 고통마저 녹아내 릴 것만 같았다.

"여울 씨……"

그것마저 외면할 수는 없었던 유현은 그녀의 이름을 조심스레 담 았다. 그녀가 맞잡은 손에 힘을 더하며 웃었다. 억지로 멈춰두었던 심장이 다시금 두근거리기 시작했다.

가만히 놔두어도 바스러져 버릴 것 같은 사람. 잠시라도 시선을 떼어 내면 사라져 버릴 것 같은 사람.

유현에 대한 정의가 내려진 순간부터 여울은 더 이상 그를 외면 할 수 없었다. 손을 내밀어도 잡질 못하던 그 사람의 모습은 가시처럼 마음에 걸려서 좀처럼 빠질 생각을 하지 않았다.

그 언젠가 하언은 말했었다.

도유현의 삶은 동정할 게 너무 많아서 한 번 가엾게 여겼다가는 한도 끝도 없을 거라고.

처음엔 그저 심술을 부리는 거라 생각했지만 지금은 속으로 고개를 끄덕일 만큼 공감하고 있다.

여울은 성한 곳 하나 없이 상처뿐인 유현이 안쓰러워서 어떻게 해야 할지 모르겠다.

'같이 찾아보자. 유현 씨가 머무를 수 있는 곳.'

여울은 보금자리가 없어서 지옥을 탈출할 생각도 하지 못하는 유현에게 무턱대고 제안했다. 완벽하게 안심할 수 있는 도피처는 없었으나 그가 괜찮아질 때까지 회복할 수 있는 장소는 있었다.

물론 유현은 아무런 대답도 하지 않았다. 그녀의 손을 붙잡은 채 위태로운 옥상 난간으로부터 발걸음을 떼어 냈을 뿐.

하얀 햇살이 사라지고 어둠이 하늘을 뒤덮었을 무렵.

철컥, 굳게 닫혀 있던 방문이 열리고 여울이 그토록 기다려왔던 하언이 들어섰다.

"하언 씨 왔어요?"

"어. 조금 늦었어."

여울의 인사에 짧게 대답하는 그는 유난히 지친 안색을 띠고 있었다. 드레스 룸으로 향하는 무거운 발걸음에선 심상치 않은 우울감까지 느껴졌다. 여울은 그의 기분이 좋지 못한 이유가 그녀 자신 때문이라고 생각했다.

오늘 아침, 제 오빠를 걱정하느라 하언에게 잘 다녀오라는 인사조차 해 주지 못했던 여울은 내심 미안해하던 참이었다.

여울은 그의 뒤를 따라 드레스 룸 안으로 들어섰고, 넥타이를 푸는 하언에게 일부러 밝은 목소리로 얘기했다.

"하언 씨! 오늘 하늘 봤어요? 날씨 되게 좋았죠?"

"바빠서 볼 틈이 없었어."

"아쉬워라. 뭉게구름이 정말 예뻤거든요. 하언 씨가 못 봤으면 찍어둘 걸 그랬다."

사실 여울이 본 하늘은 유현이 고통을 피해 도망치려 했던 곳이었다. 그래서 눈부시게 아름다운 모습을 봤을 땐, 비극적인 현실과 너무나도 동떨어져서 화가 날 지경이었다.

그러나 하언에게는 그 사실은 숨기기로 했다. 곧이어 그에게 꺼내놓아야 할 부탁을 위해서였다.

"기분 좋아져서 다행이네."

하언은 눈빛이 가라앉아 있는 와중에도 다정한 대답을 했다. 딱딱하게 굳어 있던 그의 입꼬리는 어느새 살짝 올라간 상태였다.

여울은 씩씩하게 고개를 끄덕여 주고는 말을 이었다.

"지금은 기분 좋아요. 아침엔 정말 너무 졸려서 우울했던 거였어."

하언은 알고 있다 그녀에게 무슨 일이 일어났었는지.

하지만 그 일에 대해선 내색조차 않으려는 여울의 마음을 이해하기에 되는대로 대꾸했다.

"……그래."

"응. 역시 사람은 잠을 푹 자야 하나 봐."

"……."

더 이상 할 말이 없어서 입을 닫았더니 대화의 흐름이 맥없이 끊어졌다. 그건 그거대로 분위기가 무거워서, 재킷을 걸어둔 하언은 여울에게로 살짝 고개를 틀었다.

"그래서 오늘은 집에서 뭐 하고 있었어?"

일상적인 질문을 던지자 마침 할 말을 고르고 있던 여울은 그와 동그란 눈동자를 마주했다.

"그냥……."

"……."

"유현 씨랑 얘기 좀 했어요."

그리고 오늘만큼은 듣고 싶지 않았던 사람의 이름을 꺼냈다. 하언의 입꼬리가 돌연 딱딱하게 굳었다.

"얼굴이 전보다 엉망이 됐더라구요. 그 사람은 상처 아물 새도 없이 다치는 것 같아요."

하언은 여울에게서 시선을 거두고 넥타이를 풀어헤치기 시작했다. 이렇게 노골적으로 무관심을 드러낸다는 건 그 사람에 대한 문제를 신경 쓰고 싶지 않다는 뜻과 다름없었다.

하지만 위태로운 유현을 더 이상 방치해 두고 싶지 않았던 여울은 뒷말을 이어 붙였다.

"이 집 식구들은 그걸 모르는 건지, 아니면 모르는 척하는 건지…… 어쩌면 상처를 만드는 사람이 이 안에 있을지도 모르겠어요."

"……."

"아무래도 내 생각엔 작은아버님이……."

"차여울."

그때, 하언이 은근슬쩍 꺼내지려는 그녀의 본론을 가로막았다. 다시 돌아온 그의 눈빛은 급격히 차가워져 있었다.

"도유현 얘기는 안 하면 안 돼?"

하언은 냉정한 태도로 부탁했다. 아직 도움을 요청해 보지도 못한 여울의 눈빛이 미세하게 일렁였다.

"하지만……."

"내가 듣기 싫어서 그래."

두 사람의 관계에 대해선 전에 설명을 들었던 터라, 하언이 왜 이리도 유현을 경계하는지는 알고 있다.

하지만 이 집안에서 여울이 믿고 도움을 요청할 수 있는 사람은 하언 한 명뿐이었다. 그가 긴 시간 동안 얼어붙어 있던 마음만 녹여 준다면 유현을 절망에서 구출해 내는 데 큰 힘이 될 거라고 생각한다.

여울은 그를 설득하기 위해 다시 입을 열었다.

"유현 씨 저대로 두면 안 될 것 같아요……."

"……."

"하언 씨랑 가까워질 수 없는 사이라는 건 알지만 그래도 누군가 도와줬으면 좋겠어요."

안 그러면 금방이라도 죽어 버릴 것 같단 말이에요.

일부러 뒷말은 덧붙이지 않았다. 혹시라도 감정적인 하언이 여울조차 받아들이기 힘든 못된 말을 퍼붓진 않을까 마음이 쓰였기 때문이다.

그러나 한결 어두워진 낯빛을 띤 하언은 예상했던 것보다 훨씬 냉혹한 대답을 꺼내놓았다.

"도유현 인생 심란한 건 나도 알아. 그렇다고 도움을 줄 사람이 너여야 할 이유는 없어."

"……."

"그 새끼 니가 그렇게 만든 거 아니잖아."

본질에서 벗어난 하언의 말은 여울의 마음을 갑갑하게 만들었다. 눈앞에서 고립된 채 죽어 가는 사람이 있는데 누가 그렇게 만들었는지는 중요한 문제가 아니라고 생각한다.

우선 눈 딱 감고 손 한 번 내밀어주는 것. 그게 뭐가 그렇게 어렵다고. 여울은 보다 다급한 목소리로 말을 이었다.

"날 많이 도와준 사람이에요. 그동안엔 너무 받기만 했으니까 이젠 내가 뭐라도 해 주고 싶어요."

"……."

"그런데 난 뭐가 어떻게 돌아가는 건지 잘 모르니까 하언 씨가 도와주면 좋겠는데……."

"나는."

"……네?"

"도유현보다 더 많이 니 옆에 있어 준 나는 안 보여?"

그러나 갑작스러운 하언의 반문에 말문이 막혔다. 그에게서 느껴지는 필요 이상의 경계심은 아무리 봐도 평소보다 농도가 짙었다.

"혹시 무슨 일이라도……."

뒤늦게 심상치 않은 하언의 상태를 깨달은 여울은 넌지시 물어보려 했다. 하지만 입술을 떼어낼 새도 없이 하언은 단호한 목소리를 내뱉었다.

"난 니 머릿속에 도유현이 있는 게 싫어."

"……."

"그러니까 앞으로 그 새끼에 대해선 생각 그만했으면 좋겠어."

"하언 씨……."

"……씻고 올게."

제 할 말을 마치고 그대로 방을 나서는 하언은 설득해 볼 시간조차 주지 않았다. 오랜만에 보는 가차 없는 모습이었다.

겉으론 차갑게 보일지라도 속마음은 누구보다 따뜻한 사람인데, 어째서 저리도 매정하게 구는지 모르겠다. 셋이 함께 식사 정도는 가능했던 예전보다 더욱 정도가 심해진 것 같다.

그러니 두 번 다시는 하언의 앞에서 유현에 대한 걱정을 털어놓지 못할 듯한데…….

여울은 지금 하언이 내비치는 불안감보다 훨씬 더 거대하던 유현의 절망을 목격해버리고 말았다. 낭떠러지 끝에 서 있던 그는 심지어 그녀 아니면 도와줄 사람도 없었다.

"하아…… 하는 수 없나."

드레스 룸에 홀로 남은 여울은 착잡한 한숨을 내쉬었다. 아군이라곤 한 명도 없는 지금, 할 수 있는 일은 오직 정신줄이라도 똑바로 붙잡는 것뿐이었다.

그녀는 주머니 속에 핸드폰을 꺼내 들었고 처음으로 유현에게 문자를 보냈다.

[내일 저녁 6시에 우리 같이 갔던 카페에서 봐요. 필요한 짐만 간

단히 챙겨서 나오는 거 잊지 말고.]

하언에게 비밀이 생겨버렸다. 영원히 속일 생각은 없지만, 아무래도 당분간은 말하지 못할 것 같다.

이튿날, 다른 때보다 조용했던 낮이 물러가고 저녁이 찾아올 무렵.

깔끔한 코트를 걸친 유현이 1층에 모습을 드러냈다. 그동안 기척이 전혀 없어서 이 저택 안에 있는 줄도 몰랐던 존재였다.

"안녕하세요."

그는 현관으로 발길을 이끌며 마주치는 가정 관리사들마다 인사를 건넸다. 그러나 어느 누구도 자연스럽게 받아주지는 않았다.

저마다 그의 얼굴에 난 상처를 보며 아연실색이 될 뿐.

아마도 알고 있을 거라고 생각한다. 누가 이렇게 만들었는지.

하지만 이렇게 노골적으로 드러났던 적은 처음이라서 모두들 어떤 반응을 보여야 할지 난처한 모양이었다.

암묵적인 외면은 유현의 상처를 더욱 쓰라리게 만들었다. 유현은 그들에게 괜찮다는 듯 미소를 지어 보였고 평소처럼 부드러운 목소리로 말했다.

"일이 있어서 나갔다 오겠습니다. 혹시 아버지께서 찾으신다면 별말씀 말아 주세요."

"아, 예……."

유현은 잠시 멈춰두었던 걸음을 재촉했다. 수군거리는 목소리들이 다른 날들보다 크게 들려왔다.

"어? 오빠! 집에 있었어?"

그때, 부엌에서 주스를 가지고 나오던 혜수가 그의 뒷모습을 발견했다. 겨우 현관문 앞에 다다른 유현의 몸이 다시 제자리에 멈추었다.

"엄마는 오빠 나가 있는 줄 알고 있던데…… 왜 요 며칠 동안 밥 먹으러 안 내려왔어? 전화는 또 왜 안 받고!"

"……."

"아니, 집에 있었으면 말을 해 줬어야지! 나 도하언 때문에 2층 못 올라가는 거 알면서!"

혜수는 반가운 만큼 서운했던 감정을 드러냈다. 이렇게 살갑게 말을 붙일 수 있는 건 유현의 처지에 대해 아무것도 모르기에 가능한 일이었다.

유현은 앞으로도 그녀가 아무것도 모르기를 바란다. 그녀라도 자신을 연민 어린 시선으로 바라보지 않기를 바란다.

그는 혜수가 자신의 상태를 알아채기 전에 다급한 손길로 문고리를 붙잡았다. 그런 유현을 이상하게 여긴 혜수는 불안한 목소리로 물었다.

"뭐야…… 어디 가?"

"아무 데도……."

"……."

"아무 데도 안 가."

조금도 납득할 수 없는 대답을 끝으로 유현은 저택을 나섰다.

"잠깐, 오빠……!"

혜수는 다급히 그를 붙잡아보려 했으나 유현은 끝까지 제 얼굴을 보여 주지 않았다.

그렇게 도망치듯 저택을 빠져나와 여울을 만나러 가는 길.

카페에 가까워질수록 유현의 발걸음은 무거워졌다. 최대한 마음을 비워놓은 상태에서 그녀를 만나고 싶은데 뜻대로 되는 게 아무것도 없었다.

유현은 마지막으로 깊은 한숨을 내쉬었고 깨끗이 닦인 유리문을 열었다. 흐린 시선 끝에 여울의 얼굴이 단번에 걸려 들어왔다.

"아, 유현 씨! 왔어요?"

애초부터 그녀가 잘 보이는 자리에 있었던 건지, 아니면 내 눈동자가 그녀의 곁을 찾아다니는 건지. 유현은 알 길이 없었다. 그래서 흔들리는 이성을 정돈하지 못한 채 인사를 건넸다.

"많이 기다렸어요?"

"아니요, 나도 방금 도착했어요. 그런데 유현 씨 가방은요?"

여울은 비어 있는 유현의 손을 확인하고 의아한 눈빛을 보냈다. 유현은 마른침을 삼키며 목소리를 가다듬고 준비해 둔 말을 넌지시 꺼내놓았다.

"……안 가져왔어요."

"왜요?"

"아무리 생각해도 이러면 안 될 것 같아서요."

예상치 못한 답변은 아니었다. 어제 옥상에서 그를 구해 주겠단 약속을 꺼냈을 때에도 그는 고개조차 끄덕이지 않았으니까.

"여울 씨를 못 믿는 건 아니에요. 어제 먼저 손 내밀어 줘서 고마웠고, 지금도 덕분에 많이 위로받고 있어요."

"……."

"하지만…… 그래서 더 의지하지 못하겠어요. 나랑 엮일수록 힘들어지는 건 여울 씨라는 걸 잘 알고 있으니까."

모든 기력을 잃어버린 유현의 눈동자가 여울을 깊이 들여다본다. 홀로 부딪치고 무너졌던 만큼 잘려나간 희망은 이미 존재했던 흔적조차 없다.

"……이제 괜찮아요. 도움은 받은 걸로 생각할게요."

그 말을 끝으로 입술을 닫는 유현은 솔직한 마음을 털어놓은 것치고는 조금도 후련해 보이지 않았다.

지금 꺼낸 이야기와 속마음이 다르다는 건 눈치로도 알 수 있었다.

여울은 그런 그를 흔들리지 않는 시선으로 바라보았고 부드러운 목소리로 물었다.

"혹시 작은 통 안에 갇혀 있는 벼룩 얘기 알아요?"

"……네?"

"원래 벼룩은 자기 몸의 130배 정도 뛸 수 있는데, 작은 통 안에 오래 갇혀 있던 벼룩은 그 통의 뚜껑을 열어줘도 뛰어나오질 못한대요."

"……"

"그 높이 이상으로 뛰어나갈 엄두가 나질 않아서."

그녀의 말은 아직 다 맺어지지 않았지만 유현은 숨겨진 의미를 알아차릴 수 있었다.

그는 고요한 숨을 내쉬며 이어질 말을 저도 모르게 기다렸다.

"난 지금 유현 씨가 딱 그런 상태라고 생각해요. 이미 오래전부터 출구는 열려 있었고, 이젠 밖으로 나오기만 하면 돼."

"……"

"그러니까 눈 딱 감고, 한 번만 뛰어 봐요."

마지막 한 마디는 유현의 마음을 강하게 뒤흔들었다.

너무 많이 무너져서 형체도 알아볼 수 없던 미래가 그녀의 목소리를 따라 되살아나는 듯했다.

그래도 나는 그녀를 위해서 괜찮은 척, 도움을 거절해야 하는데.

"일단 출발하자. 옷이야 뭐, 유현 씨한테 빌려줄 것 정도는 있으니까."

"……."

"빨리 와요. 난 하언 씨 퇴근하기 전에 다시 돌아와야 해."

자리에서 일어나 유현의 등을 살며시 이끌어주는 그녀의 손길은 거부할 수 없을 만큼 든든하다. 그녀 말대로 눈 딱 감고 단 한 번만 도약하면 자유뿐인 천국에 다다를 수 있을 것처럼.

서울 외곽, 여울의 집.

—형, 오늘은 무슨 맥주 사 들고 갈까요?

휴대폰 너머로 들려오는 강태의 목소리에 시울이 배시시 미소를 지었다. 최근 들어 강태와의 친분이 더욱 두터워진 그는 일주일에 서너 번 정도 그와 저녁을 먹으며 쓸쓸함을 달래는 중이었다.

"글쎄…… 오늘 니가 뭘 사주냐에 따라 달렸지."

—어제는 치킨이었으니까 오늘은 한식 어때요? 예를 들면 아귀찜 같은 거.

"오, 아귀찜 좋지."

—그럼 미리 시켜두세요! 저는 40분 안에 도착할 것 같습니다!

물론 대접은 늘 강태의 몫이었지만 그는 전혀 불만이 없어 보였다.

음식을 갖다 바치는 이상 언제든 반겨 주는 얄미운 성격의 시울은 천성이 노예인 강태와 환상의 짝꿍이었다.

비록 강태에게 시울은 전 여자 친구의 친오빠이긴 하다만, 성격만 맞으면 된다고 생각한다. 사실 8년 동안 사귀었던 여자 친구와 이별한 적적함만 달랠 수 있다면 시울이 아니라 시울의 할아버지라도 좋다.

"오냐, 오면서 소주도 한 병 사와라. 오랜만에 섞어 마시게."

─네! 알겠습니다! 이따 봐요!

강태 덕분에 오늘 저녁 걱정을 한결 덜어낸 시울은 신이 난 표정으로 전화를 끊었다.

현재 시간은 일곱 시. 40분 뒤라면 마침 즐겨보는 영화 채널에서 그가 좋아하는 영화가 시작될 때쯤이었다.

"하하, 왠지 오늘은 기분이 좋구만?"

시울은 절로 나오는 콧노래를 흥얼거리며 아직 벗지 못한 와이셔츠 단추를 풀었다. 결 좋은 피부를 자랑하는 그의 상체가 위풍당당하게 드러났다.

적당히 붙은 근육과 균형 잡힌 골격은 언제 봐도 감탄사를 자아냈다. 하지만 구경해 줄 사람은 본인밖에 없으니, 시울은 전신거울을 바라보며 홀로 자아도취에 빠져본다.

"와아…… 이렇게 완벽한 남자를 오빠로 둔 게 누구냐. 차여울은 진짜 전생에 나라를 구했나 보다."

바로 그때, 난데없는 초인종 소리가 집안을 가득 채웠다. 방금 통

화를 마친 강태일 리는 없었기에 시울의 눈동자엔 살짝 의아함이
어렸다.

"누구세요?"

그는 편히 갈아입을 티셔츠를 한 팔에 걸친 채 거실의 인터폰 화
면을 확인했다.

호랑이도 제 말 하면 온다고 했던가. 요즘 따라 좀처럼 얼굴 보기
가 힘든 여울의 얼굴이 화면에 가득 들어찼다.

"여울…… 여울이?!"

오랜만에 돌아온 그녀가 반가웠던 시울은 곧바로 현관을 향해 달
려나갔다.

비록 시울은 그녀의 전남친과 즐거운 저녁 식사를 앞두고 있었으
나 그런 것 따위는 생각나지도 않을 만큼 마냥 기분이 좋아졌다.

그는 빠르게 잠금장치를 풀었고.

"어쩐 일이냐! 내 동생!"

사랑을 가득 담아 씩씩한 인사를 건넸다.

제 오빠가 반갑기는 여울도 마찬가지였으나 그토록 그리워했던
얼굴보다 먼저 시선을 사로잡은 건 남사스러운 맨가슴이었다.

"미쳤나 봐! 왜 홀딱 벗고 나와!"

여울은 버럭 언성을 높이는 것으로 인사를 했다.

"왜? 너무 멋져서 기절할 것……."

시울은 평소처럼 뻔뻔하게 대꾸하려 했으나 이내 말을 멈추고야
말았다. 그녀 뒤에 서 있는 낯선 남자의 존재 때문이었다.

"……누구?"

뒤늦게 민망해진 시울은 들고 있던 티셔츠로 가슴팍을 가리며 물었다. 유현은 머뭇거림 끝에 제 소개를 시작하려 했지만 여울은 그 기회를 뻔뻔하게 가로채갔다.

"인사해. 내가 당분간 책임져 줘야 할 사람이야."

"책임?"

전혀 납득되지 않는 소개를 들은 시울의 입가에 돌연 장난기 가득한 미소가 얹혔다.

"우리 하언이 성형했구나! 몰라보겠다!"

"설마 그거겠냐!"

"아, 그럼 세컨드야? 능력 좋네, 내 동생!"

"세컨드는 무슨! 초면에 정신 나간 소리 좀 하지 마!"

유현을 보자마자 짓궂은 너스레를 떠는 오빠가 부끄러웠던 여울은 서둘러 설명을 시작했다.

"인사해! 하언 씨랑 사촌지간인 도유현 씨야!"

그리고 제 오빠를 빼다 박은 뻔뻔한 표정으로 본론을 꺼내놓았다.

"당분간 여기서 지낼 거니까 유현 씨를 잘 숨겨 줘! 오빠!"

"으, 으응?"

결의에 차 있는 여울, 커다란 걱정에 사로잡힌 시울, 그리고 두 사람 사이에서 난처해 하고 있는 유현.

절대 한 곳에 모일 리 없던 세 사람이 마주 앉은 식탁은 묘한 긴장감이 감돌았다.

여울에게서 위험한 상황에 대해 전부 들어버린 지금, 시울은 설불리 입술을 떼지 못하고 착잡한 한숨만 내쉬고 있다.

"어디 이해 안 되는 부분 있어?"

여울은 그런 그에게 조심스러운 목소리로 되물었다. 그러자 시울은 천천히 고개를 내저으며 의견을 내놓기 시작했다.

"아니, 내가 제대로 이해한 게 맞는지는 모르겠는데……."

"……."

"자, 그러니까 여기 이 무섭도록 잘생긴 총각이 도하언의 사촌이자, 도선웅 회장의 첫째아들이자, 도혜수의 친오빠고."

"응."

"여러 가지로 위협을 당하고 있어서 원래 살던 집엔 더 이상 눌어붙어 있을 수 없는 상태고."

"응응."

"그래서 무턱대고 데리고 나왔으니까 우리 집에 잠시만 머물게 해달라…… 이 말이야?"

"바로 그거야. 완벽하게 알아들었네!"

여울은 만족스러운 표정으로 엄지를 치켜세웠다. 그러나 곁에 앉은 유현의 눈빛은 한층 더 조심스러워졌다.

"흐음, 별로 내키지 않아."

지금과 같은 시울의 반응을 이곳에 도착하기 전부터 예상했기 때문이었다. 하지만 여울은 시울의 거부 의사를 생각지도 못했는지 야속함을 담아 되물었다.

"대체 왜? 오빠가 아니면 부탁할 사람도 없단 말이야."

그러자 유현의 얼굴에 난 상처를 훑어보던 시울은 곧바로 회의감 섞인 대답을 내뱉었다.

"이 친구 상황은 얼굴 상태만 봐도 알겠어. 그런데 너무 위험해서 휘말리고 싶지 않아."

"휘말리고 싶지 않다니……."

"이미 지옥 불구덩이로 떨어진 사람을 어떻게 구해. 그건 무모하다 못해 미친 짓이야."

"오빠!"

여울은 매정해도 너무 매정한 시울의 말을 황급히 저지하려 했다. 흘깃 바라본 유현은 시울에게 향했던 시선을 떨구고 고요한 숨만 내쉬는 중이었다.

그 모습에 괜한 죄책감을 느낀 여울은 보다 적극적으로 시울을 설득했다.

"내 걱정은 하지 마. 위험한 짓은 더 이상 하지 않을게."

"이미 위험할 짓은 다 하고 있는데 앞으로 조심하는 게 무슨 소용이야."

"그러면 어차피 이렇게 된 김에 도와주면 좋잖아."

"그럼 너는 누가 도와주냐. 돌아가면 그 사람들이 널 의심 안 할 것 같아?"

그리 따져 묻는 시울은 평소와 달리 조금의 장난기도 없었다. 타협의 여지도 없이 단호하게 구는 모습은 정말 오랜만이었다.

그만큼 심각한 상황이라는 건 여울도 이해하고 있다.

하지만 한 걸음을 떼어 내는 것조차 망설였던 유현을 여기까지 끌고 왔으니 물러날 수는 없다.

그녀는 크게 심호흡을 했고 시울의 눈을 똑바로 마주 보았다.

"오빠 그래도……."

"지금 하신 말들이 다 맞아요."

그때, 유현의 목소리가 그녀의 말을 가로막았다. 여울의 불안한 눈동자가 그에게로 옮겨붙었다.

"유현 씨는 또 무슨 말을 하려고……."

"저는 하언이처럼 맞서 싸우지도 못하고, 제 고집대로 발악해 볼 줄도 몰라요."

"……."

"이런 저라서 지금까지 소중한 걸 지켜낸 적도 없어요. 아무리 노력을 해 봐도 잘 안 되더라구요."

이어지는 내용은 여태껏 그래왔던 것처럼 체념만 가득했다. 여울은 혹시나 그가 또다시 모든 것을 포기해버릴까 봐 점점 가슴이 내려앉았다.

"그래도……."

하지만 그 순간부터 유현의 눈동자엔 더욱 힘이 들어갔다. 나직이 털어놓는 자신의 나약함은 그의 분위기를 점점 단단하게 만들었다.

"여기서 포기하면 안 될 것 같아요."

"……."

"돌아가야 한다는 건 알지만 그러고 싶지는 않아요."

이윽고 꺼내지는 뒷말은 현실을 인정하면서도 순응하진 않겠다는 뜻이었다. 그건 이제껏 그가 보인 적 없던 모습이라 여울은 새어 나오는 놀라움을 감추지 못했다.

"유현 씨……."

유현은 시울에게서 떼어 낸 눈동자로 여울을 마주했고 그녀가 줄곧 바라 왔던 대답을 꺼내놓았다.

"다시 갇히러 가진 않을게요."

"……."

"그래도 여기 있다가는 여울 씨 가족까지 위험해질 수 있으니까 저 혼자 숨어 있는 게 좋겠어요."

부드럽게 흘려보낸 목소리 끝에 따뜻한 미소가 없었다. 언제 위태로웠었냐는 듯 평온한 표정이었다.

"여기 왔었다는 건 우리끼리만 아는 비밀로 해 둬요. 저는 잘 숨어 있다가 몸 상태 괜찮아지면 다시 해결할 방법을 찾아볼게요."

그에게서 들려오는 말은 여울이 가장 바라던 말이었다. 물론 지쳐 있는 눈빛은 여전했지만 그에게서 느껴지는 생기는 한동안 꺼지지 않을 것처럼 은은한 빛을 내고 있었다.

유현은 자신을 물끄러미 바라보는 두 사람을 두고 자리에서 일어섰다. 그리고 시울을 향해 고개를 숙이며 짧았던 만남의 이별을 고했다.

"걱정시켜 드려서 죄송했습니다. 만나서 반가웠어요."

그렇게 떠날 채비를 하는 유현의 모습은 더 이상 어제처럼 위태롭지 않았다.

하지만 머무를 곳이 없어서 그동안 도망칠 엄두도 내지 못했던 유현의 처지를 잘 아는 여울은 불안함을 떨쳐 내지 못했다.

그녀는 지금 그의 걸음이 어디로 향하는 것인지 전혀 모르겠다.

이대로 혼자 숨어들어간 그가 괜찮을 수 있을 거라는 확신도 잘 서지 않는다.

그러니 유일하게 안전한 이곳에서 완전히 나가버리기 전에 어떻게든 붙잡고 싶은데…….

여울은 걱정이 가득 담긴 눈빛으로 시울을 바라보았다. 살짝 구겨진 그의 미간에선 조금의 호의도 느껴지지 않았다.

그래서 더욱 마음이 초조해진 여울은 그를 따라 일어서려 했다.

바로 그때.

"잠깐만 멈춰 봐."

낮게 깔린 시울의 목소리가 이성을 사로잡았다. 여울은 속내를 알지 못할 시울을 향해 고개를 틀었다.

"일부러 그러는 거야, 아니면 사람 홀리는 데 타고난 거야?"

선뜻 의미를 파악하기 힘든 시울의 질문.

"……네?"

발걸음을 멈춘 유현은 그에게로 시선을 돌렸다. 상처 가득한 그의 얼굴을 또다시 직면한 시울의 표정에 난처함이 어렸다.

"나는 널 받아들이는 순간부터 엄청 후회할 게 뻔한데……."

"……."

"왠지 이대로 내쫓는 건 사람 할 짓이 아닌 것 같단 말이지."

시울은 쉽사리 마음을 결정하지 못하겠는지 제 머리카락을 마구 흩트려댔다. 본의 아니게 그를 곤란하게 만들어 버린 유현은 서둘러 손사래를 쳤다.

"아, 저는 괜찮으니까 신경 쓰지 마세요."

"그렇게 말한다고 신경이 안 쓰이겠어?! 도하언처럼 성깔이라도 더러워 보이든가! 얼굴은 대천사 미카엘처럼 생겨가지고는!"

유현은 별안간 짜증을 내는 시울을 당황한 기색으로 내려다보았다. 그러나 제 오빠와 오랜 시간 살을 부딪치며 살았던 여울은 그게 난처한 부탁을 큰맘 먹고 허락하기 직전의 모습이라는 걸 알고 있었다.

"오래 숨겨주진 못해! 얼굴에 상처 다 낫고 니가 안 불쌍해 보이면 그땐 바로 내쫓아 버릴 거야! 알았어?!"

"……네?"

아니나 다를까. 곧바로 흘러나온 만족스러운 허락.

"오빠!"

시울의 입만 뚫어져라 바라보고 있던 여울의 얼굴에 드디어 화색이 돌았다. 그걸 확인하는 순간, 시울의 머릿속에는 성난 도하언의 얼굴부터 인상부터 살벌한 도 회장의 얼굴까지 수많은 위험인물들이 스쳐 지나갔지만.

"오빠, 내가 진짜 사랑하는 거 알지! 역시 나한테는 오빠밖에 없어!"

내내 불안에 떨고 있던 여울의 얼굴이 밝게 펴졌으니 그만이라고 생각했다.

"그래, 오빠라고 실컷 불러줘라. 니가 들고 온 시한폭탄 터지면 내 목숨도 어떻게 될지 모르니까."

내가 저 기지배 때문에 제 명에 못 죽지. 암, 절대 못 죽어. 누가 보면 우리 집이 여동생의 남자들 아지트인 줄 알겠어.

해가 다 저물어버린 저녁.

치열한 기 싸움을 마치고 퇴근한 하언이 텅 빈 방 안으로 들어섰다. 다른 때보다 요즘 들어 더욱 지쳐 보이는 그는 요즘 회사에서 전쟁 아닌 전쟁을 치르는 중이었다.

창립기념일 파티 사건 이후로 아버지 쪽 사람들은 모두 하언에게서 등을 돌렸다. 그를 옵타티움의 후계자라고 당연하게 받아들여 주던 사람들은 사사건건 시비를 걸며 회의감을 드러내고 있다.

'하는 짓들이 더러워서 상대 못 해 주겠네.'

욱하는 마음에 전부 다 때려치워야겠다고 생각한 적도 많았다.

하지만 또다시 내일의 전쟁을 기약하는 건 어쩌면 부질없는 오기 때문일 지도 모르겠다.

그 사람을 따라갈 수 없다는 건 이미 누구보다 잘 알고 있는데.

왜 스스로 인정하지는 못하는 건지.

하언은 지끈거리는 머리를 부여잡은 채 침대에 주저앉았다. 요즘 따라 빈번하게 떠오르는 과거의 기억들은 안 그래도 힘든 마음에 커다란 짐이 될 뿐이었다.

애써 머릿속을 하얗게 비워낸 그는 흐린 숨을 토해 냈다. 불 꺼진 방에 흐르는 정적은 오랜만에 외로움을 느끼게 만들었다. 그때,

철컥—

방문이 열리는 소리와 함께 외출을 나갔던 여울이 돌아왔다. 지그시 내려 감겨 있던 하언의 눈동자가 불현듯 그녀에게로 향했다.

"어? 하언 씨, 집에 있었네. 언제 도착했어요?"

여울은 그를 보자마자 살짝 놀란 기색을 띠고 물었다. 하언은 어

제보다 부드러워진 목소리로 담담히 대답했다.

"얼마 안 됐어. 넌 어디 다녀와?"

"네? 아, 그게……."

"그게 뭐."

"그냥 집에 좀 잠깐……."

별로 특별할 것 없는 목적지였으나 여울의 얼굴엔 난처함이 어렸다. 그게 이상해서 물끄러미 바라보고 있자 그녀는 이내 애먼 쪽으로 시선까지 피해 버린다.

"오, 옷부터 얼른 갈아입어야겠다. 하언 씨 씻을 거면 먼저 씻어도 돼요."

드레스 룸을 향해 멀어지는 그녀의 뒷모습은 어딘지 모르게 도망치는 사람처럼 느껴졌다.

그걸 바라보는 하언의 얼굴이 한층 더 어두워졌다.

누가 봐도 서먹해진 두 사람 사이의 공기.

하언은 이렇게 관계가 어긋나 버린 게 전부 제 탓이라고 생각하는 중이다. 어제 유현을 도와 달라는 부탁을 너무 매몰차게 거절해 버려서, 그녀는 말을 붙이는 것조차 조심스러워진 모양이다.

"차여울."

하언은 낮은 목소리로 여울의 이름을 불렀다. 바삐 걸음을 재촉하고 있던 여울은 당황한 표정으로 얼어붙었다.

"으, 응?"

하언은 그녀의 눈동자에 어린 긴장감을 읽어냈다.

내 곁에서만큼은 편히 쉴 수 있도록 지켜주겠노라 약속했는데,

어느새 나도 그녀를 불편하게 만드는 존재가 되어 버렸다.

"미안해."

하언은 참을 수 없이 커져 버린 죄책감을 흘려보냈다. 예상치 못했던 사과에 여울의 눈빛이 파르르 떨려 왔다.

"뭐, 뭐가요?"

"어제 내가 너무 무례하게 행동했어. 니 말은 듣지도 않고 무작정 널 다그치기만 했으니까."

"……."

"나한테 많이 섭섭했을 거라고 생각해. 매정하게 굴어서 미안."

또 한 번 미안하다는 말을 건네는 하언의 표정엔 진심이 가득 묻어 있었다. 어제 일방적으로 대화를 끝내버리고 나서부터 지금까지 마음 쓰였던 모양이었다.

그러나 여울은 그에게 괜찮다는 대답을 꺼내놓지 못했다. 본의 아니게 생겨나 버린 무거운 비밀은 여울의 가슴을 찌릿찌릿 저려오게 만들었다.

"어제야 뭐…… 내가 막무가내로 굴었던 것도 있으니까……."

여울은 되는 대로 대꾸하며 유현을 피신시켜 두었다는 얘기를 밝힐 준비를 했다. 이왕 화제로 나온 김에 제대로 털어놓지 않는다면 영원히 숨기며 살아야 할 것만 같았다.

하지만 하언은 그녀의 목소리가 약해진 틈을 타 더욱 솔직한 본심을 드러냈다.

"불안해. 지금 니 머릿속에 도유현이 가득 차있을까 봐."

"……네?"

"니가 나보다 도유현을 더 신경 쓰고 있을까 봐 걱정돼서 미칠 것 같아."

그 말은 이미 하언보다 유현에게 더 집중하고 있던 여울의 심장을 철렁 내려앉게 만들었다. 허끝에 준비해 두었던 말의 무게가 순식간에 꺼내놓기 힘들 만큼 무거워졌다.

"하언 씨……."

여울은 흐린 목소리로 그의 이름을 불렀다. 그녀에게 향한 하언의 눈동자가 살짝 미소를 머금었다.

"……안아 줄래?"

그리고 이어지는 말은 간절한 부탁이었다. 늘 꿋꿋하게 버티는 모습만 보여주던 그는 유현만큼이나, 아니 그보다 더 그녀를 필요로 하고 있다.

조용히 하언을 바라보던 여울은 이내 망설임 없이 그에게로 발길을 틀었다. 여울의 몸이 손에 닿을 거리까지 가까워지자 하언은 그녀의 허리를 매달리듯 끌어안았다.

"바보 같지."

"……."

"나 혼자 불안해하는 거."

지친 기색이 역력한 푹 잠긴 음성.

여울은 허공에 멈춰 있던 손을 움직여 그의 머리카락을 부드럽게 쓰다듬었다. 코끝을 스치는 머스크 향은 오늘따라 유독 짙었다.

"응. 바보 같아. 내 옆자리는 하언 씨 자리인 줄 알면서 뭘 그렇게 불안해하고 그래……."

여울은 그를 안심시키기 위한 말을 흘려보냈다.

하지만 그럴수록 제 마음은 더욱 착잡해졌다. 여울은 유현을 볼 때마다 솟구치는 감정을 스스로도 놀랄 만큼 의식하는 중이다.

그건 하언에게서 느껴지는 달콤한 감정과 전혀 달랐다. 조금도 설레지 않고, 오히려 피하고 싶을 정도로 고통스럽다.

그러나 그럼에도 불구하고 그의 곁에 있어 줄 만큼 강렬하게 느껴지는 이 감정은…….

'동정심'

순간, 여울의 뇌리에 못된 단어 하나가 스쳐 지나갔다. 크게 품으면 품을수록 유현에게도 미안해지는 단어였다.

이미 비참한 그의 삶을 나까지 불쌍하게 여기고 싶지는 않은데, 왜 그 사람을 떠올리면 그런 감정밖에 들지 않는 건지.

"하언 씨."

여울은 하언의 이름을 부르며 조심스럽게 그의 고개를 들어 올렸다. 흐린 하언의 눈동자가 제 앞에 서 있는 여울을 물끄러미 올려다보았다.

"날 설레게 해 줄래요?"

그 말을 끝으로 여울은 아직 립스틱이 남아 있는 입술을 촉촉이 적셨다. 하언은 그때까지만 해도 굳어 있던 입꼬리를 부드럽게 틀어 올렸고.

"……알았어."

순종적인 대답과 함께 아래에서부터 애틋하게 입을 맞춰왔다. 맞닿은 감촉은 여느 때보다 따듯하고 부드러웠다.

그래, 나에게 도하언은 이런 남자였다.

누군가로 인해 아팠던 가슴을 씻은 듯 낫게 해 주는 사람. 누군가로부터 넘겨받은 절망을 달콤한 설렘으로 바꿔주는 사람.

"차여울……."

그는 젖은 목소리로 그녀의 이름을 불렀고, 은밀한 숨결을 담은 혀끝을 밀어 넣었다. 자극적인 소리와 함께 더욱 농밀해지는 키스는 그녀를 뒤흔들던 존재도 흐려지게 만들었다.

여울은 그의 뺨을 붙잡은 손에 힘을 불어넣으며 사랑은 이런 것이라고 확신했다.

먹구름뿐이었던 마음이 맑게 갠다. 그녀의 머릿속을 가득 메웠던 존재가 단 한 순간에 거짓말처럼 흐려진다.

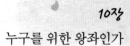

10장

누구를 위한 왕좌인가

낯선 방, 낡은 침대에서 꿈도 꾸지 않고 깊은 잠을 잤다.

그러다 다른 날들과는 비교도 안 될 만큼 깔끔하게 눈을 뜨자 평소보다 늦은 아침이 유현을 반겼다.

온몸을 뒤덮은 상처는 아직도 불편하지만 어제처럼 욱신거리지는 않았다. 늘 습관처럼 쓰려 오던 속도 정말 오랜만에 괜찮아졌다.

아무래도 지금 있는 곳이 가장 편한 곳이기 때문이라고 생각한다. 위협이 없는 공간은 그에게 모든 재난을 피할 수 있는 방공호와 다름없다.

시울의 침대에서 몸을 일으킨 유현은 조심스럽게 방문을 열었다.

시간이 시간이니만큼 시울은 출근을 했을 거라고 생각했는데.

"어, 미카엘 일어났네! 잘 잤어?"

주방 싱크대 앞에 서 있던 시울이 밝은 인사를 건넸다. 무방비하게 나왔던 유현은 당황한 마음에 서둘러 고갤 숙였다.

"안녕하세요. 좋은 아침이에요."

"잠자리는 괜찮았어? 내 방에 담배 냄새 심하지?"

"아니요, 불편한 거 없이 정말 잘 잤어요. 방 빌려주셔서 감사해요."

"그랬으면 다행이고. 얼른 세수하고 와. 밥 다 됐어."

시울은 다 끓은 찌개의 가스 불을 끄며 말했다. 유현은 살짝 미소를 지어 보이곤 화장실로 걸음을 옮겼다.

세면대와 변기, 그리고 욕조가 다닥다닥 붙어 있는 좁은 내부. 벽면 칫솔꽂이에 걸려 있는 분홍색 칫솔이 가장 먼저 눈에 들어왔다.

[차시울. 이거 쓰면 죽여 버린다.]

손잡이에 써진 살벌한 문구를 보니 여울의 것인 게 분명했다.

유현은 픽, 웃음을 터트리며 손잡이 끝을 조심스레 매만졌다. 딱딱한 플라스틱 감촉이었지만 어쩐지 그녀의 온기가 느껴지는 것 같았다. 그때,

"그거 쓰면 차여울 욕실로 소환된다."

난데없는 시울의 목소리는 또 한 번 유현을 놀라게 만들었다. 두 눈을 휘둥그레 뜬 채 고개를 돌리자, 장난스러운 눈웃음을 띤 시울이 포장도 뜯지 않은 새 칫솔을 내민다.

"여기. 아무것도 안 가져온 것 같아서 새벽에 저 먼 편의점까지 뛰어가서 사 왔다."

"아⋯⋯."

"생색내는 거 맞아. 영원히 가슴에 새겨두고 고마워하도록."

이런 호의는 언제 받아도 낯설었다. 지금껏 유현이 지내 왔던 곳에는 그가 무엇을 필요로 하는지 관심 가져주는 사람도 없었고 챙겨주려는 사람도 없었다.

유현이 탐내는 걸 알아내서 쥐고 흔들며 협박하는 거라면 모를까.

"……감사합니다."

유현은 작은 목소리로 감사를 표하고 칫솔을 받아 들었다. 살짝 마주 닿은 시울의 손에선 여울과 비슷한 온기가 느껴졌다.

"감사하면 저녁때 나 퇴근하고 나서 보쌈 좀 시켜 주든가. 대자로 두 세트."

"네?"

"하하, 진담이야. 선반에 내 옷 넣어놨다. 씻고 나면 그걸로 갈아 입어."

"……"

"그리고 배고프니까 빨리 나와라. 같이 밥 먹게."

시울은 누구에게나 그렇듯 뻔뻔한 요구를 내던진 후 다시 주방으로 돌아갔다. 하나를 주면 열로 받아가는 그의 계산법은 참 이기적이었지만 유현은 그것마저도 마냥 기뻤다.

잘 잤냐고 물었다. 그가 쓸 물건을 마련해 줬다. 같이 밥을 먹자고 먼저 제안해 줬고, 이 모든 걸 악의 없이 해맑은 얼굴로 다정히 건넸다.

상처받을 걱정 없이 편히 마음을 내려놓을 수 있는 곳.

유현이 바라던 천국은 생각보다 가까이 있었다. 비록 계속 머물 수 있는 공간은 아니지만 잠깐이라도 지친 몸을 눕힐 수 있다면 그걸로 만족한다.

"맛은 어때?"

여울의 집에서 처음으로 먹는 식사.

시울은 된장찌개 한 술을 막 떠 넣은 유현을 향해 두 눈을 반짝이며 물었다. 유현은 입에 있는 음식물을 꿀꺽 삼키고 상냥히 대답했다.

"정말 맛있어요. 직접 끓이신 거예요?"

"응. 원래 요리 진짜 못하는데 여울이가 어제 레시피 링크 보내놨더라고. 마침 재료 있길래 시도 좀 해봤어."

시울은 뿌듯한 표정으로 뒤늦게 숟가락을 들었다. 그리고 건더기까지 듬뿍 떠서 크게 한 입 집어넣었다.

하지만 맛을 본 순간 그의 미간은 급격히 구겨진다. 그는 들고 있던 숟가락을 던지듯 내려놓았고, 물을 병째로 꿀꺽꿀꺽 들이켰다.

"쿨럭! 쿨럭! 뭐야! 완전 짜잖아!"

시울은 배신감에 휩싸인 눈으로 버럭 소리를 질렀다. 아까부터 쌀밥만 말없이 집어넣고 있던 유현은 은근슬쩍 시선을 피했다.

"니 혀가 잘못된 거야? 아니면 내 요리 솜씨를 동정한 거야?"

"아니요, 진짜 맛있었는데……."

"거짓말. 너 지금 나랑 눈 안 마주치고 있잖아."

"……"

"솔직히 맛없지, 그렇지?"

시울이 계속해서 추궁하자 유현의 얼굴엔 점점 더 난처한 기색이 어렸다. 솔직히 바닷물의 맛과 비슷한 차시울표 된장찌개는 애초부터 좋게 포장할래야 할 수가 없는 것이었다.

유현은 고민 끝에 시울의 눈을 다시 마주했고 조심스러운 목소리로 대답했다.

"사실 제 입맛에는 살짝 짠데……."

"봐 봐! 그럴 줄 알았어!"

"그런데 차려주신 건 정말 고마워요. 잘 먹을게요."

유현은 고마움을 전하는 사람치고는 필사적이었다. 자신의 진심이 닿지 않을까 봐 전전긍긍하는 모양이었다.

시울은 그런 유현의 모습을 보며 오래전 자신의 모습을 떠올렸다.

그때의 시울은 누군가에게 미움받는 게 너무 싫어서 상대방의 숨소리까지도 일일이 의식하고 살았다.

"됐어. 망친 걸 왜 먹어."

짧은 대답과 함께 자리에서 일어난 시울은 담담한 표정으로 냄비를 들었다. 논란의 중심이 된 찌개가 향하는 곳은 싱크대 안이었다.

유현은 다시 식탁으로 돌아오는 시울의 표정을 불안한 눈빛으로 살폈다. 아무리 선의의 거짓말일지라도 기분이 상해 버렸을 수 있으니까.

그러나 다시 마주한 시울의 얼굴은 그저 해맑기만 했다.

"앞으로 찌개는 마트에서 파는 걸 사 오도록 하자!"

"네?"

"내가 자주 사다 먹는 브랜드 있는데 거긴 순두부찌개가 제일 맛있어. 아, 순두부찌개 좋아해?"

"네, 저야 뭐……."

"좋아. 그럼 퇴근하면서 몇 팩 사 올게."

부정적인 생각을 드러냈는데 아무 일도 일어나지 않았다. 그 누구도 화를 내지 않았고 같이 기분이 나빠지도록 공격해 오지도 않았다.

잠시 멍하니 있던 유현은 저도 모르게 편안한 미소를 지어 보였다.

시울은 콧노래를 흥얼거리며 자리에 앉았고 여전히 살가운 목소리로 말했다.

"나머지 반찬들은 여울이가 한 거라서 먹을 만해. 밥 다 먹으면 병원이나 한번 가 보자."

"병원은 안 가도 괜찮아요. 신경 쓰지 마세요."

"진짜 괜찮은 사람은 신경 쓰지 말라는 말도 안 해. 신경 쓰이는 꼴을 하고 있으면서 괜히 튕기지 좀 마."

"출근도 하셔야 할 텐데……."

"하하, 반차 냈어! 점심 먹고 들어갈 거다!"

맑았다가 흐렸다가 까칠해졌다가 다시 부드러워졌다가.

짧은 대화중에도 감정이 변화무쌍한 시울은 가장 빛나는 생기를 지니고 있었다.

그런 그를 물끄러미 바라보던 유현은 부드러운 눈웃음을 지으며 말했다.

"웃는 모습이 여울 씨랑 정말 닮았어요."

"여울이 보고 싶으면 여장 한번 해 줘?"

"예? 아, 그런 뜻은 아니고……."

"농담이야. 나도 니가 반해 버리면 곤란해서 말이지."

어디로 튈지 모르는 시울의 장난스러운 대답은 유현을 당황스럽게 만들었다. 하지만 지금의 아침 식사는 유현의 인생을 통틀어 가장 편안한 시간이었다.

숨통이 트이니 아픈 몸이 날아갈 듯 가벼워진다. 흉터 같은 기억도, 고통뿐인 감정도 전부 잊은 채 살아갈 수 있을 것 같다.

서울 중심가의 고급 호텔 VIP 라운지.

"오셨습니까. 회장님."

경호원의 호위를 받으며 들어서는 유 회장에게 도선웅 회장은 반듯한 인사를 건넸다.

그의 입가엔 늘 그렇듯 부드러운 미소가 어려 있었으나, 그 안에 온기는 조금도 없었다. 유 회장은 그런 도 회장에게 악수를 청했고 별로 궁금하지 않은 근황을 물었다.

"창립기념일 행사 이후로 처음이군요. 잘 지내셨습니까."

"특별할 게 있겠습니까. 앉으시죠."

"네. 정 실장, 늘 마시던 걸로 오더 넣어."

유 회장은 자신의 직속 비서에게 명령하고는 준비된 의자에 앉았다. 그 맞은편에 자리를 잡은 도 회장은 가장 먼저 제 손목시계부터 확인했다.

"시간을 많이 내시진 못한다고 들었습니다. 정확히 제가 얼마나 빌릴 수 있죠?"

"다음 회의가 잡혀 있어서 삼십 분 정도밖에 여유가 없습니다."

"삼십 분이라…… 지금 바로 본론부터 꺼낸다면 충분하겠군요."

도 회장은 유 회장의 재촉에도 불구하고 여유로운 미소를 머금었다. 그가 속을 알 수 없는 사람이라는 걸 잘 알고 있는 유 회장의 눈빛엔 은근한 경계심이 어렸다.

"이제 슬슬 정략결혼에 대해 다시 논해야 할 때가 아닌가 싶습니다."

이윽고 꺼내진 도 회장의 본론은 이미 파투났다고 생각했던 문제였다. 그럴 줄 알았다는 듯, 유 회장의 표정이 불편해졌다.

"창립기념일 날 벌어졌던 일을 잊으셨습니까? 다시 정혼 이야기를 꺼내시다니, 살짝 불쾌해지려고 하는군요."

"물론 기억하고 있습니다. 도하언 대표가 공식 석상에서 저지른 행동은 용서받을 수 없다는 것도 잘 알고요."

"그럼에도 불구하고 뻔뻔하게 꺼내놓는 이유가 뭐죠?"

"옵타티움의 기둥은 도하언만이 아닙니다. 제 아들, 도유현 상무가 설아와 잘 어울리지 않나 싶은데요."

그 이름은 유 회장이 깊이 고려해본 적 없던 인물이었다.

회사에서 유현이 별다른 입지를 가지지 못했다는 걸 알고 있는 그는 대놓고 회의감을 내비쳤다.

"글쎄요, 도유현 상무는 저희 쪽에서 별로 구미가 당기질 않군요."

"어째서죠?"

"최근 도하언 대표가 일으킨 물의 때문에 도 상무의 영향력이 커지고 있다는 건 들었습니다."

"……."

"그래도 오랜 시간 후계자로 인정받아왔던 도 대표의 입지를 따라잡기는 무리죠. 이 판이 그렇게 손바닥 뒤집듯이 경영권자를 바꿔 버릴 수 있는 판도 아니고⋯⋯."

말을 흐리며 시계를 확인하는 유 회장은 더 이상 말할 필요도 없다는 태도였다. 그러나 도 회장은 딱히 실망한 기색도 없이, 차분한 목소리를 꺼내놓았다.

"경영권이야 넘겨받으면 되는 거 아니겠습니까."

"⋯⋯."

"우리 유현이가 도하언 대표이사를 따라잡지 못할 이유는 없지요."

그리 답하는 도 회장의 얼굴엔 자신감이 가득했다. 하지만 그 말을 쉽게 납득할 수 없었던 유 회장은 입가에 비웃음을 띠었다.

"생전에 도선우 회장의 입지가 굉장히 탄탄했다고 들었습니다. 그래서 무조건적으로 그 아들을 신뢰하는 세력도 많다고 하더군요."

"⋯⋯."

"생김새까지 똑닮아 있는 도하언은 도선우 회장의 그림자 같은 존재입니다. 창립기념일 사건이 입지를 불안하게 만들었다 하더라도, 다시 원상복구 되는 것은 시간문제일 겁니다."

유 회장은 하언의 아버지, 도선우 전 회장을 떠올리며 확신했다.

순간 도 회장의 눈에 살벌한 날이 섰다.

부드럽고 매사에 여유만만하면서도, 사업에 관해선 냉철하고 저돌적인 모습을 보이던 형은 굉장히 오랜 시간 잊고 있었던 존재였다.

그의 존재감을 지워보려 발악을 해 왔는데도 그는 사라지지 않는다. 오히려 흔적을 없애면 없앨수록 그가 있었던 빈자리가 더욱 크게 드러난다.

'안 돼.'

'선웅아, 넌 내 자리를 감당할 수 없어.'

마지막 인내심을 산산히 무너뜨렸던 그 순간의 음성이 떠올랐다. 도 회장은 테이블 위에 놓인 손을 저도 모르게 꽉 쥐었다.

"혹시 제 말에 이견이라도 있으십니까."

그에게서 한기를 느낀 유 회장이 넌지시 물었다. 도 회장은 서둘러 주먹을 풀어냈고 다시금 은은한 미소를 꾸며냈다.

"왜 그렇게 생각하는지는 충분히 이해하고 있습니다. 불안정하던 옵타티움을 지금의 대기업으로 성장시킨 사람이 다름 아닌 형님이시니까요."

내키지 않는 칭찬을 뱉어내자니 헛구역질이 나올 것만 같았다. 그러나 도 회장은 질척한 증오심은 모두 숨겨내고, 말끔한 표정을 유지했다.

"그런데, 그거 아십니까? 사람은 기대감이 크면 클수록 실망도 쉽게 한다지요."

"……."

"도하언은 영원히 그림자로만 남을 뿐, 절대 도선우처럼 될 수 없습니다. 도 대표가 발악하면 발악할수록 도선우의 죽음만 실감하게 될 뿐이지요."

어째서 형의 비보를 완벽한 타인처럼 전하는 것인지.

유 회장은 도 회장의 태도가 의아했다. 그러나 그 뒤에 담담히 이어지는 말은 귀를 기울일 수밖에 없었다.

"이젠 그 사실을 형님의 측근 분들도 받아들이고 계십니다. 앞으로 옵타티움은 도유현 상무의 권한을 점차적으로 늘려갈 예정입니다."

그 얘기는 즉 경영권을 하언이 아닌 유현 쪽으로 넘겨오겠다는 선전포고와 같았다.

지금껏 회의적이던 유 회장의 눈빛에 드디어 흥미가 어리기 시작했다. 그의 속내를 훤히 들여다본 도 회장은 흔들리는 마음에 쐐기를 박아 넣었다.

"그러니 지금 드리는 제안이 나쁜 제안은 아닐 거라고 생각합니다."

"……."

"어차피 신우그룹은 여전히 옵타티움을 필요로 하고 있지 않습니까?"

물을 필요도 없이 뻔한 질문에는 굳이 대답할 필요가 없었다.

유 회장은 테이블 쪽으로 자세를 고쳐 앉았고 호의적인 목소리로 말했다.

"그렇게 확신을 주시다니…… 아무래도 다음 스케줄을 늦춰야 할 것 같습니다. 회사 상황에 대해 좀 더 듣고 싶네요."

* * *

"어? 하언 씨. 아직 회사 안 갔어요?"

해가 중천에 떠오른 늦은 오전, 드레스 룸에서 나온 여울이 방 안에 있던 하언을 보고 물었다.

마침 그녀가 깨어나길 기다리며 책을 읽고 있던 하언은 무심한 표정으로 대답했다.

"안 갔어."

"왜? 오늘 주말도 아니잖아."

"너랑 데이트하려고."

"데이트?"

여울은 갑작스러운 제안이 당황스러웠는지, 물끄러미 하언의 얼굴만 들여다보았다. 이제 보니 그는 평소처럼 갖춰 입은 느낌이 아닌 캐주얼한 차림이었다.

"회사는 안 가도 돼요?"

여울은 의아한 눈빛을 띠고 물었다. 그러자 하언은 들고 있던 책을 덮어 두며 대답했다.

"급한 일 없어. 오늘은 쉬어도 돼."

"그런 걸 하언 씨 혼자 이렇게 막 정해도 되나?"

"그럼 내가 보스인데 누구한테 정해 달라고 할까."

하언은 책상 앞에 앉아 있던 몸을 일으켜 세웠고, 그녀에게 성큼 성큼 다가왔다. 가까이서 바라본 그의 얼굴은 하룻밤 새 많이 편안해져 있었다.

"가고 싶은 곳 있어?"

하언은 그녀의 부스스한 머리카락을 쓸어주며 물었다.

곰곰이 생각하던 여울은 자신이 좋아하는 장소들 중 요즘 통 가보지 못했던 곳을 떠올려냈다.

"가고 싶은 곳이라고 하면…… 공원?"

"공원?"

"응. 점심 먹고 산책하고 싶어요."

"공원이라……."

하언은 자신이 가봤던 공원들 중 가장 그럴싸한 공원을 생각해냈다. 그는 휴대폰을 들었고 어디서 많이 봤던 비장한 눈빛으로 무언가를 누르기 시작했다.

그 모습은 일본여행을 떠나기 직전과 비슷했기에 여울은 서둘러 그의 휴대폰을 빼앗아 들었다.

"자, 당장 하던 걸 멈추시오."

"뭐야. 왜 가져가."

"어느 공원 생각했어요?"

"센트럴파크."

"뉴욕에 있는 거?"

"응."

내가 이럴 줄 알았지.

"무슨 꺼떡하면 외국행이야! 진정 좀 해요!"

여울은 대책 없이 떠나고 싶어 하는 그를 뜯어말리고는 휴대폰 액정에 떠오른 항공사 사이트를 주저 없이 닫아버렸다.

이왕 가는 김에 제대로 된 곳에 데려다주고 싶었던 하언은 살짝 미간을 구겼다.

"이왕 가는 거 스케일 크게 가지?"

"싫어. 너무 크잖아. 비행기 타기에는 아직 마음의 준비가 안 됐어."

"마음의 준비가 왜 필요……."

"쉿쉿! 어쨌든 미국은 아니에요!"

하언의 의욕을 단번에 꺾어버린 여울은 하언에게 다시 휴대폰을 돌려주었다. 그러고는 하언이 제일 좋아하는 미소를 띠며 말했다.

"나만 믿고 따라 나와. 내가 최고로 아끼는 공원으로 모셔다드릴게!"

"하언 씨, 이거 봐요."

"뭐."

"나 콧수염 났어."

오솔길을 따라 걷고 있던 여울이 갈대를 코 밑에 대며 장난을 쳤다.

"더럽게 뭐하는 거야. 내려 놔."

그걸 본 하언은 실없다는 듯 핀잔을 내뱉었다. 그러나 딱딱하게 내려가 있던 그의 입꼬리는 진심을 감추지 못하고 부드럽게 올라갔다.

오랜만의 데이트를 위해 오늘 여울이 선택한 장소는 상암동에 위치한 난지도 하늘공원.

탁 트인 갈대밭이 마음을 편안하게 만들어 주는 이곳은 무작정 걷고 싶을 때 오빠와 찾곤 했었던 공간이었다.

머리를 텅 비운 채 갈대밭을 따라 걷다보면 수많은 걱정들은 사라지고 무엇이든 해결할 수 있을 것 같다는 자신감만 남았다.

"여기 어때요? 센트럴파크보다 괜찮지 않아요?"

여울은 가까이 다가온 하언에게 팔짱을 끼며 물었다.

하언은 까만 옷에 묻은 갈대를 툭툭 털었고 살짝 미간을 구긴 채 솔직히 대답했다.

"별로. 하염없이 올라가기만 하잖아."

"참을성 하고는…… 이제 다 도착했어요."

"어딜 도착했다는 거야?"

"하늘을 담는 그릇."

"그릇?"

"응. 저기 길 끝에 보이잖아."

여울은 손가락을 들어 거대한 철제구조물 하나를 가리켰다.

반원 모양의 구조물은 속이 훤히 비쳐서 정말 그 너머로 보이는 하늘을 담고 있는 것만 같았다.

이게 대체 얼마 만에 마음 놓고 올려다보는 하늘인지.

"……하늘 예쁘게 생겼네."

하언은 저도 모르게 감탄사를 중얼거렸다. 그러자 여울은 뿌듯한 미소를 지어 보이며 대답했다.

"그렇지? 여기 올 때마다 항상 느끼는데 하늘은 항상 예뻐요."

"……."

"맑으면 맑아서 예쁘고, 흐리면 흐려서 예쁘고. 이젠 비나 눈이 쏟아져도 마냥 예뻐보이더라구."

여울은 처음 이곳을 찾았던 날, 시울이 해 줬던 말을 떠올렸다.

'행복한 사람들은 하루에 세 번씩 하늘을 본다고 하더라.'

삶에 지쳐 늘 땅바닥만 바라보고 다니던 여울은 그의 말에 공감할 수밖에 없었다. 불행을 살고 있던 그녀는 마지막으로 하늘을 본 게 언제인지 기억도 하지 못하고 있었으니까.

'여유가 있으니까 하늘 구경할 정신도 있나보지.'

여울은 지친 표정으로 비관적인 대답을 내뱉었다. 그걸 보던 시울은 피식 실웃음을 흘려보냈다.

'나도 그런 줄 알았는데, 오기로라도 세 번씩 하늘을 보다보니까 깨닫게 된 사실이 있어.'

'뭔데?'

'행복해서 하늘을 보는 게 아니라, 하늘을 보다보면 행복해지더라구.'

'……'

'이렇게 넓은 곳 아래에서 나는 용케 잘 버티고 있구나…… 싶어져서.'

그 말을 끝으로 시울은 하늘을 향해 눈길을 옮겼다.

줄곧 감흥 없이 서 있던 여울은 그를 따라 고개를 치켜들었다. 끝도 없이 펼쳐진 하늘은 새삼 가슴이 벅찰 만큼 거대하게 느껴졌다.

그 사실을 실감하는 순간, 여울은 처음으로 자신을 칭찬해 주고 싶었다.

이렇게 넓은 하늘 아래에서 잘 버텨 줘서 고마워, 하고.

여울은 요즘 따라 유독 지쳐 보이는 하언에게 그때의 감정을 알려주고 싶다. 그래서 일부러 데려온 이 전망대는 굳이 고개를 들지 않아도 하늘이 훤히 들여다보여서 좋았다.

"하언 씨, 행복한 사람들은 하루에 세 번 하늘을 본대요."

여울은 시울이 했던 것처럼 운을 뗐다. 그리고 뒷말을 이어 붙이려 했는데, 그러기도 전에 하언은 자신만만한 목소리로 대답했다.

"보고 있어. 하루에도 수십 번."

"으, 응? 그래?"

"어, 그래."

원래 삶에 쫓기고 있는 사람일수록 그러기가 참 드문 법인데, 이 것 참 여기까지 데려온 이유가 없어져 버렸구만!

"그, 그럴 줄은 몰랐는데…… 다행이네요."

더 이상 이어 나갈 수 없는 대화는 끝이 하염없이 흐지부지해졌 다. 난처해진 여울은 다른 화젯거리를 찾아보려 머리를 굴렸다.

그때, 들려온 하언의 목소리는 여울을 다른 의미로 당황하게 만 들었다.

"나한테는 니가 하늘이야."

"응?"

"맑아도, 흐려도, 비바람이 몰아쳐도 널 보고 있으면 행복해지거 든."

혹 치고 들어온 낯 뜨거운 말에 여울의 얼굴이 귀까지 새빨갛게 달아올랐다. 그런 그녀를 마주 보며 멈춰 선 하언은 귀가 아릴만큼 달콤한 말을 이어 나갔다.

"그러니까 내가 보이는 자리에 있어."

"……."

"내가 너 하나는 어떻게든 지켜줄게."

계속 함께 있어달라는 고백은 스스로에게 내거는 다짐과 함께 섞 여 나왔다. 하언을 위로하러 왔다가 본의 아니게 사랑만 듬뿍 받아 버린 여울은 두 뺨을 문지르며 말끝을 흐렸다.

"내가 하고 싶은 말 그거 아닌데……."

"왜. 뭐 할 말 있어?"

"아니, 하늘 좀 보고 살라고 말할 생각이었는데……."

어쩔 줄 몰라 하는 여울의 모습은 하언이 보기에 마냥 귀여웠다.

이 맛에 이 여자를 놀리는 하언은 계속해서 낯부끄러운 말을 툭툭 내던졌다.

"보고 있잖아. 지금도."

"에이, 나 말고 진짜 하늘!"

"나한테는 너밖에 없다니까."

"그건 나도 잘 압니다만……."

"알고 있으면 뽀뽀할까?"

"미쳤어, 진짜! 사람도 많은데!"

능글맞은 이 남자와 함께하면 인생에 대한 얘기도 닭살 돋는 사랑의 속삭임이 된다. 커다란 고민은 하염없이 줄어들고, 복잡하던 머릿속은 단순해진다.

맑거나, 흐리거나, 비가 오거나, 눈이 오거나 상관없이 아름다운 존재. 바라보고 있으면 저절로 행복해져 버리는 존재.

그것이 하늘이라면 여울에게도 하늘 같은 사람은 있었다. 그것도 손에 닿을 만큼 가까운 곳에.

"제일 위층으로 올라가 볼까?"

그녀의 하늘이 말했다.

"그래요! 우리 손잡고 가자!"

기쁘게 화답하는 그의 하늘은 오늘도 어김없이 맑은 빛을 띠고 있었다.

시울의 집 근처 정형외과.

"몸 상태는 좀 어떤가요?"

하얀 조명판 앞에 유현의 X—Ray 사진을 들여다보며 시울이 물었다. 의사는 심상치 않은 표정으로 그의 뼈를 관찰했고 이내 의도가 분명한 질문을 던졌다.

"혹시 예전에 교통사고 당한 적 있습니까?"

"아니요."

"그런데 손상된 부분이 많네요. 전체적으로 뼈도 외상으로 인해 많이 약해져 있고, 근육에 난 상처도 아문 지 얼마 되지 않아 보이고……."

의사의 입에서 떨어지는 진단은 유현도 충분히 알고 있는 부분이었다. 여울의 가족 앞에서 나약한 부분을 드러내고 싶지 않았던 유현은 그가 제대로 된 진단을 시작하기도 전에 서둘러 말을 가로막아 버렸다.

"알고 있어요. 평소에 자주 다쳐서……."

"혹시 최근 들어 폭행 당하신 적이 있습니까?"

하지만 의사는 애석하게도 유현이 감추고 싶어 하는 단어를 노골적으로 끄집어냈다.

당황한 유현은 잠시 머뭇거리다가, 곁에 앉은 시울의 표정을 살폈다. 의사만큼이나 심각한 분위기가 되어 버린 시울은 걱정 가득한 눈으로 유현의 대답을 기다리는 중이었다.

"아니요, 그런 일 없어요."

유현은 낯빛 하나 바꾸지 않고 거짓말을 했다. 물론 진료실 안에 누구도 그 말을 믿어주진 않겠지만 그래도 부려보는 오기였다.

"왜요? 어디가 많이 안 좋아요?"

시울은 유현의 대답과 상관없이 의사의 진단을 추궁했다. 심각한 한숨과 함께 안경을 고쳐 쓴 의사는 곧이곧대로 일러 주기 위해 입술을 떼어 냈다.

그러나 바로 그때.

"저, 잠시 화장실 좀 다녀오겠습니다."

유현이 앉아 있던 자리에서 벌떡 일어섰다. 그 모습은 누가 봐도 부자연스러웠기에 시울은 의아한 눈동자로 유현을 올려다보았다.

"미카엘?"

"처방전은 최대한 빨리 부탁드려요."

"……."

"그럼…… 수고하셨습니다."

다시 흐려진 그의 목소리에는 불안한 기색이 역력했다.

그것만으로도 유현은 충분히 걱정스러웠지만, 그보다 더 신경 쓰이는 건 도망치는 것과 다름없는 그의 뒷모습이었다.

"저, 환자분! 도유……!"

의사는 문을 열고 나가버리는 유현을 불러 세우려 했다. 의사의 소견으로 보았을 때, 어디 한 군데 성한 곳이 없는 그는 각별한 주의가 필요한 환자였다.

하지만 그 관심이 별 도움이 되지 않는다는 걸 눈치챈 시울은 재빨리 그를 저지했다.

"아! 저 친구 이종격투기 선수예요!"

"예?"

"경기에 져서 기분이 별로 안 좋은가? 얻어맞았냐는 애기 나오자마자 홱 나가버리네."

덩그러니 남아버린 시울은 유현을 대신해 해명했다.

사실 그의 상태에 대해 자세히 묻고 싶은 마음은 굴뚝같았으나, 본인이 저리도 감추려고 하는 비밀을 굳이 캐내고 싶어 하는 악취미는 없었다.

"아…… 격투기 선수."

의사는 그제야 유현의 상태를 납득하겠는지, 천천히 고개를 끄덕였다. 그러고는 잠시 멈춰두었던 펜을 움직이며 알아보기 힘든 글씨를 적어가기 시작했다.

"운동을 계속 하고 싶다면 당분간 쉬는 게 좋을 겁니다. 지속적으로 손상 받은 부분이 너무 많아서 조만간 병나게 생겼어요."

"그, 그래요?"

"절대적으로 안정을 취하셔야 한다고 꼭 좀 전해 주세요."

그는 유현에게 전달해 주라고 했지만 시울은 굳이 그럴 필요가 없다고 생각했다. 아마 유현은 이 애기를 듣고 싶지 않아서 자리를 피해 버린 것일 테니까.

'그럴 수 있는 환경이었다면 진작 그렇게 했겠지.'

문득 회의적인 생각이 들었지만 내색은 하지 않았다.

비록 여울이 억지로 쥐어준 역할이지만 그는 자신이 해야 할 짓과 하지 말아야 할 짓을 구별할 수 있었다.

시울은 유현이 사라졌던 문을 바라보며 괜한 타박을 내뱉었고 의사에게 곧바로 시선을 돌렸다.

"뭐, 약 먹으면 낫겠죠! 아직은 혈기왕성한 나이니까!"

"그렇게 안일한 생각을……."

"안녕히 계십쇼! 수고하세요, 선생님!"

시울은 심상찮은 진단을 들었으면서도 가볍게 넘겨버렸다. 유현의 삶에 아무런 문제도 없어 보이도록 수습해 주기 위해서였다.

불행을 숨기기 위해선 헤프게 웃는 게 최고인데, 아무래도 그는 아직 거기까진 모르나 보다.

여울이 떠맡기고 간 짐은 의외로 가르쳐줄 게 많아서 점점 골치가 아파진다.

"거기 화장실 아니에요. 학생."

고요한 병원 건물 복도에 익살스러운 목소리가 들렸다.

창가에 기댄 채 우두커니 서 있던 유현은 다가오는 기척을 향해 고개를 들어 올렸다. 그와 눈이 마주친 시울은 손에 들린 처방전을 팔랑팔랑 흔들어 보였다.

"너 은근히 다 떠맡기는 스타일이구나?"

"아…… 죄송해요."

"나는 빌려준 돈 뒤에 '0' 하나 더 붙여서 갚게 해. 오늘 정말 크게 한 턱 쏴라."

그리 말하는 시울의 태도는 진료실에 들어가기 이전과 다를 바 없었다. 분명 초라하기 그지없는 유현의 상태를 알고 있을 텐데, 내색을 안 하는 건지 아니면 아직 눈치채지 못한 건지.

"자, 받아."

여러 가지로 혼란스러운 유현의 앞에 처방전이 내밀어졌다. 유현은 조심스럽게 손을 뻗었고, 고이 넘겨받자마자 되는 대로 접어버렸다.

"약국에 안 가져갈 거야?"

"괜찮아요. 진통제는 항상 갖고 다녀요."

"그래도 새로 타는 게 좋을 텐데."

"약국에서 주는 약은 다 똑같아요. 먹는다고 해서 회복이 빨라지는 것도 아니고……."

회의감 섞인 유현의 반응에 시울은 한동안 아무런 대꾸도 하지 않았다. 그저 그의 얼굴을 물끄러미 마주하며 어쩌다 이렇게 부서져 버린 걸까, 열심히 추측해볼 뿐.

"신경 써 주셔서 고마워요."

유현은 그런 시울에게 고마움을 표했다. 평범한 인사처럼 치장된 그 말은 더 이상 자신에게 신경 쓰지 말아달라는 부탁과 다름없었다.

잠시 망설이던 유현은 고개를 까딱 숙이고는 발걸음을 옮겼다.

아직 집주소도 모르면서 어딜 가는 건지, 가만 바라보고 있어도 위태로운 뒷모습은 도저히 신경을 끌 수 없게 만들었다.

예전에 여울이 딱 저런 꼴을 하고 있었던 적이 있었다.

어린애가 세상 다 산 노인네처럼 어깨를 축 늘어트리고 가는 모습은 도저히 봐주기가 힘들어서 시울은 한동안 그녀 걱정에 밥도 제대로 넘기지 못했다.

'여울아, 무슨 일 있어?'

'……'

'말을 해야 알지.'

'아무 일도 없어.'

무슨 일이 있는 건 분명하지만 물어봤자 대답은 해 주지 않았다.

억지로 캐물어보려고 하면 할수록 입을 닫아버리거나, 혹은 시울까지 밀어내 버리거나.

그래서 하루는 무턱대고 그녀의 뒤를 따라가 보았더니.

'우리 집에 얹혀살면 보답은 해야 할 거 아니야. 어? 거둬준 사람 도둑취급이나 할 줄 알지, 은혜 갚을 줄은 모르네.'

'내 가방에 손대지 마!'

'하, 말로 해서 못 알아 처먹냐!'

'꺄악!'

여울이는 혼자 고군분투 하고 있더라. 어떻게든 자기 선에서 끝내보려고 모진 수모를 처절하게 감당하고 있더라.

'여울아, 왜 그렇게 붙잡혀 있어?'

'오……빠?'

'재형아, 넌 친구를 그렇게 머리채 잡고 끌고 가?'

'……'

'그게 어디서 배워 먹은 매너야.'

도움의 손길을 건넸을 땐, 이미 여울의 몸과 마음에 씻을 수 없는 상처를 잔뜩 입혀버린 후였다.

그날의 기억은 아직까지도 떠올릴 때마다 아파서 시울은 지금도 마음이 무너질 때마다 다짐하고 있다.

아픔의 이유를 온전히 알지 못하더라도 다 아는 척, 그저 그 아이의 곁에 머물러 있어주겠다고.

"도유현."

목숨 걸고 지켜야 하는 그 애는 아니지만 시울은 낮은 목소리로 유현을 불렀다. '미카엘'이라는 애칭이 아닌 갑작스러운 이름이 튀어나오자, 놀란 유현의 눈동자가 시울에게로 또렷이 맺혀왔다.

"네?"

시울은 아무것도 내보이지 않으려는 유현을 위해 다 아는 척 미소 지었다. 그리고 출근의 걱정 따위 뒤로 미뤄버린 채, 난데없는 제안을 던졌다.

"내가 좋은 데 데려가줄까?"

"……좋은 데요?"

"응, 따라와. 너도 분명 마음에 들어 할 거야."

'마음이 그릇이면 천지가 희망입니다.'

하늘공원 전망대에 도착한 유현은 안내판에 적힌 글귀를 물끄러미 내려다보았다.

그 안에 담긴 의미를 마음에 새기는 건 아니었다.

그저 높은 곳에 올라올 때마다 버릇처럼 튀어나오는 나약한 생각을 가라앉히는 중일 뿐.

"너 나랑 동갑이더라."

시울은 그런 유현에게 가까이 다가와 말했다. 유현은 그에게로 고개를 틀었고 살짝 웃음기를 머금은 채 대답했다.

"그래요? 하언이랑 같은 나이시구나."

"응. 같은 나이야. 말 편하게 해."

"저는 누구에게든 존댓말이 편해요."

그건 시울을 불편하게 만들었지만 그는 굳이 밀어붙이지 않았다. 어차피 유현에게 편한 환경을 제공하는 것이 자신의 역할이니, 그가 원하는 거리감을 최대한 따라줄 생각이었다.

"그래. 미카엘이 하고 싶은 대로 해."

"저기…… 제 이름은 도유현이에요."

"알고 있어. 난 니가 천사처럼 생겨서 이렇게 부르는 거야."

"천사요?"

"응, 그냥 천사도 아니고 대천사. 넌 말할 때마다 BGM으로 성가 깔리는 것 같아."

시울의 장난스러운 대답에 유현은 옅은 웃음을 터트렸다.

병원에서의 일로 시울이 불편함을 느끼고 있는 건 아닐까 걱정했었는데, 그의 분위기는 여전히 편안하고 느긋하기만 했다.

그런 배려가 어떠한 동정심보다 고마웠던 유현은 넌지시 마음을 드러내려 했다.

"여기 경치 정말 좋아요. 같이 와줘서 정말……."

바로 그때.

"아, 여기도 사랑의 자물쇠를 달 수 있구나! 우리도 사올 걸 그랬네!"

어디서 많이 듣던 목소리가 크게 울렸다. 놀란 두 남자의 눈이 일

제히 한 곳으로 향했다.

"이제 우리 밥이나 먹으러 갈까요? 배고프지?"

태평한 질문을 던지며 전망대에서 내려오는 뒷모습은 확인할 필요도 없이 여울의 것이었다. 유현을 시울에게 맡겨다놓은 장본인인 그녀는 마주쳐도 별 상관이 없었다.

그러나 문제는 그녀와 함께 있는 남자의 정체.

"하언이……."

유현은 뒤통수만 보고도 불길한 이름을 입에 담았다.

"아니야. 그런 소리하지 마. 아닐 거야."

시울은 현실을 부정하며 뒷걸음질을 쳤다.

그러나 가려졌던 얼굴이 나타나고.

"그럴까. 뭐 먹고 싶은데."

평소보다 다정하지만 한기만큼은 여전한 목소리가 들려오자, 입구 앞이라서 도망칠 곳도 없는 두 남자는 커다란 절망에 빠졌다.

"난 뭐든 상관없으니까 하언 씨가 먹고 싶은 거 먹을래요."

"글쎄, 딱히 끌리는 건 없는데."

그는 그렇게 대답했지만 머지않아 입구 쪽으로 내려오고 나면 잡아먹어 버리고 싶은 게 생길 것이다.

졸지에 우리 안에 던져진 먹잇감 처지가 되어 버린 유현은 눈빛만 파르르 떨고 있을 뿐이었다.

시울은 몸을 숨겨둘 곳을 찾아보았지만 애석하게도 주변은 휑하니 트여 있었다. 이대로 뒤돌아 무작정 걸어간다고 해도 눈치 빠른 도하언은 유현과 시울의 정체를 알아채 버릴 게 뻔했다.

"아니, 왜 쟤네들이 여기에……."

난처해진 건 시울 역시 마찬가지였다.

시울은 재빨리 위기를 빠져나갈 방법을 강구해 보았으나, 그의 명석한 두뇌조차도 마땅한 돌파구를 찾아내지 못했다.

그저 상황을 이 지경으로 만들어 버린 동생만 하염없이 원망할 뿐.

"아, 여기서 한두 정거장 떨어진 곳에 내가 좋아했던 냉면집 있는데 거기 갈래요?"

그 속도 모르는 여울은 하언에게 팔짱을 끼며 팔자 좋은 질문을 던졌다. 두 사람의 몸은 어느새 계단을 다 내려와 입구 쪽으로 돌아선 상태였다.

"그래. 니가 좋아하는 곳으로 가."

그 대답을 할 때까지만 해도 하언의 시선은 온전히 여울에게 향해 있었지만, 문제의 인물들이 있는 정면 쪽으로 틀어지는 건 시간문제였다.

고민하던 시울은 비장한 눈빛으로 입고 있던 겉옷을 벗었다. 그리고 하언의 시선이 닿기 전에 서둘러 유현의 얼굴을 가려 버렸다.

순식간에 어둠에 휩싸인 유현은 외마디 비명도 지르지 못한 채 시울의 품에 머리를 내주고 말았다.

"응?"

그 요란한 움직임에 서로에게만 신경 쓰던 두 남녀는 드디어 입구 쪽을 고개를 돌렸다. 그리고 곧바로 발견했다.

"아, 아, 안녕?"

어색한 웃음과 함께 인사를 건네는 시울과.

"……."

잠바를 얼굴에 덮어쓴 채 붙잡혀 있는 정체불명의 누군가를.

"오빠? 오빠가 왜 여기……."

여울은 갑작스레 등장한 시울을 놀란 눈으로 바라보았다. 그리고 시울의 품에 안긴 수상쩍은 이에게로 관심을 두었다.

감히 짐작해 보건대, 언제나 뻔뻔한 시울이 하언의 앞에서 저리도 감춰두려는 사람은 지구상에 단 한 명밖에 없었다.

'그 사람, 혹시 유현 씨야?'

여울은 떨리는 눈동자로 시울에게 물었다. 용케 질문을 알아들은 시울은 한 쪽 눈을 깜빡여 화답했다.

그러자 여울의 낯빛은 곧바로 사색이 되어 버렸다. 아직 하언에게 유현을 숨겨놨다는 사실을 고하지 못한 상태이니, 지금 맞닥뜨렸다간 걷잡을 수 없는 오해만 불러일으킬 게 뻔했다.

"차시울, 너 여기서 뭐 해?"

"어?"

"그건…… 뭐야?"

아무것도 모르는 하언은 시울에게 난처한 질문을 던졌다.

"아, 그게……."

당황한 시울은 즉답을 꺼내놓지 못하고 말을 망설였다. 한곳에 머물지 못하고 방황하는 그의 눈동자는 수상쩍기 그지없었다.

"대체 뭔데. 그거."

"그거라니? 이 안내판 말하는 거야?"

"안내판 말고 니가 이상하게 껴안고 있는 거."

"내 잠바?"

"아니, 그 잠바가 덮고 있는 사람. 뭐길래 그렇게 숨겨?"

시울은 상황을 대충 때워보려 했으나 그럴수록 하언은 집요하게 캐물었다. 의심스러운 시울의 행동에서 무언가 이상한 낌새를 눈치챈 모양이었다.

그 광경을 지켜보는 여울은 바짝 조여 오는 긴장감에 숨도 제대로 쉬지 못했다.

최근 들어 불안감이 심해진 하언을 위해 잠시만 유현에 대한 얘기를 미뤄 두려 했는데, 이렇게 빠른 시일 내에 발각될 줄은 몰랐다.

어차피 단 하룻밤 만에 사자대면이 이뤄질 운명이었다면 죽이 되든 밥이 되든 털어놓을 걸 그랬다.

"저, 하언 씨!"

보다 못한 여울은 제 오빠를 추궁하는 그를 다급히 불렀다. 상황이 더 이상하게 꼬여버리기 전에 자신이 저지른 일들을 솔직하게 밝히기 위해서였다.

"고백할 게 있어!"

하지만 딱 그 타이밍에 그녀의 말을 가로챈 시울은.

"인사해! 내 애인이야!"

이내 파격적인 거짓말로 그녀를 충격에 빠트렸다.

지금 무슨 소릴 하고 있냐는 의미를 담은 여울의 눈빛이 시울에게 향했다.

"……애인?"

하언은 믿을 수 없다는 듯 되물었다. 하지만 그럴수록 당당하게 어깨를 편 시울은 대책 없는 뒷말을 이어 나갔다.

"그래! 애인! 그렇지만 얼굴은 지금 보여 줄 수 없어! 왜냐하면…… 왜냐하면 나는……!"

"……"

"커밍아웃할 준비가 안 되어 있거든!"

"아아……"

그걸 듣던 여울은 깊은 탄식을 흘려보냈다. 세상에 수습이 가능한 변명과 불가능한 변명이 있다면, 방금 건 분명히 후자에 해당되는 내용이었다.

그러나 훗날의 일보다 잔뜩 구겨진 하언의 미간이 가장 신경 쓰였던 시울은 그 이상한 컨셉을 계속해서 밀고 나가기 시작했다.

"그래, 그동안 이렇게 잘생긴 나한테 왜 여자 친구가 없는지 의아했을 거야."

"아아, 오빠……"

"하지만 이제 알겠니! 사실 나에겐 이미 백년해로를 약속한 남자 친구가 있었다는 걸!"

"오빠 됐으니까 그만……"

"지금은 우리 동수가 워낙 수줍어서 얼굴은 보여 주지 못할 것 같다! 하지만 언젠가 우리에게 좀 더 용기가 생기거든 상견례를 열도록 하자!"

제발 그만 좀 해! 유현 씨랑 하언 씨 보는 데서 창피하게 무슨 짓이야!

여울은 버럭 소리치고 싶은 마음을 가까스로 억눌렀다.

가만히 있으면 그녀가 어떻게든 알아듣게 해명했을 텐데, 시울의 근본 없는 상황극 때문에 입장만 더욱 난처해지고 말았다.

그래서 두 눈을 무겁게 내리감은 채 입술을 꾸욱 깨물었더니.

"차시울."

한기 서린 하언의 목소리가 흘러나왔다. 여울과 시울은 물론 잠바에 가려진 유현까지 덜컥 겁이 들 만큼 낮아진 온도였다.

여울은 시울의 같잖은 변명으로 인해 유현의 정체가 들통나버린 것이라 생각했다. 분노에 찬 그는 머지않아 저 수상쩍은 잠바때기부터 찢어발겨 버릴 게 뻔했다. 그러나 모두를 긴장하게 만든 하언이 이어낸 말은 상당히 뜻밖이었다.

"넌 그런 중요한 얘기를 이런 자리에서 쏟아 내야겠냐."

"으, 응?"

"차여울이 못 받아들이고 있잖아. 오빠씩이나 됐으면 최소한 동생 마음 생각할 줄은 알아야지."

생각지도 못한 꾸중은 시울을 당황스럽게 만들었다.

그건 곁에 있던 여울도 마찬가지였으나 하언은 매서운 표정으로 마지막 엄포를 내뱉었다.

"상견례고 뭐고 차여울 진정된 다음에 다시 얘기해."

"아…… 어어, 그래."

"그럼 먼저 간다."

하언의 따뜻한 손이 여울을 이끌었다.

이로써 여울은 난처한 상황에서 겨우 해방되었지만, 본의 아니게 한 번 더 하언을 속였다는 점은 마음을 무겁게 만들었다.

유현에게 건넨 도움은 숨기면 숨길수록 이상해지는 법인데, 어쩐지 상황은 의심을 살 수밖에 없는 방향으로 돌아간다. 어떻게든 잘 풀어보려는 여울의 의지와는 전혀 상관이 없다.

"저, 저기 잠깐만……."

발걸음이 무거워진 여울은 하언에게 끌려가는 와중에도 자꾸만 뒤를 돌아보았다. 하언은 그럴수록 단호하게 그녀의 몸을 이끌었고, 조용히 타이르듯 말했다.

"지금은 하고 싶은 말 있어도 넣어 둬."

"예?"

"너도 차시울 문제에 대해 생각할 시간이 필요하잖아."

글쎄, 생각해 본다고 해서 뭐가 달라질까 싶다.

일이 이만큼이나 꼬여 버린 지금, 나는 대체 어떤 방식으로 털어놓아야 할까.

방금 시울의 품에 안겨 있었던 남자가 다름 아닌 너희 집에서 빼내온 도유현이었다는 충격적인 비밀을.

평창동 저택의 식사 시간.

"도유현은 어디에 있지?"

다이닝 룸에 들어선 도 회장이 생전 물은 적 없던 질문을 던졌다. 평소 유현에 대해 별 관심을 두고 있지 않았던 켈리 박은 성의 없는 대꾸를 내뱉었다.

"위에 있겠죠. 요즘 코빼기도 안 비추기는 하지만."

하지만 그 말을 들은 혜수의 표정은 살짝 굳어버렸다.

어젯밤 위태로운 뒷모습으로 저택을 떠난 후로 아직까지 돌아오지 않은 유현을 알고 있기 때문이었다.

자정이 지나서부터 숱하게 전화를 걸어보았지만 유현의 전화기는 꺼진 지 오래였다. 혹시나 해서 음성 메시지도 남겨보았지만 아직까지 답신은 없었다.

마치 어딘가에 숨어서 다시는 나타나지 않을 사람처럼, 그는 그야말로 자취를 감춰버렸다.

"오빠 밖에 나가서 아직 돌아오지 않은 것 같은데……."

최근 들어 기척조차 느껴지지 않았던 유현을 내심 걱정해 왔던 혜수는 조심스레 말했다.

물론 이 집 식구들이 그걸 신경 쓸 리 없었다. 양자인 유현은 며칠 동안 방안에 처박혀서 아무것도 먹지 못하고 있을 때도 부모님의 관심을 받지 못했다.

"어딜 나가."

하지만 평소와 달리 도 회장은 사나운 눈빛을 띠고 되물었다.

"네? 아, 저도 잘 모르죠. 나가는 것만 봐서……."

예상치 못했던 추궁이 당황스러웠던 혜수는 대답을 얼버무렸다. 어차피 오빠의 목적지에 대해서는 전혀 아는 바가 없었다.

그러자 도 회장의 살벌한 눈초리는 켈리 박에게로 향했다. 좀처럼 감정을 드러내지 않았던 그는 오늘따라 짙은 분노를 띠고 있었다.

"도유현 관리 잘하라고 말해두지 않았나?"

"걔가 어디 갈 데라도 있겠어요? 때가 되면 돌아오겠죠."

"그렇게 안일하게 굴다가 일 틀어지면 어떻게 감당하려고 그래."

"가, 감당이라뇨? 제가요?"

켈리 박은 곧바로 되물었지만, 머지않아 도 회장에게서 느껴지는 살기에 어깨를 움츠렸다.

그런 그녀의 곁으로 다가온 도 회장은 식탁 위에 올려져 있던 그녀의 팔목을 꽉 붙잡았다. 그러고는 모두가 보는 앞에서 진심이 담긴 협박을 내뱉었다.

"난 필요 없는 건 옆에 두지 않아."

"……."

"하루라도 더 호사를 누리고 싶다면 시킨 일은 똑바로 하는 게 좋을 거야."

점점 조여드는 그의 손아귀는 켈리 박의 팔목을 부숴 버릴 듯했다.

켈리 박은 그가 지닌 위험한 기운에 악 소리도 내지 못했으나, 혜수는 눈앞에서 벌어지는 난폭한 광경에 아연실색이 되었다.

"아, 아버지! 뭐하시는 거예요!"

혜수는 황급히 달려들어 도 회장의 손을 떼어 놓으려 했다. 하지만 그러기도 전에 보란 듯이 켈리 박을 놓아준 그는 이번엔 혜수를 직시한 채 살벌한 엄포를 놓았다.

"지금 당장 도유현이 어디 있는지 알아내."

"아버지 그건 왜 갑자기……."

"제대로 찾아내지 못하면 너도 이 집안에 온전히 붙어 있지 못하게 될 게다. 알았니?"

그동안엔 눈앞에 앉아 있어도 외면하기 바빴던 사람을 왜 이렇게 못 붙잡아둬서 안달인 건지.

유현을 찾는 도 회장의 모습은 마치 먹잇감을 사냥하는 맹수와 같았다. 순순히 유현의 목적지를 알려 준다면 도 회장은 당장이라도 그의 숨통을 물어뜯으러 갈 기세였다.

그래서 고개조차 끄덕이지 못하는 혜수에게 아무것도 모르는 켈리 박은 눈짓을 주었다.

"아, 아버지 말씀하시잖니. 어서 알았다고 해!"

"……."

"혜수야, 얼른……!"

"하지만……."

바로 그때.

철컥— 현관문이 열리는 소리와 함께 반가운 목소리가 들려왔다.

"신발은 거기 놔둬. 오늘 안에 깨끗이 세탁해줄 거야."

날 선 도 회장의 신경을 단번에 가져가 버리는 그는 이 집안의 유일한 반역자, 도하언이었다.

집안 분위기에 대해선 아무것도 모르는 하언은 성큼성큼 거실을 가로질렀다. 그런 그를 따르는 여울의 눈빛엔 초조한 기색이 역력했다. 본의 아니게 하언에게 비밀을 만들어 버린 그녀는 지금 모든 걸 털어놓을 타이밍을 찾고 있는 중이었다.

"저기…… 하언 씨."

여울은 단호한 목소리로 그를 멈춰 세웠다. 그리고 다시 돌아온 그의 시선을 똑바로 마주하며 비장하게 말했다.

"중요하게 할 얘기가 있는데……."

"중요한 문제라면 나도 듣고 싶구나."

순간 짙은 어둠이 밴 음성이 그녀의 말을 끊어 버렸다.

놀란 여울은 낯선 발걸음이 다가오는 쪽으로 고갤 돌렸다. 도 회장의 서슬 퍼런 시선이 소름 끼칠 만큼 정확하게 맞닿았다.

"작은아버님……."

여울은 저도 모르게 겁먹은 표정으로 얼어붙었다. 유현을 벼랑 끝까지 내몬 장본인인 그는 여울이 보기에 흉포한 괴물과 다름없었다.

그 두려움을 읽어낸 하언은 서둘러 여울 곁으로 다가섰고, 도 회장을 향해 가시 돋친 대꾸를 내뱉었다.

"지금 뭐하시는 겁니까?"

"……."

"시시콜콜한 얘기까지 끼어드실 정도로 근본 없는 분은 아닌 줄 알았는데요."

하언의 공격적인 태도는 여울에게 머물러 있던 도 회장의 관심을 거두어갔다. 그는 비웃음 어린 얼굴로 하언을 직시했고, 가족들에게 보이던 모습과는 상반된 여유를 띤 채 물었다.

"도유현이 말 한마디 없이 사라졌다. 혹시 어디에 있는지 알고 있니?"

그가 꺼낸 본론은 여울의 심장을 철렁 내려앉게 만들었다.

그녀는 유현의 행방을 알고 있는 유일한 사람이었지만 도 회장에게 털어놓을 생각은 추호도 없었다. 지금 마주친 눈에 깃든 살기만으로도 그에게서 유현을 숨겨야 할 이유는 충분했다.

그래서 입술을 꾹 닫은 채 고개를 숙였더니, 도 회장은 초조한 기색이 역력해 보이는 그녀에게로 관심을 두었다.

"새아가, 넌 그 아이가 어디에 있는지 알고 있는 모양이구나."

한 번 더 여울에게만 직접적으로 꺼내진 질문.

거짓말을 준비하는 여울의 눈이 옅게 떨려 왔다. 망설임이 길어지면 길어질수록 의심스러워 보일 텐데, 하필 더 이상 속이고 싶지 않은 하언 앞이라 능청스럽게 둘러대는 것이 어려웠다.

그 난처함을 읽어낸 듯, 하언은 이번에도 그녀를 대신해 도 회장을 상대했다.

"본인 아들은 본인이 관리하셔야죠. 왜 이 사람한테서 찾으십니까."

"……."

"도유현이 집을 뛰쳐나갔든 뭘 했든 이 사람은 아무것도 모릅니다. 딱히 마주칠 일도 없고, 도유현의 일탈에 관여할 사이도 아니니까요."

이어지는 말들은 여울의 양심을 쿡쿡 찔리게 만드는 믿음이었다. 여울은 필요 이상으로 동요한 표정을 들켜버릴까, 더욱 고개를 숙였다.

하언은 그런 여울이 걱정스러웠는지 서둘러 제 쪽으로 그녀의 몸을 이끌었고, 확신에 찬 목소리로 마지막 말을 뱉어냈다.

"그러니까 괜한 사람 추궁하지 마시고 알아서 찾아보세요. 도유현을 말도 없이 붙잡고 있을 사람이 한 사람밖에 더 있습니까."

끝에 언급된 한 사람은 분명 설아를 뜻하는 것이었겠지만, 사실 유현을 말도 없이 붙잡고 있는 건 여울이었다. 그 사실을 이 자리에서 고할 수 없었던 여울은 그야말로 유구무언이었다.

차라리 하언이 아무것도 모를 때 유현의 위치를 밝혀버릴 생각이었는데, 상황은 애매하게 뒤틀려 더욱 복잡해져 버렸다.

"……그래, 알았다."

도 회장은 더 이상의 언쟁은 불필요하다고 생각했는지 만족스러운 대답을 얻지 못했으면서도 한 발 물러섰다.

하언은 그런 그를 사납게 노려보다가 걱정 어린 시선을 여울에게로 돌렸다. 그 눈을 마주치는 순간, 문득 며칠 전 하언이 드러냈던 불안감이 불현 듯 떠올랐다.

'불안해. 지금 니 머릿속에 도유현이 가득 차있을까 봐.'

'니가 나보다 도유현을 더 신경 쓰고 있을까 봐 걱정돼서 미칠 것 같아.'

그때도 여울은 이미 일을 저질러버린 후였지만 그게 진실을 털어놓을 수 있었던 마지막 기회였다고 생각한다.

적어도 그녀에 대한 신뢰감까지 위험해질 일은 없었을 테니까.

"겁먹을 필요 없어. 내가 있잖아."

이윽고 건네지는 하언의 위로는 언제나처럼 다정하고 따듯했다. 그러나 그 온도가 차갑게 식어버릴 그 순간이 무엇보다 두려웠던 여울은 감히 대꾸조차 해주지 못했다.

잠깐 사이에 더 무거워진 입술만 말없이 적실 뿐.

불 꺼진 설아의 사무실.

전면유리를 통해 내려다보는 야경은 오늘도 아름다웠다. 물론 매연이 가득한 하늘에 별은 없었지만, 도로를 빽빽이 메운 차들의 전조등이 그 자리를 대신했다.

아주 오래전, 사무실에 올라와 창밖을 물끄러미 바라보고 있던 그 사람은 흐린 목소리로 그런 혼잣말을 했다.

'위에서 내려다보는 세상은 예쁘네. 아래에서 올려다보는 세상은 그냥 숨 막히기만 한데…….'

설아는 홀로 하류에 사는 것처럼 구는 그의 태도를 좋아하지 않았다. 그래서 그 비슷한 얘기를 할 때마다 단호한 목소리로 타이르곤 했다.

'유현 씨도 충분히 내려다볼 수 있는 위치에 살고 있어. 유현 씨 자리는 바로 내 곁이잖아.'

그럴 때마다 그는 옅은 미소를 머금었고, 그대로 다시 창밖을 향해 고개를 돌렸다.

'……그래.'

이어지는 대답은 단 한 번도 기뻐 보인 적이 없었다.

마치 그녀라는 낚싯바늘에 꿰어져 억지로 끌어올려 지는 물고기처럼, 그는 언제나 절망과 더 가까운 사람이었다.

끝이 씁쓸한 기억을 떠올리고 있는 사이 그녀의 손에 들려 있던 휴대폰이 요란하게 울렸다.

그제야 그 사람으로 가득 차있던 머릿속을 정리한 그녀는 건조한 눈으로 휴대폰 액정을 확인했다. 선명하게 떠오른 번호는 이때껏 기다렸던 소식을 전해 줄 사람의 것이었다.

설아는 망설임 없이 통화버튼을 누르고 휴대폰을 귓가로 가져갔다.

"여보세요?"

─유 대표님. 의뢰 주셨던 목표대상을 발견했습니다.

"생각보다 빠르군요. 역시 제가 말씀드렸던 그곳에 있던가요?"

─예, 그렇습니다. 방금 전, 오후 여덟시 반경에 성인 남성 한 명과 집 안으로 들어가는 모습이 확인되었습니다.

"그 말은 즉……."

─네, 도유현은 차여울의 본가로 대피한 상태입니다. 사진자료를 확보해 두었으니 통화가 끝나는 즉시 전송 드리겠습니다.

순간 남자의 보고를 들은 설아의 얼굴에 한기가 서렸다. 지친 그의 발걸음이 어디로 향했을지 예상은 했었지만 그 예상이 맞기를 바랐던 적은 단 한 번도 없었다.

아무래도 그 사람은 새로운 피난처를 찾고 있는 모양이다. 벼랑 끝에 몰린 그 사람이 숨을 쉴 수 있는 곳은 오직 내 곁이어야만 하는데, 그 사실을 그 사람만 모르는 것 같다.

─어떻게 할까요. 한동안 더 미행을 할까요? 아니면 급습할까요.

남자는 말이 없는 설아에게 물었다. 분노에 찬 숨만 고르고 있던 그녀는 시기와 질투로 잔뜩 얼룩진 눈빛을 띠고 대답했다.

"아니요. 현 위치 파악됐으면 일단 철수하세요. 숨 쉴 구멍을 막아놓으면 그 사람이 알아서 뛰쳐나오겠죠."

다른 날들보다 유독 해가 쨍하게 뜬 아침.

"하언 씨, 오늘 꼭 일찍 퇴근해요."

평소엔 할 일 다 끝내고 와도 된다 말했던 여울은 웬일로 하언의 귀가를 재촉했다. 전신거울을 통해 마지막 옷매무새를 점검하고 있던 하언은 장난기 어린 말투로 되물었다.

"왜. 벌써부터 내가 보고 싶어?"

하지만 여울은 그의 가벼운 물음을 똑같이 가볍게 받아쳐 주지 못했다. 오늘이야말로 반드시 털어놓아야 하는 비밀의 무게 때문이었다.

"할 얘기가 있다니까."

"무슨 얘기길래 그래. 안 좋은 얘기야?"

"안 좋은 얘기는 아니야."

"……."

"……아마도."

쇠뿔도 단김에 빼랬다고.

어젯밤, 무거운 죄책감을 참지 못하고 확 다 말해버릴까 고민했던 여울이었다.

그러나 아무리 생각해도 뒷수습이 문제였다. 욱하는 성격의 하언이 곧바로 유헌에게로 쫓아간다면 말릴 자신이 없었고, 이 소란을 들은 도 회장이 유헌의 거처에 대해 알아 버린다면 상황은 더욱 위험해질 게 뻔했다.

하언은 그런 여울을 걱정스러운 눈으로 바라보았다.

그가 미루어 짐작해본 결과, 그녀를 복잡스럽게 만든 문제는 차시울의 갑작스러운 커밍아웃일 확률이 가장 컸다.

"그냥 지금 해. 퇴근하고 나서 더 자세히 얘기할 때 하더라도."

하언은 그녀에게 건네줄 만한 조언들을 준비해놓기 위해 슬며시 내용을 떠물었다. 하지만 여울은 단호하게 고개를 저었다.

"지금 이렇게 섣불리 꺼낼 내용은 아니야. 나는 하언 씨 마음이 가장 평온하고 여유로운 상태에서 내 말을 들어줬으면 좋겠어."

이렇게 벌어놓은 시간 동안 여울은 유현과 시울에게 말해 둘 예정이다.

오해가 더 커지기 전에 하언에게 모든 사실을 털어놓을 테니, 모두들 조만간 들이닥칠 어마어마한 분노를 대비해 두라고.

하언은 그런 여울에게 단호한 목소리로 말했다.

"혹시 헤어지자는 말 준비해 둔 거면 도로 넣어봐. 들어줄 생각 없으니까."

"헤어지긴 뭘 헤어져! 전혀 그런 쪽 아니야!"

물론 그 얘길 듣고 나에게 너무나 큰 배신감을 느낀 그대가 이별을 선고할 수도 있겠지만…….

"확실히 나는 하언 씨한테 이별 통보할 생각 없으니까, 오늘 하루는 괜한 걱정하지 말고 긍정적인 생각만 하다 와요!"

그제야 미심쩍게 구겨졌던 하언의 미간이 곱게 펴졌다.

그는 미리 준비해 두었던 가죽 가방을 챙겨 들었고 방문 쪽으로 발걸음을 옮겼다.

"얘기는 집에서 할 거야?"

"아니! 밖에서! 이 집에서 최대한 멀리 떨어진 곳에서!"

"그럼 집 근처에서 차 대기시켜놓고 전화할게. 그때 나와."

"응응."

"아, 뭐 먹고 싶은지 미리 생각해 두고."

이렇게 데이트하듯이 잡을 약속은 아닌데 분위기는 부담스럽도록 화기애애하다. 그녀가 꺼낼 얘기는 희소식과 거리가 먼데 하언의 표정은 마냥 밝기만 하다.

그러나 그의 텐션을 굳이 낮추고 싶진 않았던 여울은 방을 나서는 하언을 향해 씩씩한 인사를 건넸다.

"이따 봐요!"

그는 이제 겨우 출근을 했을 뿐이건만 벌써부터 입이 마르고 머리가 지끈거렸다. 이래서 이따 말문이나 제대로 뗄 수 있을지 모르겠다.

그 시각, 평창동 저택 골목. 커다란 대문이 열리고 삼엄한 경비 속에서 하언이 모습을 드러냈다.

"도 이사님, 안녕하십니까."

도 회장을 기다리던 비서는 허리를 직각으로 숙여 인사를 건넸다.

그러나 하언은 보고도 별 대꾸를 하지 않았다. 여울의 앞에선 다정하기만 했던 그의 표정은 온기 하나 없이 차기만 했다.

설아는 검은 페라리 안에서 그 모습을 가만히 지켜보았다.

주위에서 아무리 짓밟아댄다 해도 절대 수그러들지 않는 저 고고한 태도.

그건 하언의 최대 강점이었지만 설아의 눈에는 곧 무너질 모래성으로 보일 뿐이었다. 그가 기대고 있는 존재는 머지않아 통째로 뒤흔들리게 될 테니까.

설아는 대기 중이던 차에 몸을 실으려는 하언을 향해 클랙션을 눌렀다. 하언은 시끄러운 소음 쪽으로 고개를 돌렸고, 페라리에 탄설아의 얼굴을 어렵지 않게 발견해냈다.

"……유설아?"

아침부터 나타난 불청객은 하언의 기분을 곤두박질치게 만들었다.

그러나 설아는 하언의 분위기와 상관없이 가볍게 손을 흔들었다. 그녀의 입가에 어린 비웃음은 도저히 무시할 수 없을 만큼 신경 쓰였다.

하언은 반쯤 열었던 차 문을 도로 닫았다.

그러고선 설아의 페라리로 성난 걸음을 움직이자 그녀는 기다렸다는 듯 운전석 창문을 내려 그를 맞이했다.

"안녕. 왜 이렇게 늦게 나왔어?"

"내 집 앞에서 무슨 개수작이야."

"개수작은 무슨. 그냥 하언 씨한테 할 말이 있어서 왔어."

"나는 들을 말 없는데."

"얼마 안 걸려. 굳이 자리 이동할 필요는 없이 여기서 짧게 전해 주고 갈게."

하언은 설아에게 그 잠깐의 시간도 내주고 싶지 않았다.

그래서 꺼지라는 짧은 말로 그녀를 단호하게 돌려보내려 했으나.

"알아볼 수 있겠어?"

설아는 하언이 입을 떼기도 전에 대뜸 휴대폰 액정부터 내보였다. 결코 외면할 수 없는 사진 한 장이 하언의 시선을 얼어붙게 만들었다.

"……뭐야, 그거."

"어제 찍은 사진인데 제법 잘 나왔지? 얼굴도, 장소도 확실하게 알아볼 수 있을 거야."

"그 사진 뭐냐고."

현실을 받아들이지 못한 하언은 불필요한 질문만 재차 되물었다. 그러자 설아는 더욱 짙은 비웃음을 띤 채 대답했다.

"보는 그대로인데 뭘 자꾸 물어."

"……."

"차여울 집에 숨어 있는 도유현이잖아."

순간, 단단하던 하언의 눈빛이 위태롭게 흔들리기 시작했다.

몇 번이나 가 봐서 익숙해진 여울의 아파트.

왜 그곳에 도유현이 있는 건지. 왜 차여울은 그를 집 안으로 데려가는 건지. 왜 이 사실을 나만 모르고 있었던 건지.

하언은 머릿속에 떠오르는 수많은 물음표들 때문에 정신을 차릴 수 없었다. 그래서 섣불리 무슨 반응을 내비치지도 못했다.

설아는 그런 하언을 여유로운 눈빛으로 주시했고 비웃음을 섞인 목소리를 이어 나갔다.

"아무것도 모르고 있었어? 요즘 차여울이 도유현을 얼마나 아끼는데."

"……."

"도유현 지키기 위해서라면 제 인생도 내걸 모양이야. 언제 그렇게 애틋한 사이가 됐는지 모르겠어."

유현을 걱정하는 여울의 마음이야 익히 알고 있다. 기억을 더듬어보면 얼마 전 그에게 도움을 주고 싶다는 얘기를 언뜻 들었던 것 같기도 하다.

하지만 그걸 단호하게 차단해 버린 건 하언이었고 여울은 그 뒤로 유현에 대한 얘기를 꺼내지 못했다.

'넌 어디 다녀와?'

'네? 아, 그게……'

'그게 뭐.'

'그냥 집에 좀 잠깐……'

그래, 천천히 되짚어 생각해 보면 애초부터 비밀을 만들게 한 건 나였다. 그러니 이제 와서 내가 그녀에게 배신감 따위를 느낄 자격은 없다고 생각한다.

"불쌍한 새끼 하나 구제해 주는 게 뭐 어때서."

"구제?"

"차여울은 너 같은 소시오패스가 아니라서 가엾은 사람 그냥 못 지나치겠나 보지. 그 사람 돕고 싶다면 이제부터 나도 거들 거야."

하언은 혼란스러운 마음을 다잡고 애써 담담한 목소리를 냈다. 다시 안정감을 되찾은 그의 두 눈엔 절대 동요하지 않겠다는 의지까지 담겨 있었다.

하지만 이미 그 마음까지도 내다보고 있었던 설아는 드디어 그간 열심히 준비해 두었던 현실을 선보이기 시작했다.

"거들다니…… 하언 씨, 잘 생각하고 행동해. 차여울 집안 풍비박산 내고 싶어?"

"뭐?"

"도 회장님이 차시울 법정싸움을 지원해 주던 법무팀을 끊어버렸어. 나는 최재형이 승소할 수 있도록 손을 써 주기로 했고. 이 사단이 나기 전에 내가 차여울한테 딜 한 번 안 해봤을까?"

"……."

"정신 똑바로 차려. 차여울이 차시울 목이 아닌 도유현을 선택해 버린 순간부터 단순한 동정심은 아니야."

설아는 유현에 대한 여울의 마음을 단호한 목소리로 정의 내렸다. 하언은 그 말에 곧바로 반박하고 싶었으나 할 말이 생각나지 않았다.

여울이 제 오빠를 얼마나 소중히 생각하는지 아는 이상, 그녀의 선택은 아무리 이해하려고 해도 이해가 되지 않았다.

대체 왜, 도유현이 뭐라고…….

"……헛소리 집어치워."

하언은 납득이 되지 않는 여울의 행동을 부정했다. 그 정도로 무모한 상황 속에서 유현을 감싼 거라면, 하언도 무턱대고 동조해 줄 수 없었다.

그러나 설아는 물러나지 않고 그동안 갈고 갈아온 날카로운 진실을 하언의 마음속에 꽂아 넣었다.

"도유현은 차여울을 사랑해. 차여울은 그걸 아주 잘 알고 있어."

"……."

"그래서 오빠보다 도유현을 지키려고 하는 건가 봐. 원래 사람 마음이라는 게 더 자극적인 쪽을 따라서 움직이는 거잖아."

아니, 그 사람은 그딴 새끼한테 흔들리지 않아.

반박을 해야하는데 입술이 움직이질 않았다. 복잡한 머릿속을 떠다니는 '왜?'라는 물음표 때문에.

설아는 멈춰두었던 차의 시동을 걸었다. 제 할 말을 모두 마친 그녀의 표정은 부아가 치밀 만큼 후련해 보였다.

"내가 하언 씨라면 도유현을 벼랑 끝으로 내몰아서라도 차여울을 지켜주겠어."

페라리의 엔진 소리에 섞여 들어온 마지막 말은 하언의 마음에 선명한 금을 만들었다.

그는 여울이 있을 저택 쪽으로 시선을 돌렸고, 그저 물끄러미 바라보았다.

방금 전까지만 해도 누구보다 가깝게 느껴졌던 너인데, 지금은 남처럼 어렵고 멀기만 하다.

너는 대체 도유현을 보며 무슨 생각을 하고 있는지. 나를 보면서는 어떤 감정을 느끼고 있는지.

짐작할 수 있으면 좋으련만 하나도 모르겠다.

나는 너의 마음을 전혀 모르겠다.

지이이잉— 지이이잉—

바닥에 내려놓은 여울의 휴대폰이 전화 수신을 알렸다.

빨래거리를 추려내고 있던 여울은 곁눈으로 발신자를 확인했다.

당연히 어제 원치 않는 만남을 가졌던 시울일 거라 생각했는데, 의아하게도 출근한 지 얼마 되지 않은 하언의 전화였다.

여울은 들고 있던 옷가지를 무릎 위로 내려놓고 서둘러 전화를 받았다.

"하언 씨, 무슨 일이에요?"

—…….

"여보세요?"

—…….

휴대폰 너머에선 한동안 아무 소리도 들려오지 않았다. 혹시나 싶은 마음에 휴대폰 화면을 확인해 봤지만 통화가 끊어진 건 아니었다.

"고장 났나…… 목소리 안 들리니까 내가 다시 걸게요."

여울은 엄지손가락을 움직여 통화 종료 버튼을 누르려 했다. 하지만 그 움직임을 막으려는 듯, 하언은 그제야 힘에 부친 목소리를 흘려보냈다.

—차여울.

"아, 들리네."

—……차여울.

"네, 하언 씨."

—차여울, 너…….

그는 세 번 목소리를 냈고, 세 번 다 여울을 찾았다. 그건 전부 고역인 것처럼 느껴져서 여울의 마음도 덩달아 불안해졌다.

그녀는 이어질 말을 기다렸으나 하언은 다시 아무런 말도 하지 않았다. 요즘 들어 그를 실망시킬 일을 너무 많이 저질러버린 그녀는 다시 시작된 침묵이 무서웠다.

"뭐, 뭐야. 무슨 일이 있었길래 그래."

그래서 아무것도 못 알아차린 척 묻자.

—넌…… 무슨 일 있었어?

하언도 그녀에게 똑같은 질문을 던졌다. 목소리에는 여전히 잔뜩 지쳐있었다.

여울은 순간 자신에게 벌어졌던 수많은 일을 떠올렸다.

아직까지도 숨통을 조여오는 유설아의 협박. 난간 너머를 향해 가던 도유현의 뒷모습. 온전히 그녀를 믿고 건네준 하언의 손길.

그중 지금 밝힐 수 있는 건 하나도 없었다.

전화상으로 서툴게 해명했다가 오해라도 생겨 버리면 수십 배는 해결하기 힘들어질 테니까.

"나 하언 씨한테 해 줄 얘기가 많아요. 그래도 이따 얘기해요. 얼굴 똑바로 보고."

여울은 애써 담담한 대답을 했다. 그러나 휴대폰 너머의 숨소리는 좀처럼 안정을 찾지 못했다. 그가 차마 드러내지 못하는 불안감이 그대로 전해지는 듯했다.

─내가…….

하언은 무언가를 말하려 했고.

─내가 널…….

이내 첫 마디도 꺼내지도 못하고 다시 멈춰두었다.

그러길 반복하는 동안 여울은 옷을 챙겨 입었다. 아무래도 분위기가 심상치 않은 것 같으니 직접 그의 눈앞으로 찾아가 볼 생각이었다.

"하언 씨, 어디예요?"

─…….

"말해 줘요. 내가 그리로 갈게요."

─아니, 오지 마.

하지만 그녀의 걸음을 막는 하언의 목소리는 처음으로 단호했다. 그 말에 호흡까지 멈춰 버린 여울은 들고 있는 휴대폰만 더욱 꽉 쥐었다.

"하언 씨……."

─내가 일이 생겨서 일찍 퇴근하진 못할 것 같아.

"……."

─되도록이면 너무 늦지 않도록 할 테니까 걱정하지는 마. 배고프면 나 기다리지 말고 먼저 밥 먹어. 집안사람들 눈치 보지 말고.

한 번 입술을 떼어 낸 하언은 제 할 말을 계속해 나갔다. 그 속도는 느리지도 않고 빠르지도 않았다.

꼭 전화를 걸기 전 몇 번이나 연습해 본 것처럼.

─그럼 이따 봐.

정작 하고 싶은 말은 망설이다가 꺼내놓지도 못했으면서, 하언은 급히 짧은 통화를 마무리 지었다. 그런 그에게 반드시 물어야 할 말이 있었던 여울은 어떻게든 그를 붙잡아보려 했다.

"하언 씨……!"

그러나 하언은 대답조차 하지 않았고, 그렇게 맥없이 전화를 끊어 버렸다. 종료를 알리는 알림음이 짧게 울리기 직전 희미하게 들려온 말은.

─……아무것도 몰라서 내가 미안해.

라는, 듣는 사람이 더욱 미안해지는 사과였다.

베란다를 통해 노을이 스며드는 여울의 아파트.

시울이 출근해 있는 동안 유현은 부지런히 집안 살림을 정리하는 중이었다.

뒷정리가 안 되는 시울은 생각보다 많은 일거리를 남겨놓았지만, 그래도 가만히 신세만 지고 있는 것보다는 마음이 편했다.

유현은 거실 찬장의 훑어내고 굽혔던 무릎을 폈다. 하루 종일 쓸고 닦아 낸 거실은 여울이 청소했을 때보다 훨씬 깔끔해져 있었다.

이제 남은 것은 유현이 숙박하는 시울의 방 하나.

너저분한 방 상태를 익히 알고 있는 유현은 약간 긴장된 손으로 문을 열었다.

도저히 제 용도로는 쓸 수 없을 만큼 어질러진 책상이 가장 먼저 눈에 들어왔다.

'중요한 자료들도 있을 텐데 마음대로 정리해도 되려나……'

그는 잠시 고민했지만 손은 이미 수북이 쌓여 있는 만화책부터 권수대로 나열하고 있는 중이었다. 천성이 깔끔한 유현은 선한 성품과 상관없이 지저분한 것들을 용서치 못했다.

어쩌면 시울이 퇴근하기 전에 끝나지 않을지도 모르겠다, 라고 생각하며 유현은 양손을 더욱 바삐 움직였다.

다 배열한 만화책은 딱 3권 하나만 보이질 않았다.

"흐음……"

빈칸을 가만히 바라보던 유현은 수북한 책더미를 뒤지기 시작했다. 법률 관련 서적들과 어디서 구했는지도 모를 병아리 화보집 사이에 두꺼운 종이 뭉치 하나가 눈에 띄었다.

유현이 애타게 찾고 있는 만화책 3권은 아니었다.

하지만 그보다 관심을 둘 수밖에 없는 서류의 제목은 '옵타티움 도선웅 회장 살인미수 혐의 관련 재판자료'.

"살인……미수?"

섬뜩한 단어는 잊고 싶은 기억 하나를 조심스레 건드렸다.

아주 오래전, 태어나서 처음으로 참석해본 장례식장에서.

'지금 병원으로부터 연락이 왔습니다. 도하언이 의식을 되찾았다고 합니다.'

경호원의 짧은 보고를 전달받은 도 회장은 아쉬움이 가득 담긴 표정으로 대답했다.

'아…… 그거 안타깝네.'

그 대답은 어린 유현의 눈으로 봐도 소름이 끼칠 만큼 부당한 반응이었다.

하지만 유현은 그때의 감정을 금세 잊어버렸다. 꼭두각시 같은 그의 삶에는 그보다 더 끔찍하고 안 좋은 기억들이 너무나도 많았다.

그렇게 모든 걸 지워놓고 살다가 얼마 전.

'난 원하는 건 다 내 손 안에 넣어! 원래 주인을 없애 버려서라도 꼭 내가 가져야 해!'

'그렇게 겨우 손에 넣었는데, 겨우 네깟 놈이 그걸 방해해?!'

술에 취한 도 회장이 뱉어낸 말은 그때와 비슷한 감정을 불러일으켰다.

타인의 목숨을 없애버려야 할 장애물쯤으로 여기는 잔혹함.

유현은 그날 도 회장을 바라보며 진심 어린 살기를 느꼈다. 그는 자신의 욕망을 위해서라면 살아 있는 사람을 죽음으로 내몰고도 남을 사람이었다.

'지키려고 용을 써봤자 결국엔 잃게 될 거야. 쥐도 새도 모르게 숨통을 끊어 버릴 거거든.'

'이미 해봤는데, 두 번째라고 해서 어려울 거 있겠니……'

아니, 벌써 그렇게 내몰아 봤는지도.

"하아……."

'살인미수'와 관련된 자료를 든 유현은 깊은 한숨을 내쉬었다.

아직 파일을 읽어보지 않아 피해자가 누구인지는 알 수 없었다. 제발 그들만 아니기를 바랄 뿐.

유현은 망설이는 손끝으로 첫 장을 넘겼고 가장 윗줄로 시선을 옮겨두었다.

"사건번호 1996고합120……."

띵동― 띵동―

그러나 몇 글자 눈에 담기도 전에 요란한 초인종 소리가 집안을 메웠다. 긴장했던 만큼 놀란 유현의 눈동자가 거실 쪽으로 틀어졌다.

누군지 나가보는 건 어려운 일이 아니었지만 본능적으로 기분이 싸했다. 등골이 서늘해지는 것이 반가운 손님은 결코 아닐 거란 확신이 들었다.

띵동― 띵동―

불청객은 가만히 멈춰 버린 유현을 독촉했다.

그제야 들고 있던 서류를 책상 위에 내려둔 유현은 조심스러운 걸음으로 시울의 방을 나섰다.

하지만 인터폰으로 다가갈 새도 없이 들려온 음성은 그의 심장을 내려앉게 만들었다.

"도유현 거기 있는 거 알아. 당장 나와."

차마 여기서만큼은 마주치지 말아야 할 사람.

"……도하언."

그 존재를 맞닥뜨린 유현은 숨조차 얼어붙었다.

언제까지고 숨어 있을 수 있을 거라고는 생각하지 않았다. 영원히 이곳에 머물 수 있을 거라고는 기대한 적도 없었다.

하지만 이 모든 게 오늘 끝나버릴 지는 몰랐다. 하언에게 변명할 말을 미처 준비하지 못한 유현은 쉽사리 현관문 앞으로 다가서지 못했다.

"내가 부수고 들어갈까?"

그런 유현에게 하언은 협박하듯 말했다. 계속 이대로 시간을 지체했다가는 정말 문을 부숴 버리고도 남을 성격이었기에 유현은 억지로 걸음을 옮기기 시작했다.

문고리를 잡는 손은 긴장한 만큼 떨리고 있었다.

하언에게 동의도 얻지 않고 이곳에 숨어들어온 건 사실이지만 딱히 몹쓸 짓을 한 건 아닌데.

이상하게도 머릿속이 새하얘지고 식은땀이 났다. 정말 커다란 죄라도 지어 버린 사람처럼.

끼이이익—

낡은 현관문이 녹슨 쇳소리를 냈다.

조심스럽게 벌어지는 문틈 새로 두 남자가 얼굴을 마주했다.

"하언아……."

유현은 어떠한 인사도 하지 못하고 흐린 목소리로 그의 이름을 불렀다. 순간 하언의 입꼬리에 비웃음이 얹혔다. 그 미소는 얼음처럼 싸늘한 눈빛과 맞물려 무거운 위압감을 자아냈다.

"며칠 동안 코빼기도 안 보인다 했더니 여기 숨어 있었네."

"……."

"여기가 어딘지는 알고 들어간 거냐."

하언의 입술 사이에서 낮게 꺼내지는 질문은 단순한 호기심이 아니었다. 유현은 마른침을 삼키며 목소리를 정돈했고 최대한 침착한 대답을 했다.

"잠깐 신세지고 있는 거야. 내가 머물 수 있는 곳을 찾을 때까지만."

"그때가 언젠데."

"조만간……."

"이 하늘 아래, 그런 곳이 있기나 할 것 같아?"

그리 묻는 하언의 목소리는 아까보다 날카로웠다.

답을 알고 있는 유현은 차마 입 밖으로 꺼내지 못하고 입술을 닫아 버렸다. 그러자 하언은 반쯤 열린 문을 홱 젖히고, 성큼성큼 집 안으로 들어섰다.

현관문이 쾅—! 소리를 내며 요란하게 닫히자 하언을 마주한 유현의 눈빛이 눈에 띄게 떨렸다.

"니가 숨을 수 있는 곳이 있을 것 같냐고."

"……."

"왜 대답을 못 해. 질문이 어려워? 말을 바꿔 볼까?"

"……."

"널 쫓는 인간들이 찾아내지 못할 장소가 하늘 아래 존재하기나 할 것 같아?"

몰아치는 하언의 추궁은 절망스러운 현실을 직시하라는 말과 다름없었다.

"난……."

유현은 무슨 말을 해 보려고 했으나 끝내 이어내지는 못했다. 머지않아 발끝으로 굴러 떨어져 버리는 시선은 하언이 보기에 무책임하고 형편없기만 했다.

감정이 극에 달한 하언은 거친 손길을 뻗어 유현의 멱살을 붙잡았다. 반강제적으로 들어 올려진 유현의 눈빛이 파르르 떨리며 하언에게로 향했다.

"니 주제를 알면 차여울은 끌어들이지 말았어야지. 차여울이 손을 내밀어도 니가 뿌리쳤어야지."

"……."

"니 인생이 어떤 시궁창인지 알면! 니가 알아서 사라져 줬어야지!"

솟구치는 분노는 곧 상대를 향한 원망이 되었다.

한 마디, 한 마디, 날카로운 말들이 꺼내질 때마다 유현은 심장이 내려앉는 듯했다. 하언은 유현의 몸뚱이를 벽으로 몰아붙였다.

"아……!"

딱딱한 벽에 멍으로 가득한 등이 부딪치자, 유현은 고통을 참지 못하고 신음을 흘렸다. 그러나 하언은 유현의 일그러진 표정은 완전히 무시한 채 잔인한 진심을 쏟아 부었다.

"니 인생은 우리 집안에 들어오던 날부터 작살난 거나 다름없어."

"……."

"주인 없는 개새끼도 너처럼은 안 살고 싶을걸. 길바닥 헤매면서 자유롭게 사는 게, 호의호식하면서 몸종노릇 하는 니 인생보다는 나으니까."

"하언아……."

"제발 주제를 알아. 니가 이렇게 발버둥 친다고 해서 나아지는 건 아무것도 없어."

욱씬, 유현의 가슴 깊은 곳에서 쓰라린 통증이 일었다.

충분히 알고 있는 현실인데도, 실감이 날 때마다 새로운 상처로 새겨지는 듯하다.

유현은 뜨거워지는 눈시울을 수습하려 두 눈을 내리감았다. 그의 긴 속눈썹은 하언의 눈동자처럼 파르르 떨려오고 있었다.

하언은 그 힘없는 얼굴을 똑바로 내려다보며 낮은 목소리로 물었다.

"그런데도 도망치고 싶었어?"

"……."

"넌 대체…… 뭘 바라고 여기 숨어 있는 건데."

"하아……."

긴 한숨을 내쉰 유현은 눈꺼풀을 들어 올렸다. 천천히 마주 닿은 시선은 금세 축축이 젖어들었다. 그렇게나 짙은 서러움을 머금고 유현은 입술을 움직였다.

"……벗어나고 싶어."

부질없다고 욕먹어도 좋으니.

"그래도…… 벗어나고 싶어, 하언아."

겨우 꺼내놓은 그의 진심은 하언이 무참히 꺾어 버렸던 희망이었다.

나의 인생이 처참히 무너졌다는 건 진절머리가 날 만큼 잘 알고 있다. 차라리 포기가 낫다는 것도 오랜 경험을 통해 깨달은 지 오래다.

하지만 '그래서' 그들의 손에 가만히 붙잡혀 있는 것이 아니라, '그래도' 벗어나 보고 싶다. 이게 나에게는 너무 과분한 욕심일지라도. 제발 일생의 단 하루만이라도.

"미안……."

유현은 고백 끝에 짧은 사과를 덧붙였다. 이런 상황에도 저런 고집을 부리는 건 스스로 생각해 봐도 미련했기 때문이다.

그러나 그의 말을 들은 하언은 스르륵, 유현의 옷깃을 놓아주었다. 두 손을 따라가 떨어지는 고개는 격양되었던 모든 감정들을 내려놓아 버린 상태였다.

"등신 새끼……."

하언은 짧은 욕설을 뱉어냈고.

"니 힘으로는 발악해도 안 돼."

뒤이어 짙은 회의감을 드러냈다. 그 말은 방금 전 악에 받쳐 쏟아낸 폭언들과 별반 다르지 않았다.

"도선웅이 원하는 건 나한테 있으니까."

하지만 이어지는 얘기는 어딘지 모르게 의미심장했다. 어렴풋이 의도를 알아챈 유현은 구겨진 옷깃도 정리하지 않고 하언을 마주

보았다.

무거운 분위기 속에 흐르는 짧은 침묵.

"도유현, 니 인생은 내가 구제해 줄게."

그리고 꺼내진 말은 뜻밖의 구원이었다. 지쳐 있던 유현의 눈동자가 크게 흔들렸다.

"……뭐?"

"내가 구제해 주겠다고. 내 영혼이라도 팔아치워서 어떻게든 널 자유롭게 만들어 줄게."

"하언아……."

"대신 넌 이 시궁창 같은 삶에서 벗어나게 되면…… 두 번 다시는 차여울 눈앞에 띄지 마."

"……"

"그거 하나는 반드시 약속해."

희망과 절망이 동시에 찾아왔다.

자유도, 그녀도 잃고 싶지 않았던 유현은 어떤 선택도 하지 못하고 숨까지 멈추어 버렸다.

평창동 저택, 하언의 방.

덜컥─ 소리와 함께 굳게 닫혀 있던 문이 열렸다.

해가 저무는 내내 불안에 떨고 있던 여울은 소리 나는 쪽으로 시선을 돌렸다. 짙은 머스크향 만으로도 짐작할 수 있는 그 사람은 아침보다 지친 모습으로 돌아온 하언이었다.

여울은 인사를 건네기 전에 그의 안색부터 살폈다.

경직된 입꼬리와 싸늘하게 가라앉은 눈동자.

그건 결코 좋지 않은 신호였다. 여울은 그의 분위기가 이리도 가라앉은 이유가 전부 자신 때문이라고 확신했다.

그래서 무슨 해명이라도 먼저 꺼내볼 채비를 하는데.

"오늘 나 없는 동안 잘 있었어?"

하언은 책상 위에 가죽 가방을 내려놓으며 일상적인 질문을 던졌다. 하루 종일 하언을 걱정하느라 잘 있지 못했던 여울은 되는 대로 말끝을 흐려버렸다.

"나야 뭐……."

"잘 있었겠지, 뭐. 넌 혼자서도 재밌게 노니까."

장난스러운 하언의 대꾸는 겉보기엔 아무 일 없는 듯 보였다.

하지만 보이는 걸 곧이곧대로 믿어버리기엔, 오늘 낮에 휴대폰 너머로 들려온 목소리가 너무나도 혼란스러웠다.

그때 느꼈던 하언의 감정은 분명 감당하기 힘겨워하는 게 보일만큼 거대한 불안이었다.

잠시 고민하던 여울은 감춰 두었던 얘기를 먼저 꺼내기로 결심했다.

"저기…… 하언 씨한테 할 말이 있어요."

어렵사리 말문을 열자, 하언의 눈동자가 말없이 그녀를 응시했다. 마주한 시선엔 특유의 서늘함이 어려 있어서, 안 그래도 무거웠던 입술은 더욱더 무거워졌다.

여울은 그럴수록 크게 숨을 들이 쉬었고.

"우리 집에 유현 씨 숨겨놨어요."

이미 다 들켰을지 모를 고백과 함께 내뱉었다. 그리고 하언이 무슨 반응을 내비치기도 전에 나머지 비밀들도 차분히 털어놓았다.

"하언 씨랑 상의하고 싶었는데 그럴 시간이 없었어요. 유현 씨를 하루라도 더 이 집에 더 방치해 뒀다간, 정말 죽어 버릴 것 같았거든 요."

"……."

"그래서 무턱대고 끌고 나왔어요. 순전히 내가 고집 부려서 저지른 짓이에요."

해명을 마쳤는데도 하언은 아무런 대답이 없었다.

침묵을 이기지 못한 여울은 먼저 그의 눈을 피했고 작은 목소리로 면목도 없는 사과를 내뱉었다.

"내가 미안해요……."

지금껏 느껴 본 적 없었던 하언의 무거운 침묵.

그건 여울을 외면하는 것이 아니었다. 긴 시간 여울이 그랬듯, 그도 천천히 자신이 할 수 있는 대답을 고르고 있을 뿐.

"뭐가 미안해. 내가 무슨 일이든 다 알아야 되는 것도 아니고."

"그래도 이런 문제는 말했어야 했는데……."

"됐어, 미안해할 일도 아니니까."

얼마 뒤 흘러나온 그의 말은 위안과 비슷했다. 걱정했던 것과 달리 덤덤한 그의 반응에 여울은 오히려 더 면목이 없어졌다.

하지만 하언은 더 이상의 대화조차 필요 없다는 듯 드레스 룸 쪽으로 무심한 발길을 옮겼다.

여울은 옷 정리라도 돕기 위해 그를 따라 몸을 틀었으나, 이내 하언이 옷장에서 꺼내는 물건을 보곤 눈빛이 일렁거렸다.

그건 한동안 잊고 살았던 여울의 짐가방이었다.

"하언 씨…… 내 가방은 왜요?"

그리 묻는 여울의 목소리는 가늘게 떨려오고 있었다.

그러나 하언은 여울의 옷가지들을 가방에 넣으며 평소처럼 담담히 대답했다.

"너도 와서 짐 챙겨. 내일 아침에 집에 데려다줄게."

"집에 데려다주다니요…… 이렇게 갑자기?"

"전에도 한번 말했었잖아. 최대한 빨리 파혼 진행하자고."

이미 알고 있었던 끝은 맞지만 이 시기에 이뤄질 줄은 몰랐다. 아직은 유설아와의 문제도 제대로 해결되지 않았고, 하언을 불안하게 만드는 상황도 나아지지 않았으니까.

생각보다 많은 것을 짐작하고 있는 여울은 서둘러 하언의 곁으로 다가갔다. 그리고 짐을 챙기느라 분주한 그의 팔을 단단히 붙잡았다.

"갑자기 무섭게 왜 이래요. 날 어딜 보내……."

"무서워할 필요 없어. 집안사람들한테는 내가 알아서 통보할게."

"지금 그런 문제가 아니잖아요! 이렇게 대책 없이 날 보내버리면 하언 씨는 어떡할 건데?"

"어떻게든 되겠지."

"무슨 말이 그래! 다 포기하겠다는 뜻이랑 뭐가 달라!"

하언의 난데없는 이별 준비를 받아들일 수 없었던 여울은 답답한 만큼 언성을 높였다.

차라리 화라도 내며 이런 말을 하면 마음이라도 편할 텐데. 모든 걸 그만두려하는 하언의 표정은 일말의 미련도 없어보여서 더욱 불안해졌다. 그러나 그런 여울을 태연한 눈빛으로 마주한 하언은 담담히 대답했다.

"포기하는 거 맞아."

"……뭐?"

"포기해야 지킬 수 있거든. 도유현도, 차시울도…… 그리고 너도."

'포기'

자존심 센 하언의 입에서는 절대 나올 일 없을 줄 알았던 단어.

"대체 뭘 포기하려는 건데?"

"……아버지의 자리."

"하언 씨……."

그 대답을 쉽게 납득할 수 없었던 여울은 고개를 저었다. 시울에 대한 얘기를 어디서 들었는지는 몰라도, 이렇게 그의 인생을 희생시킬 수는 없었다.

그러나 하언은 그녀가 반박하기도 전에 부드러운 목소리로 부탁했다.

"혼내지 말고 안아 주라."

"……."

"욕은 나한테도 많이 먹고 있어."

장난스럽게 내뱉은 마지막 한 마디 안엔 차마 드러내지 못한 그의 속내가 담겨 있었다.

여기서 그만두고 싶지 않아. 포기하고 싶지 않아.

그동안 아등바등 버텨왔던 세월이 아까워서라도, 내 무릎을 꿇고 싶지 않아.

하지만 그럼에도 불구하고 모든 걸 내려놓는 이유는 단 한 사람, 여울 때문이었다. 그 사실을 아는 그녀는 하언의 간절한 부탁을 거절할 자격이 없었다.

"짐이 되어 버려서 미안해……."

여울은 죄책감 어린 얼굴로 하언의 등을 끌어안았다. 그녀의 품 안에 몸을 내맡긴 하언은 웃음기 배인 목소리로 말했다.

"짐 아니야."

"그래도 나 때문에……."

"내가 아니라면 아닌 거야. 그런 말 하지 마."

하언은 단호한 대답과 함께 여울의 목덜미에 고개를 파묻었다. 살갗을 스치는 나른한 숨결은 충분히 따듯했지만, 어쩐지 평소보다 서럽게 느껴졌다.

여울은 그런 그에게 더 이상 사과도 하지 못하고 뜨거워지는 눈가를 홀로 남몰래 정리했다.

힘들고 아픈 게 뻔히 보이는데, 무슨 위로도 떠오르지 않는다. 그를 위해 해 줄 수 있는 게 하나도 없다는 걸 스스로도 너무 잘 알고 있기 때문에.

하언은 그런 그녀의 귓불에 가볍게 입을 맞추었다. 그리고 간지러운 목소리를 살며시 속삭였다.

"나 빈털터리 되면 니가 거둬 가라."

"……."

"왜 대답을 안 해. 싫어?"

장난스레 토라지는 하언의 모습은 슬픔에 잠긴 여울도 실웃음을 터트리게 만들었다. 여울은 그를 안은 두 팔에 더욱 힘을 주었고, 진심을 담아 대답했다.

"이미 거둬간 지가 언젠데 이제 와서 또 거둬 가래."

피식, 웃는 그에게서는 언제나처럼 짙은 머스크 향이 났다. 그녀는 이 향기에 반응하듯 가슴이 설레었지만 오늘은 그래서 더 아프고 쓰라렸다.

"그래…… 그거면 됐어."

"……."

"날 버리지만 않는다면 넌 무슨 짓을 해도 상관없어."

이어지는 하언의 말은 애원과 비슷했다.

그녀를 붙잡는 그의 손끝에선 불안함이 그대로 전해지는 듯했다.

그날 밤, 꿈에 그 사람이 나왔다.

'아들. 일어났어?'

늘 같은 자리에서 늘 같은 멘트로 반겨주는 사람.

요즘 들어 더욱 간절해진 사람이었지만 하언은 고개를 들지 않았다. 목소리도 듣지 않기 위해 두 귀를 틀어막았다.

하지만 아무리 피하려 해도 적나라하게 느껴지는 그의 시선은 차마 외면할 수 없었다.

'아들.'

그 사람이 나를 불렀다.

'하언아…….'

다시 불리어진 나의 이름은 축축이 젖어 있었다.

하언의 검은 세단이 오랜만에 여울의 아파트 단지로 들어섰다. 그녀가 사는 아파트 입구에 차를 멈춰 세운 하언은 옆자리에 앉은 여울을 바라보았다.

밤새 어르고 달래서 진정시켜 놨는데도 그녀의 얼굴엔 여전히 수심이 가득했다.

"누구 죽었어? 표정이 왜 그래."

하언은 농담조로 여울에게 말했다. 금방이라도 울어 버릴 것 같은 여울의 눈망울이 그에게로 향했다.

"하언 씨는 이제 어디로 가는 거예요?"

"회사로 가지, 어딜 가겠어."

"퇴근하고 나서는 갈 데나 있고?"

"오늘 당장 모든 걸 정리해 버리겠다는 건 아니야. 그렇게 걱정 안 해도 돼."

걱정하지 말라는 말은 아무런 도움도 되지 않았다.

도 회장은 자신이 원하던 걸 얻었다고 해서 하언에게 호의적으로 변할 사람이 아니었다.

차라리 그동안 눈에 거슬렸던 만큼 괴롭힌다면 또 모를까.

"무슨 일이 생기면 꼭 나한테 얘기해요."

여울은 떠나려는 그에게 신신당부하듯 말했다. 그러자 하언의 입가엔 가벼운 웃음이 픽, 얹혔다.

"왜. 위험해지면 구해 주러 오게?"

"구해 줘야지. 내가 어떻게든 구해 줘야지."

"됐어. 너나 밥 잘 먹고, 잘 놀고 있어."

하언은 여울의 앞머리를 부드러운 손길로 흩트렸다. 당장 오늘 밤부터 느끼지 못할 그의 체온은 유독 애틋했다.

여울은 그의 손을 가만히 붙잡아 끌어당겼다.

걱정되는 만큼 일렁이는 눈빛으로 그를 빤히 바라보고 있으니 하언의 미간엔 살짝 주름이 잡혔다.

"도유현 앞에선 그런 표정 하지 마."

"무슨 표정?"

"그렇게 빤히 사람 쳐다보고 그러는 거."

"치, 지금이 농담할 때야?"

여울은 괜한 질투를 하는 하언에게 핀잔을 주었다. 그러나 방금 전의 명령이 반쯤 진심이었던 하언은 보다 단호한 목소리로 말했다.

"들어가자마자 도유현한테 붙였던 정부터 떼. 완전 남남처럼."

심술처럼 들리는 그 말은 꼭 사실 여울을 위한 충고였다.

도유현은 모든 것을 포기하고 구원해 준 대가로 그녀의 눈앞에서 사라져야 할 사람이었다.

도 회장과의 거래가 무사히 성사되고 나면 유현은 어차피 스스로 여울에게서 떠나올 터였다.

물론 어제 만난 유현은 사라지라는 말에 대해 어떠한 대답도 하지 않았지만.

"괜한 소리 그만하고 하언 씨나 정신 똑바로 차려요. 또 괜찮은 척한답시고 힘든 거 꾹꾹 참지 말고."

잔소리 같은 걱정을 늘어놓는 여울은 입술을 삐죽이며 말했다. 이 뾰로통한 표정을 가장 좋아하는 하언은 조심스레 손을 뻗어 그녀의 뺨을 매만졌다.

이제 그녀를 보내줘야 하는데, 이때껏 함께 했던 시간만큼 헤어지는 건 어려웠다. 영원히 이별을 고하는 게 아닌데도 이제 따로 지내야한다는 사실만으로 마음이 허했다.

"키스해 줘."

하언은 짧은 말과 함께 여울의 얼굴을 끌어당겼다.

그 나른한 목소리에 이끌려 안전벨트를 풀어낸 여울은 부드러운 입술을 순순히 가져갔다.

살짝 맞닿았을 뿐인데도 전해지는 열기는 충분히 뜨거웠다. 하언은 달아오른 혀끝을 그녀에게로 밀어 넣었고, 한동안 집요하게 그녀의 호흡을 헤집었다.

아쉬움을 달래기 위해 시작한 키스였으나 깊어지면 깊어질수록 지나가는 시간만 아쉽게 느껴졌다.

그래서 마음이 아릿하게 저려올 때쯤, 하언은 입술을 떼어 내고 깊은 숨을 몰아쉬었다. 지그시 마주한 그의 시선에선 옅은 불안감이 새어 나오고 있었다.

'하언 씨, 혹시 지금 떨고 있어요?'

여울은 순간 묻고 싶었던 질문을 끝내 내뱉지 못했다.

"이제 들어가 봐. 쌀쌀하니까 옷 잘 여미고."

서둘러서 그녀를 보내려는 하언 때문이었다.

여울은 조수석 문을 열고 차 밖으로 몸을 빼냈다.

그동안 하언은 그녀의 모습을 물끄러미 지켜보고 있었고 눈이 다시 마주치자 빙긋 미소를 지었다.

"들어 가."

어쩐지 울음이 나올 것 같은 그의 마지막 인사.

여울은 화답할 말을 고르고 고르다가 별 도움이 되지 않을지도 모르는 한 마디를 내뱉었다.

"무슨 일이 있어도 난 하언 씨 편이에요."

"……."

"그건 꼭 알아줬으면 좋겠어요."

분명 평생을 두고 죄책감을 가질 선택을 앞두고 있는 지금. 내가 가장 사랑하는 사람에게서 건네진 말은 불안했던 모든 마음을 위로한다.

그 한 마디면 되었다.

당신의 그 한 마디면 내가 가진 모든 게 물거품처럼 사라지더라도 후회는 않을 것 같다.

목이 멘 하언은 말 대신 손을 흔들어 대답했다.

그 모습을 마지막으로 여울은 조수석 문을 닫았고, 아파트 안으로 천천히 멀어졌다.

그녀가 흔적도 없이 사라지고 하언 혼자 덩그러니 남은 차 안.

브레이크에서 발을 떼기 전, 하언은 재킷 안주머니에 들어 있던 휴대폰을 들었다. 다소 경직된 얼굴로 거침없이 찾아 누르는 번호는 다름 아닌 도 회장의 것이었다.

뚜루루루— 뚜루루루—

유독 한기가 느껴지는 통화 연결음이 계속 되고.

―무슨 일이니.

낮게 가라앉은 도 회장의 목소리가 휴대폰 너머에서 새어 나왔다.

하언은 순간 지금까지의 다짐이 무색할 만큼 심한 헛구역질이 났지만 애써 진정시키고 단조로운 말을 내뱉었다.

"중요하게 드릴 말씀이 있습니다. 지금 찾아 뵐 테니 어떻게든 시간을 내세요."

―시간을 내라니. 너의 눈엔 내가 한가로워 보이는 모양이구나.

"바쁘시다면 스케줄 좀 조정하시죠. 그래야 당신이 원하시는 걸 넘겨받을 수 있을 거 아닙니까."

당신이 원하는 것.

도 회장의 오랜 욕망을 부추기는 단어가 던져지자, 그는 한동안 대꾸가 없었다. 하언은 그가 사태를 파악하는 동안 이를 악문 채 무기력한 자신에 대한 혐오감을 버텨냈고.

―……그래. 그럼 회사에서 기다리마.

비열한 웃음이 어린 대답에 허탈한 숨을 내쉬었다.

다 끝났다.

그간 발악하며 지켜 온 것들은 오늘 이렇게 산산조각이 났다.

이것이 분명 유일한 선택일 텐데, 잘못을 저지르고 있는 것처럼 가슴이 옥죄어 왔다.

"넥타이 봤어?! 와인색에 파란 줄무늬 있는 거!"

"아, 옷장에 넣어 뒀어요."

"그래?! 아! 찾았다! 고마워!"

출근을 앞둔 시울 혼자 바쁜 아침.

손대는 건 전부 어질러 버리는 시울로 인해 다시 난장판이 된 집 안에.

"나 왔어."

전혀 예상치 못한 사람이 힘없이 들어섰다. 집을 떠난 지가 하도 오래 돼서 어느덧 출가외인처럼 느껴지던 이 집 식구, 차여울이었다.

시울의 방문 앞에 서 있던 유현은 그녀의 손에 들린 짐가방에 눈 동자를 휘둥그레 치켜떴다.

이렇게나 이른 아침, 눈은 퉁퉁 부은 채로 힘없이 들어서는 그녀 의 모습은 마치 내쫓긴 사람과 다름없었다.

"여울 씨……."

그래서 흐린 목소리로 그녀의 이름을 부르니, 방 안에서 분주히 넥타이를 매던 시울이 현관문을 향해 고개를 내밀었다.

"응? 여울이가 왔어?"

"그래, 나 왔어."

"어쩐 일이야? 갑자기? 오빠가 미카엘 잘 챙겨주나 어쩌나 걱정돼 서 온 거야?"

여울의 컴백이 그저 반가웠던 시울은 장난스레 말을 걸었다. 하 지만 그녀가 현관문 앞에 커다란 짐가방을 내려놓는 순간, 그의 얼 굴도 유현을 따라 사색이 되어 버렸다.

"뭐야, 그 짐가방?"

"……."

"혹시 다 들켜서 쫓겨난 거야?"

다 들킨 것뿐만이 아니라 상황은 더욱 복잡해졌다. 그러나 모든 일을 전하기엔 기운이 없었던 여울은 되는 대로 대답을 얼버무렸다.

"그냥 나왔어. 나가라고 해서."

"그게 쫓겨난 거잖아! 대체 어떻게 알았대?!"

"오빠가 연기를 더럽게 못 했으니까 알지. 나 같아도 눈치채겠더라."

물론 하언은 시울 때문에 비밀을 눈치챈 것이 아니었겠지만, 여울이 할 수 있는 말은 그것밖에 없었다. 어지러운 지금의 상황이 정리될 때까진 그녀도 최대한 입을 무겁게 잠가둘 생각이었다.

그러나 어제 이미 하언과 조우했었던 유현은 심상치 않았던 그의 말을 떠올렸다.

'니 힘으로는 발악해도 안 돼. 도선웅이 원하는 건 나한테 있으니까.'

원하는 건 모두 손에 넣을 수 있는 도 회장이 간절히 원하는 것. 모든 걸 다 가진 그가 유일하게 손에 넣지 못한 것.

그건 아무리 생각해도 하언의 하나뿐인 무기이자 방패가 틀림없었다. 불명확했던 의도를 이제야 제대로 깨달은 유현은 혼란스러운 심정을 감추지 못했다.

'설마 정말로 다 내어줄 생각인가……'

상황파악이 끝난 유현은 황급히 시울의 방으로 들어섰다. 머지않아 그가 챙겨 나오는 건 외투와 가방이었다.

"유현 씨, 어디 가요?"

"지금 하언이 어디 있어요?"

"그건 갑자기 왜……."

"그 애한테 할 말이 있어요. 당장 만나러 가야 돼요."

좀처럼 이해할 수 없는 유현의 불안한 말들.

숨어있어야 할 그를 차마 밖으로 내보낼 수 없었던 여울이 대답을 망설이자 그는 보다 간절한 눈빛을 띠고 애원했다.

"늦기 전에 꼭 전해야 해요…… 하언이를 위해서라도."

'넌 나를 많이 닮았어.'

그 사람은 틀렸다.

'너는 분명 아빠보다도 멋진 일을 해낼 거야.'

그 사람은 나의 미래에 대해 하나도 맞추지 못했다.

'나는 정말 우리 아들이 자랑스러워.'

허무한 착각 속에 살던 그는 나를 온전히 믿어 주었지만, 애초부터 나는 신뢰를 얻을 만한 사람이 아니었다.

그러니 전부 그 사람의 잘못이라고 생각한다.

그 사람이 심어준 환상 때문에 나는 지켜낼 능력도 안 되면서 괜한 고집을 부리고 있었다. 정말 그를 닮아갈 수 있을 것처럼.

회사 지하 주차장.

늘 세워두던 자리에 차를 주차시켜둔 하언은 차마 손에 쥔 운전대를 놓지 못했다. 초점 없는 눈으로 가만히 앉아 무책임한 기대만 심어주고 떠난 그 사람만 하염없이 원망할 뿐.

비겁한 일이라는 건 스스로도 잘 알고 있었다. 하지만 죽은 사람에게 책임을 뒤집어씌우는 일은 너무나도 편리했다.

'이기적인 새끼.'

그런 그에게 모진 욕설을 던지는 사람은 하언 본인밖에 없었다.

하지만 그는 마음에 싹트는 자괴감을 외면했다. 그런 걸 일일이 신경 쓰다가 상황이 이토록 위험해져 버렸으니까.

"후우……."

긴 한숨을 내뱉은 하언은 결심한 듯 차키를 빼냈다. 불편한 감정은 말끔히 게워 내지 못했으나 어차피 저지를 일이니 미뤄 둘 필요성은 없었다. 그렇게 단호한 손으로 차문을 열려하던 그 순간.

끼이이익—!

택시 한 대가 하언의 세단 바로 앞에서 급하게 멈춰 섰다. 머지않아 그 안에서 다급하게 내리는 사람은 여울이 빌려준 모자를 푹 눌러쓴 유현이었다.

"……도유현?"

"하언아……!"

유현은 차 안에 앉아 있는 하언을 보자마자 성큼성큼 두 발을 움직였다. 그리고 허락도 받지 않고 조수석에 몸을 실었다.

늘 하언을 어렵게 대하던 그는 오늘따라 거침이 없었다.

"뭐야, 너. 어딜 기어들어와."

그런 그를 상대하는 하언의 태도는 결코 곱지 않았다. 하지만 유현은 전혀 상관없다는 듯 용건부터 꺼냈다.

"넘겨주지 마."

"뭐?"

"옵타티움 경영권, 절대 넘겨주지 마."

너무나도 직접적인 본론은 하언의 심기만 더욱 건드려놓았다.

경영권을 넘겨주고 싶지 않은 건 하언도 마찬가지였으나, 그에게는 다른 선택지가 없었다.

"누구 때문에 이러는지 알면 그냥 입 닥치고 있어."

하언은 날카로운 목소리로 대꾸했다.

유현을 바라보는 그의 눈빛에는 더 이상 건드리지 말라는 엄포까지 담겨 있었다.

그러나 유현은 물러서지 않고 제 할 말을 이어 나갔다.

"아버지는 경영권을 넘겨받는다고 해서 너의 편이 되어줄 분이 아니야. 오히려 너만 더 위험해질 거야."

"그래서."

"게다가 지금까지 잘해 왔잖아. 계속 그렇게만 하면 옵타티움을 아버지께 빼앗길 일은 없어."

"그래서 뭐 어쩌라고."

"그러니까 내 말은……."

하언은 유현의 절절한 설득을 가볍게 튕겨 냈다. 말문이 막혀버린 유현은 고민 끝에 가방 안에서 두꺼운 서류봉투를 꺼냈다.

제대로 된 대화를 시작하기 전에 가장 중요한 진실부터 털어놓을 생각이었다. 하지만 하언은 그럴 틈도 주지 않고 매정한 반응을 내비쳤다.

"다 니가 약해빠져서 생긴 일이잖아. 너라도 사람 구실 제대로 하고 살았으면 내가 경영권까지 내걸고 그 인간이랑 타협할 일은 없었어."

"······."

"양심이 있으면 최소한 훈계는 하지 말아야지. 대체 무슨 낯짝으로 내 앞을 가로막아."

날카롭게 쏟아지는 말들 중에서 유현이 반박할 수 있는 건 없었다.

스스로 덫을 빠져나가지 못해서 여울이 위험을 감수하고 돕는 것이었고, 혼자 맞서 싸울 힘이 없어서 하언이 자신을 희생하는 것이었다.

그러니 하언의 말대로 양심이 있다면 불가피한 결정을 내린 하언을 가로막아서는 안 되겠지만.

"그래도······ 그러지 마."

오랜 시간 감춰져 있던 비밀의 흔적을 발견해 버린 유현은 도저히 그를 내버려 둘 수 없다.

한 순간에 혼자가 되고 나서부터 늘 지독한 외로움에 잡아먹혀야만 했던 하언을 위해서라도 지금의 발걸음은 막아야 했다.

"그 사람······ 경영권 하나 때문에 너희 가족도 없애 버린 사람이야."

드디어 입 밖으로 꺼내진 비밀은 귀를 의심할 만큼 충격적이었다. 그들의 죽음에 대한 이야기가 나오자 하언의 눈빛이 위태롭게 흔들리기 시작했다.

"······그건 또 무슨 개소리야."

그럴수록 침착하게 유현은 가슴에 무겁게 담아두고 있었던 말을 이어 나갔다.

"말 그대로야. 그 사람이 죽였어."

"그 사람, 그 사람 하지 말고 똑바로 말해. 누가 누굴 죽여."

"도선웅."

"하……."

"도선웅이 죽였어. 너희 가족들 모두."

그 뜻이 아니길 바랐는데. 잘못 들은 내용이길 바랐는데.

난데없이 덮쳐 온 진실은 하언을 커다란 혼란에 빠트렸다. 죽음의 그림자가 드리우듯 숨이 막히고 머리가 터질 것처럼 아파왔다.

"무책임하게 아무 소리나 지껄이지 마."

"하언아……."

"그딴 말 안 해도 구해 준다고! 널 구해 주겠다는데 왜 쓸데없는 개소리를 해!"

평정심을 잃은 하언은 거칠게 유현을 다그쳤다.

하지만 유현은 분노 서린 그의 얼굴을 물끄러미 바라보았고, 이내 낮게 가라앉은 목소리로 물었다.

"왜 개소리라고 생각하는 거야?"

"닥쳐……."

"미치도록 갖고 싶은 물건에 주인이 있을 때, 도선웅이라면 어떻게 할 것 같은데?"

"닥치라고……."

"너도 알잖아."

"그만……."

"그 사람은 주인을 죽여서라도 손에 넣어."

빠앙ㅡ!

하언의 주먹이 핸들을 내리쳤다. 그건 충분히 위협적이었지만 그에게서 느껴지는 분위기는 제발 멈춰달라는 애원 같았다.

유현은 짧은 한숨을 내쉬었고, 들고 있던 서류봉투를 하언에게 넘겨주었다.

"너 미국에 있을 때, 어떤 의사가 아버지를 고소했어. 수면제를 이용한 살인을 의뢰했다고."

"……."

"의사의 신념을 져 버렸다는 죄책감에 자백한 모양인데, 결과는 그 사람 혼자 조현병 판정받고 끝났어."

이해하고 싶지 않아도 앞뒤 관계가 저절로 이해되는 말.

"넌…… 그 사람이 정말 미쳤다고 생각해?"

의미심장한 유현의 질문은 끔찍했던 그날의 잔상을 떠올리게 만들었다.

그날, 오랜만의 여행에 들뜬 가족들을 위해 운전대를 잡고 있던 그 사람은.

고속도로 한복판에서 갑작스레 정신줄을 놓아 버렸었다.

꼭 한 순간 잠에 빠질 수면제라도 먹은 사람처럼.

똑똑─

도 회장의 집무실에 무거운 노크 소리가 울렸다.

이미 소파에 앉은 채 조만간 찾아올 손님을 기다리고 있던 그는 낮게 가라앉은 목소리를 내뱉었다.

"들어오너라."

머지않아 경호원들의 호위를 받으며 들어서는 사람은 예상했던 대로 하언이었다.

"이리 와 앉으렴."

도 회장은 오늘따라 너그러운 목소리로 그에게 청했다. 하언은 발걸음을 옮기기 전 가벼운 묵례를 했고, 순순히 그의 맞은편에 자리를 잡았다.

마주한 그의 표정은 오늘따라 유독 건조했다.

"그래, 무슨 일이냐."

넌지시 묻는 도 회장은 하언의 방문 목적을 이미 눈치채고 있었다.

그러나 그의 입에서 먼저 본론이 꺼내질 때까지, 도 회장은 몸을 사릴 생각이었다.

하언은 고요한 눈빛으로 도 회장을 바라보았다. 그리고 지독히도 가라앉은 목소리로 의미심장한 질문을 던졌다.

"어렸을 때, 제가 아버지를 많이 닮았다고 하셨죠."

"……"

"아직도 그렇게나 닮았습니까?"

순간 도 회장의 눈동자에 서슬 퍼런 날이 섰다.

가족의 죽음이 트라우마로 자리 잡았던 하언은 그동안 가족에 대한 이야기를 단 한 번도 꺼낸 적이 없었다.

자신의 형에 대하여 회상하는 것은 도 회장에게 역겨운 일이었지만 그는 침착함을 잃지 않고 대답했다.

원하는 게 손에 들어올 때까지, 그는 최대한 자연스럽게 굴어야 했다.

"옛날 얼굴이 어디 가겠니. 크면 클수록 점점 더 닮아가는구나."

"그렇군요."

"……"

"그럼…… 지금도 눈앞에 아버지를 앉혀두고 계신 기분입니까?"

하지만 이어지는 다음 질문도 그 사람에 관한 것이었다. 집착하듯 제 아비를 되새기는 하언은 무언가 이상했다.

도 회장은 심기가 뒤틀리기 시작했으나, 여전히 옅은 미소를 머금은 채 조금의 진심도 없는 대꾸를 했다.

"그렇다면 얼마나 좋겠니. 너무 젊은 나이에 세상을 달리해서 추억할 때마다 마음이 좋지 않구나."

"……"

"그런데 갑자기 형님 얘기는 왜 꺼내놓는 거니."

그리 묻는 도 회장의 눈빛은 발톱을 감춘 맹수처럼 매서웠다.

하지만 하언은 시선을 피하지 않은 채 불편한 주제를 계속 이어 나갔다.

"작은아버지에게 아버지가 어떤 존재인지 문득 궁금해졌습니다. 제 기억으로는 두 분의 관계가 썩 좋았던 것 같진 않거든요."

"왜 그렇게 생각하는지 모르겠구나."

"아버지는 항상 작은아버지 위에 계셨으니까요. 저희 아버지 때문에 그 대쪽 같은 자존심에 얼마나 상처를 입으셨습니까."

지금 꺼내진 말이야말로 도 회장의 자존심을 긁어대기 충분한 말이었다. 슬슬 분노가 치미기 시작한 도 회장은 번져 있던 미소까지 싹 지워 버렸다.

하지만 그의 살기가 짙어지면 짙어질수록, 하언의 무미건조한 입꼬리는 점점 비틀려 올라갔다. 비웃음 어린 눈동자에선 도 회장을 향한 적대감이 강하게 드러났다.

"아버지를 진심으로 존경하셨습니까?"

"……."

"정말 그분을 그리워하고 계십니까?"

"……."

"혹시…… 그분의 죽음을 하늘이 준 기회라고 생각한 적은 없으십니까?"

"그만."

도 회장은 계속해서 꺼내지는 질문을 도저히 들어줄 수 없었다.

대체 무엇을 들여다보고 있는 건지.

도선웅 회장과 도선우 전 회장의 관계를 집요하게 파고드는 하언은 그의 증오심을 강하게 확신하고 있었다. 그럴수록 도 회장은 흥분기 없이 차분하게 하언의 의심을 진정시켰다.

"형님은 언제나 내게 선망의 대상이셨다. 부족한 내게 많은 것을 가르쳐 주셨고, 나의 실수를 질책하기보단 격려해 주셨지."

"……."

"이른 죽음이 안타까울 만큼 좋은 사람이셨어. 그건 너도 알고 있지 않니?"

철저한 계산에 따른 도 회장의 절절한 눈빛은 제법 감쪽같았다.

하언은 그 눈을 가만히 마주 보았고 이내 고개를 떨구었다. 그리고 더 이상 참을 수 없다는 듯 어깨를 떨며 웃어 댔다.

"……뭐가 그렇게 우스운 거냐."

기만이 가득한 그의 태도에 도 회장의 낯빛이 살벌해졌다. 그 분위기는 하언에게도 그대로 전해졌지만 그는 망설이지 않고 또렷이 대답했다.

"작은아버지의 그 이중인격이 우습군요."

"뭐?"

"그렇게 선망하는 사람을…… 왜 이십 년 동안 찾아가 보지도 않으신 겁니까."

다시 도 회장에게로 돌아온 하언의 시선은 얼음장처럼 차가웠다. 그의 눈동자 안에서 휘몰아치는 감정은 그 어느 때보다도 격한 분노였다.

"아버지의 기일을 추모해본 적도 없으면서 그리워하는 척 말씀하시지 마세요."

"……."

"당신은 그분의 존재조차도 잊어버린 듯 살다가, 저를 무너트리고 싶을 때에만 그분을 고문도구처럼 꺼내 쓰셨습니다. 아버지와 빼닮은 제가 망가져 가는 모습을 지켜보면서 즐거워하셨다는 것도 압니다."

긴 시간 묵혀두었던 하언의 원망이 적나라하게 쏟아졌다. 그 날카로운 말들이 신경에 거슬리는지, 도 회장은 소파 팔걸이를 붙잡은 손에 힘을 더했다.

그러나 하언은 굴하지 않고 그의 추악한 진심을 마저 추궁했다.

"그런데 선망의 대상이었다는 말이 입 밖으로 나오십니까?"

"……."

"대체…… 제 가족들을 얼마나 더 기만해야 만족하시겠습니까."

도 회장은 그제야 하언이 찾아온 용건이 자신의 기대와 전혀 다르다는 것을 깨달았다.

포커페이스를 유지하고 있던 그는 온 얼굴에 노골적인 살기를 퍼트렸고 지독히도 싸늘한 저음으로 물었다.

"내게 무슨 말을 하고 싶은 게냐."

그러자 하언은 그 사람과 닮은 얼굴을 가까이 가져온다. 그리고 20년 동안 잊고 살았던 우월감 섞인 눈빛으로 도 회장을 똑바로 마주한다.

"작은아버지가 원하는 걸 드리겠다고 하지 않았습니까."

그가 꺼내는 본론은 지금까지의 대화와 전혀 연결되지 않았다.

더 이상의 기만을 용서할 수 없었던 도 회장은 끔찍한 협박이라도 내뱉어 하언을 저지시키려 했다.

하지만 그의 입이 열리기도 전에, 하언은 단호한 목소리를 이어 나갔다.

"그렇게 아버지의 빈자리를 안타까워하고 계시다면 제가 기꺼이 그 자리에 앉아드리겠습니다."

"……."

"아버지와 똑같은 얼굴로, 아버지가 계셨던 위치에서, 아버지가 일으켜 세운 옵타티움을 대신 짊어지겠습니다."

그것은 지금껏 내비친 적 없었던 하언의 각오이자 도 회장에게 던지는 확실한 도전장이었다.

도 회장은 스며있는 불안이 무색할 만큼 강인해진 하언의 눈동자를 보며 노골적인 헛웃음을 흘려보냈다.

"아버지를…… 대신하겠다고?"

겉으로 비치는 모습은 여유로웠지만 하언은 그에게서 초조함을 읽어냈다.

여전히 아버지의 존재를 의식하고 있는 사람.

그래서 더더욱 그림자 신세를 벗어나지 못하는 사람.

감정 없는 폭군과 다름없었던 그는 이제 보니 형이라는 존재에만 반응하고 있었다.

그가 사라진 후부터는 한 번도 찾아오지 않았던 열등감과 자괴감은 그의 자리에 앉으려는 하언으로부터 막을 수도 없이 밀려들어온다.

하언은 그런 도 회장에게 똑같은 비웃음을 건네주었고, 앉아 있던 자리에서 매정히 일어났다.

"……전 그러려고 혼자 악착같이 살아나왔습니다."

입술이 아닌 가슴에서 토해 내는 마지막 한 마디.

그 말은 하언이 처음으로 내뱉은 삶의 이유였다. 지금껏 혼자만 살아 나온 자신을 용서치 못하던 그는 이제야 구원의 탈출구를 찾아냈다.

용건이 끝난 하언은 도 회장에게서 미련 없이 등을 돌렸다. 집무실을 떠나는 발걸음은 들어설 때보다 가벼웠다.

도 회장은 그 뒷모습을 따라 고개를 트는 대신 머릿속에 남아 있는 그 사람을 선명히 떠올렸다.

'선웅아, 넌 내 자리를 감당할 수 없어.'

조금 전, 감히 도발을 감행하던 도하언의 얼굴은 그 말을 내뱉던 그 사람과 많이 닮아 있었다.

나를 혐오하면서도 연민하고 걱정하는 역겨운 표정.

속이 뒤틀리고 관자놀이가 뻐근해진다. 애써 참고 있던 토기가 꾸역꾸역 올라온다.

그래서 습관처럼 눈을 감고 늘 해오던 상상을 했다.

형을 떠올리게 만드는 그 얼굴을 갈기갈기 찢어발기는, 세상에서 가장 잔혹한 상상을.

사무치게 그리운 하늘과 제일 가까운 회사 옥상.

좀처럼 인적이 드문 그곳에 다급해 보이는 한 사람이 들어섰다. 바로 옵타티움에서 유일하게 믿을 만한 하언의 직속비서였다.

"아휴, 대체 어디 계신 거야."

애타는 표정으로 좌우를 두리번거리던 그는 머지않아 위태로운 난간 앞에 저승사자처럼 뒷모습 하나를 발견했다.

요즘 따라 자주 연락이 두절돼서 그를 속 썩게 만드는 나쁜 상사, 도하언이었다.

"도 이사님!"

비서가 우렁찬 목소리로 하언을 부르자 멍하니 하늘만 올려다보고 있던 하언은 살짝 고갤 틀었다.

"왜 이제 와."

차라리 무슨 일이라도 있어서 잔뜩 풀이 죽어 있으면 덜 얄미우

런만. 오늘도 비서의 눈에 비치는 하언은 매정하리만큼 뻔뻔하고 쌀쌀맞았다.

그 염치없는 모습은 다른 때와 전혀 다를 바가 없어서, 그는 몇 분 전까지만 해도 불안에 미쳐가던 하언을 감히 넘겨짚지도 못했다.

"저는 요즘 이사님이 펑크낸 스케줄 수습하느라 바쁩니다! 도대체 자꾸만 잠적하시는 이유가 뭡니까!"

"어차피 내가 회사 출근하는 거 달가워하는 사람도 없어."

"제가 도 이사님의 출근을 간절히 기다리고 있습니다! 사무실에서 혼자! 외롭게!"

비서는 그간 제 상사를 걱정했던 만큼 격렬하게 잔소리를 퍼부었다.

이럴 때마다 하언은 시끄러워 죽겠다며 대놓고 귀를 틀어막곤 했지만, 오늘은 진심을 담은 사과부터 건넸다.

"고생시켜서 미안하다."

"지금 그걸 말이라고…… 예?"

"잘못했어. 상황 정리 되면 보너스 제대로 줄게."

평소와 달리 순순한 하언의 모습은 비서를 당황케 만들었다.

사람은 원래 죽기 전에 개과천선한다고 하던데.

아무래도 천상천하 유아독존 도하언의 인생사에 몹시 큰 사건이 터진 게 분명했다.

"흐음…… 도대체 무슨 문제가 생긴 겁니까."

비서는 사뭇 진지한 목소리로 물었다.

남들에게는 제 일에 대해 입 한 번 뻥끗하지 않는 하언을 위해 들어는 주겠다는 태도였다.

그러나 하언은 무심히 고개를 내저었다.

"넌 관여하지 않는 게 좋아. 위험한 일이니까 물러나 있어."

이것도 비서의 업무역사상 처음 있는 일이었다.

평소의 하언은 위험하고 무리한 명령만 뻔뻔하게 골라 내리는데, 관여하지 말라니. 물러나 있으라니.

그럴수록 묘한 집착이 생긴 비서는 하언에게로 한 발 더 가까이 다가서며 추궁했다.

"절 못 믿으십니까? 저 이래 봬도 이사님의 초임 때부터 함께한 몸입니다."

"……"

"계란으로 바위를 깨부수는 일이라도 이사님을 위해서 기꺼이 해내겠다고 선포하지 않았습니까."

애절함이 담긴 뜨거운 눈빛.

하언은 바로 이때를 기다렸다.

다른 건 몰라도 사리분별만큼은 확실하게 하는 비서가 정말 말도 안 되는 부탁까지 홀리듯이 들어주게 될 지금.

"……정말 다 해낼 수 있겠나."

"그럼요! 다 해낼 수 있습니다! 그러니까 털어놓으세요!"

한 번 더 확답을 받아 낸 그는 비장한 표정으로 비서를 마주했다. 그러고는 겁 없는 비서를 향해 난폭한 입술을 열었다.

"일주일 내로 구해 줘야 할 게 있어. 그 이상 시간이 걸리면 안 돼."

"일주일 내로 무엇을요?"

이윽고 요란한 바람이 불어대는 옥상에 말도 안 되는 헛소리 하나가 또렷하게 터져나왔다.

차마 제 귀를 믿을 수 없었던 비서의 눈살이 대뜸 찌푸려졌다.

"아, 그걸 어떻게 일주일 만에 해내요! 차라리 절 해고하세요!"

"다녀왔습니다."

해가 뉘엿뉘엇 질 무렵, 하언에게로 떠났던 유현이 현관문을 열고 들어섰다.

이른 아침부터 집을 나섰다가 이제야 돌아온 그는 많이도 지친 모습이었다. 하언과의 대화가 오래토록 이어진 건 아니었다.

'하언아, 그러니까 여기서 무너지지 마. 분명 니가 포기하지 않고도 여울 씨를 지켜낼 방법이 있을 거야.'

유현은 어떻게든 그를 설득시켜보려 노력했지만, 그는 아무 말도 들리지 않는 것처럼 대꾸가 없었다.

그러다 한참 뒤에 꺼내놓는 말은 겨우.

'……할 말 끝났으면 나가.'

유현을 밀어내는 한 마디뿐.

유현은 심증밖에 없는 의심을 너무 섣불리 전한 건 아닐까 고민했다.

안 그래도 하언은 한 번 고삐가 풀리면 앞뒤 가리지 않는 성격인데, 이대로 무턱대고 도 회장에게 달려들었다가 더 큰 위험에 처할지도 모를 일이었다.

하언의 차에서 쫓겨나듯 나온 유현은 곧바로 발길을 돌리지 못하고 그의 차 주위를 서성였다.

하언은 한동안 운전대를 붙잡고 있었고, 여전히 혼란스러움을 가득 안은 채 차에서 걸어 나와 도 회장에게로 향했다.

그리고 찾아온 긴 기다림의 시간.

저녁이 다 되어서야 다시 지하 주차장에 모습을 드러낸 하언은 다행히도 다친 곳 없이 멀쩡했다.

그제야 가슴을 쓸어내린 유현은 차에 오르는 그의 마지막 표정을 눈에 담았다.

더 이상 처음 그의 이성을 뒤흔들어 놓았던 혼란은 없었다. 복잡 미묘한 그의 눈빛에선 영문 모를 오기만이 가득 담겨 있었다.

"여울 씨, 저 왔어요."

유현은 신발을 벗고 거실로 들어서며 가장 먼저 여울을 찾았다. 출발할 때부터 걱정이 가득했던 그녀는 지금껏 초조하게 그를 기다리고 있을 게 뻔했다.

유현은 그런 그녀를 위해 사 온 초콜릿을 겉옷 주머니에서 꺼냈다. 그리고 아직 보이지 않지만 이 집 어딘가에 있을 그녀에게 사과부터 흘려보냈다.

"늦어서 미안해요. 그래도 별일은……."

그 순간.

"여울 씨……?"

"……."

주홍빛 노을이 비쳐 들어오는 거실에 곤히 자고 있는 여울의 모습이 눈에 들어왔다.

이때껏 그를 기다리다가 지친 건지, 그녀의 몸은 베란다 쪽을 향해 새우처럼 구부려져 있다.

유현은 그녀에게로 가까이 다가섰고 조용히 무릎을 굽혀 앉았다.

바닥이 딱딱하니까 방에 들어가서 자라고 말해야 하는데.

귓가를 간질이는 여울의 숨소리는 무척이나 고와서, 유현은 차마 그녀를 흔들어 깨울 수가 없었다.

결국 물끄러미 그녀를 내려다보고 있던 유현은 저도 모르게 작은 혼잣말을 속삭였다.

"자는 모습 귀엽다."

그러자 습관처럼 붉어지는 두 뺨은 달아오르는 그의 마음을 여실히 드러낸다. 아마 지금 여울이 잠에서 깨어나 이 얼굴을 본다면 감기라도 걸린 줄 알고 열을 재어볼 게 뻔하다.

'이러면 안 되는데…….'

문득 정신이 든 유현은 자꾸만 커지려는 마음을 다독였다.

자신을 위해 많은 것을 희생하는 하언을 위해서라도, 주제 넘는 욕심을 내지 않을 생각이었다.

그러니 이쯤에서 모르는 척, 시선을 돌리고 그녀의 곁을 떠나야 한다는 걸 알지만.

"으음……."

잠에 취한 그녀의 목소리는 왜 이렇게 예쁜지. 긴 속눈썹에 묻어 있는 노을빛은 왜 이리도 탐스러운지.

'내가 구제해 주겠다고. 내 영혼이라도 팔아치워서 어떻게든 널 자

유롭게 만들어 줄게.'

'대신 넌 이 시궁창 같은 삶에서 벗어나게 되면······.'

'두 번 다시는 차여울 눈앞에 뜨지 마.'

문득 하언과 했던 약속이 그의 이성을 관통했다.

생각해 보니 애초부터 얼마 주어지지 않은 시간, 눈이 멀도록 아름다운 이 광경은 지금이 아니면 다시는 볼 수 없었다.

잠시 망설이던 유현은 떨리는 눈빛을 여울의 얼굴에 계속 고정시켜두었다. 맛있는 음식을 먹는 꿈이라도 꾸는지, 그녀의 입술이 입맛을 다시듯 오물오물 움직였다.

그 모습에 마음이 또 사르르 녹아내린 그는 결국 참아내지 못한 고백을 조용히 속삭였다.

"좋아해요······."

아니, 사실 좋아한다는 말로는 부족해요.

나는 당신만 보면 눈물 날 만큼 설레거든요.

그런데 그만큼 가슴이 아파요. 그래서 내 마음은 하루에도 수십 번씩 당신으로 인해 얼었다가 녹았다가 그래요.

난 이런 감정을 뭐라고 부르는지 알고 있어요. 한 번도 해 본 적은 없지만 마음을 스치는 순간 곧바로 깨달았어요.

"사랑해요."

하지만 꿈결에라도 듣지 않길 바랄게요.

"여울아, 많이 사랑해······."

나쁜 고백을 하는 동안, 깨어나지 않아줘서 고마워요.

서울지방법원 앞.

"차시울! 너 내 커피 안 가져오냐!"

"잘 가! 대호! 내일 봐!"

"야! 이 날강도 새끼야!"

요란한 시울의 목소리가 법원 주차장에 쩌렁쩌렁 울렸다. 친한 동기에게서 커피를 강탈해 온 그는 퇴근하는 무리들 중 가장 밝고 소란스러웠다.

시울은 분노하는 대호에게서 빠르게 멀어지며 캔커피 뚜껑을 땄다. 그리고 최대한 약 오르는 표정으로 한 모금 들이키려는데.

"이제 나오냐."

등골을 오싹하게 만드는 음성이 시울의 귀를 사로잡았다.

휘둥그레진 눈동자로 법원 입구를 바라보니, 팔짱을 낀 채 삐딱하게 서 있는 하언이 단번에 시선을 강탈해갔다.

"도, 도하언……."

그 무시무시한 존재를 확인한 시울은 본능적으로 뒷걸음질을 쳤다. 여울의 거짓말에 동조하느라 본의 아니게 하언를 기만하게 된 시울은 그의 앞에서 대역죄인과 다름없었다.

"여, 여긴 갑자기 어쩐 일이야?"

어느 정도 거리가 벌어지자 시울은 떨리는 목소리로 물었다.

"어쩐 일이긴. 애인이랑 잘 살고 있나 물어 보려고 왔지."

"으, 응?

"요즘도 도유현이랑 재미 좀 보고 있어?"

곧바로 꺼내지는 하언의 대답은 역시나 거짓말에 대한 이야기였다. 그의 용건을 충분히 파악한 시울의 안색이 더욱 하얗게 질려갔다.

"도, 도유현이 누군지 전혀 모르겠지만! 내 애인은 여전히 사랑스럽지, 뭐!"

시울은 한 번 더 부질없는 발뺌을 하며 본격적으로 도망칠 준비를 했다.

하지만 반쯤 몸을 틀자마자, 억지로 들려 있던 하언의 입꼬리는 싸늘하게 내려갔다. 마주한 눈빛에서 느껴지는 한기는 사람 하나 잡아먹고도 남을 기세였다.

"도망치면 죽는다."

"아, 그게……."

"좋게 말로 할 때 가까이 와."

"……네."

목숨의 위협을 느낀 시울은 자석에 이끌리는 클립처럼 맥없이 두 발을 움직였다. 가까워진 하언에게서 느껴지는 분노는 외면할 수 없이 선명했다.

"화, 화났어?"

시울은 이글이글 타오르고 있는 하언에게 조심스레 물었다. 그러자 하언은 곧바로 고개를 끄덕였고, 날카로운 질문을 던졌다.

"왜 도유현이랑 같이 있다고 말 안 했냐."

"그, 그게……."

"숨겨주면 너도 위험해질 거 예상 못 하진 않았을 테고."

"예상은 했는데……."

"아아, 간이 부었구나?"

"아니, 간은 멀쩡하지……."

똑바로 대답할 면목도 없었던 시울은 대책 없이 말끝을 흐렸다. 이건 하언의 심기를 더욱 거스를 게 분명했지만, 그렇다고 해서 마냥 당당하게 굴지도 못할 노릇이었다.

잠시 고민하던 시울은 최대한 죄책감이 가득한 표정으로 변명을 늘어놓았다.

"너도 알다시피 미카엘이 되게 안쓰럽게 생겼잖아. 얻어맞은 흔적도 너무 뚜렷하고. 그래서 나도 어쩔 수 없이……."

"됐어. 그거 따지자고 온 거 아니야."

그러나 그의 말을 끊어버리는 하언의 태도는 냉정했다.

이걸 시작으로 그간 쌓아 둔 분노를 폭발시킬 줄 알았는데, 그는 더 이상 유현의 일에 상관하기도 싫다는 태도였다.

"그럼 날 왜 찾아온 거야?"

시울이 의아함 어린 눈빛으로 물었다. 그러자 곧바로 꺼내지는 하언의 본론은 너무 군더더기 없어서 오히려 알아듣기 힘들었다.

"널 지원해 주던 옵타티움 법무팀 해산됐다."

"뭐? 갑자기 왜?"

"도선웅 회장이랑 유설아가 막아 버렸어. 내가 손을 쓸 틈도 없었고."

도선웅 회장과 유설아 대표. 신문 경제면에 단골손님처럼 등장하는 그들은 시울도 잘 알고 있었다.

하지만 개인적인 연은 전혀 없었던 시울은 자신을 방해하는 그들의 의도를 전혀 이해하지 못했다.

"그 사람들이 갑자기 나한테 왜 그러는데?"

재차 묻는 시울은 남아 있는 법정싸움만큼이나 다급한 눈빛을 띠고 있었다. 하언은 그럴수록 담담한 표정으로 대답했다.

"내가 너무 잘나서 그래."

"뭐?"

"내가 너무 잘나서 그렇다고."

시울은 말장난처럼 들리는 하언의 말에 살짝 눈썹을 찡그렸다. 그는 혹시 하언이 거짓말에 대한 복수를 하는 건 아닐까 생각해 봤지만, 그렇게 믿기엔 지금 그의 분위기가 전혀 가볍지 않았다.

"그러니까 니가 잘난 거랑 나랑……."

"그냥 그렇게 알고 있어라, 좀."

시울이 보다 자세히 되묻기도 전에 회피해버리는 하언은 무언가를 숨기고 있는 게 분명했다.

머리가 좋은 시울은 당황스러운 마음을 진정시키고 그가 미처 드러내지 못하는 속내를 추측했다.

저택에서 도망쳐 나온 유현. 그런 그를 집에 숨겨준 여울. 그리고 이 사태를 알지 못하고 있다가, 도 회장이 움직이고 나서야 사태를 파악해 버린 하언.

그들과 직접적인 관련이 있는 세 사람 중 가장 죄가 깊은 건 동생, 여울이었다.

굳이 거기까지 얘기를 진행시키지 않는 걸 보면 하언도 그 사실을 충분히 알고 있는 듯했다.

"역시 내가 잘생긴 탓인가……."

상황파악이 끝난 시울은 진지한 혼잣말을 내뱉었다.

애먼 곳을 바라보고 있던 하언의 눈빛이 일순 까칠해졌다.

"그건 또 무슨 소리야."

"휴우, 내 잘생김이 이렇게나 일을 크게 만들다니."

"내가 잘나서라고 몇 번을 말해."

"괜찮아. 매제. 잘생긴 사람에게만 주어진다는 시련을 받아들여볼게."

"니 꼴 보기 싫은 얼굴이랑 전혀 상관없다니까. 다 나 때문이니까그런 줄 알아."

쓸데없는 실랑이를 벌이고 있는 두 사람은 약속이라도 한 듯 원망의 화살을 자신에게 돌려놓았다.

이미 만신창이가 된 유현도, 지켜 주기에도 모자란 여울도, 그들의 대화에선 언급조차 되지 않았다.

그렇다고 해서 갑작스레 닥쳐온 시련이 사라지는 것은 아니었다. 하지만 적어도 마음만큼은 편안했다. 누군가 소중한 사람을 탓하는 소리를 듣지 않아도 되니까.

"걱정 마, 매제. 나는 원래 혼자 싸우는 거 전문이야."

시울은 제법 어른스러운 목소리로 하언에게 말했다.

하언은 그 말을 코웃음으로 받아쳤고 얼핏 무시하는 듯한 대꾸를 내뱉었다.

"니가 상대나 될 수 있을 것 같냐. 그냥 내가 알아서 너한테 피해안 가게 할 테니까, 오늘 들은 건 신경 쓰지 마."

"그럼 처음부터 말해 주지 말지 그랬니. 괜히 속만 상하잖아"

"너 속 편한 꼴 보기 싫어서 그랬다. 왜."

말은 삐딱하게 해도 하언은 짊어지고 있는 책임감은 막중할 게 분명했다. 하지만 그가 굳이 드러내고 싶어 하지 않으니 시울도 모르는 척 눈 감아 주기로 했다.

가만히 지켜봐 주고 있다 보면 언젠가 도와줄 만한 일이 생길 터였다.

"그럼 난 할 말 끝났으니까 간다. 차여울 기다리게 하지 말고 빨리 들어가."

모든 용건이 끝난 하언은 미련 없이 발길을 돌렸다.

시울은 그의 넓은 등을 한동안 물끄러미 바라보다가 두 손을 입가로 모아 소리쳤다.

"매제! 혹시라도 도움이 필요하면 하늘을 향해 '시울이 형 도와줘요!'하고 외쳐!"

돌아오는 대꾸는 매정한 가운뎃손가락뿐이었다. 하지만 시울은 마냥 싱글벙글한 표정으로 떠나는 하언을 배웅했다.

첫인상은 최악 중에 최악이었는데 자꾸 보니 멋진 구석이 보인다. 훗날 여동생 얼굴에 팔자주름이 생긴다면, 저 친구에게 시집보내야겠다.

다른 건 몰라도 지켜 주는 것 하나는 확실히 해내는 녀석이니까.

하언과 연락이 두절된 지 일주일가량이 지났다.

그동안 여울은 수도 없이 그에게 전화를 걸어보았지만, 그의 휴대폰은 매번 꺼져 있었다.

핸드폰이 고장 났나, 아니면 잃어버렸나, 혹시 큰 사고라도 난 게 아닐까.

날이 갈수록 더해지는 불안은 여울을 신경질적으로 만들었다.

"여울아! 오빠 보너스 탔어! 고기 먹자!"

"시끄러워! 오빠 때문에 고막 터지겠어!"

그렇게 좋아하는 오빠의 보너스 소식에도 버럭버럭 화부터 낼 만큼.

"뭐야, 오랜만에 좋은 소식 들고 왔더니."

"나는 지금 그런 걸로 좋아질 기분이 아니야."

"도하언 아직도 연락 안 받아?"

"응. 안 받아. 오빠, 실종신고라도 해야 하는 거 아닐까?"

"에이, 뭘 그렇게까지 해."

"혹시 못된 새끼들이 하언 씨한테 해코지라도 했으면 어떡해!"

여울은 아직 입고 있는 정장도 제대로 벗지 못한 시울을 졸졸 따라다니며 초조함을 드러냈다. 그러나 시울은 그에 동요하지 않고 태연하게 굴 뿐이었다.

"만약 누가 도하언한테 해코지하려 한다면, 장담하는데 도하언이 그놈 모가지를 가만두지 않을걸."

"하긴, 호락호락 당하고 있을 사람은 아니긴 하지……."

"아, 구치소로 도하언 면회 갈 일 생길 수는 있겠다."

"오빠!"

여울은 이 와중에도 농담 따먹기를 하는 시울의 등짝을 세게 내리쳤다. 시울은 악, 소리도 지르지 못하고 아파하다가, 이내 죄수복을 입은 하언의 모습을 상상해 보고는 키득거리기 시작했다.

"푸풉. 죄수복 잘 어울릴 것 같아!"

"그 입 안 닥치냐!"

그렇게 두 남매가 쓸데없는 일로 투닥거리고 있을 때.

"저, 친구 좀 만나고 올게요."

외출복을 곱게 차려입은 유현이 현관 앞에 서서 말했다. 순간 동그란 여울의 눈동자에 의아함이 얽혔다.

"유현 씨 친구 나밖에 없잖아요."

"예?"

"나 말고 또 유현 씨랑 연락하는 사람이…… 아, 혹시 유설아 만나러 가는 거예요?"

"아, 아니요. 그럴 리가요."

유현은 손사래를 쳤지만 그럴수록 여울의 의심은 커져갔다. 그동안 유설아와의 약속 아니면 좀처럼 외출을 감행하지 않았던 그는 아무리 봐도 수상쩍었다.

"그럼 친구 누구 만나는데. 이름이랑 전화번호 적어놓고 가요."

"아……."

"그리고 저녁 먹기 전까지는 꼭…….."

"니가 무슨 미카엘 학부모라도 되냐."

시울은 유현을 구속하려는 여울의 볼을 쭉 꼬집어 당겼다.

그리고 정장재킷 안주머니에서 낡은 지갑을 꺼내, 오만 원짜리 한 장을 쥐어 주었다.

"카드 쓰면 추적당할 수 있으니까 현금으로 쓰고 다녀."

"아, 괜찮아요."

"나 보너스 받아서 오늘 돈 많다니까? 얼른 받아 둬."

시울은 극구 사양하려는 유현의 손에 오만 원짜리 지폐를 억지로 쥐어 주었다.

이렇게 호의를 억지로 베풀어 줘야 겨우 받아주는 유현의 성격을 잘 알고 있기 때문이었다.

"정말 괜찮아요. 여울 씨랑 맛있는 거 드세요."

"고기 먹을 돈 따로 남겨 뒀는데요."

"진짜 안 주셔도……."

"아, 미카엘이 안 받으면 이 돈 태운다? 여울아, 라이터 갖고 와."

"아니, 시울 씨. 잠깐만……."

유현은 몇 번이나 돌려주려 했으나 말도 안 되는 협박까지 하는 시울을 이길 수는 없었다.

결국 두 손 두 발 다 들게 된 유현은 시울이 준 지폐를 순순히 지갑에 넣었다.

그제야 시울의 입꼬리에 장난기 가득한 미소가 어렸다.

"여울이 걱정하니까 빨리 와. 고기 같이 먹으러 가자."

"아…… 네, 그럴게요."

유현은 시울을 향해 고개를 까딱 숙이고는 신발을 신었다.

"유현 씨! 무슨 일 생기면 나한테 전화해요! 알았지!"

그때까지도 여울의 눈빛은 초조했으나 시울은 자기가 잘 달래 주겠다는 듯 어서 가란 손짓을 했다.

유현의 인생에서 처음 받아보는 따뜻한 배웅.

그건 외로웠던 유현의 과거까지도 살갑게 달래 주었으나, 그는 그럴수록 서둘러 집을 나섰다.

영원히 지속될 시간이 아니니, 이런 행복감에 필요 이상으로 적응해버리는 건 곤란했다.

철컥—

현관문이 닫히자 집안에선 다시 투닥투닥 대는 남매의 목소리가 들렸다. 유현은 그제야 행복한 만큼 미소를 지으며 엘리베이터 앞으로 걸음을 옮겼다.

기쁠 때나 슬플 때나, 심지어 원수처럼 싸워댈 때까지도 행복해 보이는 시울과 여울의 사이.

지금 유현은 자신에게 그런 존재와 다름없는 유일한 가족을 만나러 간다. 여울이 뜯어말릴 게 분명해서 말은 하지 못했지만.

유현은 휴대폰을 들어 액정을 확인했다.

[오빠! 오빠가 들고 갈 짐이 좀 많아! 꼭 빈손으로 나와!]

유현과의 만남을 애타게 바랐던 혜수의 문자가 가장 먼저 눈에 들어왔다. 유현은 짧은 답장이라도 보내기 위해 휴대폰을 두 손으로 붙잡았다.

그때, 그의 휴대폰에 예상치 못한 전화 한 통이 도착했다.

여울이 그토록 기다리고 기다려온 하언이었다.

순간 유현의 심장이 불안하게 뛰기 시작했다. 모든 것이 해결되면 영영 여울의 곁을 떠나야 할 그는 이 전화가 좋은 소식을 품고 있지를 않기를 바랐다.

그는 여울의 현관문의 쪽으로 다시 시선을 틀었고 긴 망설임 끝에 통화버튼을 눌렀다.

─도유현.

휴대폰을 귓가에 대자마자 들려오는 서늘한 목소리. 유현은 바짝
마른 입술을 적신 뒤 조용히 대답했다.

"응, 하언아."

그리고 서두 없이 시작된 그의 본론에 믿을 수 없다는 표정으로
되물었다.

"뭐? 지금 어디라고?"

"도하언…… 도하언 네 이놈!"

잔뜩 성난 여울이 분에 찬 목소리로 하언을 부르며 현관문을 열
었다. 그녀가 살고 있는 집이 아닌 바로 아래층 집 현관문이었다.

삼일 전쯤인가.

아랫집 식구들이 갑작스럽게 이사를 가고, 베일에 가려진 누군가
가 곧바로 짐부터 들여놓았다는 건 알고 있었다.

경비아저씨 말로는 새로운 집주인이 아랫집을 시세보다 두 배나
더 주고 샀다고 해서, 여울은 그 호구의 정체가 내심 궁금했다.

그런데 오늘 유현이 전화상으로 전한 갑작스러운 소식은 여울을
경악하게 만들었다.

'저, 여울 씨. 하언이한테 지금 연락이 왔는데…….'

'하언 씨요?! 지금 어디래요! 몸은 괜찮대요?!'

'네, 그런데 그게 문제가 아니라…….'

'왜! 무슨 문제 생겼어?!'

'이사를 했대요. 바로 아래층 집으로.'

'……응?'

도하언이 아랫집 주인이었다니. 시세부터 두 배를 더 주고 고집스럽게 들어온 호구가 바로 내 남자 친구였다니.

"도하언! 문 열어!"

여울은 상의 한 마디 없이 숨어들어온 아랫집 하언을 소리쳐 불렀다. 그 모습을 지켜보던 시울은 박수를 짝짝 치며 감탄사를 내뱉었다.

"와, 매제도 참 대단하다. 너 때문에 이 집을 두 배로 사 버리네."

"조용히 해라! 성질 돋우지 말고!"

"성질 돋우기는. 그냥 감탄하는 거지. 얜 진짜 나라에서 애처가로 인정해 줘야 돼."

대충 듣기에는 칭찬이었지만 키득거리는 어깨를 보니 놀리는 게 분명했다. 여울은 그런 오빠가 너무 얄미워서 등짝이라도 내리치려 오른팔을 들었다.

바로 그때,

끼이익— 현관문이 열리고.

"왔어?"

겨우 일주일 못 본 것치고 너무나도 그리웠던 얼굴이 눈앞에 등장했다. 어마어마한 일을 예고도 없이 저질러놓고도 뻔뻔하리만큼 태연한 하언이었다.

"'왔어?'는 개뿔…… 하언 씨 진짜 여기로 이사 왔어요?!"

"어."

"시세 두 배로 주고?!"

"어."

"왜?!"

"계속 니 옆엔 있고 싶은데, 너랑 도유현이랑 같이 사는 건 꼴배기 싫어서."

돌아온 그가 내뱉은 이유는 너무나도 유치하고 사소했다.

이 황당한 전개에 놀란 여울이 반쯤 입을 벌리고 그를 바라보자, 하언은 현관문을 더욱 활짝 열며 집안을 선보였다.

"들어와. 우리 신혼집이야."

어머나, 세상에.

이 대책 없는 남자를 어떡하면 좋아.

〈다음 권에 계속〉